1/2019
©opyright: Sandra Gernt
Korrektur: Brigitte Melchers
Layout: Sandra Gernt
Coverdesign: Sandra Gernt
ISBN: 9781706443674
Bildrechte:
Front: © Stefan Keller – pixabay.com
Rahmen: ©Alexander Lesnitsky – pixabay.com
Eule: © Petr Elvis – pixabay.com

www.sandra-gernt.de

Alle Rechte vorbehalten. Ein Nachdruck oder anderweitige Verwertung ist nur mit schriftlicher Genehmigung der Autorin gestattet.

Verwunschland

von

Sandra Gernt

100!

Willkommen, liebe Leser, zu meinem Vorwort anlässlich meiner 100. Veröffentlichung.

Am 15. November 2009 habe ich mein offiziell 1. Verlagsbuch herausgebracht: „Die Ehre der Am'churi".

(Fast) Genau zehn Jahre ist es nun also her und ich bin überglücklich, dass es mit der einhundertsten Geschichte so pünktlich gepasst hat.

In diesen zehn Jahren bin ich als Autorin einen weiten Weg gegangen. Zunächst mit dem Dead Soft Verlag, später als Selfpublisherin. Das Spektrum reicht von Kurzgeschichten und Kurzromanen bis zum epischen Wälzer von 1400 Seiten, Einzelromanen, Serien und Gemeinschaftsproduktionen und sogar ein Sachbuch, von der Kindergeschichte über High Fantasy (Hetero) zu Gay Romance, Gay Fantasy, Gay Krimis und (Hardcore-)Thriller.

Sicher ist, dass ich keinen einzigen Schritt dieses Weges ohne euch Leser gegangen wäre. Nur und ausschließlich weil ihr mir die Treue haltet, jeder Veröffentlichung genauso entgegenfiebert wie ich selbst, mich mit Rezensionen und Feedback beschenkt und jeden meiner Helden liebend in die Arme schließt, kann ich diesem schönsten aller Berufe nachgehen. Wohin der Weg mich noch führen wird, das kann und will ich nicht voraussehen. Heute sage ich erst einmal: Danke! Vielen, vielen Dank an jeden Einzelnen von euch. Ihr seid die besten Leser, die ein Autor sich nur wünschen kann.

Auf bald,
eure Sandra

Prolog

Tirú erwachte.
Er streckte sich gründlich und ließ sich dann noch einmal in das Kissen zurücksinken, um die Decke seines Schlafraums zu betrachten. Sein Vater war ein reicher Mann, der sich ein großes Haus gebaut hatte, um dies jeden wissen zu lassen. Nur reiche Leute benötigten fünfundzwanzig Schlafzimmer und drei Diener für eine sechsköpfige Familie.
Jedenfalls pflegte Dara solche Dinge zu sagen, die Köchin und Hausdienerin. Tirú bekam seinen Vater kaum je zu Gesicht, der war stets sehr beschäftigt mit Arbeit. Welche Arbeit genau, das sagte niemand. Sie brachte ihm wohl viel Geld ein, damit seine Familie dieses riesige Haus hatte, für das ihm selbst keine Zeit blieb. Jedenfalls gab er Dara regelmäßig Silbermünzen, die sie und die beiden anderen Diener dann sorgsam polieren mussten.
Tirús Mutter hingegen musste als Frau eines reichen Mannes nicht arbeiten und hatte mehr als genug Zeit, um ihre Kunstwerke zu erschaffen. Er sah sie selten anders als mit Farbklecksen auf Nase, Stirn und Händen. Meist lag sie stundenlang auf himmelhohen Gerüsten und bearbeitete die Zimmerdecken. Immer dann, wenn sie nicht in ihrem Atelier stand und große Leinwände bemalte, die anschließend gerahmt und aufgehängt wurden. Auch dafür musste das Haus derartig riesig werden, es wurden viele, viele Wände für die Bilder benötigt. Und viele Decken.
Tirú liebte das Bild an seiner Zimmerdecke.
Es zeigte die verwunschene Welt, von der Hilla, seine Amme, ihm jeden Abend Geschichten erzählte.
Merkwürdige Kreaturen und gewöhnliche Waldtiere mischten sich auf einer sonnenbeschienen Lichtung, wo sie sich zu einem Picknick versammelt hatten. Weiße Häschen tranken mit possierlich gerümpften Nasen aus ebenso weißen Porzellantassen, Eichhörnchen jagten hinter einem blaupelzigen Bär mit zu vielen Ohren her, der mit einer Handvoll Nüssen zu entkommen versuchte. Seit Jahren studierte Tirú dieses Bild und dennoch fielen ihm fast täglich neue Details daran auf. Fast als würde das Bild sich über Nacht minimal verändern, gerade noch so wenig, dass er sich

nicht sicher sein konnte, ob es eine Veränderung gab oder ob er diese spezielle Kleinigkeit bislang übersehen hatte. Die roten Blumen am Rand der Lichtung neigten einander die Köpfe zu, als würden sie sich etwas zuflüstern. Und das Äffchen in der Mitte, das auf einem Baumstumpf saß, wirkte seltsam traurig, während seine Freunde um ihn herum lachten und aßen und spielten, zu einer unhörbaren Melodie tanzten und auf jegliche Weise fröhlich waren.

Tirú beschloss spontan, seine Mutter zu suchen und sie zu fragen, warum genau das Äffchen traurig war und welches Geheimnis die roten Blumen miteinander teilten. Sie mochte es, wenn er sie Details zu den Bildern fragte. Das waren die Gelegenheiten, bei denen er sie jederzeit stören und ausfragen durfte. Bei jedem anderen Vorwand, ihre Nähe zu suchen, antwortete sie schlichtweg gar nicht, bis er sich wieder davonschlich, oder sie rief ungeduldig nach Hilla, damit das nervige Kind entfernt wurde. So waren ihre Worte dabei.

Tirú stolperte fast über ein Kissen, als er aus dem hohen Bett kletterte. Er war nun schon so viel gewachsen und mit seinen sieben Jahren wirklich kein Säugling mehr. Dennoch war er zu klein für diesen riesigen Kasten aus schwarzem Holz. Wenn er schlafen gehen wollte, musste er eine Leiter mit drei Stufen hochsteigen. Seine älteren Geschwister lachten ihn dafür aus. Besonders Nakim, sein zwei Jahre älterer Bruder, ließ keine Gelegenheit aus, ihm mitzuteilen, wie lächerlich er doch war. Dafür verbündeten sie sich regelmäßig, wenn sie in der gemeinsamen Studierzeit am Morgen Gegenwind von ihren großen Schwestern bekamen. Elara und Fira waren bereits zwölf beziehungsweise fünfzehn Jahre alt und damit fast erwachsen. Die beiden behandelten Nakim und Tirú oft genug wie Wickelkinder und schienen es für eine Zumutung zu halten, überhaupt Brüder haben zu müssen. Was man davon denken sollte, zwei kichernde, geheimnistuerische und besserwissende Schwestern zu besitzen, danach fragte niemand.

Missmutig warf Tirú das Kissen hoch auf das Bett, griff nach dem blauen Leinenhemd, das er vor dem Mittagsschlaf ausgezogen hatte und streifte es sich über.

Eigentlich war er längst zu alt für den Mittagsschlaf, doch Hilla hatte ihn dazu gezwungen. Alles bloß, weil er Anfang der Woche beim Spielen in den großen Teich gefallen war. In dem eisigen Wasser war ihm nichts weiter zugestoßen, abgesehen von einer leichten Erkältung. Dennoch hatte Hilla sich entsetzlich aufgeregt, so als wäre er dem Ertrinkungstod nah

gewesen, und hatte sämtliche Bediensteten angeschrien. Obwohl von denen keiner dabei gewesen war und sie darum keine Schuld an dem Nicht-Unglück tragen konnten. Seitdem durfte er nicht mehr in den Park gehen und musste wieder Mittagsschlaf halten wie ein Säugling.
Vielleicht traf er seine Mutter in besonders guter Laune an, wenn er ihr gleich Fragen zu den Bildern stellte.
Dann legte sie womöglich ein gutes Wort für ihn bei Hilla ein und erlaubte, dass er wieder draußen spielen gehen konnte. Es war Frühherbst, er wollte die Kastanienzeit nicht verpassen!
Tirú hüpfte durch die endlosen Gänge seines Zuhauses. Wie so oft war es viel zu still in diesem Gemäuer. Das Gestein fraß die Geräusche der Lebenden und spuckte sie danach als Geister aus. Geister, die nachts lärmten, wenn man eigentlich schlafen wollte.
Das behauptete jedenfalls Tirús Bruder. Hilla sagte zwar, dass Nakim nichts als Unsinn erzählte. Aber es war eine gute Erklärung, warum es nachts ständig knackte und knirschte und manchmal sogar Heulen und Stöhnen zu hören war.
„Sht – Tirú!"
Er hielt verblüfft in seinem Hüpfen inne, als sein Name erklang.
„Hier oben!", ließ sich die dünne Stimme erneut vernehmen. Aus einem der viel zu vielen holzgerahmten Landschaftsgemälden, die an jedem verfügbaren Fleckchen Wand hingen, winkte ein dürrer Arm, der große Ähnlichkeit mit einem knorrigen braunen Zweig besaß.
„Warum bist du wach, Agus?", fragte Tirú besorgt.
Agus war einer der drei Hauswächter. Gnome waren das, die tagsüber zu winzigen, wehrlosen, knorrigen Gestalten zusammenschrumpften, nachts hingegen zu gewaltigen Riesen heranwuchsen, die draußen auf dem Gelände patrouillierten und jeden Eindringling abwehren konnten. Sobald die Sonne schien, wurde ihr Dienst nicht mehr benötigt. Tirús Mutter konnte jeden der gelegentlich hereinfallenden Feinde besiegen, dazu musste sie lediglich wach sein. Die Tage verschliefen die Wächter darum meist vollständig in geschützten Winkeln und gerade in den frühen Nachmittagsstunden war es ungewöhnlich, ihnen zu begegnen.
Agus sprang vom Holzrahmen herab. Selbstverständlich hatte er oben draufgesessen und nicht im Bild selbst gehockt, auch wenn es so ausgesehen hatte. Kein Gnom wäre dumm genug, ein Gemälde von Tirús Mutter zu beschädigen. Er kam bedächtig zu Tirú heran und streckte eine seiner winzigen Fäuste in die Höhe.

„Es ist mir sehr peinlich", murmelte Agus. „Vorhin hatte ich im Arbeitszimmer des Herrn, deines Vaters geschlafen. Auf dem Schreibpult lag etwas plötzlich Silbernes, nachdem es zuvor gepoltert hat. Das war es, was mich weckte. Es glitzerte so hübsch in der Sonne, die durch das Fenster fiel ... Irgendwie muss es sich in meinen Fingern verhakt haben, ich kann es mir nicht anders erklären."

Tirú gluckste. Gnome stahlen wie die Elstern, das wusste jeder. Selbst er, obwohl seine Schwestern hartnäckig behaupteten, er wüsste gar nichts. Hinterher tat es den Gnomen meistens leid und sie gaben ihr Diebesgut in der Regel unbeschädigt zurück. Es war lediglich dieser Moment der Gier, gegen den sie nicht ankamen.

Als er erkannte, was sich da in Agus' Faust befand, erschrak Tirú – die silberne Taschenuhr seines Vaters! Die trug er ständig bei sich und nahm sie sogar nachts mit an sein Bett. Was machte sie vergessen auf dem Schreibpult? Zumal mitten am Tag, wenn Tirús Vater für gewöhnlich noch nicht zu Hause war?

Vorsichtig nahm er die Uhr an sich. Aus dieser Nähe hatte er sie noch nie zuvor anschauen dürfen. Beeindruckend, wie lebensecht die Eule wirkte, die in den Deckel eingraviert war.

Jedes Detail der Flügel war filigran ausgearbeitet.

Eulen gehörten zu den Lieblingsmotiven seiner Mutter. Sie malte in jedes ihrer Gemälde irgendwo eine Eule hinein, auch wenn man manchmal lange suchen musste, bis man sie irgendwo entdeckte, sei es versteckt im Blätterwerk eines Baumes, sei es halb verborgen hinter einem Stein. Jedes Bild in diesem Haus besaß eine solche Eule. Das Deckenbild in seinem Zimmer war die einzige Ausnahme, die er kannte. In den Gute Nacht-Geschichten vom verwunschenen Land galten Eulen als sehr weise und treu. Sie dienten als Ratgeber und retteten nicht selten diejenigen, die ihren Weg verloren hatten. Hilla betonte allerdings auch, dass in der normalen Welt Eulen Einzelgänger waren und Menschen eher einen Finger abbeißen als ihnen helfen würden.

Hm – vielleicht war diese wunderschöne, kostbare Uhr ein Geschenk von Tirús Mutter gewesen? Es wäre jedenfalls etwas, das sie aussuchen würde.

„Ich wollte zu meiner Mutter, sie arbeitet an der Decke im kleinen Saal", sagte Tirú und steckte die Uhr in die Hosentasche. „Ich gebe sie ihr. Ist sicher besser, wenn nicht ich meinem Vater die Uhr zurückgebe." Ihm schauderte es bereits bei der Vorstellung, seinem Vater gegenüberzutreten. Das war vergleichbar mit der Idee, einfach in die Hose zu machen. So etwas tat man nicht. Niemals und unter gar keinen Umständen, selbst wenn man völlig verzweifelt war.

Tirús Vater hatte noch keines seiner Kinder jemals geschlagen oder angeschrien. Wozu auch? Bei ihm genügte ein einziger strenger Blick, und Familie, Bedienstete und Gnome rannten um ihr Leben. Nur Tirús Mutter nicht. Die lachte bloß, wenn einer dieser Blicke sie versehentlich traf. Aber sie war ja auch die Herrin des Hauses und damit die eine Macht, die Tirús Vater überlegen war.

Er marschierte weiter in Richtung des kleinen Saals, der ziemlich genau in der Mitte des Hauses lag. Langsam und vorsichtig ging er nun, statt wie zuvor zu hüpfen, jetzt wo er einen kostbaren Schatz bei sich trug. Eine Hand beließ er in der Hosentasche, damit ihm die Uhr nicht versehentlich hinausfallen konnte. Agus folgte ihm, leise vor sich hinmurmelnd.

„Was sagst du?", fragte Tirú nach einer Weile. Das Gemurmel war seltsam entnervend in der allumfassenden Stille des Hauses, die sich wie Nebelschleier auf der Haut anfühlten.

Ein körperliches, greifbares Schweigen, das sich spüren, bloß nicht festhalten ließ.

„Es ist zu kalt", antwortete Agus. „Viel kälter als es sein sollte. Die Kälte beißt mir ins Herz. Und das Schweigen in diesen Mauern fühlt sich nach Trauer an. Ich fürchte mich, junger Herr Tirú. In meinem ganzen Leben habe ich mich noch nie gefürchtet, und das dauert bereits mehr Jahrhunderte, als du an Jahren zählst."

Erschrocken blieb Tirú stehen und starrte den kahlköpfigen, wurzelartigen Gnom an. Gnome froren nicht. Niemals. Selbst im grässlichsten Schneesturm, wenn es kalt genug wurde, dass sich sogar Felsbrocken spalteten, versahen sie treu und fröhlich ihren nächtlichen Wachdienst. Warum also sollte Agus zu kalt sein? Und Trauer ... Bedeutete das Wort nicht, dass ein Unglück geschehen war? Dass ein Leben geendet hatte, welches nun fehlte?

Tirú begann zu laufen, die Uhr seines Vaters hielt er beschützend in der Hand. Dort war die Tür des kleinen Saals. Eine dünne Eisschicht überzog das reich verzierte, wunderschön geschnitzte Eschenholz.

„Zurück, Tirú!", kreischte Agus, packte ihn am Zipfel des blauen Leinenhemds und zog ihn mit energischer Gnomenkraft zu Boden. Auch wenn er tagsüber nicht einmal einen Bruchteil seiner Stärke und Größe wie in der Nacht besaß, war er dennoch kräftig genug, um einen Jungen wie Tirú mit dem ausgestreckten Zeigefinger hochzuheben.

„Gefahr, Gefahr!", zischte Agus und rannte vor Aufregung mehrere Runden im Kreis. Tirú blieb auf dem kalten, schwarzgemusterten Marmorfußboden sitzen und sah ihm regungslos zu. Dann legte der Gnom seine beiden knorrigen Hände trichterförmig vor den Mund und stieß laute, kehlige Schreie aus. Dreimal hintereinander, in kurzer Folge. Diese Schreie erschütterten Tirús Knochen und er zweifelte nicht, dass sie die Wände und Böden des Hauses bis in den letzten Winkel durchdrangen. Nie zuvor hatte Tirú einen der Gnome auf diese Weise schreien gehört und trotzdem benötigte er keine Erklärung. Es war ein Alarmruf, der Agus' Gefährten herbeiholen sollte. Etwas Schreckliches musste geschehen sein. Etwas, was noch nie zuvor geschehen war.

Tirú saß vollkommen erstarrt da und sah seinen Händen beim Zittern zu. Die Uhr lag auf den Steinplatten. Warum kam seine Mutter nicht erbost durch diese eisüberzogene Tür gerauscht und stauchte Agus für den Lärm zusammen, der sie in der Konzentration störte?

Warum hatte sie nicht verhindert, dass dieses schreckliche Etwas geschah, wie es ihre Aufgabe war?

„Hilla …", wimmerte Tirú und schlang die Arme um seinen Körper. Er wollte Hilla. Jetzt. Sofort. Sie sollte ihm über den Kopf streicheln und nach Kräutern und Wolle und Alter riechen und ihm sagen, dass alles wieder gut werden würde.

Doch Hilla kam nicht.

Dafür erschienen Fjork und Madrow, die beiden anderen Hauswächter. Grimmig versammelten sich die drei vor der vereisten Tür, die ein wenig im Licht der Sonne glitzerte, das durch die endlos hohen Fenster fiel.

„Das hätte niemals geschehen dürfen", flüsterte Fjork. „Der Feind hat kaum Möglichkeiten, uns auf dieser Seite anzugreifen und die Herrin war sich vollkommen sicher, dass die Schutzzauber ausreichen, die sie letztes Jahr verhängte."

„Und dennoch ist es geschehen. Wir müssen nachsehen, wie groß der Verlust ist, und den Jungen beschützen", entgegnete Agus.

Er wandte sich zu Tirú um, der inzwischen von Kopf bis Fuß schlotterte. Diese Angst, die in ihm wütete, musste eines von Mutters gemalten Kreaturen sein.

Vielleicht ein Ypha, ein igelgroßes, nimmersattes Raubtier aus der verwunschenen Welt, das alles fraß, was ihm begegnete, auch Bäume und Gestein. Ein solches Ypha saß wohl in Tirús Bauch und zerriss mit wütender Gier, was es erreichen konnte.

Die drei Wächter rückten nah an ihn heran. Agus legte ihm eine Hand auf die Schulter.

„Du musst jetzt tapfer sein, Tirú", sagte er mit warmer, einfühlsamer Stimme. „Meine Brüder werden gleich diese Tür öffnen. Sollte dahinter ein Feind auf uns lauern, werden sie sterben, damit ich mit dir fliehen kann. Das Blutbündnis zwischen uns und deiner Familie verpflichtet uns, alles für euch zu geben, mit unserem Leben für euch zu kämpfen, bis auch der Letzte von beiden Seiten gestorben ist. Darum werde ich für dich kämpfen, solange wir beide atmen, darauf kannst du dich verlassen. Wahrscheinlich warten jedoch nur die Toten in dem kleinen Saal auf uns und der Feind ist längst verschwunden. Was du jetzt tun musst: Nimm die Uhr deines Vaters und lass sie unter keinen Umständen los. Bleib am Boden sitzen. Sollte ich dich gleich packen und forttragen, wehre dich nicht dagegen. Du darfst schreien, zappeln und strampeln hingegen nicht. Mach dich so klein wie möglich. Hast du das alles verstanden?"

„Ja", flüsterte Tirú bebend. „Nicht zappeln, nicht strampeln, nicht die Uhr loslassen." Er tastete blindlings nach dem silbernen Kleinod, atmete zutiefst erleichtert auf, als sich seine Finger darum schlossen. Das kühle Metall brannte regelrecht auf seinen schwitzigen, überhitzten Handflächen. Er konnte nicht denken, kaum etwas sehen. In ihm summte und hämmerte alles wie verrückt und eine stählerne Faust versuchte, seine Brust zu zerquetschen, was das Atmen fast unmöglich werden ließ. Was geschah hier? Warum wollten ihn Feinde angreifen? Was meinte Agus mit dem Blutbündnis und all dem Gerede über das Kämpfen bis zum Tod?

„Bereit?", wisperte Madrow.

„Bereit!", entgegneten Fjork und Agus zugleich.

Fjork öffnete die Tür. Tirú hielt den Kopf gesenkt, kämpfte darum, Luft in seine Lungen zu treiben und sich nicht zu übergeben. Sein Schädel drohte jeden Moment zu platzen, so stark war das Hämmern seines Herzens. Er hörte Fjork aufschreien – ein Klagelaut, erfüllt von Grauen, wie es Tirú sich nicht einmal vorstellen konnte. Ein Laut, wie er ihn noch von keinem Lebewesen je gehört hatte. Ein Laut, der ihn gegen seinen Willen auf die Beine trieb.

Fjork kam durch die Tür getaumelt, kehrte zu ihnen zurück.

Für einen Moment glaubte Tirú, der Gnom wäre verletzt. Doch es war kein Blut zu sehen und keine monströse Schreckensgestalt folgte ihm aus dem Saal heraus.

„Wie viele?", fragte Madrow, dessen Gesicht eisgrau geworden war.

„Alle", flüsterte Fjork und würgte heftig an diesem Wort.

„Was heißt das?", stieß Tirú krächzend hervor. „Ist meine Mutter da drinnen? Was meint ihr mit *alle*? Wovor habt ihr solche Angst?" Die Gnome achteten nicht auf ihn. Das ewige Schicksal des Kindes, es wurde übergangen und selbst diese Kreaturen, die mehr als einen Kopf kleiner als er waren, sprachen über den seinen hinweg, als wäre er unsichtbar.

„Er muss reingehen", sagte Madrow und gab Agus einen entschlossenen Wink. „Egal wie grausam das ist. Es wird ihn zerstören. Wenn er nicht mit eigenen Augen sieht, was geschehen ist, würde es ihn noch viel gründlicher zerstören, denn dann zweifelt er für den Rest seines Lebens an der Wahrheit und er wird gegen uns ankämpfen. Das wäre sein Untergang."

„Wovon sprecht ihr?" Tirú heulte auf vor Angst und Hilflosigkeit.

„Deine Familie, mein Junge", sagte Agus, nahm ihn unendlich zart an der Hand und führte ihn Schritt für widerstrebenden Schritt auf die Tür zu. „Deine gesamte Familie ist tot. Dazu die Diener und auch Hilla. Es tut mir unglaublich leid. Jeder Mensch, der in diesem Haus gewohnt hat, befindet sich auf der anderen Seite der Tür. Jeder von ihnen ist tot."

„Was heißt tot?", würgte Tirú hervor. Sinnlose Worte. Er konnte, er wollte nicht begreifen, was die Gnome ihm zu sagen versuchten, die ihn behutsam wie ein neugeborenes Lamm vorantrieben. „Wie tot sind sie denn? Sie können nicht völlig tot sein. Heute Mittag ging es ihnen ja gut."

Sein eigenes Gestammel verwirrte ihn. Mittlerweile standen sie auf der Türschwelle. Er sah nichts, denn die Tränen, die wie Sturzbäche aus seinen Augen flossen, verhinderten jegliche Sicht.

„Hilla zuerst", hörte er Agus sagen. Oh ja. Er wollte zu Hilla. Sie war der Mittelpunkt seiner gesamten Welt. Sein sicherer Hafen. Sie würde ihn in ihre Arme schließen, nach Kräutern, Wolle und Alter riechend, und er würde sicher sein und vergessen, warum es einen Grund zum Weinen gab. Ihre Nähe allein würde den Ypha aus seinem Bauch verjagen, der schon wieder mit Zähnen und Klauen in ihm wütete.

Agus' Hand zitterte.

„Komm, Kleiner", wisperte er. Man hörte deutlich, dass er weinte. Was konnte einen Gnom zum Weinen bringen, der älter als sieben Jahrhunderte war? „Hier. Knie dich hin. Hilla liegt vor dir auf dem Boden."

Folgsam kauerte Tirú sich nieder. Er nahm den vertrauten Duft war, der zu seiner Amme gehörte. Warum sprach sie nicht zu ihm? Warum stand sie nicht auf? Sie war zu alt, um auf den eisigen Marmorplatten zu liegen! Energisch rubbelte er sich mit dem Hemdsärmel über das Gesicht, wischte

Tränen und Rotz ab und erwartete, dafür scharf getadelt zu werden. Hilla war vollgestopft mit Ermahnungen und Verboten, sie schimpfte den gesamten Tag mit ihm. Wie konnte sie jetzt stumm bleiben?

Tirús Sicht klärte sich. Er blickte verständnislos auf die Hilla-Puppe herab. Ihr Gesicht war grau, die Augen kalt und leer. Ganz wie die Puppen, mit denen Elara und Fira früher gespielt hatten und die jetzt vergessen auf einem Regal saßen, wo das Dienstmädchen sie regelmäßig abstaubte.

„Das ist nicht Hilla", sagte Tirú. Er wollte aufstehen und fortlaufen. In ihm wurde es ebenfalls eisig und still, genauso kalt und still wie die Puppe dort auf dem Boden.

„Sie ist tot", entgegnete Agus geduldig und führte Tirús Hand zum Hals der Puppe. Schlaff und faltig, genau wie Hillas Hals. Dazu viel zu kalt und still. „Sie atmet nicht mehr, spürst du das, mein Junge? Das ist Hillas toter Körper. Ihre Seele ist fortgegangen."

Tirú hatte längst bemerkt, dass noch viele weitere Puppen auf dem Boden lagen. Lebensgroß und beinahe echt. Sie trugen die Kleidung von Dara, dem schmalen, beinahe hageren Hausmädchen, von Nakim, seinem Bruder, von seinen beiden Schwestern, seinem Vater … Alle Bewohner des Hauses hatten sich in Puppen verwandelt, die nicht atmeten und sich nicht bewegten und deren Augen still und kalt und leer ins Nichts blickten. Einen Grund dafür konnte er nicht sehen. Kein Blut. Die Puppen waren nicht zerbrochen. Friedlich lagen sie da, auf eine Weise erschlafft, die keinen Vergleich mit Schlaf zuließen. Menschen schliefen und sahen dabei lebendig aus. Diese Puppen waren einfach nur … tot.

Schweigend ließ sich Tirú zu jedem von ihnen führen. Die Gnome sorgten dafür, dass er keinen ausließ und jeden von ihnen berührte. Er richtete Nakims Hemdkragen, der wie so oft eingerollt war, und strich Elaras Locken aus ihrer Stirn, wie sie selbst es stets tat. Sein Vater wirkte seltsam klein, jung und schwach, das verwirrte ihn sehr. Jegliche Härte und Strenge waren aus dem Gesicht gewichen. Der schwarze Vollbart, waren da schon immer die vielen Silberfäden hineingewoben gewesen? Er schien Tirú fremd, genau wie alle anderen.

Das war nicht sein Vater. Lediglich eine Puppe.

Auf der Suche nach seiner Mutter schaute er zu dem Gerüst hinauf, auf dem sie immer lag, um an der Decke arbeiten zu können. Die Gnome folgten seinem Blick.

„Dort oben ist sie", sagte Agus. Er packte Tirú und hob ihn ohne Mühe hoch. Aus dem Stand überwand er die Distanz mit einem Sprung und landete auf den stabilen dicken Brettern, noch bevor Tirú Zeit hatte, verängstigt aufzuschreien. Fjork und Madrow folgten ihnen. Seine Mutter lag auf dem Bauch statt wie alle anderen auf dem Rücken. Raureif überzog ihr brünettes Haar, das unordentlich war statt wie sonst streng zusammengebunden. Ihre Haarnadel lag neben ihr. Tirú starrte darauf nieder. Diese Nadel war ein Heiligtum. Niemand, kein Diener, nicht einmal sein Vater durfte sie berühren, nur seiner Mutter war das erlaubt.

„Es steckt noch ein wenig Leben in ihr!", rief Agus erschrocken, als er sie an der Schulter berührte. Rasch drehte er sie.

Ihr Anblick traf Tirú wie ein Keulenhieb. Sie war keine Puppe. Sie lebte, sie war echt! Doch ihr Gesicht war ähnlich grau wie das der anderen und kaum ein Atemzug war zu spüren, als er seine zitternde Hand auf ihre eiskalte Stirn legte.

„Sie stirbt, niemand kann sie mehr retten", flüsterte Fjork.

In diesem Moment öffneten sich ihre Augen, unendlich langsam, als müsste sie gegen ein Gebirge ankämpfen, das sie niederdrückte.

„Zytlor", hauchte sie. „Es war ein … ein Zytlor. Wie viele …?" Sie blickte Agus an, dessen Unterlippe bebte, als würde er gleich wie ein kleines Kind zu weinen beginnen.

„Alle, Herrin", antwortete er. „Auch Euer Gemahl. Nur wir und Tirú sind entkommen. Er hat die Uhr."

„Dann besteht Hoffnung." Sie rang um Atem, doch als sie nun Tirús Hand umklammerte, zeigte sie noch einmal viel von der Kraft und Härte, die ihr sonst so selbstverständlich zu eigen waren. „Der Zytlor wurde von unserem Feind geschickt. Ich war zu langsam, mein Schutzzauber hat nicht ausgereicht. Du wirst das verstehen, wenn du älter bist. Im Augenblick zählt nur, dass du überlebst. Die Gnome werden dich ins Verwunschland bringen und dort beschützen, wo ihre Macht am größten ist. Ihr vier konntet überleben, weil ihr geschlafen habt. Auch das wirst du verstehen lernen. Gehorche den Wächtern! Überleben ist das Ziel, auf das du dich die nächsten Jahre konzentrieren musst. Überleben und lernen. Es sind Dinge geschehen, die niemals hätten geschehen dürfen. Bewahre die Uhr. Sie ist der Schlüssel. Bewahre und überlebe." Sie röchelte, ihre Lider sanken herab. Dann verkrampften sich ihre Finger schmerzhaft um Tirús Hand und sie kämpfte sich noch einmal zurück. Ihr herumirrender Blick fand Agus, Fjork und Madrow.

„Nehmt das Bild in meinem Schlafzimmer. Ihr kennt den Weg. Gedenket eures Schwurs! Lasst ihn niemals allein."

Ihre Stimme war so leise, dass die gehauchten Worte kaum zu hören waren. Der stählerne Griff löste sich von Tirús Handgelenk. Ihr Kopf sank zur Seite. Ihr Gesicht verwandelte sich in das tote Antlitz einer Puppe.
„Nein. Nein. Nein!", schrie Tirú und suchte hektisch nach Atemzügen. Nach Wärme. Sollte sie ihn finster anstarren. Sollte sie nach Hilla rufen und verlangen, dass das anstrengende, nervige Kind augenblicklich entfernt wurde. Sollte sie ihn von sich stoßen, weil ihre ewigen Bilder so viel wichtiger für sie waren als alles andere. Hauptsache sie lebte und ließ ihn nicht allein. Sie durfte sich nicht in eine Puppe verwandeln! Sie durfte nicht auch noch gehen, nachdem der kleine Saal bereits mit toten Menschen überfüllt war.
„Wir müssen gehen. Sofort!", zischte Agus und zerrte ihn gewaltsam mit sich, fort von seiner Mutter, mit einem Sprung in die Tiefe zurück auf den Boden. „Ein Zytlor ist ein tödlicher Feind, gegen den wir machtlos sind, zumindest hier in dieser Welt. Falls noch ein Angreifer folgen sollte, wäre er noch mächtiger als dieser Dämon. Wir müssen sofort in das Verwunschland überwechseln."
„Aber … aber das sind bloß Geschichten!", stammelte Tirú hilflos. „Geschichten vom verwunschenen Land."
„Jede dieser Geschichten war die Wahrheit", entgegnete Fjork grimmig. „Und es heißt Verwunschland."
„Ich will nicht fort! Ich will nicht in diese … diese Welt! Hilla! Hilla! Nakim! Mutter! Elara, Fira! HILLA!" Er schrie und weinte und zappelte und strampelte. Nichts davon half ihm weiter. Unerbittlich zerrten die Gnome ihn mit sich, in das Schlafgemach seiner Mutter hinein, das sie in den vielen Nächten nutzte, in denen sein Vater nicht heimkehrte, weil dieser zu lange arbeiten musste. Hier waren die Wände nicht mit einzelnen gerahmten Gemälden bedeckt. Stattdessen waren sie von Boden bis Decke mit einer umlaufenden Szenerie bemalt. Tirú mochte dieses Bild nicht, denn es zeigte einen dunklen Wald, in dessen Mitte sich eine noch dunklere Trutzburg erhob. Alles war düster und wirkte gefährlich, abweisend und bedrohlich. Dazu veränderte es sich ständig, noch während man hinschaute. Manchmal schien auf dem Bild die Sonne. Meistens war es Nacht. Der einzige Lichtfleck war die Eule, die auch in diesem Werk nicht fehlen durfte. Sie flog offen im Vordergrund der Burg, statt sich wie sonst üblich zu verstecken, und blickte den Betrachter direkt an. Sie war lebensecht gemalt, wie üblich bei den Bildern seiner Mutter, wo stets alles so wirkte, als wäre die wahrhaftige Welt auf eine Leinwand gespiegelt worden.

Die Gnome brachten ihn bis zu dieser Stelle, wo die Eule schwebte. Agus ergriff Tirús Hand.

„Es tut mir sehr, sehr leid", sagte er entschuldigend – und ritzte mit dem langen, scharfen Nagel seines Zeigefingers Tirús Handfläche auf. Verblüfft und schockiert starrte er auf das Blut, das aus der oberflächlichen Wunde quoll. Agus hatte ihn verletzt! Aber der Gnom war doch sein Freund, warum tat er so etwas?

Ohne weitere Erklärung presste Agus die blutige Hand auf den Körper der Eule. Einige zittrige Atemzüge lang geschah nichts.

Dann begannen die Augen der Eule zu glitzern und ihr Kopf bewegte sich.

„Tretet ein!", krächzte sie.

„Wir hätten womöglich kurz innehalten sollen, um Vorräte und Kleidung für den Jungen mitzunehmen", murmelte Madrow.

„Zu spät! Zu spät!", krächzte die Eule. Es wurde dunkel und Tirú schrie vor Entsetzen, als es einen Ruck gab und er in die Leere fiel.

Ein, zwei Herzschläge lang.

Dann wurde er hochgehoben. Um ihn herum war es stockfinstere Nacht geworden. Die Gnome hatten sich in Riesen verwandelt. Es war Agus, der ihn beschützend an seine baumartige breite Brust drückte.

Sturmwind trieb Wolken über den nächtlichen Himmel und schüttelte die Bäume des Waldes, durch den sie wanderten. Vor ihnen, auf einem hohen Berg, lag ein riesiges, finsteres Gemäuer – die Trutzburg aus dem Gemälde. Tirú wimmerte leise, zu erschöpft, zu weit getrieben, um sich noch wundern oder fürchten zu können.

„Willkommen im Verwunschland", sagte Agus dröhnend.

„Willkommen daheim."

Kapitel I

Roji zog kräftig an dem Seil. Es quietschte erbärmlich und die Rolle blockierte schon wieder. Er musste sich nachher endlich Zeit dafür nehmen, das in Ordnung zu bringen, bevor irgendetwas zerriss und der Reparaturaufwand noch größer werden würde. Es wäre ansonsten recht mühsam, an Wasser zu gelangen, denn der nächste Fluss war weit entfernt. Endlich war der Eimer oben. Auch der hatte bereits bessere Jahre gesehen, hielt sich allerdings noch.
„Was sagst du dazu?", fragte er missmutig die alte Eiche, die neben dem Brunnen stand, gerade weit genug entfernt, dass ihre Blätter und Eicheln nicht allesamt im Wasser landeten. Er liebte diesen Baum, der so merkwürdig gewachsen war, dass man auf dem ersten Blick die Gestalt eines hutzeligen Mannes in ihr erkennen konnte. Vater hatte schon mehr als einmal damit gedroht, den Baum zu fällen und zu Feuerholz zu verarbeiten, doch er ließ sich stets von Rojis Bitten erweichen, der auf den Anblick des Eichenmanns nicht verzichten wollte. Leider dankte es ihm der Baum nicht, indem er ihn mit einer weisen Antwort beglückte, sondern schwieg wie üblich majestätisch.
Roji seufzte und schleppte das Wasser zurück ins Haus. Ein schönes Haus war es, aus weißem Gestein erbaut, das Dach war frisch mit Reet eingedeckt und die runden Butzenfenster glänzten in der Morgensonne. Es war Luxus, einen eigenen Brunnen zu besitzen. Ihre Nachbarn mussten alle zum Dorfplatz von Mühlenheim laufen, der über eine Meile entfernt lag. Sein Vater wurde nicht müde zu predigen, dass Besitz Verantwortung bedeutete und man hart arbeiten musste, um dieser Verantwortung gerecht zu werden. Leider hieß das nichts weiter, als dass Roji den lieben langen Tag hart arbeiten musste, um Haus, Gemüsegarten und Brunnen zu bearbeiten, kleine Schäden zu reparieren und dafür zu sorgen, dass er und sein Vater und ihre Tiere genug zu Essen hatten. Darum füllte er nun den Wassertrog für die Ziegen, nachdem er ihren Stall gesäubert hatte, und gab den Hühnern ihr Futter, bevor er in die Küche ging, um nach dem Sauerteig für die Brote zu sehen. Heute war Freitag, da konnten die Dörfler

für ein kleines Entgelt den großen Ofen des Müllers Wilbur benutzen, um ihre Brote zu backen.

„Guten Morgen!"

Roji blickte sich um, als er die Stimme der alten Hilla hörte, die am offenen Fenster stand. Sie war eine Nachbarin, ein wenig verrückt und seltsam und älter als die Himmelsmächte selbst. Jedenfalls erzählten sich das die Dorfjungen und lachten dabei über die zahnlose, hutzelige, tief gebeugte Alte, die vor etwa dreißig Jahren ins Dorf gezogen war. Niemand wusste viel über sie, außer, dass sie ihre gesamte Familie verloren hatte und fortgegangen war, um zu vergessen. Man wusste nicht einmal, ob Hilla tatsächlich ihr Name war. Da jede dritte Frau so hieß, hatte es keine weitere Bedeutung. Die arme Alte konnte die meisten Arbeiten nicht mehr selbst bewältigen und schlich ein- bis zweimal die Woche durch das Dorf, um jedem einen guten Tag zu wünschen und sich herzlich zu bedanken, wenn man ihr dafür etwas zu essen in ihren verschlissenen Weidenkorb legte.

„Guten Morgen, Hilla!", rief Roji und griff nach dem Stück Ziegenkäse, das er bereits für sie bereitgelegt hatte.

„Den Himmelsmächten befohlen, guter Junge. Den Mächten seist du befohlen …", murmelte sie und streichelte ihm mit ihren hageren, altersfleckigen Fingern über den Kopf. Sie roch mehr als streng und ihr verfallener Anblick war nicht leicht zu ertragen. Lagenweise trug sie Kleider übereinander, um ihren ausgemergelten Körper warm zu halten, und unter dem riesigen schwarzen Kopftuch verbarg sie sicherlich einiges an Ungeziefer. Dennoch lächelte Roji und wünschte ihr einen schönen Tag.

„Deine Mutter wäre stolz auf dich. Ein guter, solch ein guter Junge", flüsterte sie wie so häufig, bevor sie langsam davonschlich.

Roji schloss das Fenster, damit die Gestankswolke aus uraltem Schweiß und nasser Wolle und Holzasche und Zwiebeln und Ziegenfett nicht ins Haus eindringen konnte.

Deine Mutter wäre stolz auf dich.

Es gab nur noch ihn und seinen Vater. Seine Mutter war bei der Geburt der kleinen Schwester gestorben, als Roji zwei Jahre alt gewesen war. Danach wollte sein Vater keine neue Frau in seinem Leben und er hatte ihn allein großgezogen. Er arbeitete als Schreiber für den Landesherrn, womit er mehr als genug zu tun hatte, um den ganzen Tag beschäftigt zu sein, allerdings auch ausreichend verdiente, damit sie sich keine Sorgen um ihr Auskommen machen mussten. Auf der anderen Seite bedeutete es, dass Roji sehr viel allein war und sein Leben mit Kochen, Waschen, Putzen und sämtlichen anderen Arbeiten in Haus und Hof zubrachte. Auf der guten Seite stand, dass sein Vater ihn das Lesen und Schreiben gelehrt hatte, was sonst im Dorf fast niemand beherrschte, dass er häufig üben und manchmal sogar kleine Schreibarbeiten für seinen Vater übernehmen durfte und er eines hoffentlich fernen Tages seinen Platz in der Welt sicher hatte. Er betete, dass sein alter Herr noch lange seine ruhige Hand und das Adlerauge behielt, denn Roji war keineswegs erpicht darauf, die Briefe und Verträge und sonstige Korrespondenz des Landesherrn schreiben zu müssen. Dann flickte er lieber morsche Seile und schälte Steckrüben für das Abendessen.

Ein weiterer Höhepunkt jeden Tages. Roji liebte es, mit seinem Vater zusammen am Tisch zu sitzen, gemeinsam zu essen, zu reden, sich über die vielen kleinen Begebenheiten auszutauschen, die ihnen widerfahren waren. Also ja: Sein Leben war mühsam, aber übersichtlich und die meiste Zeit gab es keinen Grund zur Klage. Ausgenommen die Einsamkeit, die sich nicht leugnen ließ ... Durch die Sonderstellung seines Vaters in der Dorfgemeinschaft gehörte auch er nicht wirklich dazu. Er hatte keine Freunde, keinen Vertrauten. Bei den Dorffesten, wo alle zusammenkamen, machten ihm seit einigen Jahren die Mädchen schöne Augen. Sonderling hin oder her, er war eine gute Partie mit seinem gesicherten Einkommen, dem Haus, das nur er erben konnte – und groß war die Auswahl für die heiratswilligen Damen sowieso nicht in dieser Gegend. Sein Vater erinnerte ihn gelegentlich, dass er Roji nicht hindern würde, sich zu verlieben, zu heiraten und eine eigene Familie zu gründen. Immerhin war er bereits zwanzig, als zu jung konnte man ihn nicht mehr bezeichnen. So ganz klar war ihm nicht, was genau ihn zurückhielt. Er fand die Mädchen allesamt hübsch und manche von ihnen sehr nett. Ein oder zwei besaßen sogar Verstand und man konnte sich mit ihnen unterhalten. Doch nicht einmal mit denen wollte er näher zusammenkommen und wenn er versuchte, an Heirat und eigene Kinder zu denken ....

Vergangenen Sommer hatte Roji mit dem Dorfpriester über dieses Problem gesprochen. Eben dass er nicht recht wusste, was er mit einer Frau anfangen sollte und er darum vor dem Thema Hochzeit zurückschreckte. Der Priester, ein graubärtiger, dicker, gemütlicher alter Mann, der immer nach Pfeifentabak roch, hatte ihm lächelnd auf den Rücken geklopft und gesagt: „Das gibt sich, mein Junge. Manche sind schon mit zwölf Jahren reif und wissen alles über die Welt. Andere, so wie du, sind eben langsamer. Es ist ein gutes Ding, langsam und bedächtig an etwas so Wichtiges heranzugehen wie die Entscheidung, mit welchem Menschen man den Rest seines Lebens verbringen möchte. Und gerade weil deine Mutter bei der Geburt eines Kindes starb, hast du sicherlich auch Hemmungen und Sorgen … Lass dir Zeit. Du wirst wissen, welche Frau die Richtige für dich ist, wenn du bereit dafür bist. Hab auch Vertrauen in die Himmelsmächte. Sie werden dich leiten und beschützen und auf jedem deiner Wege begleiten."

Womöglich hatte Priester Lutbald mit den Dörflern darüber geredet, dass Roji langsamer und *besorgt* war. Jedenfalls waren die jungen Frauen bei den letzten Festen ein wenig mehr auf Abstand bedacht gewesen und hatten ihn nicht so stark bedrängt wie zuvor.

Er schüttelte die dummen Gedanken ab und band sich das blonde Haar neu, damit es ihm nicht ins Gesicht hing. Völlig Unrecht hatte der gute Priester ja nicht. Immerhin hatte sein Vater ihm gezeigt, wie lange Schmerz und Trauer das eigene Leben überschatten konnte. Das Gefühl von Schuld, weil man selbst daran beteiligt war, die Schwangerschaft herbeizuführen, sich mit auf das Kind gefreut hatte und dann die geliebte Frau und das neu geborene Töchterchen begraben musste. Solch einen Schmerz wollte Roji nicht durchmachen müssen und vielleicht war es also diese Angst, die ihn davon abhielt, sich zu verlieben.

Gerade wollte er den Korb mit den Brotrohlingen nehmen und zur Mühle marschieren, als plötzlich Tajan, der Hofhund, freudig anschlug. Diesen Tonfall besaß er nur, wenn Rojis Vater heimkehrte. Verwirrt setzte Roji den Korb ab und eilte hinaus. Sein Vater war vor kaum einer Stunde zur Burg des Landesherrn aufgebrochen, was wollte er jetzt bereits daheim?

„Ah, welch ein Glück, dass ich dich noch erwische, Junge!", rief sein Vater, der auf seinem Wallach, eine Leihgabe des Fürsten, in den Hof geritten kam. „Lass die Brote sein. Ich habe Wilbur gebeten, dass er die Rohlinge nachher abholt, backt und für mich aufbewahrt, bis ich sie heute Abend holen kann. Du musst sofort nach Glorbyn aufbrechen und diesen Brief an den Dorfvorsteher überbringen. Auf Antwort musst du nicht warten, es geht um Anweisungen, wie mit einem Wilderer und Mörder zu verfahren ist, der gefangengenommen wurde. Das duldet keinen Aufschub! Keiner der Männer unseres Landesherrn ist abkömmlich, darum habe ich vorgeschlagen, dass du die Auslieferung übernimmst."

Roji seufzte innerlich. Es war nicht das erste Mal, dass er einen solchen Auftrag übernehmen musste, gerade während der Aussaat- und Erntezeit kamen solche Dinge vor.

Im Moment stand die Apfel- und Pflaumenernte an, was zeitraubend war, die Felder mussten für den Winter vorbereitet, das Vieh von den hochgelegenen Weideflächen in die Täler heruntergeholt werden. Da wurde jedes Paar Hände gebraucht, was er durchaus verstand. Er war allerdings auf diesem Hof ebenfalls unabkömmlich und er würde mit Sicherheit vier, fünf Tage brauchen, um den Zeitverlust nachzuarbeiten. Wilbur, der Müller, würde es sich mit guter Münze bezahlen lassen, dass er ihnen einen Sonderdienst erwies und überhaupt, es war eine lästige Angelegenheit. Darüber klagen half nicht viel, darum begann er schweigend, sich etwas Wegzehrung und Wasser einzupacken, während sein Vater den Korb mit den Brotrohlingen hinaustrug und fest zugedeckt auf den Tisch stellte, an dem er und Roji im Sommer gerne draußen saßen, um ihr Abendessen zu genießen. Tajan kannte Wilbur, er würde den Müller darum an den Tisch lassen, wenn auch nicht ins Haus.

„Nimm etwas Geld mit", sagte sein Vater und legte ihm eine Handvoll Münzen auf den Tisch. „Es hat die letzten Tage scheußlich viel geregnet und möglicherweise ist die Straße in solch schlechtem Zustand, dass du nur langsam vorwärts kommst. In dem Fall übernachtest du bitte im Gasthaus von Glorbyn."

„Aber Vater, wer kümmert sich dann um die Tiere? Und was ich dadurch an Zeit verliere …"

Sein Vater hob eine Hand und schüttelte energisch den Kopf. Er saß auf der Bank vor dem Haus, ruhte sich einen Moment aus. Der Jüngste war er nicht mehr. Silberfäden durchzogen seinen Bart, das blonde Haar wurde heller und war schütterer als noch vor einigen Jahren. Die feine, weit geschnittene Leinenkleidung konnte nicht verbergen, dass er zu viel Zeit in schlecht beleuchteten Kammern verbrachte, um an leidlich bequemen Schreibpulten zu arbeiten – er war recht kräftig um die Leibesmitte und seine Haut auffällig blass. Seine blauen Augen, die Roji von ihm geerbt hatte, blickten besorgt zu ihm hoch, als er nun Rojis Arm umfasste.

„Besser ist es, dass du mit der Arbeit in den Rückstand gerätst, als dass du dein Leben verlierst, Junge! In der Dunkelheit auf der schlechten Straße, da brichst du dir beide Beine und erfrierst, bevor dich jemand findet. Die Nächte werden schon sehr kalt. Also pack dir gute, warme Kleidung ein, ausreichend zu Essen für zwei Tage und pass auf dich auf. Zum Glück müssen wir uns um Strauchdiebe und Wegelagerer nicht weiter sorgen."

Die wagten sich nicht in diesen Landstrich, dafür hatte Fürst Halbyn, der Landesherr, zu viele bestens ausgebildete Soldaten unter Eid stehen, die

die Dörfer und Gehöfte in zwanzig Meilen Umkreis verteidigten. Für fahrende Händler und Reisende wurde es erst jenseits dieser Grenzen wieder zum gefährlichen Wagnis, die Hauptstraßen zu benutzen.

Auch Raubtiere galt es zu dieser Jahreszeit noch nicht zu fürchten. Wölfe wurden allenfalls im Winter aufdringlich, wenn der Schnee hoch lag und der Hunger drängend wurde. Bären und Wildschweine hielten sich von Menschen fern, solange man nicht über sie stolperte und die Jungtiere bedrohte. Roji war entschlossen, die Strecke an einem Tag zu schaffen. Da er die Bedenken seines Vaters verstand und respektierte, packte er sich dennoch Vorräte und warme Kleidung für zwei Tage ein und nahm auch Feuerstein, Zunder und eine Wolldecke mit. Reisen waren ein gefährliches Unterfangen, selbst zu besten Zeiten und in ruhiger Landschaft.

„Die Tiere sind versorgt", sagte er und umarmte seinen Vater herzlich. „Essen konnte ich noch nicht für dich vorbereiten."

„Mach dir keine Gedanken, Roji. Ich darf auf der Burg mitessen und werde Antjek bitten, dass er ein Auge auf unsere Hühner und Ziegen hält und ihnen morgen früh Futter und frisches Wasser gibt. Pass gut auf dich auf."

„Das verspreche ich. Ich werde gewiss kein unnötiges Risiko eingehen. Nicht für diesen Brief und auch nicht, um schneller heimzukehren, als die Straße es hergibt."

Er nahm Abschied von seinem Vater, dem Haus und Tajan, dem armen Kerl, der traurig winselte und den Kopf hängen ließ, wie stets, wenn er allein zurückgelassen wurde.

„Ich komme bald wieder", murmelte Roji und schulterte sein Bündel, nachdem er den Hund tröstend gekrault und getätschelt hatte. „Du wirst sehen, ich bin zurück, bevor du mich richtig vermissen konntest."

Kapitel 2

„Vielen Dank, junger Mann. Wenn ich einen ungefragten Rat geben darf: Bleibt besser über Nacht in unserem Gasthaus. Das Wetter wird sich stark verschlechtern und Ihr würdet es nicht vor Einbruch der Dunkelheit nach Hause schaffen."

Missmutig blickte Roji durch das Fenster in den Himmel, der bleigrau über ihren Köpfen hing und aussah, als würde er jeden Moment den ersten schweren Herbststurm des Jahres losbrechen lassen. Er hatte es befürchtet. Schon auf dem Hinweg war er schlecht vorangekommen. Die Straße hatte sich in eine einzige Schlammkuhle verwandelt, darum musste er abseits des Weges laufen, was ihn ewig aufgehalten hatte. Zwölf Meilen waren auch so keine Kleinigkeit, die sich mühelos und schnell bewältigen ließen und selbst ohne Sturm und Regen war es unwahrscheinlich, dass er rechtzeitig vor der Dunkelheit zu Hause ankäme.

Der Dorfvorsteher schenkte ihm einen mitfühlenden Blick.

„Habt Ihr ausreichend Geld bei Euch, um Euch ein Zimmer mieten zu können? Ich nehme Euch sonst von Herzen gerne für die Nacht in meinem Haus auf, allerdings wäre es recht beengt. Meine Frau und ich haben mehr Kinder als Zimmer …"

„Oh nein, bitte, bemüht Euch nicht", entgegnete Roji schnell. „Ich war auf diesen Fall vorbereitet und werde in dem Gasthaus übernachten. Auch mit Essen bin ich gut versorgt."

„Meine Tochter wird Euch den Weg weisen", sagte der Vorsteher und nickte dem etwa zehnjährigen Mädchen zu, das gerade den Raum betrat, der als Arbeitszimmer und Amtssitz, anscheinend aber auch für die Familienmahlzeiten genutzt wurde, falls die Geschirrvitrine ein Anhaltspunkt war.

Das Mädchen hatte nussbraune Locken, ebenso dunkle Augen und trug ein weißes Kleid, das sie sehr hübsch aussehen ließ. Sie trug ein Kästchen mit angespitzten Federkielen, das sie auf dem Schreibpult abstellte.

„Liebes, ich hätte eine Bitte an dich", sagte ihr Vater. „Dieser Bote des Fürsten hat mir eine wichtige Nachricht überbracht. Sein Heimweg ist sehr lang und wie man sieht, wird das Wetter mit jedem Atemzug schlechter. Bitte begleite ihn zum Gasthaus."

Der Blick der Kleinen drückte ein überdeutliches *Muss das sein?* aus. Doch sie protestierte nicht und nickte brav.

„Ich danke Euch", sagte Roji.

„Mögen die Himmelsmächte Eure Reise segnen und Euch unbeschadet heimführen", entgegnete der Dorfvorsteher. „Und du, Liebes, gib gut acht und trödle nicht. Das Wetter sieht beängstigend aus."

„Ja, Vater", sagte das Mädchen und lief neben Roji her, als sie gemeinsam das Haus verließen und die Dorfstraße hinabgingen.

„Wo kommst du her? Wo gehst du hin? Warum warst du da?" Ihre Neugier kannte plötzlich keine Grenzen mehr und sie schoss Frage um Frage ab, was Roji sich geduldig gefallen ließ.

„Mein Name lautet übrigens Naria. Hast du denn auch Kinder? Söhne oder Töchter? Ich habe sieben Geschwister."

„Nein, ich habe keine Kinder und ich bin noch nicht verheiratet. Dein Name ist übrigens wunderschön, liebe Naria. Könntest du mir bitte sagen, ob es noch weit bis zum Gasthaus ist?", fragte Roji. Erste Sturmböen rüttelten an Bäumen und Dächern und feiner Nieselregen sprühte ihnen in die Gesichter.

„Nein, nicht sehr." Falls Naria beleidigt war, weil er ihren Redefluss unterbrochen hatte, ließ sie es sich nicht anmerken. „Wir müssen bloß den Hügel dort herunter. Die Straße ist ziemlich schlecht, also pass auf. Ich bin nicht schuld, wenn du dir ein Bein brichst." Sie lächelte niedlich, trotz ihrer etwas herzlosen Worte.

Vermutlich war sie deutlich jünger als gedacht, wohl eher acht als zehn Jahre alt, und meinte das wörtlich statt irgendwie böse. Es würde auch ihre unhöfliche Art erklären, mit einem Fremden zu reden.

Während sie den Hügel auf einem von Regen unterspülten Weg hinabschlitterten, der mehr aus Schlamm und Löchern als erkennbarem Boden bestand, frischte der Wind erheblich auf. Stetig heftigere Sturmböen zerrten an ihren Haaren und Kleidern.

„Du solltest besser umkehren und rasch nach Hause laufen", sagte Roji beunruhigt. Die pechschwarzen, tiefhängenden Wolken verhießen nichts Gutes und das Unwetter bewegte sich sehr viel schneller auf sie zu, als er vermutet hätte. Blitze zuckten, ein unirdisches Grollen hing in der Luft.

„Ich glaube, ich will lieber bei dir bleiben und mich im Gasthaus unterstellen", erwiderte Naria und ergriff seine Hand mit entwaffnender

Selbstverständlichkeit. Sie eilten den Weg hinab. Mit jedem Schritt wurde es dunkler um sie herum, der Wind heulte wie ein Rudel Wölfe und ohne jede Vorwarnung prasselten unvermittelt Hagelkörner auf sie herab.

Roji hob sich das Kind auf die Hüfte, schützte Narias Kopf mit seinem Reiseumhang und rannte blindlings drauflos. Sie erreichten den Fuß des Hügels, wodurch es leichter wurde, da Roji nun an den Wegrand wechseln konnte, wo er Gras unter den Stiefeln hatte. Weil Naria durchaus Gewicht besaß und er vor lauter Dunkelheit, Wasser in den Augen und dem dichten Vorhang aus schmerzenden Hagelkörnern vermischt mit Regen kaum etwas sah, fühlte es sich dennoch an, als würde er kaum einen Schritt vorankommen. Ein Blitz zuckte über ihren Köpfen und erhellte die Welt auf schaurige Weise; dicht gefolgt von einem Donnerschlag, laut genug, dass Roji vor Angst kurz in die Knie ging.

„Nur noch ein kleines Stück!", schrie Naria gegen den heulenden Wind an und wies auf ein hohes Steinhaus, das beim nächsten Blitz sichtbar wurde. Die Fensterläden waren fest verschlossen, sodass kein Lichtschein nach außen fiel, darum war es nicht aus der Ferne zu erkennen gewesen. Es war kaum noch einen Steinwurf entfernt, stellte Roji zutiefst erleichtert fest. Er war durchnässt und schlammbedeckt. Solch ein Ärger! Zum Glück war sein Reisebündel wasserdicht und würde sogar einem Bad im Fluss standhalten. Noch einmal zusammenreißen, dann konnte er sich an einem behaglichen Feuer aufwärmen und umziehen. Vermutlich war der Spuk in einer Viertelstunde schon wieder beendet. Er musste lediglich …

„Aaah!" Roji fand sich verdutzt am Boden liegend wieder. Er war über irgendetwas gestolpert. Beim Versuch, aufzustehen, schoss heiß-sengender Schmerz durch seinen linken Fuß. Verdammt! Hoffentlich war da nichts kaputt gegangen, das würde ihm jetzt zu seinem Glück fehlen.

„Alles in Ordnung?", rief er Naria zu, während er am Boden hockenblieb, sein Bein umklammerte und wartete, dass der Schmerz nachließ. Es war derartig finster, die Regenwand so dicht, dass er sie kaum als Silhouette ausmachen konnte, obwohl sie direkt vor ihm stand.

„Alles gut!", brüllte sie zurück.

„Ich hab mir den Fuß verdreht. Lauf du schon mal ins Haus, ich komme sofort hinterher."

„Ist gut." Sie zögerte kurz, dann rannte sie auf das Gasthaus zu. Roji sah im Licht eines Blitzes, wie sie die Tür erreichte. Ein heller Fleck leuchtete im Dunkeln auf und verschwand. Das Mädchen war in Sicherheit. Sehr schön. Da wollte er nun auch hin. Es war nicht bloß unglaublich unangenehm, im kalten, nassen Dreck zu sitzen und von eisigem Regen überschüttet zu werden, der mittlerweile vorherrschte, während der Hagel nachließ; es war zudem extrem beängstigend, da Blitz und Donner sich weiterhin gegenseitig jagten. Den entfesselten Urgewalten ausgeliefert zu sein schuf Demut. Probehalber stampfte Roji mit dem verletzten Fuß auf. Es sollte gehen, wenn er ihn nicht voll belastete! Darum quälte er sich in die Höhe, orientierte sich und humpelte mit eingezogenem Kopf auf das Gasthaus zu. Dreißig Schritte, mehr konnten es nicht sein. Wenn es bloß etwas heller wäre, oder die Sturmböen nachlassen könnten! Grässlich war es hier. Wirklich grässlich. Er duckte sich, als der nächste Blitz zuckte, sofort gefolgt von Donner, laut genug, dass es in seinen Ohren schallte und ein seltsames, quälendes Fiepen zurückblieb. Wie weit noch? Roji blickte hoch, suchte das Gasthaus. Nichts zu sehen, es war zu dunkel. Verflucht! Hoffentlich war er nicht seitlich daran vorbeigerannt, ohne es zu bemerken. Er schaute in alle Richtungen, versuchte seine Augen vor dem Regen abzuschirmen, um mehr erkennen zu können. Kein Haus. Nirgends, kein Haus! So ein Unfug.

Probehalber lief er ein paar Schritte weiter nach rechts. Immer noch nichts. Fluchend und lauthals zeternd versuchte Roji, exakt den Weg zurückzulaufen, den er gekommen war. Konnte doch nicht sein, dass er sich auf solch einer geringen Distanz unrettbar verlief!

Was sowieso nicht möglich war. Glorbyn war ein Dorf, umgeben von Feldern und lichtem Wald, keine undurchdringliche Wildnis. Schlimmstenfalls musste er in dem Sturm draußen ausharren und sobald es hell genug wurde, den nächstbesten Weg ansteuern, dann würde er zurückfinden. Jetzt galt es erst einmal, irgendeine Art von Schutz zu suchen. Bäume waren nicht empfehlenswert in diesem Wetter. Vielleicht würde er eine Scheune oder wenigstens eine Grenzmauer aufspüren, wenn er noch ein bisschen aufs Geratewohl durch die Finsternis irrte. Roji wollte ungern in dem eisigen Regen stehenbleiben und sich dabei eine Lungenentzündung einfangen. Ein Gutes hatte die Kälte allerdings: Er konnte seinen verstauchten Knöchel nicht mehr spüren.

Schritt für Schritt humpelte er über matschiges Gras voran, kämpfte gegen den heulenden Wind, der sich durch die Haut bis in die Knochen fraß und jedes bisschen Wärme stahl, das er jemals besessen hatte. Das Wasser war mittlerweile überall. In seinem Mund, seinen Ohren, den Nasenlöchern, Stiefeln. Sogar sein Leibtuch war durchweicht. Roji fror erbärmlich und er spürte, wie ihm mit jedem Schritt die Kraft weniger wurde. Nicht mehr lange, und er konnte gar nicht mehr gegen Sturm und Regen bestehen. Was lächerlich war. Er war jung, kräftig, gesund!

Wie lange irrte er eigentlich schon umher? Jegliches Zeitgefühl war ihm verloren gegangen.

In diesem Moment prallte er gegen ein hartes Hindernis. Ein schmiedeeisernes Tor war es, das sich beim nächsten Blitz enthüllte. Prachtvoll musste es einst gewesen sein, mindestens drei Schritt hoch, in eine gewaltige Steinmauer eingelassen. Doch nicht einmal die nachtdunkle Finsternis und der Regen konnten gänzlich verbergen, dass alles von Unkraut überwuchert war und das Tor unter Rost und Verfall litt. Konnte es sein? Roji erinnerte sich an Erzählungen von einer Familie, die etwa eine Meile von Glorbyn entfernt ein Anwesen besessen haben sollte, auf das selbst der Landesfürst neidisch gewesen war. Ein großes Haus von schlossähnlichen Ausmaßen, Dienern, ein riesiger Park. Niemand wusste, woher der Reichtum dieser Familie stammte oder was das überhaupt für Leute waren, denn sie ließen sich nicht im Dorf sehen und die Diener erzählten nichts von ihren Herrschaften, wenn sie zum Wochenmarkt kamen, um Lebensmittel einzukaufen. Vor etwa dreißig Jahren musste irgendetwas geschehen sein, denn niemand kam mehr zum Wochenmarkt und das große Tor wurde nicht mehr geöffnet. Angeblich sollten seither dutzende und aberdutzende Diebe und Glücksritter versucht haben, in das Haus einzubrechen, um sich dort umzuschauen und Schätze zu stehlen. Niemand hatte es je geschafft, Türen oder Fenster aufzubrechen. Zumindest wurde das behauptet. Anscheinend sollte Roji gleich mehr darüber herausfinden – das große Tor war jedenfalls nicht versperrt, es öffnete sich mit einem schauderhaften Quietschen, als er daran rüttelte. Wenn Aussicht bestand, endlich dem peitschenden Sturm zu entkommen, dann wollte er es gerne mit einem verwunschenen, möglicherweise auch verfluchten Haus aufnehmen, das seit drei Jahrzehnten leerstand!

Eine Windböe ließ das Tor zuschlagen, kaum dass Roji hindurchgetreten war. Ihn schauderte es, zu sehr fühlte es sich an, als wäre er plötzlich eingesperrt. Das war Unsinn, außerdem trieb ihn der anhaltende Sturm auf den Überresten eines Kieswegs entlang, der zwar ebenfalls mit Unkraut und jungen Bäumen überwuchert war, aber dennoch ein leichteres Laufen ermöglichte als zuvor auf Wiesen und Waldboden. Hatte der Wind etwas nachgelassen? Möglicherweise half die hohe Mauer in seinem Rücken und schützte ihn. Roji fasste Mut und eilte den Weg entlang. Die Parkanlage war tatsächlich erstaunlich weitläufig. Blitze enthüllten das herrschaftliche

Haus, das mindestens eine halbe Meile vom Tor entfernt lag. Diese Familie musste wirklich unglaublich reich gewesen sein, um sich ein solches Haus bauen zu können. Selbst aus der Ferne war zu erkennen, dass jedes einzelne Bauernhaus von Glorbyn in diesem Palast Platz finden würde. Jedes. Das Haus war gewaltig.

Roji hoffte sehr, dass er irgendwo unterkriechen konnte. Vielleicht nicht im Haupthaus, doch sicherlich gab es Stallungen, die nicht verriegelt worden waren. Selbst eine verlassene Hundehütte wäre ihm im Moment recht, Hauptsache, er kam aus diesem Unwetter raus! Noch nie in seinem Leben hatte er so sehr frieren müssen, Hände und Füße schienen abgestorben, sein Gesicht fühlte sich an, als wäre die Haut abgezogen worden. Ein Ende des Sturms war nicht in Sicht, Blitz und Donner hatten sich scheinbar festgesetzt, der Regen stürzte mit unverminderter Macht auf ihn herab.

Endlich erreichte er das Gebäude. Fünf Stockwerke rötlich-braunes Backstein. Von solch riesigen Häusern hatte Roji bislang bloß gelesen und fahrende Händler darüber sprechen gehört. Selbst in dieser von Blitzen durchzuckten Finsternis konnte man leicht erkennen, wie großartig und gewaltig das Gebäude sein musste. Ein Brunnen mit unförmigen Gestalten erhob sich davor, das Licht genügte nicht, um zu erkennen, welche Fabelwesen der Künstler gewählt hatte. Zentauren vielleicht, oder Meeresmenschen? Es war Roji herzlich gleichgültig, obwohl er solche Kunst an jedem anderen Tag stundenlang bestaunt hätte. Stattdessen hastete er die Steintreppe hinauf zur großen Eingangstür. Vielleicht waren die Einbrecher entgegen der Legende erfolgreich gewesen und hatten ein Loch hineingeschlagen?

Nun, ein Loch konnte er nicht entdecken. Doch als er sich gegen das schwere dunkle Holz lehnte, im verzweifelten Versuch, ein bisschen Schutz vor der Witterung zu finden, gab die Tür zu seiner maßlosen Verblüffung nach. Er konnte hinein!

Vor Glück jauchzend quetschte sich Roji durch den Spalt und warf die Tür hinter sich sofort zu. Sturm und Regen blieben draußen.

Stille empfing ihn. Stille, dazu warme, abgestandene Luft und absolute Dunkelheit. Roji sank zu Tode erschöpft auf den Boden nieder, der mit Steinplatten ausgelegt war. Er musste sich bewegen, das war ihm klar. Roji zerrte sich das Tragbündel vom Rücken und sämtliche Kleidung vom Leib. Das war Schwerstarbeit, so durchnässt wie alles war klebte es ihm an der Haut. Bei den Stiefeln musste Roji dermaßen arbeiten, dass ihm fast schon wieder warm wurde. Danach kämpfte er gegen die Verschnürung seines Bündels, der Knoten wehrte sich gegen seine tauben, gefühllosen Finger. Er schrie vor Frust und Kälte, fluchte derber als jeder fahrende Kesselflicker und Scherenschleifer, bis das Gebinde endlich nachgab. Zutiefst erleichtert hüllte er sich in die Wolldecke, rollte sich eng auf dem Boden zusammen. Ein Feuer konnte er nicht entzünden, er hatte kein Holz bei sich. Die trockene Ersatzkleidung wollte er in einigen Minuten überstreifen, wenn er etwas wärmer und trockener geworden war. Erst einmal zu Atem kommen.

Bei allen Himmelsmächten, was für ein scheußliches Wetter! Er hatte den einen oder anderen Moment durchlitten, wo er nicht sicher gewesen war, ob er diesem Sturm lebendig entkommen würde! Aber jetzt war alles gut. Er würde sich aufwärmen, etwas essen, später nachschauen, ob er die Küche fand und dort ein Feuer im Ofen entzünden konnte, damit auch seine Stiefel und der Umhang trocknen konnten. Zitternd und bebend lag Roji am Boden und lauschte dem Gewitter und Sturmgeheul. Es klang weit entfernt und hier, mit einem sicheren Dach über dem Kopf, gab es auch keinen Grund, sich zu fürchten. Ein wenig störte es ihn, dass er so dumm gewesen war, das Gasthaus zu verfehlen. Die arme Naria! Sie hatte den Leuten in der Herberge zweifellos von ihm erzählt. Sobald der Sturm vorüber war, musste er sich beeilen, um zurückzukehren, denn selbstverständlich würde man nach ihm suchen. Er wollte nicht, dass sich die Leute Sorgen um ihn machten.

Mit ausreichend Pech musste er allerdings über Nacht in diesem Haus bleiben, denn er würde nicht noch einmal in der Finsternis durch unbekanntes Gelände stolpern.

Langsam sollte er wohl die Augen öffnen und sich die Ersatzkleidung überstreifen. Wenn er bloß nicht so müde wäre ... Er musste sich bewegen. Hinsetzen. Anziehen. Jetzt! Jetzt ... gleich ...

Roji schlug die Augen auf. Sein Kopf schien mit einer zähen, trägen Nebelmasse gefüllt, in der jeder Gedanke steckenblieb und zu ertrinken drohte. Wo war er? Was war geschehen?

Sehr langsam fanden sich erste Erinnerungen ein. Der Brief. Der Marsch nach Glorbyn. Das Unwetter. Das kleine Mädchen, das es sicher ins

Gasthaus geschafft hatte, während er sich wie ein Narr in der stürmischen Dunkelheit verlief, bis er in einem verlassenen Haus Unterschlupf gefunden hatte.

Ja. Genau dort lag er noch immer auf dem Steinfußboden herum, nackt unter einer klammen Wolldecke. Zumindest spürte er seine Finger und Zehen wieder und schlotterte nicht mehr länger wie ein Fieberkranker.

Vorsichtig setzte er sich auf. Ihm war etwas schwindelig und seine Muskeln fühlten sich steif und verhärtet an, nachdem er vermutlich stundenlang in dieser Zwangshaltung wie ein Toter geschlafen hatte. Strecken half, damit die Schmerzen und der Schwindel nachließen.

Insgesamt ging es ihm besser als befürchtet. Von irgendwoher kam Licht, er konnte zumindest halbwegs erkennen, was sich um ihn herum befand. Ohne Mühe entdeckte er sein Tragbündel und hüllte sich rasch in frische, saubere Kleidung.

Das nasse Zeug hatte er vorhin überall verteilt. Roji beschloss, es erst einmal liegen zu lassen und sich umzuschauen, ob er die Küche oder einen anderen Raum mit einer Feuerstelle fand, wo im besten Fall noch Holz gelagert war. Er trank seinen Wasservorrat leer und aß von der Pastete, die er eingesteckt hatte. Sparen wollte er nichts, es war sinnvoller, für neue Kraft zu sorgen. Glorbyn war etwa eine Meile entfernt von hier und er würde sobald wie möglich zu dem Gasthaus zurückkehren. Dort konnte er sich ein Zimmer mieten, Essen kaufen und wenn danach noch Münzen übrig waren, sogar nach einem Badezuber fragen. Nun aber würde er erst einmal schauen, wie es in diesem verlassenen Gemäuer aussah. Das Gewitter war fortgezogen, jedenfalls donnerte es nicht mehr. Der Sturmwind hingegen heulte mit unverminderter Kraft und rüttelte an der großen, schweren Eingangstür.

An Heimkehr war also noch nicht zu denken.

Roji humpelte auf den Ursprung des schwachen Lichts zu, das die Eingangshalle matt erhellte. Sein verstauchter Knöchel schmerzte etwas. Sorge, dass es eine ernstere Verletzung sein könnte, hegte er keine mehr. Er erreichte eine Tür, die nicht vollständig geschlossen war. Sie war es, die das Licht hereinließ. Mit Anspannung im Bauch ging er hindurch. Es war seltsam unheimlich, durch dieses riesige, stille Haus zu wandern. Da konnten Bilder im Kopf entstehen, die noch seltsameren und unheimlicheren Ängsten Ausdruck gaben. Doch es war ein langgezogener Gang, in dem er landete. Große Landschaftsgemälde bedeckten die Wände und durch die hohen Fenster fiel Tageslicht. Es waren durchsichtige

Glasscheiben, keine Butzenfenster – unvorstellbar, wie reich diese Leute gewesen sein mussten, die sich das leisten konnten!
Da Roji nicht wusste, in welche Himmelsrichtung er sich gerade bewegte und lediglich schwere, graue Wolken zu sehen bekam, konnte er nicht abschätzen, wie spät es mittlerweile war. Er hoffte, dass das Tageslicht noch einige weitere Stunden vorhalten würde. Jedenfalls wäre es klug, wenn er nicht zu lange durch dieses Gebäude streifte, sondern möglichst gezielt die Küche aufspürte, seine durchweichte Kleidung vor einem Feuer halbwegs trocknete und in einer regenfreien Viertelstunde zumindest das Gasthaus von Glorbyn ansteuerte. Schade, er würde sich diese Gemälde gerne genauer anschauen. Irgendetwas wirkte seltsam an den Darstellungen der Tiere und Pflanzen. Sicher war sich Roji nicht, dafür war das Licht zu schlecht, Staub und Spinnenweben erschwerten die Angelegenheit und er blieb nicht lange genug stehen, um Details wahrnehmen zu können. Dennoch hatte er den Eindruck, dass dies Bilder von einer Traumwelt sein mussten. Möglicherweise auch eine Albtraumwelt, denn die Farben waren größtenteils eher düster.
Er blickte in mehrere Räume hinein, die allesamt entweder leerstanden oder lediglich karg möbliert worden waren. Auch hier gab es Bilder, wohin man schaute. Anscheinend hatte er den falschen Gang erwischt, eine Küche kam ihm jedenfalls nicht unter. Als er eine Treppe entdeckte, die ein Stockwerk höher führte, folgte er ihr kurzentschlossen. Vielleicht waren da oben Schlafräume und die waren bei reichen Herrschaften sicherlich mit Kaminen ausgestattet worden, nicht wahr?
Roji fühlte sich seltsam atemlos, als er oben ankam. War die Luft hier drinnen derartig schlecht? Ihn bedrückte jedenfalls die Stille und er hatte sich niemals zuvor mit solcher Macht nach Hause gesehnt. Nah am Küchenherd sitzen, einen Kräutertee trinken, um von innen warm zu werden, Tajan lag hechelnd zu seinen Füßen und da kam auch endlich sein Vater nach Hause und sie konnten gemeinsam zu Abend essen und im Schein der selbstgezogenen Bienenwachskerzen auch nach Sonnenuntergang noch ein wenig gemeinsam zusammensitzen und reden oder auch schweigen, bis sie müde wurden und in ihre Betten gingen …
Ihr Mächte des Himmels, das klang so verführerisch schön! Zögernd blieb Roji stehen. Wozu brauchte er ein Kaminfeuer, verdammt? Eine Meile! Die konnte er auch in klatschnassen Stiefeln zurücklegen, mit seiner Wolldecke als Schutz vor dem Wind um den Schultern. Es gab keinen Grund, noch einen Herzschlag länger durch diese verstaubte Gruft zu laufen, die vor

endlosen Jahren mal ein prächtiges Heim gewesen sein mochte. Wobei er bezweifelte, dass die Person, die diese unglaublichen Mengen an Bildern gemalt hatte, recht bei Verstand gewesen sein konnte. Selbst im Vorbeieilen kam man nicht umhin, die Anzahl an obskuren Monstern, Drachen, Feen und Märchenwesen in jeglicher Größe zu bemerken, die sich auf Feldern, Bäumen, Wiesen und seltsamen Gebäuden tummelten. Gleichgültig was hier geschehen sein mochte, es lag ganz gewiss nicht an ihm, es herauszufinden.

Da die Tür, vor der er stehengeblieben war, offenstand, oder vielmehr lediglich angelehnt war, beschloss Roji impulsiv, dass er sich den Raum dahinter ansehen wollte. Danach würde er in die Eingangshalle zurückkehren und sein Glück draußen im Sturm versuchen.

Eine schöne Tür war das. Reich verziert, wundervoll geschnitzt.

Offenbar hatte der zugehörige Raum große Bedeutung, sonst hätte man sich nicht diese Mühe gegeben, während die anderen Türen schlichter gehalten waren.

„In Ordnung. Dieser eine Raum", murmelte er halblaut und zuckte vor dem Klang seiner eigenen Stimme zurück. Es war zu kalt in diesem Gemäuer. Zu leer, zu still. Möglicherweise gewöhnten sich Häuser daran, allein zu sein und wollten nicht, dass das Leben in sie zurückkehrte? Warum gab es eigentlich keine offenkundigen Schäden? Müssten nicht zumindest einige der kostbaren Fensterscheiben zerstört sein? Müsste es nicht Löcher in den Wänden geben, nach dreißig Jahren Vernachlässigung? Wären da nicht Staub und Spinnweben, könnte man meinen, dass die hohen Herrschaften lediglich zum Sonntagsspaziergang ausgegangen waren und jeden Moment zurückkehren würden.

Weitere eisige Schauder rannen über Rojis Körper. Er fror noch immer und ja, er hatte Angst.

Vielleicht sollte er diesen Raum nicht anschauen und …

Ach, was sollte schon hinter dieser Tür versteckt sein? In den bisherigen Räumen war ein umgefallener Stuhl das Spannendste gewesen. Mit einem Ruck zog Roji die Tür auf.

Ein verstörender, muffiger Geruch schlug ihm entgegen. Der Raum war groß, die Fenster eher klein und schmal und weit oben angesetzt. Mindestens zehn Schritt an Höhe besaß er. Ein Gerüst stand in der Mitte, das bis unter die Decke reichte, und unförmige große Gegenstände lagen überall am Boden herum.

Irritiert trat Roji näher heran.

Nein. Nein, das waren keine Gegenstände, oder? Er beugte sich über eines der merkwürdigen Dinger …

… und sprang mit einem Schrei zurück.

Leichen! Schrecklich entstellte, vertrocknete Leichen, von Staub bedeckt, das Haar spinnwebfein, die Haut sah wie gegerbtes Leder aus. Ein halbes dutzend oder mehr tote Menschen befanden sich in diesem Raum. Ihr Himmelsmächte, was war hier bloß geschehen?

Winselnd vor Angst warf Roji sich herum und rannte blindlings los, den Gang hinab. Er musste raus aus dieser Gruft! Er musste den Dorfvorsteher alarmieren, ihm sagen, was er vorgefunden hatte. Immer wieder schaute er über die Schulter, was unsinnig war. Natürlich konnten ihm die Toten nicht folgen und ihr Mörder – oder das, was sie umgebracht hatte – war längst verschwunden. Es änderte nichts an seiner Not. Er hatte einem Toten ins Gesicht geblickt! Raus, er musste raus, er musste sofort …

Sein verletzter Fuß gab unter ihm nach. Mit einem panischen Aufschrei schlug er auf den kalten, dunklen Steinfliesen auf. Seltsamerweise brachten der Schmerz und der plötzliche Sturz ihn zur Besinnung. Er rannte ja in die vollkommen falsche Richtung! Tiefer in das Haus hinein statt zurück zur Eingangshalle. Hustend, weil er Staub eingeatmet hatte, setzte sich Roji auf. Sein rechter Unterarm tat weh, er war damit aufgeschlagen. Am Zeigefinger hatte er sich den Nagel eingerissen, was heftig blutete, aber harmlos war. Und seinem Fuß ging es nun noch schlechter als zuvor, dabei war der Knöchel bereits angeschwollen und leicht bläulich verfärbt gewesen. Es war eben eine schwachsinnige Idee, barfuß und in kopfloser Panik durch ein altes Haus zu rennen.

Roji schaute sich um. Eine der Türen stand offen und auf dem ersten Blick schien sich dahinter ein Schlafraum zu befinden. Möglicherweise gab es dort Kleidungsstücke? Ein Bettlaken würde bereits genügen, Hauptsache etwas Stoff, womit er seinen Fuß umwickeln und somit den Knöchel stützen konnte. Fluchend und mit zusammengebissenen Zähnen humpelte er in das Zimmer. Er stand schon darin, bevor ihm der Gedanke kam, dass auch dort eine Leiche hätte herumliegen können. Ihr Himmelsmächte! Er musste endlich nach Hause. Dringend.

Der Raum war interessant. Keine einzelnen gerahmten Bilder hingen an den Wänden, dafür waren diese umlaufend bemalt. Eine düstere Szenerie. Viel Wald, eine Burg oder Festung erhob sich an der Stirnseite. Seltsame Kreaturen waren auf den ersten Blick nicht zu sehen. Das Zimmer war anscheinend ein Gastraum für Damen. Jedenfalls hingen Kleider über einem Stuhl. Einfach geschnittene Kleider aus grauem und schwarzem Stoff, die man eher bei Frauen aus niederem Stand vermuten würde. Der Schmuck, der scheinbar achtlos auf den Tisch geworfen wurde, wirkte dafür sehr kostbar. Da es keinerlei persönliche Gegenstände gab, konnte dies wohl nicht das Schlafzimmer der Hausherrin oder einer ihrer Töchter gewesen sein. Roji trat an den Stuhl heran. Der Plan war, von einem der Kleider ein Stück Saum abzureißen, um seinen schmerzenden Knöchel zu verbinden. Der bloße Gedanke an seinen Fuß brachte ihn ins Taumeln, er musste sich an der Wand abstützen. Seine blutbefleckten Finger landeten auf einer Eule, die vor dem Turm flatterte, brillant gemalt von diesem wahnsinnigen Künstler, der ein solch riesiges Haus mit seinen Werken gefüllt hatte. In Gedanken entschuldigte sich Roji bei diesem Unbekannten, weil er die hübsche Eule beschmiert hatte. Wobei – das Blut verschwand restlos im Gefieder, noch während er hinschaute. Die Augen der Eule begannen zu leuchten. Sie bewegte den Kopf, starrte ihn unmittelbar an, und krächzte deutlich hörbar:

„Tritt ein, Fremdling."

„Was?" Roji zuckte zurück. Hatte er sich den Schädel angeschlagen? Oder war dieses Trugbild ein Zeichen von beginnendem Fieber, das er sich durch die Kälte und Nässe zugezogen hatte?

„Tritt ein!", wiederholte die Eule geduldig.

Es wurde dunkel um Roji.

Ein Ruck, das Gefühl, als würde er in die Leere stürzen. Und mit einem Mal befand er sich in einem nächtlichen Wald. Die Luft war kalt, der Wind rau. Er lag auf den Knien, zu Tode erschrocken und vollkommen verwirrt. Langsam richtete er sich auf, schaute sich um. Vor ihm erhob sich eine gewaltige Burgfestung. Links und rechts sah er nichts als Bäume. Der Himmel war von Wolken verhangen, es roch nach Regen und nasser Erde und Herbstlaub. Das Mondlicht, das zwischen den Wolkenfetzen aufleuchtete, genügte, um etwas mehr als Umrisse erkennen zu können. Um ihn herum raschelte es. Keine Eule weit und breit. Kein Wandgemälde. Kein Weg zurück nach Hause.

„Schaut, Brüder, was ist das?", ertönte unvermittelt eine tiefe, grollende Stimme weit, weit über ihm.

Roji erstarrte.

Das, was er für einen Baum gehalten hatte, besaß beim genaueren Hinsehen zwei extrem breite, muskulöse Beine, die zwar Ähnlichkeit mit borkiger Baumrinde hatten, in Wahrheit aber einem Riesen gehörten.

„Ich nehme ihn, Madrow." Eine Hand tauchte in Rojis Gesichtsfeld auf. Eine Hand, die größer war als er selbst.

Keuchend versuchte er auszuweichen, doch er bewegte sich viel zu langsam, so als wären seine Muskeln eingefroren vor Angst. Überwältigt von dem, was mit ihm geschehen war, was auch immer das sein mochte.

„Ein Mensch", dröhnte das Monster. „Keiner von uns, er kommt von der anderen Seite, würde ich sagen. Sonst hätte er nicht diesen erschrockenen Ausdruck. Er ist zu alt, um unsere Sorte nicht zu kennen."

„Was macht er dann hier, Agus?"

„Woher soll ich das wissen?"

Roji sah ein knorriges Gesicht über sich schweben. Allein die Augen waren größer als sein Kopf. Bösartig war der Blick nicht zu nennen und die Finger, die ihn mehrere Schritt über dem Boden hielten, verletzten ihn nicht. Der Riese und seine beiden Brüder schien eher neugierig zu sein. Das änderte nichts daran, dass Roji von Kopf bis Fuß schlotterte und lediglich sinnlose Silben über seine Lippen kamen.

„Willkommen im Verwunschland", sagte der Riese namens Agus. „Du bist wohl aus Versehen mit deinen blutigen Fingern auf das Eulenbildnis gelangt, hm? Na, wir bringen dich mal zu unserem Herrn. Der soll entscheiden, was mit dir geschehen wird.

„Bi... bi... bitte ...", wimmerte Roji verängstigt.

Der Riese lachte freundlich und drückte ihn an sich.

„Er glaubt, ich will ihn auffressen!", sagte er, was die beiden anderen in das Gelächter einstimmen ließ.

„Wir sind Wächtergnome, keine menschenfressenden Monster", sagte Agus. „Ob unser Herr dich leben lässt, kann ich dir allerdings nicht versprechen."

Irgendetwas an den lapidar dahingeworfenen Worten trieb Roji über die Klippe. Schreiend kämpfte er gegen den Griff des Riesen an, der ihn eher vor Überraschung losließ. Ohne Halt stürzte er dem Boden entgegen. Im letzten Moment fing ihn der Riese ab und hob ihn wieder in die Höhe. Zitternd und heulend vor Angst krümmte sich Roji zusammen.

„Lasst mich nach Hause! Ich will nach Hause!", schrie er.

Ein Riesenfinger berührte ihn an der Stirn. Erstaunlich behutsam, doch es brachte Roji dazu, wie erschlagen zurückzusinken und den Widerstand vollständig aufzugeben. Schwer atmend blickte er zu der fremdartigen Kreatur hoch, die es überhaupt nicht geben dürfte. Der Riese musterte ihn mit einer Mischung aus Neugier und Mitgefühl.

„Ich werde dich jetzt einschlafen lassen. Du bist eher jung, wie ich sehe. Gerade erst der Reifezeit entkommen und halbwegs ausgewachsen. Zwanzig, würde ich sagen? Schlaf ist besser für dich, sonst bringt die Angst dich um, noch bevor unser Herr über dein Schicksal entscheiden konnte."
Rojis Körper begann zu kribbeln. Die Panik verebbte. Erschöpfung zog ihn in die Tiefe hinab und seine Augen schlossen sich von allein.

„Schlaf, junger Mensch. Wenn du Glück hast, wirst du niemals mehr erwachen. Schlaf …"

Kapitel 3

Tirú blickte alarmiert von seinem Schreibpult auf, an dem er in dem Licht arbeitete, das ihm eine Glanzfee spendete, als einer seiner Wächter an die Fensterscheibe klopfte. Nachts waren die Gnome zu groß, um sich in den Räumlichkeiten der Festung aufhalten zu können. Rasch eilte er über den mit dicken Teppichen ausgelegten Boden zu dem Fenster und stieß es auf.
„Angriff?", fragte er knapp.
„Nein, Herr", entgegnete Fjork. „Wir haben einen Eindringling aufgegriffen. Es ist ein Mensch. Er kommt von der anderen Seite."
„Ist das so?" Seltsam berührt beugte sich Tirú weiter aus dem Fenster. Seit dreißig Jahren war er ausschließlich von Verwunschländern umgeben. Es erschien ihm seltsam ... erfrischend, einem Menschen begegnen zu dürfen, der über keinerlei Magie verfügte und nicht das geringste Interesse daran haben sollte, ihn umzubringen. Umso enttäuschter war er, als Agus ihm einen bewusstlosen jungen Mann entgegenstreckte.
„Wir mussten ihn in den Traumschlaf schicken, Herr", erklärte Madrow. „Er ist recht jung und er war so sehr verängstigt, dass es ihn umzubringen drohte. Was soll mit ihm geschehen?"
„Ich will mit ihm reden, sobald er wach wird. Übergebt ihn mir."
Tirú wich zur Seite, damit Agus konzentriert den Menschen auf einem Finger balancierend durch das Fenster reichen und ihn sanft am Boden ablegen konnte.
„Habt Dank für eure Wachsamkeit", sagte Tirú und verneigte sich vor seinen treuesten Freunden und Weggefährten.
„Wir leben, um Euch zu dienen, Herr", entgegneten die drei Gnomwächter zugleich. Danach verschwanden sie wieder in das Dunkel der Nacht, bewegten sich lautlos von ihm fort, um bis zum Morgengrauen für den Schutz der Festung zu sorgen.
Tirú schloss zunächst einmal das Fenster. Dann beugte er sich über seinen besinnungslosen Gast. Ein hübscher junger Mann war das. Goldblondes Haar, sanfte Gesichtszüge, ein schmaler Körper mit gut angelegten Muskeln. Ein Blick auf die schwieligen Hände zeigte, dass er täglich hart arbeitete. Ein Bauer vermutlich, der sich aus irgendeinem Grund in das

Haus verirrt hatte, in dem Tirú seine ersten Lebensjahre verbringen durfte. Anscheinend verlor der Schutzzauber seiner Mutter allmählich seine Wirkung.

Tirú seufzte. Es wäre gnädiger, den Jungen sofort zu töten. Das Verwunschland kannte jedenfalls keine Gnade und würde ihn mit Freuden auffressen. Die Schwachen und Wehrlosen überlebten nicht. Ihn nach Hause zu schicken war unmöglich.

Andererseits ... Nein, es war besser, er sprach tatsächlich mit ihm. Tirú wollte erfahren, wie genau dieser Bauer die vielen Schutzmechanismen überwunden hatte, die es für Normalsterbliche unmöglich machen sollte, zwischen den Welten zu wechseln.

Selbst wenn der Zauber seiner Mutter ausdünnte, sollte das nicht geschehen dürfen.

„Bránn!", rief er und erhob sich. Ein Kobold erschien, eine verwachsene, seltsam verzerrt erscheinende Kreatur.

„Wir haben einen Gast. Bring ihn ins Verlies und kette ihn dort an. Ich muss mit ihm reden, sobald der Traumschlafzauber von Agus nachlässt."

Das Verlies war normalerweise für männliche Zentauren gedacht, die einmal im Jahr von der Brunft überwältigt wurden. Das hatte nur bedingt etwas mit Paarungswilligkeit zu tun, dafür recht viel damit, dass die tierischen Triebe mit dem menschlichen Verstand kollidierten. In dieser Zeit, die zum Glück selten länger als zwei Tage andauerte, ließen sich die Zentauren freiwillig einsperren und anketten, um nicht blindlings zu morden oder sich selbst umzubringen. In dem Raum sollte der junge Mann gut aufgehoben sein, bis Tirú Zeit hatte, sich mit ihm zu beschäftigen.

„Soll er unbeschädigt bleiben, Herr?", fragte Bránn.

„Ich bitte darum. Es vereinfacht das Gespräch, wenn er nicht vor Schmerzen brüllt."

„Auch füttern und tränken, Herr?"

„Nahrung wird nicht notwendig sein. Etwas klares, frisches Brunnenwasser hingegen, das gebietet die Höflichkeit." Tirú wedelte ungeduldig mit der Hand, bevor Bránn noch weitere dumme Fragen einfielen. Er war kein besonders guter Diener, der zahlreiche Fehler beging, doch mangelnden Eifer konnte man ihm nicht vorwerfen.

Der Kobold warf sich den jungen Mann über die knotigen Schultern und schleppte ihn hinaus.

Tirú zögerte, ihn zurückzurufen. Es widerstrebte ihm, grundlos grausam zu sein. Sollte er den Jungen also doch töten?

„Hör auf zu denken", knurrte er halblaut. Es gab Wichtigeres zu tun. Der Krieg gewann sich nicht von allein.

Roji erwachte davon, dass ihm erbärmlich kalt war.
Nichts als Dunkelheit herrschte um ihn herum, für einen Schreckmoment war er sogar überzeugt, dass er erblindet sein musste.
Eine Vielzahl von Wahrnehmungen flutete sein Bewusstsein.
Er war barfuß. In seinem verstauchten Knöchel klopfte und wummerte es dumpf und bei dem bloßen Gedanken, ihn mit seinem Gewicht zu belasten, traten ihm Schmerzenstränen in die Augen.
Das metallische Klirren hing mit dem kratzigen Gewicht an seinem rechten Handgelenk zusammen – er war an eine Wand gekettet.
Als Schlaf- und Sitzplatz diente ihm ein roh gezimmertes Stück Holz. Das war hart und er hatte Splitter in den Armen, aber zumindest musste er nicht auf dem blanken Felsboden liegen, was noch kälter gewesen wäre.
Die Kälte klebte feucht auf seiner Haut. Es roch nach schimmeligem Stroh und Angst. Soweit er seinen Sinnen trauen mochte, befand er sich in einem unterirdischen Verlies, das zu klein und schmal war, um Platz für weitere Menschen zu bieten. Um sicher zu gehen und damit seine Nerven zu beruhigen, stand er auf und tastete die Wände ab. Dabei stieß er auf eine schwere, eisenbeschlagene Tür, die fest verriegelt war, einen stinkenden Eimer für die Notdurft und sonst nichts.
Roji kehrte zitternd zu seiner Holzbank zurück. Den Impuls, laut um Hilfe zu brüllen, unterdrückte er, denn er konnte sich an die baumähnlichen Riesen erinnern, die ihn aufgegriffen hatten, nachdem er … Ja, was eigentlich? Er wusste nicht, was mit ihm geschehen war, lediglich dass das Bildnis einer Eule damit zusammenhing. Es machte ihn fassungslos, ja, es war unbegreiflich! Er wollte doch bloß einen Brief übergeben. Sich selbst und ein kleines Kind vor einem schweren Sturm in Sicherheit bringen. Einen Unterschlupf finden.
Für einen winzigen Moment der Neugier nachgeben und sich einen Raum in einem düsteren, verlassenen Haus ansehen. Das alles, bevor er heimkehrte. Wieso lag er jetzt in Ketten, nachdem wandelnde Baumriesen ihn gefangengenommen hatten? Er war kein Verbrecher! Er tat niemandem weh!

„Ich will nach Hause!", wisperte er und gab sich den Tränen hin. Es gab keinen Grund, gegen sie anzukämpfen. Niemand konnte ihn hören oder sehen. „Vater, hilf mir! Ich will nach Hause!"
Niemand kam. Niemand half ihm. Niemand bedrohte ihn. Er war allein. Allein in der Kälte.

Müde warf Tirú seinen Tragebeutel von sich. Bránn, sein treuer, wenn auch wenig kluger Kobolddiener, stürzte sich eifrig darauf, um die schmutzige Wäsche und Ausrüstung zu pflegen und zu reinigen. Elryka, eine Nymphe, die ebenso unglaublich schön wie dumm war, dafür allerdings fantastisch kochen konnte, brachte ihm Essen. Es hatte Monate gedauert, ihr die Grundregeln beizubringen: Hielt er sich in der Festung auf, versorgte sie ihn dreimal am Tag mit einer Mahlzeit. War er nicht da, fiel die entsprechende Mahlzeit oder auch jede davon aus.
Unglaublich, wie anstrengend es sein konnte, solche schlichten Tatsachen zu erläutern und in ihrem weißblonden Kopf zu festigen! Es war die Mühe dennoch wert gewesen, denn niemals zuvor hatte er besseres Essen genießen dürfen.
Es war nicht Elrykas Schuld, dass Nymphen immer nur eine einzige Aufgabe in ihrem Leben meistern konnten, diese dafür mit Perfektion. Sie waren durch und durch magische Geschöpfe und genau auf diese Spezifizierung hin gezüchtet worden. Elryka hätte auch seine vollkommene Geliebte sein können, bereit und fähig, sich seiner Lust zu unterwerfen. Für solchen Unfug hatte Tirú keine Zeit, darum war sie seine Köchin geworden und vollbrachte Zauberdinge mit einer Handvoll Gartengemüse, Wurzelwerk und Waldkräutern.
Drei anstrengende Tage hatte er sich abgemüht, um einen Auftrag der Königin zu erfüllen. Spionage, wie zumeist, um die Pläne des Feindes in Erfahrung zu bringen. Vorhin hatte er ihr und den obersten Heerführern berichtet, was er über die Vorgänge im Hiutstal ausgespäht hatte, wo Bergtrolle Tag und Nacht schuften mussten, um Eisenerz abzubauen. Aller Magie zum Trotz setzte der Feind verstärkt auf Schwerter, Äxte, Pfeile und Armbrüste. Wenn die Magie versagte, kam rohe Gewalt stets zum Ziel. Beinahe wäre er selbst ein Opfer dieser Gewalt geworden, denn die Wächter hatten ihn entdeckt und er musste ruhmlos fliehen.

Wenigstens hatte Tirú zuvor noch seinen Auftrag abschließen können, sonst hätte er vor Ort bleiben und es weiter versuchen müssen, aller Gefahr zum Trotz.

Erschöpft rührte er in seinem Eintopf herum. Morgen ging es vermutlich weiter. Es gab immer den nächsten Auftrag, das nächste Tal, die nächste Tat. Heute Nacht wollte er sich nur noch waschen und danach in sein Bett sinken, um endlich wieder einmal vier Stunden am Stück schlafen zu dürfen. Oder zumindest mehr als zwei.

„Herr."

Tirú blickte hoch, als er Agus' Stimme hörte. Noch war die Sonne nicht untergegangen, darum hielt der Gnom sich innerhalb der Festung auf. Wenn er förmlich zu Tirú sprach, ihn *Herr* nannte und *Euch* statt *du* nutzte, dann war es ernst.

„Schon wach, mein Freund?", fragte er. „Du wirkst besorgt. Welchen Diebstahl musst du beichten?"

„Heute keinen", sagte der Gnom zögerlich. „Meinen Brüdern und mir fiel vorhin ein, dass da diese Sache mit dem Mensch von der anderen Seite war und ich hatte ins Verlies geschaut, weil Bránn nicht wusste, ob der Junge noch lebt."

Tirú blinzelte irritiert. Sein müder Verstand brauchte eine Weile, bis er sich erinnerte, wovon Agus gerade sprach. Ein unangenehmer Stich durchfuhr ihn. Schlechtes Gewissen.

Er hatte über den plötzlich erteilten Auftrag den jungen Mann vollkommen aus seinem Bewusstsein verdrängt und da er Bránn die spezifische Anweisung gegeben hatte, ihm kein Essen zu bringen, dürfte der Junge wohl nicht mehr in der bestmöglichen Verfassung für ein Verhör sein.

Wie ärgerlich!

So etwas geschah, wenn man ständig mitten der Nacht aus dem Bett gerissen und zu immer neuen Geheimaufträgen durch das Land gejagt wurde. Man beging Fehler und die Schwachen mussten darunter leiden.

„Lebt er noch?", fragte er so beherrscht wie möglich.

„Seine Verfassung ist schlecht", entgegnete Agus erwartungsgemäß. „Bránn hat den Wasserkrug vor die verschlossene Tür gestellt und nicht bedacht, dass ein angeketteter Gefangener ihn damit nicht erreichen kann, selbst wenn er wüsste, dass er da ist. Er hat also seit drei Tagen keinen Tropfen mehr getrunken, nichts gegessen, ist halb erfroren, hat sich das Handgelenk bei den verzweifelten Befreiungskämpfen blutig gerissen und liegt nun bereit zum Sterben darnieder, um das Ende zu erwarten."

„Oh." Tirú schob die Holzschüssel mit seinem Abendessen von sich. Ihm war der Appetit vergangen, obwohl er dringend Nahrung benötigte, um seine Kräfte zusammenzuhalten. „Ich hätte ihn wohl doch besser sofort getötet. Meine Fragen sind nicht wichtig genug, um die Folter, der er unbeabsichtigt ausgesetzt war, zu rechtfertigen."

„Andererseits wird er Euch jetzt nicht den geringsten Widerstand bieten. Soll ich Bránn losjagen, damit er ihn ein bisschen auffrischt? Er duftet etwas streng."

„Sei so gut. Er soll ihn waschen, umziehen und seine Wunden verbinden. Danach will ich ihn in meinem Schlafgemach haben. Elryka soll bitte eine Brühe kochen."

„Wirst du ihn nach der Befragung töten? Wenn ja, ist es nicht notwendig, ihn zu füttern und somit gutes Essen an ihn zu verschwenden", sagte Agus.

„Notwendig nicht, nein. Sollte ich mich entscheiden, ihn umzubringen, möchte ich, dass er nicht leidet und am besten auch nichts davon weiß, dass er nie wieder aufwacht. Darum will ich ihn füttern, dafür sorgen, dass er es warm hat und voller Hoffnung einschläft. Sobald er im Tiefschlaf ist, breche ich ihm das Genick und schon ist er in der nächsten Welt." Tirú wandte sich ab, verärgert über die Emotionen, die plötzlich in ihm aufwallten. Diese Mühen waren sinnlose Verschwendung an einen Fremden, über den er nichts weiter wusste, außer dass er zu jung zum Sterben und mit absoluter Sicherheit nicht sein Feind war.

„Für ihn wird es einen Unterschied bedeuten", flüsterte Agus, der plötzlich vor ihm auf dem Fenstersims hockte und ihn mit seinen riesigen, traurigen Gnomaugen musterte. „Aus diesem Grund wird es auch für dich einen Unterschied machen. Es ist gut, dass du nach all diesen Jahren Kampf und Krieg und Tod noch immer ein Herz und ein Gewissen besitzt. Dass du tief in deiner Seele noch etwas von dem kleinen Jungen bewahrt hast, der grausam aus seiner heilen, glücklichen Welt gerissen worden ist und in den Abgrund geschleudert wurde."

„Ich bin müde, Agus. So sehr, dass kannst du dir nicht vorstellen. Sollte ich jemals vergessen, wie wertvoll ein Leben ist, sollte ich jemals töten, ohne irgendetwas dabei zu empfinden, dann werde ich mich in das nächste Schwert stürzen und diese Welt hinter mir lassen."

„Das ist der Grund, warum meine Brüder und ich dir bis zum Ende folgen werden", sagte Agus und drückte Tirús Hände. „Kein Blutschwur könnte uns an einen grausamen, gefühlsleeren Herrn ketten." Er sprang quer durch den gesamten Raum und war verschwunden, noch bevor Tirú ihm für seine Treue danken konnte. Langsam kehrte er an den Tisch zurück, um sich zum Essen zu zwingen. Erstaunlich, wie sinnlos sich selbst diese Annehmlichkeiten des Lebens anfühlen konnten.

Roji presste gequält die Augen zusammen. Warum war es plötzlich so hell um ihn herum? Jemand zerrte an seinem Körper. Es wurde heiß, dann kalt. Das alles hatte nichts mit ihm zu tun, oder? Die Schmerzen waren erträglich, aber vorhanden. Das sprach dafür, dass er noch immer lebte. Er floh zurück in die bleierne Schwärze und Stille des Schlafes, oder versuchte es vielmehr. Da war zu viel Ruckeln und Ziehen und Zerren, um es vollständig zurück in die Ohnmacht zu schaffen. Dann wurde er hochgehoben. Jemand wimmerte. Vermutlich war das er selbst. Roji wollte das nicht wissen. Er wollte, dass es vorbeiging. Das Leben. Der Durst. Die Schmerzen. Die Dunkelheit. Die Kälte.
Alles.

Tirú seufzte innerlich, als Bránn ihm meldete, dass der Gefangene an der gewünschten Stelle abgelegt worden war. Er wollte sich nicht mit dem Jungen auseinandersetzen.
Wie immer, wenn er sich innerlich gegen etwas wehrte, was unausweichlich getan werden musste, erinnerte er sich an ein Gespräch mit seinem Bruder Nakim zurück.
„Stell dir mal vor, dein Leben würde davon abhängen, dass du eine lebendige Spinne essen musst."
„Iiieh!", kreischte Tirú angewidert. Er mochte Spinnen nicht. Überhaupt gar nicht.
„Stell es dir vor! Es gibt nur eine Methode, eine Spinne zu essen."
„Und die wäre?"
„Mund auf, Augen zu und durch." Nakim strahlte, als hätte er ihm gerade den Schlüssel zur ewigen Glückseligkeit überreicht.
„Ich esse garantiert keine Spinnen. Niemals. Eher sterbe ich."
„Mag sein", entgegnete Nakim. „Wenn du mal dein Zimmer aufräumen musst, damit Hilla dir nicht den Hintern versohlt, oder du Schreibübungen machen sollst, bevor du

draußen spielen darfst, denk an die Spinne. Mach ich auch immer. Mund auf, Augen zu und durch. Nicht dagegen ankämpfen. Einfach machen."
Auch nach über dreißig Jahren brachte es Tirú zum Lächeln, an dieses Gespräch zurückzudenken. Es hatte ihm in seinem Leben erstaunlich häufig geholfen, dieser simple, beinahe schwachsinnig einfache Ratschlag, unangenehme Dinge nicht vor sich herzuschieben. Nicht kämpfen. Machen. Wie viele gedankliche Spinnen er bereits geschluckt hatte … Das hier war lediglich die nächste in einer endlosen Reihe und auch diese würde er brav herunterwürgen. Schlecht für die Spinne. Gut für ihn.
Als er seinen Schlafraum betrat und den jungen Mann betrachtete, der bebend und wimmernd in seinem Bett lag, das Gesicht beinahe grau, die Lider fest zusammengepresst, da konnte Tirú das Bildnis nicht länger aufrecht halten.
Der Junge war keine Spinne, denn das waren stolze Raubtiere.
Bránn hatte gute Arbeit geleistet. Der Gefangene war gewaschen, ordentlich bekleidet, seine Wunden versorgt. Elryka hatte weisungsgemäß Brühe gekocht, ein gefüllter Becher stand auf dem niedrigen Tisch neben dem Bett.
Zögernd ließ Tirú sich auf der mit Stroh ausgestopften Matratze nieder. Er hatte keine Zeit, um sich stundenlang mit diesem Fremdling von der anderen Seite zu beschäftigen. Jederzeit konnte ein neuer Befehl kommen, der ihn wieder hinaustrieb, um seine Pflicht zu erfüllen. Um das Seine zu tun, damit ein endloser Krieg irgendwann zu einem Ende fand. Spielte es wirklich eine Rolle, wie ein argloser Bauer an den Schutzzaubern vorbeigehuscht war?
Vermutlich schon. Gerade wenn es um Magie ging, konnte jede Kleinigkeit von weltbewegender Bedeutung sein.
 Darum legte Tirú dem jungen Mann eine Hand auf die Stirn. Seine eigene Magie war ohne echte heilende Aspekte, solange er sich nicht explizit darauf konzentrierte. Dennoch ließ Tirú die Energien fließen, ohne Ziel und Richtung, in der Hoffnung, dass es sich für den Gefangenen angenehm anfühlen und ihn beruhigen würde. Möglichst soweit, dass er aufwachte und bereit und fähig war, ein vernünftiges Gespräch zu führen. Der Plan gelang: Das Beben verebbte unter seinen Fingern. Ein lautloses Seufzen drang über die zerrissenen, ausgedörrten Lippen. Der Fremde öffnete die Augen. Sie waren von einem wunderschönen, strahlenden Blau, wie es Tirú noch nie begegnet war. Zumindest nicht als Augenfarbe. Selbst Nymphen besaßen entweder schwarze oder grüne Iriden.

Verständnislos blickte der junge Mann zu ihm auf. Tirú bemühte sich rasch um ein gewinnendes Lächeln. Alles hing davon ab, dass er sein Vertrauen gewann. Dann würde er in weniger als fünf Minuten erfahren, was er wissen musste, konnte ihn in den Schlaf lullen und sein Leben stehlen. Anschließend blieb ihm hoffentlich genügend Zeit, um selbst genug Schlaf zu finden, damit er weiterkämpfen konnte.

„Wie geht es dir?"
Roji versuchte sich auf die sanfte, warme Stimme zu konzentrieren. Es war unmöglich. Zu bedeutsam waren die riesigen dunklen Augen, die auf ihn niederblickten. So viel Traurigkeit und Schmerz und Erschöpfung sprach aus ihnen, dass Roji weinen wollte, weil er wusste, dass er ihm nicht helfen konnte, diesem traurigen, einsamen, zu Tode erschöpften Mann.
„Verstehst du mich?"
Der Fremde legte ihm eine Hand auf die Wange. Roji nickte. Es war mühsam und schmerzhaft, selbst diese winzige Bewegung. Offenbar genügte es, denn der Mann lächelte. Es erhellte sein wettergegerbtes, ausgezehrtes Gesicht, das aus zu vielen Linien, Kanten, feinen Narben bestand. Er trug einen kurzen Vollbart, dunkel wie auch das lange Haar, das er streng in einem Zopf gebändigt hatte. Groß war er, sehnig, alles an ihm schien hart und kampfbereit – ausgenommen seiner Augen.
So viel Traurigkeit …
„Mein Name ist Tirú. Du bist bei mir in Sicherheit. Wie heißt du?"
„Roji", hauchte er mühsam. Seine Stimme war bei all dem Schreien und Weinen in dem Verlies verloren gegangen. Verloren in der Kälte und Stille und dunklen Einsamkeit und …
„Bleib bei mir, Roji. Denk nicht mehr an das, was war. Du bist in Sicherheit. Im Licht. Hörst du?"
Tirú legte ihm eine Hand auf die Stirn. Eine Welle von Wärme und Kraft flutete durch Rojis Körper.
Es war wundervoll. Diese Wärme hatte ihn vorhin geweckt, erinnerte er sich. Unwillkürlich verzog sich sein Mund zu einem Lächeln, was schmerzhaft in den wunden Lippen spannte und sie noch weiter aufreißen ließ. Er schmeckte Blut.
„Du musst unglaublich durstig sein. Lass dir helfen, Roji."

Es gefiel ihm, die Art, wie Tirú seinen Namen aussprach. Er legte einen Arm in Rojis Nacken und stützte ihn hoch. Ein Becher presste sich behutsam an seinen Mund. Der wohlige Duft von frischer Gemüsebrühe drang in seine Nase und schon floss ihm ein wenig von der Flüssigkeit über die geschwollene Zunge. Es brannte kaum erträglich und war dennoch so wunderbar wie ein Sonnenaufgang nach einer endlos langen Nacht.

„Das tut gut, hm? Schön langsam", sagte Tirú lächelnd.

Schlucken war eine einzige Qual. Seine Kehle musste vollkommen roh sein vom zu vielen Schreien und einer Ewigkeit ohne Wasser. Wie Stiche mit einem glühenden Messer fühlte es sich an und trotzdem sehnte er sich nach dem nächsten Schluck. Roji wusste, er würde sterben, wenn er nicht trank und so verheißungsvoll dieses Wissen eben noch war, so wenig wünschte er es sich jetzt. Sein Lebenswille war geweckt. Darum kämpfte er, trank in winzigen Schlucken, die Tirú ihm mit Geduld und erkennbarer Freude einflößte. Es war wundervoll, die Wärme, die dieser Mann ausstrahlte, die Fürsorge, die er ihm schenkte. In seinen Armen war Roji sicher, das spürte er deutlich.

„Erzähl mir von dir", bat Tirú und stellte den Becher viel zu früh zur Seite. „Du bist ein Bauernsohn, richtig?"

„Nein. Mein Vater ist der Schreiber des Landesfürsten", wisperte Roji. „Ich arbeite viel, um Haus und Hof in Ordnung zu halten. Nur wir zwei sind von meiner Familie übrig."

Er erzählte von dem Brief, der kleinen Naria, dem Sturm. Als er vor dem schmiedeeisernen Tor angelangt war, konnte er die Augen nicht mehr offen halten.

„Noch ein bisschen, mein Freund. Ich muss das alles wissen, es ist sehr, sehr wichtig für mich", bat Tirú und legte ihm erneut die Hand auf die Stirn. Wie machte er das bloß? Diese Welle aus Wärme und purer Kraft, sie wirkte besser als jede Medizin, die Roji kannte. Gerne wollte er ihm helfen, darum quälte er sich weiter mit den Worten, egal wie sehr sie schmerzten und ihn erschöpften.

Er erzählte, wie das Tor nachgegeben hatte, wie er Einlass in dem großen Haus fand, welche seltsamen Bilder er entdeckt, wie grauenhaft die vielen Leichen ausgesehen hatten, wie kopflos er losgerannt und auf der Suche nach Stoff durch die offene Tür gegangen war.

„Ich weiß nicht, was geschehen ist", murmelte er schwach, die Lider längst geschlossen, weil er nicht mehr die Kraft hatte, sie offen zu halten. „Ich bin gegen die Wand getaumelt und habe diese Eule berührt. Ihr Gefieder

hat das Blut von meinen Fingern aufgesaugt. Und dann ... war ich plötzlich in diesem Wald und drei baumgroße Gnome haben mich eingesammelt."
„Du hast das wunderbar gemacht. Hier, lass dir helfen. Ich habe Wundbalsam für deine Lippen. Und vielleicht einen weiteren Schluck klares Wasser?"
Tirú stützte ihn noch einmal hoch und ließ ihn trinken. Es tat so gut ... Danach verteilte er behutsam eine nach Heilkräutern duftende, weiche Paste auf Rojis Lippen.
„Schlaf jetzt. Du musst heilen." Er wurde warm zugedeckt. Tirú ergriff seine Hände und hielt sie. „Ich bleibe bei dir, bis du eingeschlafen bist. Du wirst nicht allein sein, das verspreche ich, und das Licht bleibt die ganze Nacht an, das verspreche ich dir. Dunkelheit und Kälte haben keine Macht mehr über dich."
Wenn Roji noch Tränen übrig hätte, würde er sie weinen, so sehr berührten ihn diese Worte. Nicht einmal seinem eigenen Vater hatte er jemals ähnlich tief vertraut wie diesem Mann mit den traurigen Augen. Bei ihm war er sicher. Roji ließ sich fallen, dem Schlaf entgegen, vor dem er sich nun nicht mehr fürchten musste.

Tirú löste sich vorsichtig aus Rojis im Schlaf erschlafften Händen. Er fühlte sich seltsam ratlos. Einerseits schien dieser Mann völlig unwichtig zu sein. Andererseits waren fremde Mächte am Werk gewesen. Der Sturm hatte Roji regelrecht in das Haus hineingeweht, kein einziger Schutzzauber hatte gegriffen, und wenn ihn jemand an die Hand genommen und zielsicher an die richtigen Orte geführt hätte, wäre der Ablauf exakt derselbe gewesen. Das war Magie, eine andere Erklärung gab es nicht. Die Frage war: Wer hatte diese Magie gewirkt, und mit welcher Absicht?
Langsam entkleidete er sich, hielt dabei den Blick unverwandt auf seinen Gast gerichtet.
„Es tut mir unendlich leid", flüsterte er, von tiefer Trauer erfüllt. „Leider kann ich dich noch nicht von deinen Qualen erlösen. Du musst weiterleben und der Königin begegnen. Sie wird über dein Schicksal entscheiden." Er gab der Glanzfee einen Wink, die daraufhin ihr Licht schwächte, doch nicht völlig erlöschen ließ. Auch Tirú ertrug es kaum, nachts in Finsternis zu schlafen und genoss darum den Luxus in der Sicherheit seiner eigenen

Festung, sich Licht leisten zu dürfen. Wenn er durch die Wildnis schlich, umgeben von Feinden, war ihm dies nicht vergönnt.

Er kroch unter die Decke, darauf bedacht, Roji nicht zu berühren, um seinen Schlaf nicht zu stören. Zum Glück war sein Bett breit genug, um ihnen beiden genügend Platz zu bieten. Ihm den Rücken zuzuwenden war leicht. Sich zutiefst für seine Freude und Erleichterung zu schämen, weil er ihn noch nicht töten durfte, war es ebenfalls …

Kapitel 4

Heisere Schreie.
Schmerz. Glühender, vernichtender Schmerz.
Hände auf seiner Schulter.
Eine besänftigende tiefe Stimme, die seinen Namen rief.
Roji versuchte sich frei zu kämpfen und erwachte ruckartig, als er zu Boden stürzte. Er war aus dem Bett gefallen, in dem er geschlafen hatte. Zusammen mit dieser Erkenntnis wurde ihm klar, dass dies nicht sein eigenes Bett war.
Dann erinnerte er sich.
Das Verlies. Die Kette. Der vernichtende Durst, die wachsende Gewissheit, dass er sterben musste. Tirú hatte ihn gerettet. Roji wusste darüber hinaus nichts von ihm, abgesehen von seinem Namen, dass er sicherlich zehn, fünfzehn Jahre älter war als er selbst – und dass er die traurigsten Augen der Welt besaß.
Mühsam versuchte er, sich in die Höhe zu kämpfen, doch sein Körper wollte ihm noch nicht gehorchen. Schritte näherten sich, dann kniete Tirú neben ihm nieder.
„Du siehst besser aus", sagte er, umfasste Rojis Kinn und drehte sein Gesicht ins Licht. Ein merkwürdiges Licht. Es wirkte beinahe wie eine zarte, winzige Frauengestalt, die zusammengerollt auf einer Blüte lag und schlief. Welch ein Unsinn, seine Augen waren wohl noch im Traumland.
„Zurück ins Bett mit dir. Du brauchst die Ruhe, solange sie dir vergönnt sein wird."
Roji wurde grob gepackt und hochgezerrt. Erst mit Verspätung wurde ihm klar, wie hart Tirú zu ihm gesprochen, wie kalt er auf ihn herabgeblickt hatte. Erschrocken wandte er den Kopf zu ihm, kaum dass er auf der Matratze gelandet war. Was war geschehen? Wohin war der fürsorgliche, behutsame Mann verschwunden, der sich um ihn gekümmert hatte? Tirú stand mit dem Rücken zu ihm, kleidete sich an, obwohl ein Blick zum Fenster zeigte, dass es noch mitten in der Nacht sein musste. Das Fenster war von außen vergittert und dieser Raum war unwesentlich besser eingerichtet als ein Verlies – es gab das Bett, einen schmalen, niedrigen

Tisch, eine Waschschüssel auf dem Fenstersims, der Boden war mit einem rotgemusterten Teppich ausgelegt. Das war's. Keine persönlichen Gegenstände, keine Bilder, nichts. Waren sie etwa beide Gefangene? Wenn ja, von wem? Und warum?

„Wo sind wir hier?", flüsterte Roji.

„Stell keine Fragen", zischte Tirú. „Du musst schlafen." Er wusch sich, richtete Haare und Bart, ohne sich ein einziges Mal zu ihm umzudrehen oder zu ihm zu sprechen. Roji wartete geduldig, bis sein Zimmergenosse fertig war. Dann versuchte er es erneut.

„Wo sind wir?", wiederholte er mit mehr Nachdruck als zuvor. Er brauchte Antworten! Er wollte leben! „Warum bin ich hier? Warum war ich in einem Verlies angekettet, bis ich fast verdurstet wäre? Bist du ebenfalls ein Gefangener? Warum werden wir überhaupt gefangen gehalten?"

„Gehorsam ist nicht deine starke Seite, wie ich sehe", sagte Tirú und starrte ihn missbilligend an. Wo war die Traurigkeit hin? „Ich lasse dir gleich Nahrung und Wasser bringen. Ein Nachttopf steht unter dem Bett. Falls du dich nicht stark genug fühlst, ihn zu benutzen, sag es lieber sofort, dann stelle ich ihn dir hoch. Verschmutz mir gefälligst nicht meine Teppiche."

Roji umklammerte verkrampft das Laken unter seinen Händen, nur um sich irgendwo festhalten zu können. Tirús kaltes, abweisendes Gehabe verletzte ihn schier unerträglich. Warum tat er ihm das an? Roji brauchte ihn! Tirú hatte ihn doch gerettet, für ihn gesorgt, und jetzt …

Das Licht bewegte sich. Entsetzt schrie Roji auf, als ihm klar wurde, dass die merkwürdige Laterne nicht bloß vage die Form einer schönen, kaum fingergroßen Frau besaß, die aus sich selbst heraus leuchtete, sondern tatsächlich ein menschenähnliches Lebewesen mit Flügeln war. Es war zu viel für seinen überreizten Verstand, diesem Wesen dabei zuzusehen, wie es auf Tirú zuflog und sich auf seine Schulter setzte. Mit offenem Mund starrte Roji die beiden an, rang nach Worten, um Atem, Selbstbeherrschung. Nichts davon gelang.

„Es tut mir leid", sagte Tirú. Es klang sanfter als zuvor. „Ich habe nicht genug Glanzfeen, um dir diese zu überlassen, darum muss sie mich begleiten. Sie fliegen mir sowieso beständig davon, wenn ich längere Zeit von daheim fort bin, das ist im Moment meine einzige. Ich habe Arbeit, die nicht warten kann. Versuch zu schlafen. Mein Diener wird dir Essen und Wasser bringen. Erschrick nicht vor ihm, er ist ein alter Kobold und wirklich grottenhässlich, aber dafür vollkommen harmlos. Ach ja: Willkommen im Verwunschland. Ein seltsamer Name, ich weiß. Es ist tatsächlich der wahre Name dieser Welt, gleichgültig, wie seltsam er klingt. Versuche, dies zu ändern, haben noch nie funktioniert. Und nun beruhige dich und schlaf."

Die Tür schlug zu. Ein Riegel wurde vorgeschoben. Vollständige Finsternis hüllte Roji ein.

Keuchend lag er da, starrte dorthin, wo Tirú gestanden hatte. Er konnte nichts mehr sehen. Er war gefangen. Er war allein.

Roji begann zu schreien.

Mit geschlossenen Augen stand Tirú da und lauschte den entsetzlichen Schreien. Er spürte den Widerhall bis in die Tiefen seiner Seele. Dort, wo er seine eigenen Schreie und Tränen verbannt hatte. Als die Gnome ihn damals, vor dreißig Jahren, an diesen Ort brachten und ihm sagten, dass er fortan in dieser Festung leben müsse ... Da hatte er ebenfalls geschrien und getobt, bis sie ihn einsperren mussten. Einen ganzen Tag lang hatte er die Namen seiner Familie gebrüllt, darum gebettelt, sie mögen ihn endlich hier herausholen und mit dem grausamen Scherz aufhören. Er hatte geschworen brav zu sein, sein Gemüse zu essen, jede Schreib- und Rechenübung klaglos auszuführen, solange sie ihn nur wieder nach Hause bringen würden.

Niemand war gekommen. Niemand hatte ihn nach Hause gebracht. Es hatte ihn zerbrochen.

Auf der anderen Seite dieser Tür zerbrach gerade ein weiteres Leben. Es dürfte ihn nicht berühren. Er war ein Krieger. Er hatte getötet. Sein Leben gehörte einer Königin, die ihn benutzte, wie es ihr gefiel, als Werkzeug in einem Krieg ohne Grenzen, ohne Hoffnung, ohne Sieger.

„Tu es nicht", zirpte die Fee, als Tirú sich umwandte und mit bebender Hand nach dem Riegel der Tür griff. „Wenn du ihm Hoffnung gibst, zerstört es ihn noch viel gründlicher. Wenn du ihm nah kommst, stürzt du womöglich mit ihm in den Abgrund."

„Ich weiß", flüsterte Tirú. Er begriff selbst nicht, warum er derartig aufgewühlt war, nur weil er sich in Rojis Leid selbst wiederfand. „Vielleicht ist es an der Zeit für mich zu stürzen. Die Mächte wissen, ich bin müde. So müde ..." Für eine kleine Weile lehnte er sich mit der Stirn gegen das Holz der Tür und ertrug die Schreie, durchbrochen von hartem

Schluchzen. Seine Schuld war das. Warum beging er einen Fehler nach dem anderen, was Roji betraf?

„Flieg zu Bránn", bat er die Fee. „Er soll Wasser und etwas zu Essen für den Gefangenen bringen." Was hatte er sich gefürchtet, als er Bránn zum ersten Mal begegnet war! Dabei hatte er Abbildungen von Kobolden von Geburt an gekannt. Plötzlich einem wahr gewordenen Albtraum gegenüber zu stehen war dennoch nicht einfach, wenn man sieben Jahre alt war, die gesamte Familie ermordet wurde und man nicht verstehen konnte, warum es keinen Weg zurück nach Hause gab. Tirú war nicht fähig, sich von Roji zu distanzieren. Er fand sich selbst in ihm wieder und das war ein Fehler. Einer, gegen den er nicht ankämpfen konnte.

Bránn erschien mit einem Krug und einer Holzschüssel, gefüllt mit Haferbrei. Tirú entriegelte die Tür, nahm Essen und Trinken an sich und schickte seinen Diener mit einem stummen Blick fort.

Die verzweifelten Laute im Inneren des Raumes waren verstummt. Roji lag da, das Gesicht rotfleckig und tränenüberströmt, und blickte ihn voller verängstigter Hoffnung an. Seufzend kniete Tirú neben ihm nieder, während die Fee auf Rojis Daumen landete. Er starrte die Kleine an, als würde er fürchten, sie könnte sich jeden Moment in ein feuerspeiendes Monster verwandeln.

„Du musst keine Angst vor mir haben", zirpte die Fee und streichelte ihm mit ihrem winzigen Händchen über den Daumen. „Ich besitze keine weitere Macht, als zu fliegen und Licht zu verbreiten."

„Hier ist das Wasser und das Essen, das ich dir versprochen hatte", sagte Tirú leise. „Ich verstehe, wie beängstigend das alles für dich ist. Mir bleibt nicht die Zeit, bei dir zu bleiben und dir in Ruhe zu erklären, was es zu wissen gibt. Versprich mir, dass du nicht wieder so schrecklich schreien wirst. Dafür gibt es keinen Grund."

„Herr, die Gnome könnten sicherlich nach einer Eule Ausschau halten", sagte die Fee.

„Ein guter Gedanke", entgegnete Tirú. „Hier in Verwunschland sind Eulen von Natur aus weise Ratgeber. Sie werden nicht müde zu erklären, was notwendig ist. Ich wünschte, ich hätte damals …" Er brach ab und stand auf. „Ich muss arbeiten. Bitte, versuche dich zusammenzunehmen. Es wird bald hell werden und niemand will dir etwas antun. Schaffst du es, allein zu sein, ohne die Mauern niederzubrüllen?"

Roji nickte. Er wirkte gekränkt. Gut. Verletzter Stolz war besser als Todesangst. Tirú wandte sich ab und ging ein zweites Mal hinaus.

Er wartete, als er die Tür verriegelt hatte, lauschte intensiv. Nichts war zu hören. Erleichtert atmete er durch.

„Bereust du, ihm das Leben gewährt zu haben?", fragte die Fee, die sich auf seiner Schulter niedergelassen hatte. Feen kannten von Natur aus keinen Respekt und benutzten niemals Höflichkeitsanreden. Es sei denn, sie hatten Lust dazu, doch dann war es eher als Scherz gemeint.

„Es ist zu spät, es zu bereuen. Er lebt und ich werde es nicht ändern, es sei denn, die Königin befiehlt seinen Tod." Tirú marschierte zum Fenster und winkte Madrow herbei, der in der Nähe patrouillierte. „Such mir eine Eule, wenn es möglich ist", bat er und ließ das Fenster offenstehen. Sollte der Gnom einen der geflügelten Weisen aufspüren, konnte sie ohne Mühe hineinfliegen. Dann wandte er sich seiner Arbeit zu.

Er musste Landkarten für die Königin anfertigen. Die Verwunschwelt veränderte sich ständig, darum bedeutete ein Großteil seiner Spionagetätigkeit, diese Veränderungen zu dokumentieren. Eine mühsame und kleinteilige Arbeit, deren Bedeutung nicht in Frage stand. Freude bereitete sie ihm nicht, aber sie war ihm lieber als manch andere Aufgaben.

Roji lag auf der Seite, möglichst klein zusammengerollt, die Decke bis zum Kinn hochgezogen.

Ihm war so schrecklich elend!

Doch das war kein Vergleich zu der haltlosen Panik, die ihn vorhin überfallen hatte, als Tirú zum ersten Mal hinausmarschiert war und ihn in der Dunkelheit eingesperrt zurückgelassen hatte.

Er wünschte, er könnte endlich einschlafen.

Die Ruhe würde er dringend benötigen, das war ihm klar.

Sein Kopf wollte es nicht zulassen.

Gedanken rollten wie Felsbrocken darin umher, zu schwer, um sie aufzuhalten und bereit, jede Menge Schaden anzurichten.

Wenn er wenigstens verstehen könnte, was hier mit ihm geschah! Wenn er die sinnlose Schuld abschütteln könnte, weil er wusste, welche Sorgen sich die Menschen in Glorbyn, allen voran Naria und ihr Vater, sowie sein eigener Vater um ihn machen mussten!

Wenn er die Erinnerung an die endlosen Stunden aufgeben könnte, die er angekettet im Verlies zugebracht hatte ...

Nichts davon lag in seiner Kontrolle. Er konnte nicht bewusst entscheiden, keine Schuld mehr zu fühlen, sich nicht mehr länger zu erinnern, sich keine Gedanken über das Warum zu machen. Nicht einmal gegen die Scham konnte er ankämpfen, die er eben empfunden hatte, als Tirú ihn bat, nicht mehr länger herumzuschreien.

Also lag er da, ertrug, was auf ihm lastete, und wartete auf den Sonnenaufgang. Licht würde helfen.

Da war wirklich eine Fee gewesen, nicht wahr? Ein winziges, zartes Wesen, nicht viel größer als ein Schmetterling.

Eine andere gute Erklärung wäre, dass er noch immer in dem unheimlichen Haus am Boden lag und einen seltsamen Traum durchlitt, nachdem er sich den Kopf schwer angeschlagen hatte. Das klang … beinahe reizvoll.

Schritte vor seiner Tür. Der Riegel wurde geöffnet. Roji erwartete, dass jemand zu ihm käme. Tirú wahrscheinlich, oder möglicherweise dieser hässliche Diener, von dem er gesprochen hatte. Stattdessen hörte er ein Rauschen, das von einem großen Vogel stammen musste. Die Tür, die lediglich einen Spalt weit aufgestoßen wurde, schlug zu, der Riegel wurde erneut vorgeschoben. Roji sah eine schwache Silhouette eines Vogels, der dicht neben ihm auf dem Bett hockte. Unsicher, ob er sich jetzt fürchten oder einfach staunen sollte, versuchte er sich aufzusetzen.

„Bleib liegen, Junge", krächzte eine tiefe Stimme. „Du bist schwach wie ein frisch geschlüpftes Küken. Dir hat man übel mitgespielt, würde ich sagen."

„Du … bist ein sprechender Vogel?", fragte Roji matt.

„Eine Eule. Halerianische Brut. Leider kannst du mein schönes Gefieder nicht bestaunen, dafür sind deine jämmerlichen Menschenaugen nicht gemacht." Es klang extrem stolz und vergnügt und keineswegs so, als wollte sich jemand einen Scherz erlauben.

„Ah", brummte Roji. „Ich war mir nicht sicher und wollte nachfragen …"

„Du stammst von der anderen Seite, habe ich gehört. Darum bin ich wohl die erste sprechende und intelligente Eule, die dir in deinem Leben begegnet ist. Ich verzeihe dir dein Unwissen."

„Das ist lieb von dir. Ich wusste es tatsächlich nicht." Roji war sich nie zuvor in seinem Leben derartig dämlich vorgekommen – hauptsächlich weil ihm die Kraft fehlte, sich wirklich zu wundern.

„Tirú hat mich gebeten, dir ein bisschen von dieser Welt zu erzählen. Er ist ein guter Junge. Da du sehr geschwächt bist, werde ich mich kurzhalten und du, mein Lieber, wirst mich möglichst nicht unterbrechen." Die Eule rüttelte ihre Flügel auf, Federn strichen kitzelnd über Rojis Arm. „Hm, wie

kann ich es knapp zusammenfassen … Die kleinlichen Details benötigst du nicht … Lass schauen. Vor langer, langer Zeit gab es in deiner Welt Magie. All die Kreaturen aus Märchen und Legenden, die man dir als Kind vor dem Schlafengehen erzählt hat, sind im Kern wahr. Es gibt Einhörner, Feen und Trolle, Kobolde, Wichtel, Gnome, Drachen, sprechende Tiere, Zauberer und Hexen. Sie sind eines Tages auf die andere Seite ausgewandert. In das Verwunschland.
So heißt unsere schöne Welt, weil … Ah, ist nicht wichtig. Wenn du irgendwann einmal Zeit und Ruhe und ein bisschen Langeweile hast, lass dir erklären, woher dieser etwas seltsame Name stammt. Wir sind hier, weil unsere Magie auf eurer Seite lediglich schwach ausgeprägt ist. In dieser Welt entfaltet sie sich zu ihrer vollen Macht. Nun. Es gab eine Zeit des Friedens. Und es gab Zeiten des Krieges. Wo Menschen sind, ist Krieg, heißt es unter uns Kreaturen. Das ändert sich nicht, bloß weil die Menschen Magie beherrschen. Im Moment ist Kriegszeit."
„Warum?", fragte Roji. Sein Herz klopfte bis hoch in die Schläfen. Krieg! Dieses Schreckgespenst kannte er lediglich aus den Erzählungen der Alten. Grauenhafte Geschichten von Tod und Hunger, Vertreibung und Zerstörung und allgegenwärtiger Angst – und das waren Kämpfe, in denen niemand Magie beherrscht hatte!
„Warum? Hach … Es geht um die Frage, wer der Mächtigste und Stärkste ist, was sonst? Nichts anderes treibt Magier um. Ich sehe, dass dich das beunruhigt. Tirú bat mich, dich nicht weiter aufzuregen."
„Zu spät", murmelte Roji. „Was bedeutet dieser Krieg? Ich meine, was bedeutet er für mich? Werden wir hier angegriffen? Mit Magie? Und wann kann ich endlich nach Hause?"
„Langsam, langsam, Kind … Eine Frage nach der anderen. Ein Angriff steht nicht bevor. Dieser Krieg dauert bereits seit vielen Jahrzehnten und er wird nicht in ununterbrochenen Schlachten mit tausenden Toten ausgefochten. Es ist ein Krieg der Magier, da herrschen andere Gesetze. Diese Burgfestung ist momentan uninteressant für den Feind und Tirú lediglich ein Ärgernis. Was den Zeitpunkt und die Tatsache deiner Heimkehr betrifft, darüber muss die Königin entscheiden. Tirú wird dich bald zu ihr bringen. Menschen von der anderen Seite sind ein seltsames Ding, sie muss von dir erfahren. Außerdem gibt es Schwierigkeiten, aber das sollen dir andere Leute erklären."
Die Eule verfiel in Schweigen. Roji wartete, dass sie weiterreden würde, doch als nichts mehr kam, fragte er schließlich:

„Gibt es noch mehr, was ich wissen darf?"
„Im Augenblick nicht, mein Junge. Schlaf jetzt. Ich leiste dir zwangsläufig Gesellschaft. Meine Magie erschöpft sich in Wissen und der Fähigkeit zu sprechen. Verschlossene Türen zu öffnen ist mir nicht gegeben."
Das klang bereits recht schläfrig. Roji war dankbar für die Gesellschaft. Eine sprechende Eule war keineswegs ein schlechter Zimmergefährte!
„Hast du einen Namen?", fragte er.
„Jede Kreatur in Verwunschland hat einen Namen. Meiner lautet Oorgh."
„Ein guter Name. Er passt zu dir."
„Danke. Du wurdest mit Sorgfalt erzogen, junger Mann, an deiner Höflichkeit gibt es nichts zu tadeln."
Oorgh schlief ziemlich rasch ein. Sein leises, zischelndes Schnarchen drang durch den Raum und brachte Roji zum Lächeln. Er würde selbst auch gerne schlafen. Aber sobald er die Augen schloss, sprangen ihn die Gedanken an. Krieg! Warum musste er in einer fremden Welt landen, in der Krieg herrschte? Hoffentlich war die Königin freundlich und schickte ihn umgehend nach Hause. Es war offensichtlich, dass seine Anwesenheit hier ein Fehler sein musste. Ein bedauerlicher Unfall.
Da waren allerdings auch andere Gedanken. Schon seit Tirú deutlich gemacht hatte, dass die Teppiche auf dem Boden ihm gehörten und er somit der Herr des Hauses war, wusste Roji, wer den Befehl gegeben hatte, ihn in ein finsteres Verlies zu schicken. Ihn anzuketten und ohne Wasser und Nahrung allein zu lassen, bis er beinahe gestorben wäre. Tirús Verhalten bewies, dass dies ebenfalls ein Fehler gewesen war. Ein bedauerlicher Unfall. Nicht wahr? Es konnte gar nichts anderes sein. Und dennoch rollten die felsbrockenschweren Gedanken durch Rojis Kopf und hörten nicht auf, Schaden anzurichten. Er war Tirú ausgeliefert. Das bedeutete nicht, dass er ihm vertraute.

Kapitel 5

Tirú spürte das Misstrauen, mit dem Roji ihn bedachte. Er saß auf der Bettkante und wechselte den Verband am Handgelenk seines Gefangenen. Die Wunde sah übel aus, ging tief in das Gewebe hinein und drohte sich zu entzünden. Vollkommen sicher, dass der Knochen unbeschädigt war, konnte er sich auch nicht sein. Zudem fieberte Roji leicht. Hoffentlich bloß eine Folge der Unterkühlung und allgemeinen Schwäche.
„Ich werde Magie anwenden müssen", sagte Tirú missmutig. „Du kannst ja nicht einmal auf eigenen Füßen stehen, geschweige denn den Weg bis zum Palast der Königin durchhalten."
„Was spricht dagegen?", fragte Roji. „Ist doch gut, wenn du die Möglichkeit hast, mich einfach heil zu zaubern. Das spart so viel Mühe, Zeit und Verbandsmaterial, Kraft und Sorgen."
„Wenn es einfach wäre, gäbe es überhaupt gar keine Sorgen mehr. Leider ist an der Magie schon aus Prinzip niemals irgendetwas *einfach*." Tirú zügelte seine Wut, auch wenn ihm noch mehr scharfe Worte auf der Zunge lagen. Als er damals hier angekommen war, hatte er ebenfalls geglaubt, Magie wäre die rasche, unkomplizierte Lösung aller denkbarer Probleme. Die Antwort auf jede Frage, selbst diejenige, die man niemals zu stellen wagen würde. Er hatte auf bittere Weise lernen müssen, dass Magie rasch zum Fluch werden konnte, wandte man sie naiv und unbedarft an.
„Es ist schwierig zu erklären", begann er und atmete tief durch. Dass er Roji aus Mitleid und dem vagen Gefühl, er könnte nützlich sein, hatte leben lassen, zeigte wohl, wie naiv und unbedarft er bis heute geblieben war. „Magie ist niemals umsonst. Es ist ein Eingriff in die Gesetze der Natur und die Folgen sind nicht immer leicht zu verstehen, oder gar logisch zu erschließen. Ein kleiner Zauber bereitet nicht unbedingt Probleme. Etwa, wenn ich ohne Hilfsmittel ein Feuer entzünden will, dann kostet mich das lediglich Konzentration und ein wenig Kraft, die ich mit einer üppigen Mahlzeit ausgleichen kann. Will ich etwas Größeres vollbringen, etwa durch ein Moor laufen, ohne Fußspuren zu hinterlassen, dann ist es wahrscheinlich, dass nicht ich selbst den Preis dafür zahle, sondern die

Magie sich anderweitig bedient und stattdessen einen Baum oder ein Reh sterben lässt, um die gestohlene Lebensenergie zu benutzen, damit ich meinen Willen bekomme. Dich zu heilen könnte also bedeuten, dass anschließend ich selbst krank darniederliege. Oder mein Diener stirbt. Das Schlimme ist, dass man vorher nicht weiß, wer den Preis auf welche Weise zahlen muss. Darum ist der Krieg auch solch eine schwierige und langwierige Angelegenheit. Die Königin und ihr namenloser Feind sind einander weitestgehend ebenbürtig. Sie hat die Macht über das Reich. Er will sie an sich reißen. Gewinnen wird, wer am längsten durchhält, die beste Taktik und die loyalsten Diener besitzt, nicht-magische Gewalt einzusetzen weiß und am skrupellosesten Verbündete und Untergebene opfert."

„Ich verstehe", sagte Roji und furchte die Stirn. „Mich zu heilen bedeutet darum, dass du ein nicht zu kalkulierendes Risiko eingehen musst. Dann ist es sicherlich besser, es nicht zu tun. Oder nur ein bisschen, damit ich laufen kann."

„Das würde nichts bringen, fürchte ich. Wenn ich dich bloß halbwegs heile, wird die Königin vermutlich den Rest übernehmen und am Ende wird es schlimmstenfalls zur doppelten Katastrophe kommen."

„Was ist mit der Magie von dieser Lichtfee oder der sprechenden Eule?", fragte Roji. „Geschehen dann auch jedes Mal fürchterliche Dinge?"

„Nicht offenkundig. Man weiß nicht, wie genau das funktioniert. Anscheinend ist diese Art von Magie durch die Lebenskraft der Kreaturen gedeckt. Ehrlich gesagt versteht niemand, wie und warum Magie wirkt und wer das Gegenteil behauptet, belügt entweder dich oder sich selbst."

Tirú legte eine Hand auf Rojis Stirn. Die Hitze, die von dem Jungen ausstrahlte, war immens und er spürte, dass Roji schauderte. Das Fieber nahm also Anlauf, um hoch aufzuflammen. Es war sinnvoll, zur Magie zu greifen. Er konzentrierte sich darauf, Roji heil und gesund werden zu lassen, ihm von seiner eigenen Lebenskraft zu geben.

Die Energien begannen zu fließen. Tirú konnte zusehen, wie sich die Wunde am Arm schloss und verschwand, als hätte es sie nie gegeben. Rojis Gesicht verlor die wächserne Bleiche, wurde rosig und voller. Das ausgezehrte Elend ersetzte sich durch Staunen. In diesem Moment setzte der Schmerz ein. Tirú schrie auf, überrascht von der Intensität, mit der sein Rücken plötzlich in Flammen zu stehen schien. Ihm wurde übel, vor ihm kreiste grelles, funkensprühendes Licht. Dann sackte er in sich zusammen. Das Letzte, was er noch wahrnahm, waren Rojis himmelblaue Augen, die zu Tode erschrocken über ihm schwebten. Dann wurde es dunkel.

Gerade noch konnte Roji nach ihm greifen und verhindern, dass sich Tirú den Kopf am Tisch anschlug. Dafür rutschte er aus dem Bett, in dem er bis vor wenigen Augenblicken zu Tode erschöpft, frierend und von Schmerzen geplagt gelegen hatte, und landete halb auf Tirús Beinen. Er hatte erst einmal beobachtet, wie ein Mensch solch starke Schmerzen erlitt, dass er davon ohnmächtig wurde, und das war bei einem Unfall an der Mühle, wo sich ein Mann den Arm gebrochen hatte.
Was auch immer die Magie als Tribut gefordert hatte, es war Tirú, der diese Zeche zahlen musste.
Der hatte vor der Ohnmacht die Hand in Richtung Rücken ausgestreckt. Sobald Roji sich aufgerappelt hatte, drehte er Tirú vorsichtig auf den Bauch und zerrte an dem sandfarbenen Hemd, um den Rücken freizulegen. Der Verdacht bestätigte sich sofort: Ein riesiges, kreisrundes Mal war in die Haut eingebrannt und leuchtete in wütendem Rot. Blasen bildeten sich. Der leichte Geruch nach verkohlendem Fleisch war übelkeitserregend. Roji kämpfte seine Aufregung nieder. Daheim musste er ständig Krisen allein bewältigen. Gleichgültig ob eine Ziege Schwierigkeiten bei der Geburt hatte oder der Steuereintreiber unangekündigt an die Tür klopfte und Roji stand ohne Geld da, solche Dinge hatte er von frühester Jugend an ohne Hilfe regeln müssen. Es half, in diesem Moment beherrscht zu bleiben und nicht den Kopf zu verlieren.
Stattdessen griff er nach dem frisch gefüllten Wasserkrug, der auf dem Tisch stand, zog das Hemd wieder herab und tränkte den Stoff vorsichtig, um die Brandwunde zu kühlen.
Mit einem Finger prüfte er, wie rasch sich der Stoff erwärmte, und schüttete dementsprechend erneut Wasser darüber.
Tirú bewegte sich. Benommen blickte er zu ihm auf.
„Die Magie hat dich verletzt", sagte Roji mit bebender Stimme. „Du ... du hast eine Art Brandmal am Rücken."
„Welche Form hat es?", fragte Tirú.
„Ein schmaler Ring, der vom Nacken bis fast hinab zum Steiß reicht."
„Ich danke dir für deine Hilfe. Du hättest die Gelegenheit zur Flucht nutzen können."
Roji blinzelte irritiert.

„Das meinst du nicht ernst, oder? Wohin soll ich denn fliehen? Und wie lange würde ich als magieloser Mensch ohne Ahnung oder Orientierung überleben, bevor mich irgendein Monster auffrisst?"

Tirú richtete sich auf. Ihm war nicht anzumerken, dass er starke Schmerzen litt und vor einem Moment noch bewusstlos gewesen war. „Du bist geradezu unanständig vernünftig für dein zartes Alter", sagte er.

„Ich bin kein Kind mehr!", fauchte Roji empört, was mit einem milden Lächeln quittiert wurde.

„Wichtiger ist wohl, dass der Zauber funktioniert hat. Du bist gesund und kräftig, statt erbarmungswürdig zu leiden. Ich schicke dir einen meiner Wächtergnome, damit dieser deine Fußgröße schätzen und dir rasch passende Stiefel besorgen kann. Barfuß laufen ist ohne die entsprechende Hornhaut eine eher dumme Idee. Ich lasse mich derweil von meinem Diener mit Heilsalbe versorgen und ziehe mich um." Tirú erhob sich etwas steif und verschwand. Die Tür verschloss er diesmal nicht. Anscheinend vertraute er auf Rojis Vernunft. Ein winziger Fortschritt.

Erst im Nachhinein fiel ihm auf, von was da eigentlich die Rede gewesen war – Wächtergnome?

Es polterte an der Tür. Eine seltsame Kreatur trat ein. Sie reichte Roji etwa bis zum Knie und sah wie eine knorrige Baumwurzel mit Beinen aus. Die Haut war dunkel und wirkte borkig und das Gesicht ...

„Ich kenne dich!", platzte es unbeherrscht aus ihm heraus. „Aber du warst so viel größer!"

„Du musst noch viel über diese Welt lernen, junger Mensch", entgegnete der Wächtergnom ernst und verneigte sich. „Mein Name ist Agus und ja, wir sind uns bereits begegnet. In der Nacht werde ich und meinesgleichen zu Riesen von eindrucksvoller Macht. Am Tag schrumpfen wir auf Gnomgröße herab und unser bedeutsamstes Talent wird es, Türen öffnen und verborgene Schätze finden zu können."

„Mein Name ist Roji. Ich besitze leider keinen Schatz."

„Oh, du irrst dich. Du besitzt Jugend, Gesundheit, Unschuld, Lebenskraft, beachtliche Schönheit und juwelengleiche Augen. Nichts davon lockt einen Gnom, seinen Schlaf zu unterbrechen. Doch da draußen sind viele Kreaturen und noch mehr Menschen, die von dem, was du bist, angezogen werden. Sie werden danach trachten, dich zu bestehlen. Für zu viele gibt es nichts Schöneres, als Unschuld zu verderben, Lebenskraft aufzusaugen ... Und was eine Hexe mit deinen Augen alles anstellen könnte, darüber will ich nicht einmal nachdenken."

Roji weigerte sich ebenfalls darüber nachzudenken. Er wollte nicht einmal wissen, ob der Gnom die Wahrheit sagte oder sich einen Spaß mit ihm erlauben wollte.
Leider kannte er keine Märchen oder Legenden über baumartige Gnome, die tagsüber Meisterdiebe und nachts riesige Wächter waren. Agus kniete vor ihm nieder und legte locker die Hände auf Rojis nackte Fußrücken.
„Fleißige Füße sind das", sagte er. „Du bist schon viele Meilen in deinem jungen Leben gelaufen." Ohne zu erklären, woher er das wissen wollte, sprang Agus auf und verschwand mit einem blitzschnellen Satz durch die Tür. Roji blieb sitzen, wo er war, trank das restliche Wasser, das im Krug verblieben war und aß seinen Haferbrei.
Agus und Tirú kehrten gleichzeitig zurück. Der Gnom reichte ihm mit einer kleinen Verbeugung ein Paar Stiefel an. Das Leder war abgewetzt, doch sie waren sauber und passten ihm wie angegossen. Tirú hatte sich umgezogen und warf ihm einen schweren Reiseumhang zu.
„Die Königin hat einen Boten geschickt, meine Anwesenheit ist gefordert. Ich habe sie bereits informiert, dass ein Weltengänger bei mir aufgetaucht ist und sie kann es kaum erwarten, dich kennenzulernen."
„Wie muss ich mich verhalten?", fragte Roji unbehaglich. Er fand es schon unangenehm genug, wenn er dem Landesfürsten begegnete. Eine Königin verlangte sicherlich sehr viel mehr Respekt und Ehrerbietung.
„Ahme alles nach, was ich tue. Niemand wird erwarten, dass du höfische Manieren beherrschst und du musst dich nicht sorgen, mich oder dich selbst blamieren zu können." Tirú hatte wieder dieses abweisende, herrische Benehmen aufgenommen. Sein Ausdruck war kalt und unnahbar und er sprach ungeduldig. „Sag, kannst du reiten? Ich erinnere mich, dass es auf deiner Seite Tiere gab, die man zum Reiten nutzen konnte."
„Ja, gibt es. Pferde, Esel, Maultiere. Ich bin kein guter Reiter, aber ich weiß, wie man sich oben hält", entgegnete Roji.
„Das genügt vollkommen. Weißt du, was ein Zentaur ist?" Tirú wartete die Antwort nicht ab, sondern stürmte los.
Aus dem Nichts purzelten Agus und zwei weitere Gnome heran, sie sollten offenbar mit auf die Reise gehen. Roji fühlte sich etwas überfordert von der plötzlichen Hetze, aber da er sich bemühen musste, mit Tirú Schritt zu halten, der durch düstere, mit Fackeln beleuchtete Gänge schritt, die aus rohem Fels geschlagen zu sein schienen, war das nicht weiter von Bedeutung – ihm blieb nicht die Zeit, um nachzudenken oder sich zu fürchten. Eine Königin erwartete ihn!

Falls er jemals nach Hause kommen sollte, würde sein Vater herzlich lachen und ihm kein einziges Wort glauben.
Roji glaubte es ja selbst kaum, was hier mit ihm geschah.
Eine leibhaftige Königin …

Kapitel 6

Die Zentauren lebten in einem eigenen Dorf am Fuß der Burgfestung. Sie stellten die äußere Verteidigungslinie, falls es zu einem Angriff kommen sollte. Das letzte Mal war über fünfzehn Jahre her.
Normalerweise lebte Tirú mit seinen Dienern und Helfern in der Burg. Es war ein kaltes, unbequemes Gemäuer und in der Umgebung gab es kaum Menschen, dafür umso mehr intelligente Kreaturen, die es vorzogen, frei im Wald hausen zu dürfen. Kam der Feind mit seinen Armeen, zogen sich alle in die Burg zurück und verteidigten sich innerhalb dieser Anlage mit sämtlichen zur Verfügung stehenden Mitteln. Da sich die Geographie des Verwunschlandes mittlerweile entscheidend verändert hatte, war die Festung ohne jede strategische Bedeutung und solange es dabei blieb, brauchten weitere Angriffe nicht gefürchtet zu werden. Leider konnte sich so etwas auch vollkommen unbemerkt über Nacht verändern.
Roji hatte bislang sehr ruhig und ohne große Ausfälle auf die Kreaturen von Verwunschland reagiert. Wenn man schwer verletzt und geschwächt war und nicht wusste, ob man den nächsten Sonnenaufgang noch erleben würde, blieb auch schlichtweg keine Energie, sich über Feen und Kobolde aufzuregen. Das änderte sich nun schlagartig, als die ersten Zentauren in Sichtweite kamen: Roji erstarrte, wurde bleich wie der Mond und wies mit offenem Mund auf die prachtvollen Geschöpfe, die auf sie zugaloppiert kamen. Nagi und sein Bruder Fallet waren es, zwei Zentauren im besten Kriegeralter. Beide waren Schimmel, ihre Pferdeleiber glänzten in der Sonne, als sie die kleine Anhöhe im Sturmschritt nahmen.
Wie jede vernünftige Burg lag auch Tirús auf einem Hügel und es war unter anderem die Aufgabe der Zentauren, den Wald daran zu hindern, diesen Hügel zurückzuerobern.
Ungehinderte Sicht war und blieb der wichtigste Verteidigungspunkt, daran änderte auch Magie nichts.
Nagi und Fallet waren klassisch mit Pfeil und Bogen sowie Kurzschwertern bewaffnet, die sie auf den Rücken geschnallt trugen. Abgesehen von

ledernen Unterarmschienen waren sie nackt, wobei auch ihre menschlichen Körperpartien mit kurzen weißen Haaren überzogen waren.

Lediglich die Gesichter zeigten bloße Haut, überall dort, wo weder die langen Bärte noch die eindrucksvollen Augenbrauen vorherrschten. Das lange weiße Kopfhaar trugen sie in strengen Zöpfen gebändigt.

Als sie den Hügel überwunden hatten, hielten sie vor Tirú an und begrüßten ihn respektvoll mit einer knappen Neigung des Kopfes. Auch die Gnome schlossen sie in diese Geste mit ein. Roji hingegen, der um Atem ringend noch immer den Arm in der Luft schweben ließ, musterten sie mit amüsierter Neugier.

„Der Weltengänger ist noch nicht vollständig angekommen, wie es scheint?", fragte Fallet.

„Er wird sich anpassen. Entweder das, oder er stirbt." Tirú packte Roji am Arm und versetzte ihm eine schallende Ohrfeige. „Nimm dich zusammen!", fauchte er und schüttelte ihn leicht, bis Roji es schaffte, den Blick auf ihn zu fokussieren. „Das sind Nagi und Fallet. Stolze Zentaurenkrieger, die du mit Respekt behandeln wirst, wenn dir dein Leben lieb ist. Sie dulden keine Frechheiten und einen Hänfling wie dich zerbrechen sie wie einen trockenen Zweig. Hast du das verstanden?"

Roji nickte hastig. Sein Blick glitt verängstigt zurück zu den Zentauren.

„Wir müssen schleunigst zur Königin", sagte Tirú. „Du musst dich zusammennehmen! Wenn du in Panik verfällst, wirst du nicht einmal den Hinweg überleben!"

„Ich … kann …"

„Er ist jung und unerfahren, Tirú", sagte Nagi. „Er muss lernen, sonst wird er Magiefutter. Ich schlage trotzdem vor, wir halten ihn erst einmal ein wenig im Dunklen. Sonst erleidet er beim ersten Anblick eines Yphas, der ein Rehkitz ausweidet, eine Panikattacke und bringt uns alle in Gefahr."

„Was schlägst du vor?" Tirú ließ Roji nicht aus den Augen, der weder taub noch schwachsinnig war und genau verfolgte, was gerade über ihn entschieden wurde.

„Eine Augenbinde. Und wir fesseln ihm die Arme, damit er sie nicht abnehmen kann."

„Nein", flüsterte Roji. Sein Blick hing flehend an Tirú, bettelte, ihm das nicht anzutun. „Nein, das kann ich nicht. Ich war … war angekettet … In einem dunklen Verlies … Ich wäre gestorben … Fast … Fast … Verdurstet … Angekettet … Nicht noch einmal. NICHT NOCH EINMAL!" Seine Stimme brach, er würgte an jedem einzelnen Wort.

Seine schiere Verzweiflung schnitt in Tirús Herz, doch davon durfte er sich nicht überwältigen lassen.
Er musste hart bleiben, sonst würde Roji sterben.
Der warf sich mit einem Aufschrei herum und rannte davon.
Oder er versuchte es vielmehr, denn weit kam er nicht, bevor Fallet ihn einfing und gelassen mit einer Hand hochhob, gleichgültig, wie heftig Roji schrie und strampelte.
„Soll ich mit ihm reden?", fragte Agus.
„Nein, lass mich. Ich habe die Entscheidung getroffen, ihn nicht zu töten, also ist er meine Verantwortung." Tirú schritt zu dem Zentauren hinüber, nahm diesem das um sich schlagende Bündel ab und versetzte Roji eine weitere Ohrfeige mit der flachen Hand. Nicht zu stark, mehr, um seine Aufmerksamkeit zu fangen. Auf Überraschung folgte Entsetzen, gefolgt von Zorn.
„Nur zu", sagte Tirú. „Schlag zurück. Ich wehre mich nicht. Im Gegenteil, es würde mich freuen, denn es wäre ein Zeichen, dass du Kampfgeist besitzt. In diesem Land überleben ausschließlich die Starken, Roji. Es ist eine grausame Welt, in der du nie weißt, wann dich ein Raubtier hinterrücks anspringt, um dich zu fressen. Oder die Magie entscheidet, dass du entbehrlich bist und entreißt dir dein Leben, um irgendeinen unsinnigen magischen Firlefanz zu verwirklichen. Nur eines von zwölf Kindern übersteht den ersten Lebensmonat. Der Rest wird zu Magiefutter. Und nun pass auf, Roji, denn ich werde es dir nur ein einziges Mal erklären: Du musst dich unterwerfen und hinnehmen, was wir entscheiden. Denn ohne eigene Magie bist du die schwächste Kreatur, die in diesem Moment in der gesamten Verwunschwelt atmen und leben darf. Wenn wir dich fesseln und deine Augen verbinden wollen, dann tun wir das nicht, um dich zu quälen, sondern um dich eine Stunde länger lebendig zu halten. Verstanden?"
„Ich hasse dich!", zischte Roji unterdrückt.
„Dein gutes Recht. Hasse mich, so viel du willst, solange du begreifst, dass wir dir nicht schaden wollen."
Roji stand still, während Nagi auf ihn zutrat, einen langen Strick in den Händen, und ihn zu fesseln begann. Er umwickelte dabei die Arme des Jungen und beließ sie ihm vor dem Körper.
Nicht angenehm, doch keine Gliedmaßen würden ihm abzusterben drohen, keine Gelenke geschädigt werden.
Tirú stieg auf Fallets Rücken. Er war der Kräftigere von beiden Brüdern und würde auch das Gewicht von zwei Menschen tragen können, ohne

sich zu sehr zu überanstrengen. Nagi setzte den gefesselten jungen Mann vor Tirú ab und übernahm die Waffen seines Bruders. Es gab keinen Sattel oder Zaumzeug, wie es üblich war, wenn beispielsweise Riesenhirsche geritten wurden. Niemand legte einem Zentaur Zaumzeug an! Stattdessen hatte sich Fallet eine Art Ledergeschirr übergestreift, an dem sich Tirú festhalten konnte, um nicht ruhmlos abzustürzen. Heute würde er dafür bloß eine Hand frei haben, mit dem anderen Arm sicherte er Roji.

„Ich verbinde dir jetzt die Augen", sagte Tirú leise. „Ich werde dich während des gesamten Rittes eng an mich gedrückt halten müssen. Diese Nähe ist für uns beide wohl nicht unbedingt angenehm, aber unvermeidlich. Meine inständige Bitte lautet, dass du dich nicht gegen mich wehrst. Schlimmstenfalls brechen wir uns das Genick, wenn wir im vollen Galopp von einem Zentaurenrücken fallen."

Roji antwortete nicht. Er war verkrampft, hielt sich vollkommen steif. Tirú konnte sehen, wie er mit den Kiefern mahlte und er wimmerte kaum hörbar, als das Tuch ihm die Sicht stahl. Doch er kämpfte nicht dagegen an, versuchte nicht, sich freizustrampeln.

„Es kann losgehen!", rief Tirú. Unter ihm spannten sich Fallets gewaltige Muskeln an. Zentauren waren zurecht weithin gefürchtet und das nicht nur, weil ihre Intelligenz und viele Verhaltensweisen menschlich waren. Körperliche Größe, Geschwindigkeit, rohe Kraft, das Beherrschen von jeglichen Waffen, magische Sicht am Tag wie in der Nacht – niemand würde jemals einen Zentauren leichtsinnig herausfordern. Darum war Tirú froh, dass ihn gleich zwei zusätzlich zu den Gnomen begleiteten. Die Reise zum Palast der Königin war jedes Mal die größte Gefahr, der er sich aussetzen musste.

Roji schwitzte vor Angst. Er bewegte sich unruhig, minimal bloß, aber deutlich spürbar. Tirú musste sich extrem eng an ihn pressen und den linken Arm eisern um den Bauch seines Gefangenen geschlungen halten, damit sie nicht von Fallets Rücken abrutschten. Die Zentauren rannten wie üblich in hohem Tempo. Es waren etwa zwölf Meilen bis zum königlichen Palast. Diese führten zum größten Teil durch wilden, unberührten Wald.

Wie so oft war es trügerisch ruhig. Einige Einhornfohlen spielten auf einer sonnenbeschienenen Lichtung mit einer Blütenfeenkolonie. Ein Wasserdrache schnaufte in einem nahe am Pfad gelegenen See. In der Ferne jagte eine Phönixfamilie über den wattewolkigen Himmel. Irgendwo im Dickicht stieß ein unbekanntes Raubtier Trillertöne aus, die vermutlich bedeuteten, dass es erfolgreich bei der Jagd gewesen war. Ein Haufen blank geputzter Knochen abseits des Wegesrandes wartete darauf, dass ein Ypha vorbeikam und auch diesen Überrest entsorgte. Diese Idylle täuschte darüber hinweg, dass man in der Verwunschwelt niemals sicher war. Unter den üppig wachsenden Bäumen lauerte Verdammnis, die nichts mit den sanften Regeln der unmagischen Welt auf der anderen Seite zu tun hatte. Nichts und niemand war sicher. Niemals. Nicht für einen Moment. Stärke und magische Macht halfen lediglich, länger durchzukommen. Eine Weile zu überleben, auch wenn das unnatürliche und vermutlich brutale Ende die einzige Gewissheit war, die es gab. Die übliche Anspannung lag in der Luft. Nicht nur die Tiere, die magischen Kreaturen mussten beständig um ihr Leben kämpfen, auch die meisten Pflanzen besaßen magische Eigenschaften und effektive Verteidigungsmechanismen. Auf dem Pfad waren sie einigermaßen sicher, die Königin hatte ihn erschaffen und beschützte ihn mit diversen Zaubereien.

Tirú war sich mittlerweile nicht mehr sicher, ob eine Augenbinde die richtige Vorsichtsmaßnahme gewesen war. Gewiss, Roji konnte auf diese Weise den spektakulären und ziemlich blutigen Kampf zwischen einem Erddrachen und einer Riesenschlange nicht mitverfolgen. Doch er hörte sicherlich trotz des Hufgetrappels und des Windes einiges von dem Gebrüll, das damit einherging, und die gebannte Anspannung konnte ihm nicht entgehen. Da er nicht sah, was um ihn herum los war, musste er sich mit seiner Vorstellungskraft zufriedengeben. Aus Erfahrung wusste Tirú, dass dies oft sehr viel schlimmer als die Wahrheit sein konnte.

Um ihn abzulenken, raunte er ihm ins Ohr:

„Es tut mir unglaublich leid, dass du so lange im Verlies ausharren musstest. Es sollten lediglich einige kurze Stunden werden."

„Aber das war es nicht", stieß Roji gepresst hervor.

„Nein. Die Königin hatte mich fortgerufen. Das, was ein kurzer Spionageauftrag werden sollte, zog sich über drei Tage. Es ist keine Entschuldigung dafür, dass ich meinen Dienern keine präzisen Anweisungen gegeben habe, dich in dieser Zeit angemessen zu versorgen. Lediglich eine Erklärung."

„Es war ... was soll ich jetzt sagen? Du hast mich vergessen und es tut dir leid? Mir tut es auch *leid*!" Roji versuchte den Kopf abzuwenden, was in ihrer Position nicht wirklich möglich war. Tirú schmunzelte müde. Wut war wichtig. Solange Roji wütend wurde, war er lediglich verletzt statt zerstört. Er konnte sich an seine eigene Wut erinnern. Mittlerweile fehlte es ihm allzu häufig an Kraft dafür. Vielleicht fokussierte er sich deswegen so intensiv auf Roji? Damit dieser ihn lehrte, wieder Wut zu spüren? Vielleicht sogar Hoffnung, einen Sinn zu finden? Einen Sinn in dem endlosen Kampf, diesem Krieg ohne Nutzen …

Roji hasste, was gerade mit ihm geschah. Tirú war ihm zu nah. Ihre Körper rieben aneinander, er spürte die Hitze, die von Tirús hartem Kriegerleib ausstrahlte, wie Feuer auf seiner Haut. Er hatte fest geglaubt, die Unannehmlichkeiten der Reifezeit hinter sich gelassen zu haben. Damals genügte es, wenn er unbedacht über sein Geschlecht strich oder die Sonne ihn wärmte oder ein frivoler Gedanke über balzende Vögel durch sein Bewusstsein flatterte, und schon wurde er hart. Fast jede Nacht musste er sein Bettlaken auswaschen, was sein Vater mit einem freundlichen Grinsen bedacht hatte, sowie dem Versprechen, dass es anders werden würde. Und es war anders geworden. Die meiste Zeit zumindest kontrollierte er sich und sein Körper stand auch nicht ununterbrochen unter Druck. Im Augenblick war dies alles weit fort. Er hatte keinerlei Selbstkontrolle, durfte nicht über sich und seinen Körper frei entscheiden, der Druck war schier unerträglich … und aus irgendeinem Grund war er erregt. Kein noch so schönes Mädchen hatte jemals diese Wirkung auf ihn gehabt wie Tirú, der ihn als Gefangenen hielt und sich nicht recht entscheiden konnte, ob er hart und distanziert oder verständnisvoll und sanft mit ihm umgehen wollte. Was dafür sprach, dass es nicht allzu üblich war, Gefangene zu nehmen. Ob ihn das beruhigte oder noch stärker verängstigte, wusste Roji nicht zu sagen.

Es war so dermaßen bizarr, auf dem Rücken einer Kreatur zu reiten, die halb Pferd, halb Mensch war. Gefesselt und ausgeliefert zu sein. Er hasste es. Am meisten hasste er wohl, dass sich irgendetwas in ihm danach sehnte, noch enger von Tirú gehalten zu werden.

All das war derartig verwirrend und bedrückend und angsteinflößend, dass er beinahe vergaß, wo sie sich befanden und was das Ziel ihrer seltsamen Reise war.

Darum traf es ihn fast wie ein Schock, als der Zentaur anhielt und Tirú ihm die Augenbinde abnahm.

„Wir sind beinahe angekommen", rief Agus vergnügt. „Gewiss können wir ihn jetzt von den dummen Fesseln befreien? Den Kristallpalast muss man ungehindert bestaunen." Roji war noch mit Blinzeln beschäftigt, denn er sah im Moment nichts als Nebel.

Derweil glitt Tirú zu Boden und ein Paar kräftige Hände begann, die Knoten von Rojis Fesseln zu lösen. Sicherlich war dies der zweite Zentaur. Als er fertig war, wischte sich Roji erleichtert über das Gesicht und rieb sich die Augen.

Unglaublich, wie einem alles zu jucken beginnen konnte, wenn man für eine Weile unfähig war, die Hände zu benutzen!

Endlich konnte er seine Umwelt wieder klar erkennen – und wäre beinahe von dem Zentaurenrücken herabgestürzt, wenn ihn nicht jemand gepackt und festgehalten hätte. Das war ...

„Unglaublich!", wisperte er ergriffen. Vor ihm erhob sich ein Gebirge aus halbdurchsichtigem Glas. Hoch und immer höher ragten Türme und Mauern in den Himmel. An manchen Stellen konnte man bis in das Innere des Palastes schauen, doch die meisten Flächen spiegelten das Blau des Himmels und das Weiß der Wolken wider. Das Sonnenlicht brach sich tausendfach und wurde als eine Vielzahl von Regenbögen gespiegelt. Tanzende Regenbögen überall! Noch nie hatte Roji sich etwas derartig Schönes auch nur vorstellen können.

Auf dem Dach einer der niedrigeren Türme lag eine riesige, schlangenartige Kreatur, die ausschließlich ein Drache sein konnte. Wie eine Katze hatte er sich zusammengerollt, ließ sich die Sonne auf die goldglänzenden Schuppen scheinen und schlief anscheinend. Eulen hocken auf der durchscheinenden Mauer. Grobschlächtige Riesen mit grauer Haut und abscheulichen Gesichtern, die nicht einmal entfernt etwas Menschenähnliches an sich hatten, standen vor dem Tor, offenkundig Wächter, mit denen Roji sich nicht anlegen wollte. Zentauren waren auf dem Gelände zu sehen. Das Schloss war von einer weitläufigen Parkanlage umgeben – Gras und gepflegte Büsche, Blumen aller Art, um die eine Menge winziger Feen flatterten.

Es war ein Ort der Schönheit, wie Roji es sich bislang nur erträumen konnte, wenn er ein Märchen erzählt bekommen hatte.

Lediglich die Vielzahl von Wächterkreaturen, teils schwer bewaffnet, deutete darauf hin, dass hier keine märchenhafte Idylle vorherrschte.

„Runter mit dir", knurrte der Zentaur, auf dessen Rücken Roji noch immer saß. „Zentauren sind im Schloss nur erwünscht, wenn die Königin ausdrücklich nach uns ruft. Ihre Majestät will aber dich und Tirú sehen, nicht uns."

Der andere Zentaur packte Roji und setzte ihn – halbwegs sanft – am Boden ab.

„Viel Glück", sagte er freundlich. Die beiden Zentauren trabten davon und schlossen sich ihren Artgenossen an. Tirú hingegen führte Roji auf das Tor zu. Die Gnome schwenkten vorher ab und verschwanden, sie würden offenkundig auch nicht mit hineingehen.

„Bleib hinter mir", zischte Tirú. „Schön dicht hinter mir. Halte den Kopf gesenkt. Wenn dich jemand anspricht, warte, was ich für dich antworte. Du bist kein Ehrengast, sondern ein Opfer. Ein verlorenes Lamm, das wenig Chancen hat, den heimatlichen Stall wiederzufinden."

„Aber ich dachte ..."

Roji verstummte und zog unter Tirús finsterem Blick den Kopf ein. Er war davon ausgegangen, dass die Königin ihn nach Hause schicken konnte. Tirú hatte gesagt, sie würde über sein Schicksal entscheiden. War sie nicht logischerweise die mächtigste Magierin dieser Welt? Warum konnte sie ihn nicht einfach ... Mit aller Kraft unterdrückte er die Panik, die sich in seiner Brust ausbreiten wollte. Tirú hatte von wenig Chancen gesprochen, nicht davon, dass es völlig aussichtslos wäre.

Also tat er, was von ihm verlangt wurde. Er hielt sich einen Schritt hinter Tirú, blickte nicht hoch, als die Wächter am Tor fragten, wer er sei und was er hier wolle. Sie wurden durchgewinkt und betraten einen Innenhof, der ebenfalls vollständig aus diesem halbdurchsichtigen Glas bestand. Seltsamerweise blendete es ihn nicht, trotz der Sonne, die intensiv auf das Schloss herabstrahlte. Das Licht wirkte lediglich etwas heller als draußen im Wald, und es war angenehm warm. Vermutlich sorgte die Magie dafür, dass man sich wohlfühlen durfte.

Vor dem Eingangstor, ein riesiges Glasportal, das in allen Regenbogenfarben schillerte, lag ein schwarzgeschuppter Drachen. Er musterte sie lediglich, rührte keine Klaue, um sie aufzuhalten, sprach auch nicht zu ihnen. Doch Roji spürte, dass diese Kreatur ihn ohne zu zögern in der Luft zerfetzen würde, sollte es ihr in den Sinn kommen.

Ungehindert durften sie eintreten.

„Drachen sind die wichtigsten Verteidiger unserer Königin", wisperte Tirú. „Ohne sie wäre der Krieg schon vor Jahrzehnten verloren gegangen."

Sie schritten durch eine langgezogene Halle, in der es von seltsamen Kreaturen wimmelte. Viele, doch lange nicht alle wirkten entfernt menschenähnlich und waren damit beschäftigt, aus Türen herauszutreten und auf andere Türen zuzulaufen. Auch Tirú führte ihn sehr zielsicher auf eine Tür zu. Es fiel Roji schwer, den Blick von einem blaupelzigen Geschöpf abzuwenden, etwa so groß wie ein Schaf, vergleichbar geformt, aber mit etwa einem Dutzend Augen und äußerst merkwürdigen Pranken versehen. Mehr als einmal musste Tirú ihn am Arm packen und Kollisionen mit anderen Kreaturen verhindern. Es war zu viel. Zu viele Eindrücke auf einmal. Er wusste nicht einmal, ob er wild um sich starren oder schreiend fortlaufen wollte.

„Lenk dich ab!", befahl Tirú. „Sicherlich hast du tausende Fragen? Also frag mich! Wir müssen weiterkommen."

„Welche Verbündeten hat der Feind, wenn die Drachen nicht auf seiner Seite sind? Und ist er ein Mensch?", fragte Roji zögerlich.

„Alle möglichen Wesen sind auf seiner Seite. Von Kobolden bis Trollen gibt es kaum Kreaturen, die ausschließlich einer Seite treu sind. Die großen Ausnahmen sind Zentauren und Drachen, die einen einmal gegebenen Treueeid niemals brechen würden und darum für die Königin kämpfen. Ob er ein Mensch ist, das weiß niemand. Man weiß nicht einmal, ob er männlich ist. Oder auf welchen Namen er hört. Der Feind ist ... eine Art Schreckgespenst. Er greift die Königin an, ohne jemals in den Vordergrund zu treten. Auch seine Verbündeten wissen nicht, wer oder was er ist."

„Aber wie kann er Macht besitzen, wenn er nicht mit seinen Verbündeten und Untergebenen persönlich spricht? Wie kann jemand sein Leben für einen Rebellen riskieren, der die Königin stürzen will, wenn er gar nichts über diesen Rebellen weiß?" Roji stockte, als sie die Tür erreichten. „Ist dahinter ...?"

„Der Thronsaal? Noch nicht. Ein bisschen komplizierter ist es schon, bis zur Königin vorzudringen." Tirú nickte ihm zu, er wirkte beinahe widerwillig beeindruckt. „Die Fragen, die du stellst, zeigen tiefere Einsicht in das Wesen der Politik. Das hätte ich einem Jüngling wie dir ehrlich gesagt nicht zugetraut."

„Ich bin jünger als du, das mag sein", knurrte Roji. „Mein Vater hat mich allerdings vieles gelehrt. Als Schreiber eines Landesfürsten hat er beständig Kontakt mit Politik, Intrigen und solchen Dingen. Er kennt Geheimnisse, die der Fürst nicht einmal seinen Beratern anvertrauen würde. Er kennt Lügen, die allen Beteiligten erzählt werden. Und Wahrheiten, die niemand erfahren soll."

„Ja, man sollte Schreiber und Bedienstete allgemein nicht unterschätzen", murmelte Tirú. „Man vergisst zu leicht, dass sie grundsätzlich alles hören und wissen."

Sie passierten die Tür, hinter der ein langgestreckter Gang mit weiteren Türen auf sie wartete. Die meisten wurden von grobschlächtigen Kreaturen bewacht, die misstrauisch auf sie herabschauten. Roji konzentrierte sich darauf, Tirú auf dem Schritt zu folgen. Sicherlich war er diesen Wächtern bekannt, was hoffentlich dazu führen würde, dass niemand sie angriff und einfach auffraß.

Abgesehen von den Wächtern war dieser Gang ruhig und leer. Auch hier war alles aus halbdurchsichtigem Glas und dennoch war nicht zu erkennen, was sich in den Räumen befand, an denen sie vorbeiliefen. Es war verwirrend, sich in einem solchen Glaskasten zu bewegen, was ihm mittlerweile kalt und bedrohlich erschien.

Aus unerklärlichen Gründen fühlte sich Roji winzig klein und gedemütigt, geradezu erniedrigt davon, sich hier drinnen aufhalten zu müssen. Als wäre er unwürdig, ein solches Zauberwerk mit seinen Füßen zu beschmutzen. In seiner Welt war durchsichtiges, gleichmäßig dickes Fensterglas etwas unendlich Kostbares, das nur den Reichen und Edlen zustand. Auch wenn es in diesem Land nichts weiter Besonderes, nichts Erwähnenswertes zu sein schien, das sich mit Magie spielend leicht herstellen und formen ließ, es verstörte ihn dennoch, wie verschwenderisch damit umgegangen wurde. Wie viele Lebewesen mochten dafür gestorben sein, um einen solchen Palast zu errichten? Es fühlte sich für ihn beinahe an, als wäre das Blut der Opfer zusammen mit ihren Schreien mit in das Glas verwoben worden. Pathetische Gedanken?

Möglicherweise ja, dennoch verfolgten sie ihn.

Tirú führte ihn unter den wachsamen Blicken eines der Wächter in einen kleinen, engen Raum.

Dort saß ein winziges Männchen mit blaugrauer Haut und gurkenähnlicher Nase und erschreckend hässlichen Gesichtszügen. Ein Verwandter von Bránn vermutlich, Tirús Diener. Das Männchen musterte Tirú kurz und blieb dann mit dem Blick an Roji hängen.

„Ist das dort etwa der Weltengänger?", fragte er mit seltsam tiefer, schnarrender Stimme.

„So ist es. Imbur, das ist Roji von der anderen Seite. Roji, dies ist Imbur. Ein Kobold, der überwacht, wer eine Audienz bei der Königin genießen darf." Tirú erwies dem Kobold mit einer tiefen Verneigung Respekt, was einiges über ihn und seine Stellung am Königshof verriet. Rojis Vater war weder adlig noch reich, dennoch musste er sich nicht einmal vor dem Landesfürst selbst verneigen und die Dienerschaft könnte er vollständig ignorieren, wenn er wollte, ohne Nachteile befürchten zu müssen. Er blieb trotzdem stets höflich und freundlich, was ihm Vorteile einbrachte.

„Ihr werdet beide erwartet, darum rein mit euch. Ihre Majestät ist allein, die Heerführer und Berater sind vor einer Weile abgezogen. Seitdem harrt sie auf deine Ankunft, Tirú."

„Ich weiß, dass ich in Schwierigkeiten stecke, du musst es mir nicht unter die Nase reiben", brummte Tirú. Er verneigte sich erneut respektvoll vor dem Kobold, eine Geste, die Roji eilig nachahmte. Aus irgendeinem Grund schien das lustig oder falsch zu sein, denn Imbur begann kurzatmig zu lachen, heftig genug, dass sein niedriger Schreibpult zu beben begann. Es war das einzige Möbelstück in diesem Raum; Tintenfass, Federkiel sowie ein dickes, ledergebundenes Buch die einzigen Gegenstände. Jedes weitere Stück hätte womöglich eher gestört als zur Funktionalität beziehungsweise Dekoration beizutragen.

Diese Glaswände wirkten in ihrer kalten Leere perfekt.

„Er ist schon drollig, der Kleine", dröhnte Imbur und wies auf Roji, dem er kaum bis zum Knie reichte. „Noch nicht ganz ausgewachsen, oder? Possierliche Manieren hat er jedenfalls."

„Ich bin fertig, danke!", entgegnete Roji verschnupft. „Größer werde ich nicht mehr."

„Hoffentlich aber noch breiter in den Schultern. Du siehst nicht sehr erwachsen aus."

Roji widerstand der Versuchung, die Arme vor der Brust zu verschränken und wie ein kleiner Junge zu schmollen. Warum hackten hier bloß alle auf seiner Jugend herum? Es war entnervend! Daheim betrachtete man ihn als erwachsen und alt genug, um jegliche Arbeit zu verrichten, gefälligst bald zu heiraten und Kinder in die Welt zu setzen. Wenn in dieser Welt die Todesrate so dermaßen hoch war, wie Tirú erzählt hatte, müsste er dann nicht fast schon als Greis gelten? Früher Beginn mit der Vermehrung garantierte den Erfolg!

„Wer im Verwunschland das Erwachsenenalter erreicht, ist für gewöhnlich stark und mächtig und sieht häufig älter aus, als er ist", murmelte Tirú, der auf irgendeine Weise seine Gedanken erriet. „Du wirkst wie ein Halbwüchsiger auf die meisten, dass du schon im zweiten Lebensjahrzehnt bist, errät man bloß, weil du von der anderen Seite stammst. Man erzählt sich vieles über Weltengänger. Seit Jahrzehnten gab es keine mehr, vielleicht sind deshalb die Geschichten so zahlreich und seltsam." Er legte ihm eine Hand auf den Rücken und gab ihm einen sanften Schubs in

Richtung Kristalltür, die sicherlich in den Thronsaal führte. Reich verziert war diese Tür, in das halbdurchsichtige Glas waren Kreaturen und Ornamente eingraviert, die zweifellos sehr schön und eventuell auch auf irgendeine Weise bedeutsam waren.

Roji wusste, dass er niemals wieder ein Eulenbildnis mit Absicht berühren würde, solange er in der Verwunschwelt gestrandet war – es sei denn, man versprach ihm, dass er dadurch nach Hause zurückkehren würde. Auf diesem Glasportal waren gleich vier Eulen dargestellt, in jeder Ecke eine. Dazu kamen Drachen und seltsame Wesen, die er größtenteils nicht erkannte. Hübsch sahen sie aus. Hübsch und gefährlich.

Imbur eilte an ihnen vorbei, um die Flügeltür aufzureißen, und ließ sie mit einem hoheitsvollen Nicken eintreten. Also auf!

Eine Königin erwartete sie ...

Roji befürchtete, noch mehr Glas zu erblicken. Zu seiner Überraschung sah er auf goldene Wände, als er durch die Tür trat. Der Boden war mit echtem Gras bedeckt.

Grünes, saftiges Gras, in das sich Wildblumen mischte.

Da musste Zauberei im Spiel sein, denn kein einziger Sonnenstrahl fiel in diesen riesigen Raum, ein Saal von Ausmaßen, die es schwer machten, ihn auf Anhieb in seiner Gesamtheit zu erfassen. Zumal in der Mitte ein gigantischer Baum wuchs, der seine mit rosa-weißen Blütentrauben behangenen Zweige unter der Decke ausbreitete.

Roji war derartig verwirrt von den Blumen, Schmetterlingen, winzigen Vögeln und Libellen, die gemeinsam mit Feen durch die Luft tanzten, dass er erst mit Verspätung begriff, was genau ihm an diesem Raum so seltsam erschien: Vom Offensichtlichen abgesehen war es die Form. Die goldschimmernden Wände wölbten sich vor und die Grundform des Saals entsprach einem Ei. Beinahe war es, als wäre eine Waldlichtung in eine Höhle umgesiedelt.

Merkwürdig war außerdem, dass er keine Lichtquelle ausmachen konnte. Es gab weder Fackeln noch Laternen und erst recht keine Fenster.

Dennoch war es hell, ein sanftes, warmes Leuchten lag über allem.

Eine Eule flatterte aus den Zweigen des Baumes herab und setzte sich auf Tirús Schultern.

„Einen guten Tag wünsche ich Euch, Meister Tirú", sagte sie höflich. „Wie gewöhnlich ist es eine Freude, Euch zu sehen. Bei bester Gesundheit scheint Ihr leider nicht? Aber wie hübsch, ich sehe, Ihr habt den Weltengänger dabei. Einen guten Tag wünsche ich auch Euch, junger Herr.

Erstaunlich, wie gelassen Ihr auf die Wunder des Verwunschlandes blicken könnt, das ist nicht jedem gegeben. Ich melde euch nun bei der Königin."
Roji fuhr zusammen. Für einen Moment hatte er über sein Staunen vergessen, dass dies kein lieblicher Ort war, an den ihn Tirú geführt hatte, um ihm seine Heimat zu zeigen, sondern der Thronsaal der Herrscherin dieser Welt.
„Nicht nervös werden!", raunte Tirú und berührte ihn auf kameradschaftliche Weise an der Schulter. „Königin Nibura ist eine gerechte und besonnene Frau. Du hast nichts von ihr zu befürchten."
Seine freundlichen Worte erinnerten Roji leider daran, was man ihm zuvor gesagt hatte – dass die Königin über sein Schicksal entscheiden würde. Was wenn sie meinte, dass er aus irgendeinem Grund nicht sofort zurück nach Hause geschickt werden konnte? Oder wenn sie befand, dass er, Roji, irgendein Verbrechen begangen hatte, für das er bestraft werden musste? Es war schlichtweg unmöglich, nicht nervös zu werden!
Tirú schob ihn wieder sanft vorwärts, am Baum vorbei, dessen hellborkiger Stamm zu breit war, als dass ihn ein erwachsener Mann mit den Armen umfangen könnte. Wurzeln ragten aus dem Gras hervor. Es erschien ihm, als würden sich dort fingerkleine Männchen verstecken, doch ihm blieb keine Zeit, genauer hinzuschauen, denn der Thron kam in Sicht, der selbst einem Baum ähnelte. Aus dunklem Holz war er geschaffen, hunderte Zweige streckten sich dort, wo die Rückenlehne sein sollte, die vergoldete Wand entlang. Blaue Früchte hingen an diesen Zweigen und seltsame Vögel mit buntem Gefieder saßen darin.
Von Bedeutung war in diesem Moment allerdings nur die Frau, die auf diesem Thron saß.
Sie trug ein hochgeschlossenes schwarzes Kleid mit reichen Goldstickereien. Das lange blau-schwarze Haar hatte sie zu einem strengen Knoten hochgebunden und auch sonst umgab sie eine Aura von Kälte, Härte und Strenge, die perfekt zu dem Glaspalast passte, den sie als Zuhause gewählt hatte.
Obwohl sie scheinbar entspannt zurückgelehnt dasaß und sich keinen Fingerbreit bewegte, wirkte sie auf Roji seltsam ungeduldig. Erst auf den dritten Blick erkannte er, was genau ihm an ihrem Äußeren merkwürdig erschien: Ein Drache ringelte sich um ihren Körper. Der schmale Kopf des schwarzgeschuppten Geschöpfs ruhte auf ihrer Schulter, der Schwanz lag elegant über ihrem linken Arm. War das eine klein geratene Drachenart? Oder einfach noch ein sehr junges Tier? Es schien zu schlafen, seine Augen

waren geschlossen. Wenn man sehr genau hinschaute, sah man winzige Rauchwölkchen, die aus seinen Nüstern aufstiegen.

Eine Bewegung von Tirú riss Roji aus seinen verblüfften Betrachtungen. Tirú sank auf das rechte Knie und verneigte sich in tiefer Ehrfurcht vor seiner Königin. Roji, der zwei Schritte hinter ihm stand, ahmte diese Geste hastig nach.

„Du kommst spät, Tirú", sagte sie. Ihre Stimme klang sehr dunkel und war wie alles an ihr von Härte und Strenge geprägt.

„Verzeiht, Eure Majestät", erwiderte Tirú und senkte den Kopf noch tiefer. „Ich kam so rasch, wie es mir möglich war."

„Hat dir der Weltengänger Schwierigkeiten bereitet?" Ihr Blick glitt über Roji, der nicht in der Lage war, demütig zu Boden zu starren.

Wenn er für einen einzigen Augenblick wegsah, dann geschahen womöglich schlimme Dinge ... Ängste malten Bilder in seinem Kopf, eines blutiger als das andere.

„Schwierigkeiten?", entgegnete Tirú. „Weniger als man meinen könnte. Er ist recht tapfer im Vergleich zu dem, was man an Geschichten über Weltengestrandete gehört hat."

„Ist das so? Steh auf und komm her, Junge."

Roji gehorchte zögerlich.

Er wollte dieser Frau nicht näher als nötig kommen, doch dem Befehl einer Königin konnte er sich schlichtweg nicht verweigern.

„Ganz recht. Komm näher. Fürchte dich nicht, Junge, falls es dir irgendwie möglich ist, dich in dieser Sache zu kontrollieren. Meine Zeit ist bedauerlich begrenzt." Sie klopfte mit den Fingern auf die Armlehne, wohl um ihre drängende Ungeduld zu unterstreichen. Roji näherte sich ihr, soweit er es wagte. Er hatte immensen Respekt vor diesem Drachen. Bei der Königin ging er zumindest davon aus, dass sie nicht plötzlich vorschnellen und ihm den Kopf abbeißen würde.

Aus der Nähe wirkte sie sehr viel älter, als er zuerst gedacht hatte. Ihre Haut war glatt und von adliger Blässe und er konnte nicht einmal sagen, woher seine Empfindung von hohem Alter rührte. Es war wohl der Ausdruck in ihren Augen, die derartig dunkel waren, dass er die Pupillen nicht von den Iriden unterscheiden konnte.

„Dreihundertsiebenundvierzig", sagte sie. Ihre Mundwinkel hoben sich in der Andeutung eines Lächelns.

„Verzeiht, Eure Majestät?" Verblüfft versuchte er zu begreifen, was ihm diese Zahl sagen sollte.

„Mein Alter. Du fragtest dich, wie alt ich sein mag. So ergeht es jedem. Sei beruhigt, die Jahre der verletzlichen Eitelkeit liegen lange hinter mir. Ich bin dreihundertsiebenundvierzig Jahre alt. Fast genauso lange halte ich bereits diesen Thron. Ich habe ihn bestiegen, als ich so jung war wie du. Neunzehn, zwanzig Jahre wirst du wohl zählen? Du hast so etwas herrlich Unverbrauchtes, Jugendliches an dir … Sicherlich durftest du bereits spüren, dass wir Verwunschländer von deiner Jugend angezogen werden."

„Ich … ich bin zwanzig, Eure Majestät", stammelte Roji. Er versuchte zu begreifen, was ein solches Alter bedeuten könnte. Wie es sich anfühlen musste, derartig lange zu leben. Er scheiterte kläglich, konnte sich nicht einmal vorstellen, vierunddreißig Jahre alt zu sein. So wie die Dinge gerade standen – und so gierig, wie die Königin und ihr Drache ihn musterten – brauchte er nicht davon auszugehen, diesen Geburtstag jemals zu erreichen und feiern zu dürfen.

„Wie heißt du?", fragte sie streng und nickte knapp, als er ihr antwortete. „Erzähl mir deine Geschichte, Roji. Woher kommst du genau, welchem Stand gehörst du an, wie heißt der Herrscher in deiner Welt und welcher Zeitrechnung folgt ihr? Berichte außerdem ausführlich und mit jedem Detail, an das du dich erinnerst, wie genau du im Verwunschland gestrandet bist."

Stockend berichtete er ihr, was sie wissen wollte. Sie reagierte mit gefurchter Stirn darauf, dass es König Fatuk der Gerechte war, der seit einundzwanzig Jahren den Wolfsthron in der Stadt des ewigen Lichts innehielt und sie das Jahr 1638 seit Entzündung der Flamme zählten. Damals hatten die Himmelsmächte einen Blitz geschickt, der ein Feuer im Boden entfacht hatte, das seitdem nicht aufgehört hatte zu brennen. Es zählte zu den großen Wundern und die Priester stritten bis heute, warum genau die Mächte ihnen das Feuer geschenkt hatten. Auch Tirú reagierte auf diese Information mit unruhigen Bewegungen. Keiner von beiden erklärte, warum ihnen das etwas bedeutete oder was es ihnen sagte.

Es war unmöglich, sich dem Blick der Königin zu entziehen, der ihm tief in die Seele schnitt und offenzulegen drohte, was er verbergen wollte. Noch während er von seinem Herumirren im Sturm berichtete, setzte sich der Drache in Bewegung. Seine bernsteingelben Augen besaßen wahrhaftig exakt denselben Ausdruck wie die Königin. Er glitt über die Armlehne und lediglich die Hände seiner Herrin hinderten ihn daran, sich Roji noch weiter anzunähern. Der Drache zischte und schnaufte leise, wehrte sich jedoch nicht gegen den harten Klammergriff.

Immer stärker begann Roji zu zittern, der Druck, den diese beiden stumm auf ihn ausübten, lastete unerträglich auf ihm. Dennoch gelang es ihm, aufrecht zu bleiben und seine Geschichte zu beenden, statt schreiend zu fliehen oder sich heulend niederzuwerfen, wie er es gerne tun würde.

„Du hattest recht, mein Lieber", sagte die Königin, als Roji ins Schweigen verfiel, und nickte Tirú zu. „Er ist tatsächlich ziemlich tapfer. Stärker, als man es ihm zutrauen will. Vielleicht weil er praktisch allein aufgewachsen ist? Man sieht ja bei dir, dass Kinder selbstständiger gedeihen, wenn man sie nicht unnötig mit Mutterliebe verhätschelt."

Herablassende Worte, kalt dahingesprochen. Unwillkürlich wandte Roji den Kopf, aber Tirús Miene blieb vollkommen unbewegt und zeigte nicht, ob er von dieser Missachtung getroffen war.

„Ich verstehe nun auch deine Botschaft, wie wichtig es ist, ihn intensiv zu begutachten", fuhr sie fort. „Seine Geschichte ist in der Tat seltsam. Man kann davon ausgehen, dass Magie daran beteiligt war, ihn in unsere Welt zu treiben. Da diese Magie nicht von mir ausgegangen ist, war es entweder das Tun des Feindes – ein Ablenkungsmanöver möglicherweise, um meine Kräfte zu binden – oder es stecken Mächte und Absichten dahinter, die wir noch nicht durchschauen."

Sie wandte sich zurück zu Roji, der sich nicht mehr länger beherrschen konnte und einen halben Schritt vor ihr zurückwich. Es brachte ihre Mundwinkel erneut zum Zucken.

„Du bist vermutlich von einem einzigen Wunsch beseelt: So rasch wie es geht nach Hause zu deinem Vater heimkehren zu dürfen. Ich hätte nichts dagegen, dich ziehen zu lassen. Auch wenn ich neugierig bin, was genau dich hergeführt haben mag, bin ich keineswegs grausam genug, um dich in einer Welt gefangen zu halten, in der du keinerlei Chancen zu überleben hast. Bedauerlicherweise ist es vollkommen unmöglich. Du kannst nicht auf die andere Seite."

„Aber ..." Roji spürte, wie ihm sämtliches Blut in die Beine sackte. Ihm wurde übel, so sehr, dass er zu Boden ging. Es war peinlich, es war ein völlig unangemessenes Verhalten im Angesicht einer Königin und trotzdem konnte er es nicht verhindern. So sehr hatte er darauf gehofft, dass dieser merkwürdige Albtraum ein Ende finden würde, sobald die Königin sich seine Geschichte angehört hatte.

Wie konnte sie ihm das verweigern?

Tirú kniete neben ihm nieder. Seine Miene verriet tiefes Mitgefühl und ein Verständnis, das erschütternd war.

„Ruhig atmen", raunte er und drückte Rojis Kopf sanft nach unten. „Werde bitte nicht ohnmächtig. Ruhig atmen. Das ist der Schlüssel."
Es dauerte eine kleine Weile, bis die Übelkeit nachließ und sein Herz nicht mehr flatterte wie ein von Wölfen gejagtes Reh. Zurück blieb eine seltsame Leere in seinem Kopf und das Gefühl, jenseits von Denken und Verstand aufgeschlagen zu sein.
Als er hochblickte, erwartete er, dass die Königin ihn missbilligend und unduldsam anstarrte. Stattdessen war ihr Ausdruck eher milde interessiert zu nennen.
„Es treibt die Magieforscher seit Jahrhunderten in den Wahnsinn", sagte sie leise. „Um von deiner Welt hierher zu wechseln, braucht es nichts weiter als eine winzige Menge Blut, die einem magischen Portal geopfert werden muss. Um in die Gegenrichtung zu schreiten, muss ein Preis gezahlt werden, der mit nichts zu vereinbaren ist. Manchmal sterben ein Dutzend Menschen, nur damit ein Einzelner über die Grenze gehen kann. Manchmal wird ein ganzes Zentaurendorf ausgelöscht. Bei anderen Gelegenheiten hat es die Geografie des Verwunschlandes zerrissen, sodass plötzlich nichts mehr dort war, wo es hingehörte. Wie hoch die Opfer sind, weiß man nicht vorher. Sicher ist bloß, dass sie untragbar sein werden. Es gibt hunderte Theorien, warum das geschieht. Tatsache bleibt: Du kannst nicht nach Hause gehen, Roji. Niemals mehr. Du wirst in dieser Welt leben und dich irgendwie anpassen müssen, bis es dich wegrafft. Die Schwachen sterben stets zuerst, was Tirú dir zweifellos bereits erklärt hat. Keine Kreatur ist schwächer als du, denn du hast keine Magie."
„Ich bin mir in dieser Sache unsicher", grollte eine tiefe Stimme, die Roji erst im zweiten Moment dem Drachen zuordnen konnte. Dieser stieß einige kleine Rauchwölkchen aus und glitt zum Boden hinab. Er hatte etwas Entzückendes an sich. Die zarten Pranken, die glänzenden schwarzen Schuppen, der elegant geringelte Schwanz ... Niedlich war das, wenn man es schaffte, die scharfen und viel zu zahlreichen Reißzähne zu übersehen, sowie den Blick, der alles andere als hübsch zu nennen war.
Roji blieb stocksteif sitzen, wo er sich befand, unfähig, an Flucht zu denken. Dafür war er zu erschöpft und wo sollte er auch hin?
Der Drache stieg auf Rojis Schenkel. Sein Gewicht war überraschend hoch und die kurzen Krallen spitz. Diese Kreatur war eine tödliche Gefahr, egal wie klein und scheinbar possierlich sie sein mochte. Ohne Vorwarnung schnappte der Drache nach Rojis Hand. Der Schmerz flammte kurz und heftig auf und ließ beinahe sofort schon wieder nach. Verwirrt starrte Roji

auf das Blut, das aus einer Risswunde träge zu sickern begann. Zumindest solange, bis der Drache sich vorbeugte und darüberleckte.

„Ich dachte es mir", grollte er und wandte den Kopf zur Königin. „Der Junge hat magisches Blut in sich. Es ist verwässert, er ist keiner von uns. Ich würde sagen, seine Mutter war eine Magierin von unserer Seite."

„Das ist nicht möglich!", rief Roji verblüfft. „Meine Mutter war eine gewöhnliche Frau. Sie starb bei der Geburt meiner Schwester und war ganz gewiss keine Magierin."

„Stammte sie denn aus deinem Dorf? War sie jemand, den dein Vater sein Leben lang gekannt hatte?", fragte Tirú.

„Nein, das nicht. Ihre Familie war zugezogen, das waren Händler aus dem Süden, die sich niederlassen wollten. Mein Vater hat sich sofort in sie verliebt und kaum ein halbes Jahr später haben sie geheiratet."

„Und nach ihrem Tod, ist ihre Familie im Dorf geblieben?" Die Königin beugte sich interessiert vor.

„Nein ... nein." Roji schüttelte den Kopf, irritiert davon, dass etwas, was für ihn ein Leben lang selbstverständlich und gewöhnlich gewesen war, plötzlich solche Bedeutung haben sollte. „Mein Vater erzählte, dass seine Schwiegereltern den schmerzlichen Verlust der Tochter nicht ertragen haben und darum fortgezogen sind. Das hat nichts zu bedeuten. Ich bin kein Magier oder Halbmagier oder was auch immer. Der Gedanke ist einfach lächerlich!"

„Im Gegenteil", widersprach die Königin. „Es erklärt, warum die Magie dich mit Gewalt nach Hause gebracht hat, obwohl du so unwichtig erscheinst. Viel wahrscheinlicher als ein Ablenkungsmanöver des Feindes ist das! Du wurdest von den magischen Strömungen erfasst und konntest durch die Abwehrzauber hindurchschreiten, die Tirús Mutter hinterlassen hatte, eben weil du selbst magischer Abstammung bist."

„Das ist noch nicht die gesamte Wahrheit", stieß der Drache hervor und berührte Tirú mit einer der Vorderpranken. „Es gibt eine magische Verbindung zwischen diesen beiden."

„Erkläre dich, Tirú!", befahl die Königin mit eisklirrender Stimme.

„Ich weiß nichts von einer Verbindung!", rief Tirú hastig. „Ich musste den Jungen heilen, er war in solch schlechter Verfassung, dass er den Weg hierher zum Palast sonst nicht überlebt hätte. Das magische Opfer habe ich selbst getragen."

Er wandte sich um und präsentierte seinen entblößten Rücken mit dem eingebrannten runden Mal.

„Er verheimlicht nichts", grollte der Drache. „Ein solches Mal habe ich nie zuvor gesehen."

„Ich auch nicht … Es gibt eine Menge, was mir an dieser Angelegenheit unbegreiflich ist." Die Königin erhob sich, begutachtete das Mal aus der Nähe und zog Roji mit erstaunlicher Kraft auf die Beine. „Eigentlich wollte ich dich, Tirú, auf einen üblichen Spionageauftrag ausschicken. Berichten zufolge ist der Rakka-Wald dezimiert worden. Ich werde jemand anderen dafür auswählen. Ihr beide kehrt zur Festung zurück und wartet dort, bis ich mich mit dem Rat darüber ausgetauscht habe, wie mit Roji zu verfahren ist. Womöglich finden wir heraus, welche Frau als seine Mutter infrage kommt, schließlich wird jeder registriert, der auf die andere Seite wechselt, und das ist seit dreißig Jahren nicht mehr geschehen. Aufgrund der Zeitverschiebungen hat das wenig zu sagen. Als Halbmagier werden sich seine Kräfte wohl in den nächsten Tagen entwickeln. Hab ein Auge darauf, Tirú." Mit eindeutiger Geste in ihre Richtung wandte die Königin sich ab, hob den Drachen auf ihren Arm, als wäre er ein verspieltes Schoßkätzchen, und kehrte zu ihrem Thron zurück. Die Audienz war beendet, sie waren entlassen. Roji fühlte sich, als wäre er ein zweites Mal in einem gewaltigen Sturm gefangen gewesen und endlich in Sicherheit gelangt. Er wollte dieses gläserne Gefängnis verlassen, frische Luft atmen und schnellstmöglich zu Tirús Burgfestung zurückkehren. In der Wildnis war er nicht sicher, soviel hatte er verstanden. Alles andere, was er in der letzten halben Stunde erfahren hatte, war vollkommen unbegreiflich.

Er wollte doch bloß nach Hause …

Kapitel 7

Tirú wusste kaum, wohin er blicken sollte, als er von sämtlichen Seiten angestarrt wurde. Roji taumelte bei jedem Schritt, obwohl Tirú ihn stützte, und es war deutlich zu spüren, dass er nicht die Kraft besaß, noch lange die Fassade aufrecht zu halten, bevor der Zusammenbruch erfolgen würde. Zu begreifen, dass man niemals wieder dorthin zurückkehren durfte, wo man aufgewachsen war, dass alles, was er für wahrhaftig gehalten hatte, eine Lüge gewesen sein musste …
Irgendwie gelang es ihm, Roji ins Freie zu führen. Die Gnome erschienen sofort und gesellten sich zu ihnen.
„Agus, wir brauchen frisches Wasser und einen ruhigen, stillen Ort", sagte Tirú drängend. „Hilf mir. Er steht unter Schock. Das muss er schleunigst überwinden, sonst wird er angreifbar und bringt uns alle in Gefahr."
„Hier entlang", sagte Madrow und eilte zusammen mit Fjork voran, während Agus in Windeseile verschwand.
Mithilfe der beiden Gnome gelang es Tirú, den jungen Mann zum Übergangsbereich zwischen Palastgarten und Wildnis zu führen, wo sie sich unter einer alten Linde niederlassen konnten.
Hier waren die Bäume noch magisch gezähmt und würden niemals versuchen, arglose Menschen, die unter den ausladenden Kronen Schutz und Schatten suchten, mit Wurzeln oder Zweigen zu erschlagen und zu erwürgen. Da man bereits auf die ungebändigte Wildnis blicken konnte, verirrten sich für gewöhnlich keine Höflinge hierher.
Agus erschien. Er war der beste Dieb, den Tirú kannte, und mit Abstand der flinkeste.
Auch diesmal schleppte er reiche Beute heran: Eine Decke, auf der sie sich bequemer hinsetzen konnten, zwei mit durchsichtiger Flüssigkeit gefüllte Feldflaschen, die hoffentlich Wasser statt Zaubertränke enthielten, sowie einen Korb voll mit Essen.
Damit würden sie Roji vermutlich im Moment nicht locken können. Wimmernd brach er zusammen, sobald Tirú ihm bedeutete, sich auf die von Fjork ausgebreitete Decke zu setzen, und starrte ebenso benommen wie orientierungslos ins Nichts.

„Redet mit ihm", wisperte Madrow. „Gewalt wäre auch möglich, aber weniger zielführend, wenn er seinen eigenen Willen behalten soll."
„Ich spreche mit der Thronsaaleule, dann braucht uns niemand umständlich zu erklären, was genau geschehen ist", sagte Agus und verschwand erneut. Das war nicht unbedingt erlaubt und noch weniger erwünscht. Da es nicht um lebensbedrohliche Geheimnisse ging, würde die Königin vermutlich keine Einwände haben, sollte sie den Gnom erwischen – was nicht wahrscheinlich, aber möglich war.
„Testet bitte das Wasser", bat Tirú und ergriff Rojis Hände. Sie waren eisig kalt. Leise brummend zog er seinen Umhang aus und legte ihn Roji um die Schultern, bevor er erneut nach seinen Händen griff und sie drückte.
„Hör mir zu", sagte er sanft. „Was du gerade durchmachst, ist mir auf ähnliche Weise widerfahren. Die Toten in dem Herrenhaus – du erinnerst dich? Die vielen Toten, das war meine Familie."
Erschrocken sah Roji ihn an, mit einem Mal schneeweiß im Gesicht, die Augen wirkten riesengroß.
„Meine Eltern, mein Bruder, meine Schwestern, meine Amme Hilla, unsere Bedienstete. Sie alle wurden von dem Feind getötet, der uns einen Dämon geschickt hatte. Eine Kreatur, die Macht über jeden gewinnen kann, der wach und bei Bewusstsein ist. Ich hatte geschlafen, war noch ein kleiner Junge von sieben Jahren gewesen. Auch die Gnome konnten nur entkommen, weil sie tagsüber oft schlafen. Sie brachten mich hierher, um mein Leben zu retten, wofür ich ihnen unendlich dankbar bin." Er nickte Fjork und Madrow zu, die verlegen erröteten und so taten, als wäre der Wald von immensem Interesse. „Dennoch vergeht keine Nacht, in der ich nicht von der anderen Seite träume. Dort hatte ich keinerlei magische Macht und natürlich wartet auch keine Familie mehr auf mich, im Gegensatz zu dir. Aber es war das letzte Mal, dass ich mich sicher gefühlt habe, wenn ich mich zum Schlafen niederlege. Dieses Gefühl von Sicherheit vermisse ich genauso sehr wie meine Familie … Ich verstehe, wie dringend du nach Hause willst. Wie sehr du dich nach deinem Vater sehnst, und dem Leben, das du zurücklassen musstest. Ich kann dir nicht helfen. Ich darf dir nicht helfen. Ich kann dir wirklich nur versichern, dass ich dich verstehe."
Roji betrachtete ihn, sein Blick war mittlerweile wieder fokussiert und in das Diesseits zurückgekehrt.
„Das ist der Grund, warum du so widersprüchlich mir gegenüber bist?", fragte er leise. „Mal bist du kalt und abweisend und mal fürsorglich …

Und immer wirkst du einsam. Ist es, weil dein Leben mit sieben Jahren beendet wurde und du seitdem in einem feindlichen Land darum kämpfst, zumindest noch träumen zu dürfen?"
Tirú schwieg. Es kam ihm zu nah, darum war es besser, wenn er so tat, als wäre diese Frage niemals laut ausgesprochen worden.
Derweil entglitt ihm Roji, dessen Gesichtsausdruck still wurde.
„Dieser Drache war klein", murmelte er geistesabwesend.
„Hm?" Tirú sah ihn fragend an.
„Der Drache der Königin. Er war so klein und dennoch gefährlich … Er hat mich gebissen." Roji blickte auf seine Hand, wo die Bisswunde noch immer zu sehen war. „Hat er einen Namen?"
„Zziddra", sagte Agus, der in diesem Moment zurückkehrte. „Es ist ein junges Weibchen. Die Mutter hat das Ei verstoßen, darum hat Königin Nibura es adoptiert und warm gehalten, bis das Junge geschlüpft ist. Es ist sehr schwierig, einen Brütling zu überreden, aus dem Ei zu schlüpfen. Selbst ungeborene Drachen sind sehr klug und stolz und sie würden lieber sterben, als sich von einem Menschen abhängig zu machen, der ihnen nicht ebenbürtig ist. Dass Nibura es geschafft hat, sorgte für hohen Respekt."
„Sicherlich hilft es, dass sie so viel Lebenserfahrung und Macht besitzt?", fragte Roji.
„Es schadet wohl nicht. Andererseits haben es auch schon Kinder geschafft, die kaum das zehnte Lebensjahr erreicht hatten", entgegnete Tirú. „Niemand weiß, was ein Drache als ebenbürtigen, würdigen Partner ansieht." Er drängte Roji etwas Wasser auf, was dieser dankbar annahm. Sogar beim Obst griff er zu, wenn auch verhalten. Tirú aß kräftig, die Gelegenheit war gerade günstig.
Die Gnome unterhielten sich leise, Agus berichtete, was im Thronsaal vorgefallen war.
„Ich bin irgendwie ein Magier, ja?", fragte Roji nach einer Weile, während er an einer Schrumpfbirne herumnagte, sicherlich ohne zu ahnen, wie ungewöhnlich diese Frucht war – sie ließ sich nur an sonnigen Tagen essen, sobald es regnete oder die Nacht hereinbrach, schrumpfte sie auf Daumennagelgröße. Der nähere Sinn dahinter war ein Rätsel.
„Drachen irren sich in solchen Angelegenheiten nie", brummte Madrow. „Wenn Zziddra meint, dass deine Mutter eine Verwunschländerin war und du darum in dieser Welt Magie besitzt, dann ist das so."
„Und wie soll ich meine Fähigkeiten erforschen, ohne für Tod und Verderben verantwortlich zu sein?"

„Es gibt einige wenige Grundsätze bezüglich der Magie, die jeder kennen muss", antwortete Agus. „Erstens: Magie ist wie das Wasser. Sie findet ihren Weg, immer und unter allen Umständen. Zweitens: Jemand zahlt den Preis. Je mehr es zu gewinnen gibt, desto höher der Preis. Drittens: Wer überleben will, muss sich anpassen. Das gilt für Menschen, Tiere, Pflanzen, aber auch für die Magie. Sie kann nur durch Lebewesen existieren, darum ist es ihr Bestreben, dass wir uns nicht alle gegenseitig vernichten. Was zur Folge hat, dass die Schwächsten sterben und die Stärksten gehemmt werden. Königin Nibura hat keine Möglichkeit, eine Schreckensherrschaft zu beginnen oder anders als mit gerechter Härte zu regieren. Das ist der Grund, warum sie seit vielen, vielen Jahren auf dem Thron sitzt."
„Nicht zu viel Wissen auf einmal", fuhr Tirú lächelnd dazwischen. „Du musst die Gnome entschuldigen", sagte er zu Roji. „Sie lieben es, den Jungen und Unwissenden Lehrer zu sein. Mich haben sie damals auch mit Wissen überhäuft ...
Merke dir erst einmal nur, dass die Magie sich präsentieren wird, ob du das willst oder nicht. Kontrolle wirst du erst später darüber erlangen, also versuche erst gar nicht, dagegen anzukämpfen. Solange du nichts Großes zu erreichen versuchst, wird es keine Toten geben."
„Geht es langsam wieder?", fragte Fjork. „Wir sollten entweder jetzt mit den Zentauren aufbrechen oder bis zur Nacht warten."
„Was wäre ungefährlicher?" Roji blickte zu Tirú auf.
„Nachts zu reisen ist normalerweise sicherer Selbstmord. Es sei denn, man hat gleich drei Gnomwächter, die einen beschützen. Es wäre also nicht falsch, bis zur Dunkelheit zu warten."
„Mir wäre es recht", murmelte Roji. „Hauptsache wir müssen nicht mehr in dieses Glasgefängnis zurück." Er ließ sich erschöpft zurücksinken, womit die Antwort eigentlich bereits klar war – sie würden noch etwa zwei Stunden rasten und aufbrechen, sobald die Dunkelheit hereingebrochen war. Tirú nickte den Gnomen zu, damit sie auf Roji aufpassten, während er zu den Zentauren hinüberging, um Fallet und Nagi zu erklären, wie die Dinge standen und was sie beschlossen hatten. Es war seltsam, auf ungewisse Zeit ohne königlichen Auftrag dazustehen. Möglicherweise mehrere Tage am Stück, die Tirú pausieren musste. Das hatte er seit seinem sechzehnten Lebensjahr nicht mehr genießen dürfen und zuvor musste er durch eine harte Schule gehen, um alles Notwendige zu lernen, um als Spion in der Wildnis überleben zu können. Nichtstun! Wie absonderlich. Ob er damit überhaupt zurechtkommen würde? Na ja. Gewiss traf Königin

Nibura sehr rasch die Entscheidung, wie mit Roji zu verfahren war. Danach würde Tirú ihn wahrscheinlich niemals wiedersehen und stattdessen gehorsam dienen, bis er eines Tages den entscheidenden Fehler machte und starb. Er sollte also versuchen, die Ruhezeit zu genießen, die ihm Roji gerade schenkte. Nichtstun …

Tirú lachte lautlos in sich hinein. Selbstverständlich würde ihm keinen Augenblick echte Ruhe vergönnt sein. Nicht mit einem solch jungen Mann, der absolut gar nichts über das Verwunschland wusste. In spätestens drei Tagen würde er die Königin auf Knien anflehen, damit sie ihn endlich von diesem Quälgeist erlöste!

Roji war so unendlich dankbar dafür, dass die Gnomwächter ihn trugen. Diese drei freundlichen, kaum kniehohen Kreaturen waren bei Einbruch der Dunkelheit zu gewaltigen Riesen herangewachsen, sicherlich um die vierzig Schritt groß, mit undurchdringlicher, borkenartiger Haut gesegnet und Händen von der Größe eines Pferdes, auf denen Roji und Tirú bequem Platz fanden.

Mittlerweile staunte er gar nicht mehr über all das, was ihm in dieser Welt begegnete. Anscheinend war sein Vorrat aufgebraucht, ihm fehlte die Kraft, um noch mehr staunen zu können. Selbst der etwa zweistündige Schlaf, der ihn überfallen hatte, obwohl er sich alles andere als sicher fühlen konnte, hatte da wenig geholfen.

Nun ging es also zurück zur Burgfestung. Sie brauchten keine Raubtiere zu fürchten, hatten ihm alle mehrfach versichert. Lediglich Drachen konnten es mit drei Gnomwächtern zugleich aufnehmen, solange diese ihre nächtliche Form innehielten. Da Drachen eher zur Faulheit neigten, wie Agus erklärte, schlugen diese lieber einen Bogen und jagten leichterer Beute nach. Andere Kreaturen wären vielleicht grundsätzlich fähig, sie anzugreifen, besaßen aber genauso wenig Interesse daran, weil Gnome nicht schmeckten.

Fast bedauerte Roji, dass er nach wie vor wenig von dieser Welt zu sehen bekam, auch wenn er nicht gefesselt und mit Augenbinde auf einem Zentaurenrücken sitzen musste. Die Nacht war düster, der Mond wurde die meiste Zeit über von dichten Wolken verborgen, aus denen gelegentlich einzelne kalte Tropfen fielen.

Wundersam genug, dass es im Verwunschland ebenfalls einen Mond am Himmel gab, der dem von der anderen Seite auffallend ähnelte. Roji hätte erwartet, dass das Himmelsmachtauge, wie die Priester ihn gelegentlich nannten, in dieser Welt blau oder grün leuchtete, dass es gleich sechs von ihnen gab, oder auch gar keinen.
Stattdessen waren die Himmelsmächte, also Sonne und Mond, scheinbar dieselben. Hatte das etwas zu bedeuten? Vielleicht war das Verwunschland gar nichts weiter als eine Art Spiegelbild der normalen Welt? Lediglich so stark verzerrt, dass es nicht gleich offensichtlich wurde? Oder umgekehrt, Rojis Heimat war das magielose Spiegelbild … Oder das alles hier war nichts als ein schrecklicher Traum, in dem Roji gefangen war? Möglicherweise hatte er einen furchtbaren Schlag auf den Kopf erlitten und schaffte es nun nicht mehr aufzuwachen?
Nein.
Er dachte zu viel, das sagte sein Vater ihm oft genug, wenn Roji ihn mit Fragen und Ideen zu allen möglichen Dingen überfiel. Ideen, die lächerlich waren. Genau wie diese hier. In Träumen geschah zwar Bizarres, sodass Riesengnome, Drachen und mehrere hundert Jahre alte Königinnen nicht weiter verwunderlich wären. Doch noch nie hatte Roji in einem seiner Träume so sehr leiden müssen. Schmerzen, Todesangst, vernichtender Durst – all das hätte ihn aufwecken müssen.
Also ja, dies war kein Traum, aus dem er irgendwann schreiend erwachen durfte. Er war tatsächlich in einem magischen Land gefangen, in dem jeder jedem feindlich gesonnen war.
Innerlich seufzend zog er seinen Umhang enger um die Schultern. Es war kühl, der Wind zauste an seinen Haaren und brachte den Geruch von Herbst mit sich.
Nächtliche Geräusche drangen aus dem Wald zu ihnen hinauf. Fiepen, Schreie, Knurren, Knacken, Rascheln. Jäger und Gejagte waren offenkundig wesentlich umtriebiger, als Roji es aus seiner Welt kannte.
Mit einem Mal brüllte etwas in unmittelbarer Nähe, so laut und furchterregend, dass Roji vor Angst erstarrte. Doch Tirú blieb ungerührt, gab ihm einen beruhigenden Klaps und erklärte:
„Das war eine harmlose Kreischpalme. Sie verscheucht niederes Getier, indem sie Ogergebrüll nachahmt, sobald man sich ihr zu stark nähert."
Roji verstand, wie das funktionierte – er würde sich niemals einer Kreatur nähern wollen, die auf diese Weise zu brüllen verstand. Ob die seltsamen grauhäutigen Wächter im Glaspalast Oger waren? Die hatten

furchterregend ausgesehen und durchaus auch so, als würden sie ein solches Gebrüll hervorbringen können.

„Keine Sorge", murmelte Tirú aufmunternd. „Oger leben in Sümpfen. Zurzeit gibt es in weitem Umkreis keinen Sumpf."

„Außerdem sind wir größer als Oger", ließ sich Madrow vernehmen. „Die prügeln sich nur mit jemandem, der kleiner ist als sie. Sobald man sie überragt, gehen sie davon aus, dass sie den Kampf verlieren würden und verziehen sich freiwillig."

Aha. Oger waren also brutale Feiglinge, Drachen eher faul. Es gab demnach wirklich keinen Grund zur Sorge, solange man sich mit Gnomwächtern umgab ... Es sei denn, die klein geratenen Raubtiere waren mutig und hungrig genug, sich an die große Beute ranzuwerfen ...

Plötzlich stockten die Gnome.

„Die Zentauren haben angehalten!", zischte Agus.

„Hoi!", erklang Fallets dröhnender Bass von unten. „Der gesicherte Weg ist unterbrochen!"

„Verdammt", grollte Tirú, während Roji eisige Furcht über den Rücken kroch. „Das ist unpraktisch. Ich hasse es, wenn so etwas geschieht!"

Anscheinend gingen Schutzzauber häufiger kaputt.

„Zurück, zurück!", rief Nagi drängend. „Der Weg löst sich auf! Hier ist überall Treibsand!"

Fluchend beugten sich Madrow und Fjork herab und hoben jeweils einen der Zentauren hoch, die bis zu den Flanken mit Matsch beschmiert waren, wie man selbst in der Dunkelheit auf deren hellem Fell ausmachen konnte. Gemeinsam mit Agus drehten sie sich hastig um und eilten den Weg zurück, den sie gekommen waren.

Weit kamen sie nicht.

„Ich steh in Treibsand!", rief Fjork schon nach wenigen Schritten, und auch die beiden anderen Gnome steckten fest.

„Kein Grund zur Sorge", brummte Agus und drückte Tirú und Roji gegen seine Brust, bevor er sich mit ruckartigen Bewegungen befreite. „Bevor wir nicht bis zu den Knien eingesunken sind, kann nichts geschehen. In den Wald hinein, Brüder! Da haben wir festen Grund unter den Füßen!", kommandierte er.

„Ein gezielter magischer Angriff", knurrte Tirú. „Das ist keine gewöhnliche Landschaftsverschiebung."

Niemand antwortete.

Anscheinend teilten die anderen seine Meinung.

Die Gnome kämpften sich frei und suchten sich einen Weg auf dem unebenen Waldboden.

„Tirú?", fragte Agus. „Wie gehen wir vor? Sicherheit oder Geschwindigkeit?"

„Sicherheit, solange es irgendwie möglich ist", erwiderte Tirú grimmig.

„IRRWICHTEL!", schrie Nagi und wies zum Himmel.

Roji sah nichts weiter als eine Wolke in der nächtlichen Dunkelheit.

Eine Wolke, die sich gegen den Wind und in rasender Geschwindigkeit auf sie zubewegte.

Eine Wolke, die aus zahllosen, sacht leuchtenden Punkten bestand.

„Zentauren, an die Pfeile!", befahl Tirú. „Agus, setz mich auf Fjorks Schulter ab, ich werde einen Zauber wirken. Du beschützt den Jungen. Madrow, du verteidigst Agus."

Roji wurde noch nachdrücklicher an die Gnomenbrust gedrückt, während Agus sich am Boden niederkniete; die langen Finger schlossen sich wie dichtes Baumgeäst um ihn.

Durch einen Spalt konnte er sehen, was dort draußen geschah: Etwa armlange, aus sich selbst heraus leuchtende Kreaturen stürzten sich auf die Gruppe nieder. Diese Wesen waren zwar klein, doch jede Berührung von ihnen führte zu schweren Verbrennungen und Bränden auf dem Waldboden. Bäume loderten hell wie Fackeln und erleuchteten die Nacht. Die Gnome schrien, als sie nach den Irrwichteln schlugen, die zwar sofort starben, aber einen hohen Preis dafür forderten. Die Zentauren holten mit ihren Pfeilen einen Angreifer nach dem anderen aus der Luft, schnell und präzise. Die schiere Masse an Irrwichteln machte es unmöglich, für Schutz zu sorgen. Ein ganzes Heer von Zentauren wäre notwendig gewesen, um diese Geschöpfe abzufangen. Flammen schlugen überall hoch. Der Wald wehrte sich irgendwie dagegen, das Feuer breitete sich jedenfalls nicht weiter aus. Trotzdem zogen Rauch und der Geruch nach verbranntem Holz und Kiefernadeln in Rojis Nase.

Das Knistern klang beängstigend nah.

Er sah Fjork, der eine junge Tanne ausgerissen hatte und damit einarmig nach den Irrwichteln schlug, um Tirú zu verteidigen, der auf seiner Schulter kauerte und heftig durchgeschüttelt wurde. Madrow hielt zwei Felsbrocken in den riesigen Händen, zwischen denen er die Wichtel zerquetschte. Agus, der sich nicht selbst wehren konnte, bebte gequält und brüllte auf, als ihn gleich ein halbes Dutzend der brennenden Geschöpfe traf, jedes zielgenau an der Hand, die sich schützend über Roji ausbreitete.

Überhaupt galten die Angriffe vor allem Agus. Agus und Fjork. Und zwar sehr direkt dorthin, wo sich Roji und Tirú aufhielten.

Das war kein Zufall …

Mit einem Mal stieß Tirú mit einem lauten Schrei die Faust gen Himmel. Die überlebenden Irrwichtel leuchteten grell auf. In der Nähe ertönte das Ogergebrüll der Kreischpalme.

Dann wurde es schlagartig still.

Die letzten Irrwichtel stürzten tot vom Himmel.

„Wie schwer seid ihr verletzt?", rief Tirú, als Fjork ihn von seiner Schulter nahm. Agus öffnete die Hand weit genug, dass Roji freier atmen und dank der zahlreichen Feuer alles sehen konnte.

„Wir sind einsatzfähig!", riefen die Zentauren einstimmig, obwohl sie beide schwarz verfärbte Brandverletzungen an den Flanken, Oberkörpern und Armen aufwiesen.

„Agus hat es am schwersten erwischt!", brüllte Roji zutiefst besorgt. Der Gnom kniete noch immer am Boden und regte sich nicht. Roji konnte spüren, wie angespannt er war, und er roch mit steigender Übelkeit verbranntes Fleisch. Die Hände zitterten so sehr, dass er sich an Agus' Bein in die Tiefe hangelte, bevor er noch unkontrolliert fortgeschleudert wurde. Madrow beugte sich über seinen Bruder und brachte ihn dazu, die Hände zu drehen. Alles war rot und schwarz verwundet.

„Das sieht scheußlich aus!", verkündete er besorgt, brachte von irgendwoher riesiges Blatt hervor, der aussah, als hätte dafür ein Drache seine Haut lassen müssen, tauchte es in ein Gewässer, das Roji nicht sehen konnte, und goss einen halben Sturzbach über Agus' Hände. Die Zentauren stellten sich unter den Wasserfall, wohl um die eigenen Verletzungen zu kühlen. Ein großer Teil der umliegenden Brände wurde gleich mitgelöscht. Wenigstens ließ sich das Feuer löschen, statt magisch für die Ewigkeit weiterzubrennen.

„Wo ist Roji?", rief Tirú, der ihn von Fjorks Arm aus wohl nicht sofort entdeckte. Auch Fjork war in keinem guten Zustand, obwohl er sich wenigstens hatte verteidigen können.

„Der Junge ist unbeschädigt", versicherte Madrow.

„Ich bin hier! Diese Leuchtwichtel hatten es gezielt auf uns beide abgesehen, Tirú!"

„Das habe ich befürchtet", murmelte Tirú grimmig. „Aus irgendeinem Grund bist du von Bedeutung für den Feind. Wenigstens hatten wir Glück. Mein Vernichtungszauber hat sich von dieser Kreischpalme genährt.

Fjork, lass mich zu Agus. Ich will einen Heilzauber wagen. Vielleicht haben wir noch einmal Glück."
„Nein, Herr Tirú!" Agus richtete sich ruckartig auf. „Meine Hände werden rasch heilen. Ich verfüge des Nachts über ausreichend Erdmagie, vergesst das nicht. Bis morgen früh ist nichts mehr davon zu sehen. Solltet Ihr hingegen ohnmächtig werden, stehen wir ohne unsere wichtigste Verteidigung da."
Der Meinung war Roji ebenfalls.
Zwar hatten die Zentauren mit ihren Pfeilen einiges ausrichten können, doch irgendwann mussten die Köcher leer sein, oder? Wobei – beide Köcher wirkten genauso prall gefüllt wie vor dem Angriff. Zweifellos ein magisches Phänomen, was nichts daran änderte, dass ohne Tirús Zauber noch viel größerer Schaden angerichtet worden wäre.
„Wird es denn zwangsläufig einen dritten Angriff geben?", fragte Roji.
„Ja. Absolut unausweichlich", brummte Fallet, der bereits die ganze Zeit über misstrauisch den Himmel absuchte, während sein Bruder den Wald im Blick hielt. „Die Zahl 3 hat große magische Macht. Es steht außerdem fest, dass der dritte Angriff der schwerste sein wird. Der Treibsand vorhin war lediglich lästig. Die Irrwichtel waren gefährlich, weil ihr magisches Feuer selbst Drachen verletzen kann. Der letzte Angriff wird potentiell tödlich sein."
Ohne Vorwarnung tauchte Tirú plötzlich vor Roji auf und packte ihn hart am Kragen.
„Bist du absolut sicher, dass die Wichtel es vor allem auf uns beide abgesehen hatten? Sicher genug, dass du Leben und Sicherheit von uns allen darauf verwetten würdest?"
Erschrocken nickte Roji.
Das war mehr Verantwortung, als er haben wollte!
„Wir trennen uns!", verkündete Tirú entschlossen und stieß Roji von sich. „Ihr werdet vollkommen sicher ohne uns sein, falls der Kleine recht hat. Sollte sich Roji doch irren, könnt ihr besser kämpfen, wenn ihr nicht davon abgelenkt werdet, uns beide am Leben halten zu müssen." Er gab den Zentauren einen Wink, die ihn mit verzweifelter Grimmigkeit anstarrten, als wollten sie ihm widersprechen und es unterließen, weil ihnen die Sinnlosigkeit bewusst war.
„Fallet, gib mir einen Pfeil!", befahl er.
Tirú umfasste die lange, schlanke Waffe, die Fallet ihm anreichte. Die Stahlspitze glitzerte unheilvoll in dem flackernden Licht der sterbenden

Feuer. Tirú nahm jenen Ausdruck tiefer Konzentration an, den Roji mittlerweile mit Magie in Verbindung brachte.

„Führe uns, Pfeil!", murmelte er. „Zeige Roji und mir einen Weg zum nächstgelegenen und gut erreichbaren Ort, wo wir vor jedwedem Angriff, gleich ob magisch oder körperlich, in absoluter Sicherheit sein werden!"

Der Pfeil begann silbern zu leuchten – und Nagi ging mit einem unterdrückten Schrei in die Knie. Schockiert starrte Roji ihn an, wie gelähmt von der Erkenntnis, dass es der Zentaur war, der diesmal den Preis für einen Zauber zahlen musste. Tirú fasste Nagi am Arm.

„Wie schlimm?", fragte er drängend.

„Es ist nichts!", grollte Nagi zwischen zusammengebissenen Zähnen hervor. Sein Bruder half ihm, auf die Beine zu kommen, was bei einem Pferdeleib mühsamer war. Ein langer Schnitt offenbarte sich, einmal quer über Nagis gesamten Oberkörper. „Ein Kratzer, sonst nichts. Es schmerzt etwas", fügte er hinzu. Blut strömte ihm über den muskulösen nackten Bauch. Viel Blut.

„Lanzenvögel!", rief Fjork in diesem Moment und wies in den Himmel. Roji entdeckte dunkle Punkte, sonst nichts. Alle anderen hingegen wurden sehr hektisch.

Tirú entriss Nagi den Bogen.

„Verbinde ihn!", befahl er Fallet und drückte ihm seinen Umhang als Verbandsmaterial in die Hände. Dann legte er den silbernen Pfeil auf die Sehne. „Hilf mir ziehen!", sagte er zu Roji. „Mir fehlt die Zentaurenkraft."

„Wenn wir zu zweit daran zerren, treffen wir garantiert gar nichts!", protestierte Roji verblüfft.

„Wir wollen gar nichts treffen, der Pfeil muss bloß in Bewegung gesetzt werden! Ihn zu werfen würde für die Magie nicht genügen. Pfeile werden mit einem Bogen geschossen."

Roji starrte ihn für einen Herzschlag an, als hätte Tirú den Verstand verloren. Dann zogen sie gemeinsam an der Bogensehne. Sie waren beide nicht schwach, dennoch mussten sie einen Moment kämpfen, bis sie den Pfeil in den Himmel schießen konnten.

„Auf!", rief Tirú und legte den Bogen zu Fallets Hufen nieder. „Ihr entfernt euch von uns! Wir treffen uns bei der Burgfestung. Lasst euch nicht einfallen, nach uns zu suchen!"

Er packte Roji am Handgelenk und zerrte ihn mit sich, tiefer in den Wald hinein. Der silberne Pfeil erschien vor ihnen und flog in gerader Linie vorneweg. Hinter ihnen erklang Tumult, doch nur für einen kurzen

Moment. Dann tauchten gewaltige Vögel über ihnen auf, größer als alles, was Roji jemals erblickt hatte. Die Schnäbel schienen endlos lang und schmal und er konnte sich lebhaft vorstellen, dass sie damit einen wilden Stier im vollen Lauf durchbohren könnten. Er erhaschte einen Eindruck von ledrigen Flügeln und winzigen gelben Augen. Grelle Schreie rangen in seinen Ohren und alles, was ihnen blieb, war schnellstmöglich zu rennen. Das dichte Unterholz half ihnen leider weniger als erhofft, denn die Vögel waren extrem intelligent. Die vorderen rissen Bäume aus, als wären es bloß Pilze, die hinteren haschten nach ihnen und ließen sich kaum davon ablenken, dass sie im wilden Zickzack liefen. Tirú folgte strikt dem silbernen Pfeil, der ihnen die Route vorgab.

„Schneller!", brüllte er, ohne sich nach Roji umzublicken.

Die nächsten Bäume flogen in ihre Richtung. Holz splitterte, schrille Schreie. Es krachte. Etwas kratzte über seinen Rücken, zerriss seinen Umhang. Roji rannte.

Der Pfeil führte sie nach rechts.

Sie schwenkten ab.

Die Vögel folgten ohne Schwierigkeiten dieser Bewegung.

Dann ging es blitzschnell: Einer der Lanzenvögel packte Tirú mit riesigen Klauen, riss ihn in die Höhe. Roji ließ sich instinktiv fallen, als er das Rauschen hinter sich hörte. Krallen ritzten ihm über den Rücken. Er schrie, vor Schmerz und vor Hilflosigkeit. Über seinem Kopf hörte er Tirú brüllen. Roji sprang auf. Sehen konnte er wenig, abgesehen von Schatten und Silhouetten. Was, wenn Tirú starb? Er selbst würde keine zwei Atemzüge allein hier draußen überleben!

Plötzlich schoss der silberne Pfeil an ihm vorbei, auf die Lanzenvögel zu. Gleich drei von ihnen wichen kreischend aus. Demjenigen, der Tirú zu verschleppen versuchte, bohrte sich der Pfeil durch den Flügel hindurch. Markerschütterndes Geschrei.

Der Vogel ließ Tirú fallen, stürzte ab. Der Boden bebte, ein Baum zerbrach mit trockenem Krachen.

Roji musste sich erneut flach auf die Erde werfen. Ein Schnabel stieß neben seinem Kopf in den Boden. Er sprang hoch, katapultierte sich nach vorne, kam schlingernd auf die Füße und erreichte Tirú. Der kam ebenfalls gerade auf die Beine. Roji packte ihn am Arm und zog ihn mit. Immer dem Pfeil nach. Schnäbel hackten nach ihnen. Ein Vogel durchstieß dabei einen Baumstamm, blieb stecken. Sie passierten ihn in dem Moment, als er den Baum in Stücke riss, um sich zu befreien.

Mit einem Mal verschwand der Boden unter ihren Füßen, gerade als Roji hinterrücks gepackt wurde. Die Überreste seines Umhangs wurden ihm vom Leib gefetzt, zugleich fügten ihm die Klauen Wunden zu, was Roji eher als dumpfen Druck wahrnahm. Die Aufregung war zu groß, um Schmerz empfinden zu können. Sie schlitterten einen steilen Abhang hinab, überschlugen sich, prallten gegen schlanke, junge Bäume.

„Lauf, lauf!", brüllte Tirú außer sich, als sie noch nicht einmal am Grund dieser Bodenvertiefung angelangt waren. Keinen Herzschlag später begriff Roji, warum sein Gefährte so panisch schrie: Ein Drache hob seinen Kopf, um zu sehen, wer seine nächtliche Ruhe störte. Kein kleiner, possierlicher Drache wie der Zögling von Königin Nibura, sondern ein ausgewachsenes Biest von der Größe eines Herrenhauses. Der Pfeil hatte sie auf direktem Weg in einen Drachenhort geführt!

Was auf den zweiten Blick ein Glücksfall war, denn für die kleinen Menschen dort am Boden interessierte er sich keineswegs, während sich die Lanzenvögel in der Luft überschlagen mussten, um dem gereizten, riesigen Drachen entkommen zu können. Mit Flammenstößen attackierte er die Störenfriede.

Roji und Tirú hingegen rannten, was die Beine noch hergeben konnten. Der Pfeil führte sie durch schmale Felsformationen, den Hügel hinauf, direkt auf einen Gesteinsbrocken zu, der seltsam einsam und deplatziert inmitten des Waldes wirkte.

„Großartig!", schnaufte Tirú atemlos. „Das … ist … großartig!" Er umfasste Rojis Arm und gab ihm einen gewaltigen Schubs. Anhalten war unmöglich – er stolperte direkt auf den Felsen zu! Gerade noch gelang es Roji, den Arm hochzureißen, bevor er gegen das Gestein prallte. Doch es gab gar keinen Aufprall: Roji glitt hindurch, als wäre es ein Nebelvorhang, und landete in vollkommener, stiller Schwärze. Keinen Herzschlag später prallte Tirú gegen ihn und sie gingen beide zu Boden.

„Wo sind wir? Wo sind wir hier? Sind wir gefangen?", rief Roji. Er spürte, wie sich die Angstwelle in ihm aufzubauen begann, bereit, ihn vollständig zu verschlingen. Nie wieder! Er würde es nicht ertragen, noch einmal gefangen zu sein. Angekettet in der Finsternis. Verdurstend. Allein. Allein. Angekettet. Finsternis.

„Roji!"

Er wurde hart durchgerüttelt.

„Alles ist gut", rief Tirú und zog ihn in seine Arme. Sie waren beide erschöpft, atemlos und verschwitzt von der Flucht, ihre Kleidung zerrissen.

Es tat unglaublich gut, sich anlehnen zu dürfen. Beschützend gehalten zu werden und das Versprechen zu hören, dass sie in Sicherheit waren.

„Dies sind Fluchthorte, die die Königin erschaffen und über das gesamte Land verteilt hat", erklärte Tirú und strich ihm beruhigend über die Arme. „Ausschließlich Menschen können durch den Fels gelangen. Menschen, die der Königin treu sind. Die Magie schließt jedes andere Lebewesen und jede Pflanze aus. Niemand kann uns wittern und das Gestein ist vor jeglicher Art von Angriffen sicher."

„Aber wir können wieder raus, ja?", flüsterte Roji. Er wollte sich gar nicht festklammern, doch er hatte seine Hände nicht unter Kontrolle. Wie ein Ertrinkender drängte er sich gegen Tirú, dankbar, dass er nicht allein war. Dass sie entkommen waren. Fort von Riesenvögeln und Drachen und zerbrechenden Bäumen und …

„Ruhig atmen. Wir können jederzeit raus und wieder hinein, ganz wie es uns gefällt. Niemand bedroht uns. Warte, ich mache uns etwas Licht, dann wird es sofort angenehmer sein."

„Neinneinein!", wimmerte Roji. „Der Preis, jemand muss dafür zahlen …"

„Sei unbesorgt. Lichtmagie kostet so wenig Kraft, das wird gewiss von mir selbst genommen und ich bin anschließend bloß noch ein bisschen müder. Dann schlafe ich besser, was ja gar nicht schlecht ist. Schau!"

Roji blickte in die Höhe. Der Fels begann aus sich selbst zu leuchten, was wunderschön aussah. Es beruhigte ihn sofort, ein Gefühl von Wärme breitete sich in ihm aus. Leider hielt dies bloß einen Moment lang vor, denn dann sah er die heftigen Verletzungen, die Tirú erlitten hatte. Krallenspuren zogen sich über Schultern und die entblößte Brust, Blut sickerte aus den Wunden. Er blickte an sich selbst herab – er sah aus, als wäre er im Schlachthaus von Bauer Halmir gestürzt. Was davon Tirús und was sein eigenes Blut war, ließ sich unmöglich sagen. Dazu waren sie zu durchnässt, schlammbedeckt, Stofffetzen hingen ihnen um die Hüften, die Haare zerzaust, die Arme von Bäumen und Geäst zerkratzt …

„Wir sind kein fröhlicher Anblick, hm?", fragte Tirú lächelnd. „Gewöhn dich besser daran. Adrette Schönheit ist in dieser Welt nur für Nymphen wichtig. Na ja, und Feen sehen immer hübsch aus, selbst wenn man sie frisch aus einer Schlammpfütze gezogen hat." Roji wurde gedreht, Tirú begutachtete die Krallenspuren an seinem Rücken. „Die sind tiefer, als sie sein sollten, genau wie meine eigenen. Wenn die Aufregung erst einmal abklingt, werden wir heftige Schmerzen erleiden. Es hilft nichts, ich muss uns beide heilen."

„Und wenn du wieder ohnmächtig wirst?", fragte Roji bebend. „Wenn du ein weiteres schreckliches Brandmal erleidest? Der Drache sagte, da wäre ein Band zwischen uns geschaffen worden."

„Wenn es geschieht, dann geschieht es", entgegnete Tirú gleichmütig. „Sieh, hier im Verwunschland ist die Magie unausweichlich. Weil alles und jeder Magie beherrscht, kann man nicht einfach sagen, man verzichtet darauf, schließlich ist es gefährlich und möglicherweise tödlich und fügt anderen Lebewesen Schmerzen zu. Es bleibt einem keine Wahl, man muss wieder und wieder zur Magie greifen. Egal wie hoch der Preis ist. Magie findet ihren Weg. Aber ich werde versuchen, die Gefahr zu minimieren, warte … Ich will es so einrichten, dass wir uns gegenseitig heilen. Deine Lebenskraft für mich, meine für dich. Mit etwas Glück müssen wir keinen zusätzlichen Preis zahlen." Er drückte Roji auf den kühlen Steinboden hinab und zog ihn erneut eng an sich heran. „Ich hoffe, dass ist nicht zu unangenehm für dich. Im Moment ist es die einzige Möglichkeit, um diesen speziellen Zauber zu wirken und uns beide warm zu halten. Dieser Felsen ist sicher, nicht bequem."

„Es ist in Ordnung. Eine brüderliche Umarmung, aus der Not geboren, was soll daran unangenehm sein?", murmelte Roji.

„Nun ja – wir hatten einen holprigen Start und seither ist es nicht unbedingt besser geworden. Ich habe dich in dieses Verlies gesteckt, weil ich nicht wusste, wohin mit dir, mein Diener ist nicht klug genug, um aus eigenem Antrieb das Richtige tun zu können. Das wusste ich genau und dennoch habe ich mich auf ihn verlassen. Ich könnte gut verstehen, wenn du mich fürchtest und jede Berührung von mir abstoßend für dich wäre."

„Du bist ein seltsamer Mann." Roji wurde von Müdigkeit überschwemmt, zugleich spürte er, wie seine Wunden aufhörten zu schmerzen.

„Seltsam … Du hast nicht oft mit Menschen zu tun? Menschen, die nicht deine Feinde sind?"

„Eigentlich nie, abgesehen von der Königin. Ich vermeide es, mit anderen Kriegern und Spionen zusammenzutreffen und wenn ich auf den Reisen Menschen begegne, die sich als Siedler versuchen oder Waren transportieren, dann bleibt es bei einem freundlichen Gruß. Ich bin immer allein, ausgenommen diverser magischer Kreaturen, die mir bei meiner Arbeit helfen. Immer allein."

„Hattest du nie eine Frau? Kinder?" Ihr Himmelsmächte, die Müdigkeit ließ ihn bereits lallen. Roji lehnte schwer an Tirús Körper, dankbar für die Wärme, die von ihm ausstrahlte.

„Ich hatte nie die Zeit für eine Familie, oder den Wunsch, mir so viel Kummer anzutun. Kinder bedeuten Trauer, das ist etwas für die Tapferen. Für mich war es einfacher, allein zu bleiben. Was nicht heißt, dass ich mich nicht gelegentlich nach einer Umarmung sehnen würde. Oder einem Kuss. Aber sei unbesorgt, ich werde mich dir natürlich nicht aufzwingen, von einer wärmenden Umarmung abgesehen."

„Hmm." Träge versuchte er, die Augen noch einmal zu öffnen und Tirú zu gestehen, dass er noch nie jemanden geküsst hatte. Das musste wohl warten, er war müde. So müde …

Anscheinend hatte Roji den Hauptteil an Lebenskraft für die gegenseitige Heilung liefern müssen, denn Tirú war unwesentlich müder als zuvor, während Roji ihm tief schlafend in den Armen lag. Dieser unschuldige Junge! Hoffentlich hatte er nichts davon gehört, dass Tirú von Küssen geredet hatte. Zu lange war Tirú allein. Einsam. Unfähig, seinen Bedürfnissen Ausdruck zu verleihen. Ein einziges Mal hatte er eine Liebesnacht mit einem Faun genossen. Ein Walddämon, der ihm gezeigt hatte, was Leidenschaft bedeutete. Am Morgen danach hatte der Faun ihn lachend davongejagt, denn mehr als Leidenschaft und natürlich einen Happen von Tirús Lebenskraft wollte er gar nicht haben. Mehrere Wochen hatte es gedauert, sich von diesem Verlust zu erholen. Agus hatte ihn ausdrücklich gewarnt, sich noch ein weiteres Mal auf einen Faun oder eine männliche Nymphe einzulassen. Die einen wollten ihn bestehlen, die anderen besaßen lediglich den perfekten Körper und nicht das geringste bisschen Geist oder Seele, um einen Menschen glücklich machen zu können. Einen menschlichen Mann konnte und wollte Tirú nicht an sich heranlassen und Frauen … Frauen kamen für ihn nicht infrage.

Selbstverständlich war es verlockend, einen schön geformten, warmen Körper an sich drücken zu dürfen. Noch vor zehn Jahren hätte er ganz sicher versucht, Roji zu verführen.

Sicherlich wäre es ihm auch gelungen – immerhin war der Junge abhängig von ihm. Der Wille zu überleben hätte gewiss sämtliche Bedenken im Wind zerstreut. Ein Glück für Roji, dass Tirú bereits ein älterer Mann war, die körperliche Begierde weniger stark in ihm glühte. Das Unschuldslamm war also sicher vor ihm.

Dass er ihn nicht für einen Moment losließ, sich eng an ihn schmiegte, als er sich mit ihm im Arm am Boden niederlegte, war ausschließlich der Kälte geschuldet. Frieren war schädlich. Sobald sie ausgeschlafen waren, brauchten sie neue Kleidung, Wasser und Nahrung. Dafür würde er sorgen. Er würde Roji sicherhalten.
Um jeden Preis.

Kapitel 8

Roji war wach, aber noch weit davon entfernt, sich munter zu fühlen. Es war viel zu angenehm, weiterhin dazuliegen, es warm zu haben und die Gedanken träge dahintreiben zu lassen. Besonders wenn man bereits wach genug war, um sich an unangenehme Ereignisse zu erinnern. Agus' verbrannte Hände zum Beispiel. Riesige Schnäbel, die sich unmittelbar neben ihm in die Erde bohrten. Schrilles Vogelkreischen. Nein, daran wollte Roji lieber nicht denken. Lieber dachte er daran, wie gut es sich angefühlt hatte, von Tirú umarmt zu werden. So nah war er noch nie einem anderen Menschen gekommen, mit Ausnahme seinem Vater.
Und außerdem …
„Bist du wach?", raunte eine vertraute tiefe Stimme an seinem Ohr.
„Hmmm", brummte Roji unwillig.
„Ah. Ich fürchte, der Heilzauber hat sich verstärkt bei dir bedient. Ich schaue mal nach, ob ich Wasser und Nahrung für uns finde. Bleib du bitte schön liegen."
„Da draußen ist ein Drache", stieß Roji nuschelnd hervor.
„Ein ausgewachsener Feuerspeier, ja. Der hat sich heute Nacht an Lanzenvögeln den Bauch vollstopfen können. Ein zartes Menschlein wie ich lockt ihn da nicht weiter. Nicht einmal als Nachspeise. Außerdem haben alle Drachen des Verwunschlands einen Eid geschworen, dass sie Menschen ausschließlich dann fressen, wenn diese sich einem Drachengelege oder Jungtieren zu stark nähern oder eindeutig feindlich verhalten. Man muss sehr viel Respekt vor Drachen haben, keine Frage, doch sie sind nicht unsere Feinde." Tirú gab ihm einen freundlichen Klaps auf die Schulter und verschwand. Einfach so. Ein großer Schritt und er war durch den Fels hindurchgegangen wie durch einen feinstofflichen Vorhang. Beruhigend, dass sie tatsächlich nicht in diesem seltsamen Stein gefangen waren. Wundervoll, dass das warme Leuchten über Rojis Kopf dablieb. Verstörend, daran zu denken, was diese Magie gekostet haben musste. Die Sorge, was mit Tirú da draußen geschehen könnte, trieb ihn hoch. Ihm war schwindelig und flau und das getrocknete Blut auf seiner Haut juckte. Was, wenn Tirú getötet werden sollte? Dann würde er allein

in diesem sicheren Felsen hocken bleiben, bis der Durst ihn hinaus in die feindliche Wildnis jagte.

Die panischen Gedanken blieben und verstärkten sich, bis Roji schließlich genug davon hatte und durch die Felswand ins Freie schritt. Regen empfing ihn. Der grauwolkige Himmel hing schwer über dem Wald, der hier sehr viel lichter war, als Roji es in der Nacht empfunden hatte. Er sah deutliche Spuren am Boden, die auf den nahen Drachenhort hinwiesen – tiefe Tatzenabdrücke, niedergewalzte Bäume, das Unterholz schien keine echte Chance zu haben, in Ruhe wachsen zu können. Ansonsten fiel ihm wenig auf. Der Vogelgesang klang fremdartig, dafür harmonisch. Größere Lebewesen konnte er von diesem Standort aus nicht entdecken.

Roji wagte es, den Kopf in den Nacken zu legen und etwas Regenwasser einzufangen. Er war sehr durstig. Da er sich mit dieser Geste albern vorkam und er zudem Sorge hatte, den Wald aus den Augen zu verlieren und so womöglich einen herannahenden Feind zu übersehen, beließ er es bei einer kleinen Mundfüllung. Die tat bereits gut, auch wenn sie das Verlangen nach sehr viel mehr weckte.

Stattdessen schrubbte er sich über die blutverkrustete Haut, lediglich sacht irritiert davon, dass sämtliche Kratzer und schweren Verletzungen verschwunden waren.

Gerne würde er die Hose abstreifen, die von dem getrockneten Blut und Schlamm ganz steif geworden war, doch nackt in der Wildnis zu stehen wäre schlichtweg dumm.

„Nicht die effektivste Methode, sich zu waschen, trotzdem besser als nichts, hm?", erklang Tirús Stimme hinter ihm.

Freude und Erleichterung durchrieselte Roji. Er blieb absichtlich einen Moment still stehen, bevor er sich umdrehte, um seine Gesichtszüge unter Kontrolle zu bringen. Es sollte nicht danach aussehen, als hätte er panische Ängste durchlitten. Natürlich konnte sich Tirú das denken …

„Das Jucken war recht unangenehm", sagte er, als er sich seinem Gefährten zuwandte. Dann stockte er verblüfft: Tirú trug ein großes, sorgfältig geschnürtes Kleiderpaket bei sich und hatte zudem einen Korb Nahrung und mehrere Feldflaschen dabei.

„Wo hast du das denn alles hier mitten in der Wildnis gefunden? – Ah, warte, natürlich: Magie."

„Im Prinzip ja, allerdings nicht meine eigene Magie", entgegnete Tirú mit einem schmalen Lächeln und wies auf den Felsen. „Willst du dich weiter waschen oder sollen wir zurück ins Trockene?"

„Was ist schon Sauberkeit, wenn man etwas zu trinken haben darf!" Ohne zu zögern eilte Roji durch das Gestein hindurch.

Tirú legte seine reiche Ausbeute am einen Ende ihrer ungewöhnlichen Unterkunft ab, am anderen schälte er sich aus den Resten seiner zerstörten Kleidung. Er nutzte den nassen Stoff, um sich das Blut abzuwaschen. Roji tat es ihm gleich, bemüht, sich nicht anmerken zu lassen, dass er diese Situation seltsam beklemmend empfand. Noch nie hatte er einen nackten Menschen gesehen, der älter als fünf Jahre und nicht sein eigener Vater gewesen war. Erst als er einen Blick auf Tirús abgewandtes Gesicht erhaschte und ihm bewusst wurde, dass sich auch sein Gefährte unbehaglich fühlte, konnte er sich etwas entspannen.

„Soll ich dir mit dem Rücken helfen?", fragte er mit möglichst unbefangener Stimme.

„Hmpf." Tirú drehte sich schweigend zu ihm und hielt still, während Roji ihn abschrubbte. Interessant, wie schön gewachsen dieser Mann war. Alles an ihm war straff. Harte, schlanke Muskeln. Dunkler Haarflaum auf den Beinen und Armen, das Gesäß extrem wohlgeformt …

Roji schluckte und konzentrierte sich hastig auf seine Tätigkeit, zwang sich, an kreischende Riesenvögel und brennende Irrwichtel zu denken, um das aufmüpfige Ding zwischen seinen Beinen zu beruhigen.

Beinahe war es ihm gelungen, als Tirú beschloss, dass sein Rücken nun sauber genug und die Haut ausreichend rot gerubbelt war. Er nahm Roji wortlos den nassen Stoff aus der Hand und drehte ihn rücklings zu sich. Das Wissen, dass Tirú nun seinerseits auf sämtliche nackten Tatsachen starren konnte, brachte Roji schier zur Verzweiflung – und sein männlichstes Körperteil zum Anschwellen. Wie sollte er denn jetzt reagieren? Diese Peinlichkeit verbergen?

Wie wundervoll der jugendliche Körper doch sein konnte! Roji mochte noch etwas schmächtig-schlaksig wirken, aber das täuschte. Er war sehnig und zäh geformt, man sah, sobald die Kleidung unten war, dass er ein Leben lang beständig gearbeitet hatte.

Nichts an ihm war weich oder nachgiebig, seine Muskeln gut ausgebildet. Ganz zart war bloß seine Haut, die männlichen Härchen hellblond und eher schwach ausgeprägt.

Tirú bearbeitete ihn energisch. Er war sich vollkommen bewusst, was seine Nähe und die Berührungen bei Roji auslösten.

Es fühlte sich gut an. Es gab ihm Macht.

Dass er kaum wusste, wie man mit dieser Macht umzugehen hatte, verdrängte er. Er wollte Roji schließlich nicht verführen, sondern lediglich noch ein bisschen mehr in Verlegenheit bringen. Vermutlich wartete ein rotwangiges, dralles Mädchen zu Hause auf ihn, mit dem er sich verloben und eine Familie gründen wollte.

Einen solch jungen Mann zu erregen war schließlich keine Kunst, dafür genügte schon eine kleine Windböe!

Sobald er ihn gesäubert hatte, umfasste er sanft Rojis Oberarme und beugte sich dicht zu ihm heran, um ihm ins Ohr zu raunen: „Wir sollten uns etwas anziehen. Du frierst, wie ich sehe."

Roji erschauderte heftig und seufzte hauchleise. Ein Laut, der Tirú unerwartet unter die Haut ging.

Als der junge Mann den Kopf wandte und zu ihm aufblickte, musste Tirú ihn hastig loslassen. Andernfalls wäre da nichts mehr, was ihn hindern könnte, Roji an sich zu reißen und ihn bis zur Bewusstlosigkeit zu küssen und danach ...

Ihr Mächte des Himmels!

Ihm wurde es schlagartig heiß und er eilte zu dem Kleiderstapel hinüber, den er mitgebracht hatte.

„Ich konnte eine Feenkolonie ausfindig machen. Die meisten Feen kennen mich und wissen, dass ich ein Mann der Königin bin. Darum sind sie gerne bereit, mir mit solchen Kleinigkeiten zu helfen, wie Kleidung und Essen herbeizuschaffen. Feen lieben es zu helfen! Sie können niemanden beschützen, der ihre verzauberten Wiesen oder Lichtungen verlässt. Auf diesen Wiesen ist man vollkommen sicher. Sie erlauben es gelegentlich, dass man dort übernachtet, wenn man es schafft, sich mit ihnen gut zu stellen. Ohne die zahlreichen Feensiedlungen wäre es sehr schwierig, unbeschadet durch das Land zu reisen, zumal es sich ständig verändert."

Während er sprach – sinnlos plapperte, wie er es überhaupt noch nie in seinem Leben getan hatte – zog er sich rasch an.

Dabei fiel seine Uhr zu Boden und schlitterte weiter zu Roji. Der hielt inne, gerade hatte er ein Hemd überstreifen wollen.

„Was ist das?", fragte er und bückte sich nach der schönen silbernen Taschenuhr. Tirú entwand sie ihm sanft und befestigte sie mit einer kurzen Silberkette am Gürtel, bevor er sie in die Hosentasche steckte.

„Das ist eine etwas längere Geschichte. Ich werde sie dir beim Essen erzählen. Solange es da draußen schüttet, lege ich keinen Wert darauf, eine Weiterreise zu versuchen."

„Wäre es dann nicht vielleicht sogar ungefährlicher? Sicherlich legen viele möglicherweise feindliche Kreaturen auch nicht viel Wert darauf, nassgeregnet zu werden?", fragte Roji.

„Du musst dich nicht unbedingt vor hungrigen Kreaturen da draußen fürchten. Ich habe den größten Teil meines Lebens im Verwunschland zugebracht und benötige keineswegs den Schutz von Gnomen und Zentauren, um durchkommen zu können. Die größte Gefahr ist unser unsichtbarer Feind. Da er offenbar beschlossen hat, dass wir ihn und seine Pläne stören, wird er uns auch weiterhin attackieren."

Sie ließen sich am Boden nieder, saßen einander dicht gegenüber. Roji trank aus der Feldflasche, die Tirú ihm anreichte, als hätte er tagelang darben müssen. Der arme Kerl. Hoffentlich würde er die Schrecken in dem Verließ, die er durchleiden musste, irgendwann hinter sich lassen können.

„Ich glaube, ich verstehe das mit der Magie immer noch nicht so richtig", sagte Roji, als Tirú ihm eine Essensportion zugeteilt hatte. Da sie von Feen zusammengestellt worden war, gab es Nüsse, Pilze und Früchte. Alles war wohlschmeckend und in der Masse durchaus sättigend.

„Was meinst du?", fragte Tirú zurück, als sein Gefährte nicht weitersprach.

„Ich weiß nicht recht … Mir ist schon klar, dass Magie eine unsichtbare Kraft ist, die in dieser Welt halt jeder besitzt, und dass sie mit Konzentration und Willenskraft gesteuert wird. Aber wie funktioniert das genau? Wieso wirkst du nicht jedes Mal Magie, wenn du dir etwas im Kopf ausdenkst? Wo sind die Grenzen?"

„Ich muss mich bewusst entscheiden, die Magie fließen zu lassen. Um es sehr profan auszudrücken: Es hat durchaus etwas Ähnlichkeit damit, zu pinkeln. Auch das ist eine willentliche Entscheidung, im Gegensatz zum Atmen – das muss geschehen und wenn man damit aufhört, stirbt man."

„Wenn ich zu lange warte, um meine Blase zu leeren, wird es sehr quälend und irgendwann bricht es einfach aus mir hervor", sagte Roji. „Ist das mit der Magie auch so? Sammelt sie sich in einem und wird unangenehm, wenn man sie lange Zeit nicht nutzt?"

„Durchaus ja. Aber da spricht man eher von etlichen Wochen bis Monaten als wenigen Stunden."

„Und sie kann unkontrolliert aus einem hervorbrechen, wenn man sie zu lange nicht benutzt?"

„Man erzählt sich von solchen Dingen", entgegnete Tirú. „Ich persönlich kann mir nicht vorstellen, dass jemand in der Lage wäre, für längere Zeit keine Magie einzusetzen. Man wird dazu gezwungen. Und manchmal verliert man auch so die Kontrolle, obwohl man sie ständig benutzt ... Was Grenzen angeht, ergeben sich diese von allein. Irgendwann ist der Preis zu hoch. Etwa, um dich nach Hause zu bringen. Der Verstand ist die nächste Grenze. Die Magie vollbringt, was sich der Magier vorstellt. Umgekehrt bedeutet das: Wenn der Magier dumm oder ohne Fantasie ist, wird nicht allzu viel geschehen. Die letzte Grenze ist die Lebenskraft. Selbst wenn ich bereit wäre, jedes einzelne Lebewesen der Verwunschwelt zu opfern, um ein bestimmtes Ziel zu erreichen, werde ich scheitern, sobald es meine gesamte Kraft gefordert hat. Ich sterbe also eher, als dass ich in der Lage wäre, beispielsweise einen Todesfluch auf sämtliche Drachen zu legen."

„Ich hoffe und bete zu den Himmelsmächten, dass der Drache sich womöglich doch geirrt hat und ich vollkommen magielos bin", murmelte Roji niedergeschlagen. „Ich will diese Kraft einfach nicht haben!"

„Magie findet ihren Weg." Tirú zog seine Taschenuhr hervor. „Das hier habe ich mit einem Fluch belegt. Niemand kann sie mir endgültig wegnehmen, selbst wenn er es darauf abzielt, sie mir zu stehlen. Er würde die Uhr schon sehr bald verlieren und sie kehrt zu mir zurück. Ich habe sie letzte Nacht auf der Flucht vor den Lanzenvögeln verloren und dennoch ist sie nun wieder bei mir. Diese Uhr ist ein Erbe meines Vaters." Er erzählte von dem letzten Tag, den er auf der anderen Seite verbracht hatte. Wie Agus die Uhr gestohlen und Tirú übergeben hatte.

„Meine Eltern waren Magieforscher im Auftrag der Königin", erklärte er. „Die Angriffe des Feindes waren intensiv und beständig gegen diese beiden gerichtet. Da erschufen sie gemeinsam eine Uhr, die ein Portal zur anderen Seite darstellen sollte – allerdings sehr bewusst darauf ausgerichtet, nicht bloß den Ort, sondern auch die Zeitebene zu wechseln. Irrwitzigerweise sorgte diese Besonderheit dafür, dass der Preis für den Durchtritt genauso geringfügig wie in die Gegenrichtung ist. Oder sogar noch geringer, denn statt Blut braucht es lediglich ein wenig Magie. Sprich, man opfert ein winziges bisschen Lebenskraft und tritt hindurch. Leider lässt sich überhaupt nicht kontrollieren, zu welchem Zeitpunkt man ankommt. Es wäre darum unmöglich, diese Uhr zu benutzen, um dich nach Hause zu bringen." Der Hoffnungsschimmer, der in Rojis wunderschönen blauen Augen aufgeglüht war, erstarb in Trauer. Es schmerzte Tirú mit einer Intensität, die ihn selbst verwirrte und beängstigte. „Bitte verstehe mich!",

fuhr er hastig fort. „Wenn wir die Uhr benutzen, kehrst du zwar in deine eigene Welt zurück, aber es wird möglicherweise mehrere tausend Jahre vor deiner Geburt sein. Oder zweihundert Jahre danach. Und das wäre kaum das, was du dir wünschst, nicht wahr?"
Roji nickte müde.
„Ein blinder Versuch wäre vermutlich schädlich?", fragte er. „Weil ich danach nicht mehr hierher zurückkehren könnte?"
„Oh, die Rückkehr wäre der leichte Part. Schwierig wäre herauszufinden, in welcher Zeit du gelandet bist. Dafür müsstest du das Haus verlassen – das Haus meiner Familie, es ist der magische Ankerpunkt, zu dem du auf jeden Fall geschickt werden würdest. Dieses Haus befindet sich außerhalb des Zeitflusses. Verzeih mir, das lässt sich nicht mit leichteren Worten erklären. Gleichgültig, wie oft mein Vater zwischen den Welten umhergegangen war, was er sehr häufig getan hat, er ist bei der Rückkehr in das Verwunschland immer in seiner eigenen Zeit gelandet. Nach dem Übergang war es stets, als wäre er bloß einige Stunden fortgewesen, um seiner Arbeit nachzugehen. Für uns, die wir in diesem Haus lebten, hat sich auch nie etwas geändert oder seltsam angefühlt. Wäre es uns Kindern erlaubt gewesen, das Gelände zu verlassen und in das nah gelegene Dorf zu gehen, hätten wir bemerkt, dass wir jedes Mal in einer anderen Zeit unterwegs waren. Sprich, die Dienerin ging in der einen Woche zum Markt und kaufte ein, und wenn sie eine Woche später erneut dorthin ging, waren die Bauern vom letzten Mal schon seit zweihundert Jahren tot."
„Ich glaube nicht, dass ich das verstehe", sagte Roji mit riesengroßen Augen.
„Das ist in Ordnung. Ich habe Jahre gebraucht, um dieses Konzept halbwegs zu begreifen. Wirklich durchdrungen habe ich es immer noch nicht. Da sind zu viele Aspekte, die wohl überhaupt kein Mensch und auch kein Eulengelehrter vollständig begreifen kann und wenn er etwas anderes behauptet, ist er ein Lügner."
Sie aßen weiter, sprachen über leichtere Dinge. Roji erzählte, wie eine Ziege einmal nachts aus ihrem Stall aus- und in das Haus eingebrochen war und ihr Junges in der guten Stube geboren hatte, nah beim Kamin, wo beide es schön warm hatten. Diese Ziege hatte anscheinend ein geradezu unheimliches Talent dafür, Türen öffnen zu können. Tirú hörte ihm lächelnd zu und verschwieg, dass Ziegen im Verwunschland eineinhalb Schritt große Bestien mit chronisch schlechter Laune waren, die zum Glück ausschließlich in unzugänglichen Bergregionen lebten – ihr Biss war giftig

und sie konnten sich einen Skorpionstachel wachsen lassen, der ebenfalls giftig und allein durch seine Länge tödlich war. Die possierlichen, friedlichen Tiere von der anderen Seite, die abgesehen von Stupsern mit den Hörnern und dem einen oder anderen gezielten Tritt vollkommen harmlos waren, die gefielen ihm.

Als sie satt waren, streckte Roji den Kopf durch den Felsen.

Hastig zog er sich zurück, nass, als hätte jemand einen Eimer Wasser über ihn ausgeschüttet.

„Es regnet immer noch!", rief er lachend.

„Was du nicht sagst." Tirú konnte das Lächeln nicht unterdrücken. Unwillkürlich streckte er die Hand aus, um Roji das Wasser aus dem Gesicht zu wischen. Dieser junge Mann weckte Erinnerungen an unbeschwerte Zeiten. Erinnerungen, die so lange und so tief in ihm begraben gewesen waren, dass er sie verloren geglaubt hatte. Es war seltsam schön, sorglos zu sein, wenigstens für einen kurzen Moment.

Rojis Augen weiteten sich. Die Pupillen wirkten riesig und der Ausdruck in seinem Gesicht berührte etwas in Tirú, das er nicht kannte, dafür sofort die Sehnsucht nach mehr weckte. Mehr Nähe. Mehr von diesem Gefühl. Er legte die flache Hand gegen Rojis Wangen. Zarter Flaum, der kaum sichtbar war und dennoch zeigte, dass zumindest minimaler Bartwuchs vorhanden sein musste. Zweifellos sehr jung, doch kein Heranwachsender mehr. Dafür unschuldig, unberührt … Jede seiner Regungen verriet, wie unschuldig er wirklich noch war. Das Staunen in seinem Blick, als Tirú näher an ihn herantrat, nah genug, um seinen Atem spüren zu können. Roji erbebte unter seiner Hand, dachte allerdings nicht daran, vor ihm zurückzuweichen. Was blieb Tirú anderes übrig, als sich zu ihm herabzubeugen? Langsam, ganz sacht, berührte er Rojis Lippen mit den seinen und lauschte dem Aufruhr in seinem Inneren nach, der dadurch entfesselt wurde.

Für einen kurzen Augenblick zog er ihn dicht an sich heran, ließ ihn spüren, wie erregt er war. Noch einen weiteren Herzschlag genoss er die Wärme, die Nähe, Rojis hastigen Atem. Er leckte rasch über die fremden Lippen, um ein wenig von seinem Geschmack zu erhaschen. Dann rückte er ab, lehnte seine Stirn gegen Rojis, bevor er ihn endgültig freigab.

Aus grenzenloser Verwirrung in den schönen blauen Augen wurde rasch schmerzliche Enttäuschung.

„Hör nicht auf!", bat Roji und griff nach ihm.

Tirú rückte weiter von ihm fort.

„Es ist nicht richtig", sagte er leise. „Du bist nicht für mich bestimmt. Deine Aufgabe ist es, heil nach Hause zu gelangen und eine gute Frau zu heiraten, die mit dir gemeinsam Haus und Hof bestellt und dir Kinder schenkt. So haben es die Himmelsmächte in ihrer Weisheit gefügt."
„Das mag der ursprüngliche Plan gewesen sein", entgegnete Roji mit zittriger Stimme und ließ langsam den Arm sinken. „Aber dann haben sie mich in diese Welt geschickt und enthüllt, dass ich ein halber Magier bin. Ich kann nie wieder nach Hause und ich kann nicht allein überleben. Mit anderen Worten, ich werde wohl bald sterben, ohne ein Mädchen zu freien und mit ihr an der Hand vor den Priester zu treten und ohne ein Kind unter ihr Herz zu pflanzen."
„Das wissen wir nicht", sagte Tirú sanft. „Niemand kennt die Pläne der Allmächtigen. Was ich hingegen mit Sicherheit weiß ist, dass du nicht für mich bestimmt bist. Ich will Dinge mit dir anstellen, für die dein schuldloser Verstand nicht einmal Worte kennt. Ich will dich verschlingen und mich an dir verbrennen und …" Tirú wandte sich ab. Ihm war viel zu heiß und er war hart wie nie zuvor in seinem Leben.
Um sie beide abzulenken, holte er die Taschenuhr hervor. Die Kette war lang genug, um sie bequem in der Hand halten zu können, ohne sie abnehmen zu müssen.
„Wir könnten es auf einen Versuch ankommen lassen", sagte er. „Ein Übertritt, der keine Opfer verlangt. Einfach um sicher zu sein, dass die Magie dich nicht doch zurück in deine eigene Zeit lässt, wenn du sie freundlich genug darum bittest. Schlägt es fehl, kehren wir durch das Portal, das meine Mutter erschaffen hat, in das Verwunschland zurück. Es hätte zudem den Vorteil, dass wir uns nicht mit der Reise durch die Wildnis abmühen müssten, wir würden sofort bei meiner Burg ankommen."
„Müssen wir wirklich nichts weiter tun, als etwas Lebenskraft zu opfern? Und niemand muss dafür leiden, das ist absolut sicher? Ich meine, wenn hundert Meilen entfernt ein Baum stirbt oder eine Fee im Flug vom Himmel fällt, erzählt die Uhr dir das nicht."
„Niemand muss dafür sterben. Das haben die Magieforscher genauso bestätigt wie die Drachen am Königshof. Keine Kreatur hat ein feineres Gespür für magische Strömungen als Drachen."
Tirú ließ zu, dass Roji dicht an ihn herantrat. Er beugte sich über die Uhr in Tirús Hand, bestaunte die feinen Details, die wunderschöne Eule, die seine Eltern ohne jede Magie erschaffen hatten.
Rojis Finger strichen über das Silber.

Mit einem Mal stockte er.

Blaue Magiefunken loderten in seinen Augen.

Die Eule leuchtete ebenfalls blau und wandte ihnen den Kopf zu.

„Tretet ein", sagte sie und plusterte ihr Gefieder auf.

Ein harter Ruck.

Dann zerrte es Tirú fort – und Roji mit ihm.

Kapitel 9

Roji blickte sich benommen um.
Er war zurück in diesem schrecklich düsteren Haus mit den vielen Bildern. Das war soweit in Ordnung und noch nicht einmal unerwartet. Auch dass Tirú neben ihm auf dem Boden hockte, störte ihn nicht weiter. Was da gerade eben mit ihm geschehen war ... Das war Magie gewesen, oder? Nie zuvor hatte er auf ähnliche Weise empfunden. So musste es sein, wenn man von einem Blitz erschlagen wurde. Dieses schmerzhafte Kribbeln von Kopf bis Fuß. Nein, auf diese Weise hatte er sich das mit der Magie nicht vorgestellt. Er fühlte sich jedenfalls weder mächtig noch stark oder als könnte er problemlos die Gesetze der Weltenordnung zerbrechen, wie es ihm gerade in den Sinn kam.
Eher fühlte er sich noch kleiner als jemals zuvor.
„Geht es dir gut?", fragte Tirú leise.
„Nein. Dir?" Immerhin war dies das Haus, in dem Tirú aufgewachsen war. Ein Haus, von dem er sicherlich geglaubt hatte, es niemals wieder aufzusuchen, weil es einfach keinen guten Grund dafür gab.
„Mir? Ich glaube ... Nein. Nein, mir geht es auch nicht gut."
Sie blieben nebeneinander sitzen und sahen den Sonnenstrahlen zu, die durch die schmutzigen Fenster hereinfielen und den in der Luft tanzenden Staub zum Leuchten brachten.
„Bleibt das derartig unangenehm mit der Magie, wenn man sie benutzt?", fragte Roji nach einer Weile.
„Hm? Oh ja. Es kribbelt, es schmerzt und es ist wirklich kein großes Vergnügen. Das hilft durchaus, es auf das Notwendigste zu beschränken."
„Möchtest du mir vielleicht dein altes Zimmer zeigen? Du hattest gewiss einen eigenen Raum für dich allein?"
Tirú nickte langsam.
„Ja, den hatte ich. Hier in diesem Raum hat meine Mutter übernachtet, wenn mein Vater länger fortgeblieben ist. Als Kind habe ich nicht verstanden, warum. Heute ist mir klar, dass sie die Landschaft rund um die Burgfestung beobachten wollte. Diese Bilder sind allesamt magisch.

Sie zeigen stark verlangsamt Veränderungen, die im Verwunschland geschehen. Wenn die Festung angegriffen und zerstört worden wäre, hätte sie das gesehen. Zwar verlangsamt, doch sie hätte gewusst, wenn es Grund zu der Annahme gegeben hätte, dass mein Vater getötet worden wäre." Er wies auf die Festung. „Schau, Agus, Fjork und Madrow sind heil angekommen. Und dort sind auch Nagi und Fallet. Es regnet noch immer."
Roji trat näher heran. Es verwirrte ihn bereits maßlos, dass das Bild eine Tagesszenerie zeigte, während dort zuvor Nacht geherrscht hatte. Die Eule befand sich nicht mehr dort, wo sie bei seinem ersten Besuch gewesen war, sondern saß auf der gegenüberliegenden Wand auf einem Baum. Und tatsächlich: Vor der Burgfestung waren die winzigen Gestalten der Gnome und der Zentauren auszumachen.

„Dieses Bild hat meine Mutter magisch mit der Gegenwart des Verwunschlandes verbunden. Also die persönliche Gegenwart desjenigen, der die Uhr benutzt hat, um hierher zu gelangen", erklärte Tirú. „Es ist darum das einzige Bild in diesem Haus, das sich in rasender Geschwindigkeit verändert. Zumindest, soweit mir bekannt ist. Das Bild, das sie an die Decke in mein eigenes Zimmer gemalt hatte, verändert sich dermaßen verlangsamt, dass ich mir als Kind eingebildet habe, es wäre meine Einbildung."

„Du hattest nichts von der Magie gewusst? Vom Verwunschland und alldem?", fragte Roji verblüfft.

„Nein. Anscheinend wollten meine Eltern mich von diesen Dingen fernhalten, solange ich noch jung und unschuldig war. Auch mein nur wenig älterer Bruder Nakim wusste nichts. Im Gegensatz zu unseren beiden Schwestern, die deutlich größer waren und uns zwei wie Wickelkinder behandelt haben, die die Welt nicht kennen."

Tirú seufzte laut und sein Blick schwenkte ins Nichts. Schlagartig wurde Roji klar, woran sein Gefährte dachte – die Leichen von Tirús Familie lagen bloß wenige Schritte von hier entfernt in einem Raum am Boden.

„Oh nein!", rief er energisch. „Du kannst nicht dorthin gehen! Sie sehen schrecklich aus, Tirú. Nicht wie Menschen, sondern wie etwas, das man vor hundert Jahren in einem Moor versenkt hat. Falls du von ihnen Abschied nehmen willst, dann nicht so."

„Ich konnte Abschied nehmen", wisperte Tirú und ballte die Fäuste. „Agus hat mich dazu gezwungen. Sie waren gerade frisch ermordet worden und sahen dennoch wie Puppen aus. Tot und leer. Vielleicht eine Stunde war seit ihrer Ermordung vergangen und dennoch hatten sie nichts menschenähnliches mehr an sich. Ich träume bis heute beinahe jede Nacht von ihren Gesichtern."

„Noch ein Grund mehr, nicht zu ihnen zu gehen!", rief Roji und drängte sich gegen ihn, um ihn zur Not mit schierer Körperkraft aufzuhalten. Er war vielleicht einen halben Kopf kleiner als sein Gefährte, völlig unerfahren im Kampf dazu. An Kraft sollten sie einander in etwa ebenbürtig sein. „Bitte. Du würdest den Albtraum nur durch etwas viel Schlimmeres überlagern. ICH träume von ihnen, und sie sind nicht einmal mit mir verwandt."

Tirú seufzte erneut und lehnte sich schwer gegen ihn.

„Wie lange sind sie deiner Zeitlinie nach tot? Erzählt man sich, seit wann das Haus anscheinend verlassen ist?", fragte er.

„Ziemlich genau dreißig Jahre. Man sagt, dass selbst der Landesfürst neidisch auf das schöne Anwesen war, als es noch in voller Blüte stand, obwohl die Hausherren niemals jemanden zu sich einluden und lediglich die Dienerschaft im Dorf erschienen ist, ohne neugierige Fragen zu beantworten. Ungefähr zehn Jahre vor meiner Geburt sind alle verschwunden, Haus und Park verfallen, kein Dieb war jemals erfolgreich bei einem Einbruchsversuch."

„Na, da schau an! Innerhalb der magischen Zeitlinie bin ich also eigentlich bloß drei Jahre älter als du, nicht siebzehn."

„Bitte was?" Roji starrte ihn verwirrt an. „Es müssten doch mindestens zehn Jahre sein, denn du warst bereits sieben, als du in das Verwunschland gegangen bist."

„Magische Zeitlinien sind voller Paradoxa, das macht sie nicht bloß verwirrend, sondern auch sehr gefährlich. Meine Eltern waren die Großmeister der magischen Zeitreise. Leider sind sie gestorben, ohne ihre Forschungsergebnisse für die Königin niederschreiben zu können, darum bleibt zu viel im Dunkeln. Mir wurde verboten, in ihre Fußstapfen zu treten, denn die Drachen gehen davon aus, dass diese Zeitreisen mehr Schaden als Nutzen gebracht haben … Sei es, wie es sei. Ich war sieben, als ich verschwand. Diese Jahre müssen rückwärts aufgerechnet werden auf die zehn Jahre, die bis zu deiner Geburt vergingen. Warum das so ist, wissen nicht einmal die ältesten Drachen … Jedenfalls, wäre ich bei Geburt aus meiner eigenen Zeitlinie herausgenommen und in deine Zeitlinie gebracht worden, würden uns beide bloß drei Jahre trennen. Interessanterweise würden daraus dreißig Jahre werden, hätte man dich nach deiner Geburt aus deiner Zeitlinie gerissen und in meine gebracht.

Dass es lediglich siebzehn sind, ist dem Umweg über das Verwunschland geschuldet. Darum ist meine Familie aus deiner Perspektive erst seit dreißig Jahren tot, ich bin aber trotzdem erst siebenunddreißig und nicht fünfzig. Er stockte. „Möglicherweise müsste ich auch erst siebenundvierzig sein ... Es ist viel zu leicht, die Orientierung zu verlieren, was diese Dinge betrifft."
„Zeitlinien und -reisen bereiten Kopfschmerzen", brummte Roji und rieb sich die Stirn. „Was für ein seltsames Zeug!"
„Magie ist immer seltsames Zeug. Nun denn. Lass uns das Dorf aufsuchen. Wie war sein Name?"
„Glorbyn", entgegnete Roji. Aufregung wallte in ihm hoch. Würde er Naria wiedersehen? Den Dorfvorsteher? Würden sie feststellen, dass sie tatsächlich in seiner eigenen Zeit gelandet waren? In diesem Fall könnte er einfach hierbleiben! Dort, wo er hingehörte.
Er zwang sich, die Hoffnung niederzudrücken. Besser war es wohl, von der Enttäuschung auszugehen. Es gab nicht den geringsten Grund, warum dieses Abenteuer für ihn gut ausgehen sollte.

Dreißig Jahre zerbröselten zu Staub. Wortwörtlich, denn Tirú watete durch Staub und Spinnweben, die sein vertrautes Zuhause während der langen Abwesenheit zugedeckt hatten. Der vertraute Geruch war fort. Sonst gab es wenig Unterschiede zu seiner Erinnerung und dem Heute. Bilder überall. Seine Mutter hatte wie eine Besessene gemalt und dabei extreme Magiemengen freigesetzt. Wie war ihr das bloß in einer Welt gelungen, in der die Magie fast vollständig ausgelöscht war? Roji bemerkte es vermutlich kaum, doch für Tirú war der Verlust ebenso schmerzlich wie befreiend. In einer Welt leben zu dürfen, in der er nicht unentwegt auf der Hut vor magischen Attacken sein musste ... Ihr Himmelsmächte, wie wunderbar das klang!
In seinem Zimmer musste Tirú an sich halten, um nicht zu weinen. Hier hatte er die glücklichen Jahre seiner Kindheit verbracht. Hier war er sicher und geborgen gewesen, hatte jeden Morgen das Bild an der Decke bestaunt und nachgesehen, welche neuen Kleinigkeiten ihm daran auffielen. Sein Bauch krampfte, während er über das dunkle Holz seines Bettes strich.
„Bis zum letzten Tag habe ich diese kleine Leiter benötigt, um hineinzugelangen", murmelte er. Roji stand mit verschränkten Armen am

Rand und überließ ihn seinen Erinnerungen. Helfen konnte er nicht. Niemand konnte Tirú in diesem Moment helfen. Es wäre heute eine Kleinigkeit für ihn, ohne Leiter schlafen zu gehen.
„Dieses Deckenbild war für solch lange Zeit mein Begleiter ..." murmelte er. Inzwischen waren die Unterschiede sehr deutlich. Das traurige Äffchen war verschwunden, dafür saß ein Rabe auf dem Baumstumpf. Die weißen Häschen waren im Begriff, in die Mitte des Bildes zu hoppeln, während ihre Tassen vergessen und teilweise umgestürzt am Waldboden lagen. Die tanzenden Tiere hatten die Positionen gewechselt und eines der Eichhörnchen befand sich im Sprung und würde unausweichlich auf einer der roten Blumen landen.
„Dieses Ereignis muss sehr weit in der Vergangenheit liegen, darum verändert es sich extrem langsam", sagte Tirú. „Es ist wie eine Erinnerung, die so weit fort ist, dass es praktisch ewig dauert, bis sie uns in der heutigen Zeit erreicht." Er öffnete einige Truhen in dem Raum, blickte auf Spielzeug, das ihm einst die Welt bedeutet hatte, die Wachstafel mit seinen ersten Schreibübungen, Kleidung, die ihm seit Jahrzehnten nicht mehr passte. Mit bebenden Händen zog er eine blaue Jacke hervor.
Hilla hatte sie für ihn gefertigt. Tirú konnte nicht anders, er musste das Gesicht in die Wolle pressen. Da war Hillas Geruch nach Kräutern und Alter. Ihr unverwechselbarer Geruch, luftdicht versiegelt in dieser schweren Truhe.
Bei allen Himmelsmächten!
Es war grausam.
„Ich konnte nie wirklich trauern", wisperte er. Roji war mit einem Schritt bei ihm und umarmte ihn rücklings. „Meine Familie. Meine Amme Hilla. Sie hat diese Jacke für mich gemacht. Sie hat gelächelt, als ich sie angezogen habe, stolz, weil ich gut darin aussah. Ich war nicht dankbar. Das dumme Ding hat fürchterlich gekratzt, besonders am Hals. Aber das habe ich nicht gesagt, denn ich wollte, dass sie sich freut und lächelt. Wenn sie das tat, konnte ich darauf hoffen, eine leckere Kleinigkeit als Nachtisch zu erhaschen, oder sie hat vor dem Schlafengehen eine Geschichte mehr als sonst erzählt. Vielleicht wusste sie, warum ich vorgab, ihr Geschenk zu lieben. Vielleicht dachte sie tatsächlich, ich wäre dankbar." Er lachte bitter und schluckte vergeblich an den Tränen. „Ich würde vor ihr niederknien und sie anflehen, dass sie mich noch ein einziges Mal stolz anlächelt und mir über den Kopf streichelt. Ein einziges Mal ... Dann könnte ich von ihr Abschiednehmen."

Es war gut, dass Roji ihn festhielt. Andernfalls würde der reißende Schmerz in seinem Inneren ihn zusammenbrechen lassen. Tirú vergoss qualvolle Tränen für die Menschen, die seine Welt gewesen waren. Bis sie fortgingen und ihn zurückließen. Ihn dazu verdammten, in einem Krieg zu kämpfen, der ohne Aussicht und Sinn war …

Er fühlte sich erschöpft und leer, als der Schmerz abebbte. Mit tauben Fingern faltete er die Jacke zusammen. Sie erschien ihm winzig. Damals, in diesem anderen Leben, das aus Familie und Liebe und Geborgenheit bestanden hatte – neben dem kleinlichen Frust und der Mühsal, das jüngste Kind im Haus zu sein und gar nichts tun zu dürfen, was für andere selbstverständlich war – damals war ihm diese Jacke riesig erschienen. Er legte sie zurück in die Truhe, auf eines der Bilder, die seine Mutter abgebrochen und ihm zum Vollkritzeln und Zerstören gegeben hatte, und verschloss sie erneut.

„Lass uns gehen", flüsterte er.

Beinahe wäre Tirú schwach geworden, als sie den kleinen Saal passierten. Er wollte Hilla sehen! Nakim! Seine Eltern, seine Schwestern! Wäre ihm Roji nicht in die Arme gefallen, um ihn mit unverhüllter Gewalt weiterzuziehen, wäre er hineingegangen. Zweifellos hätte er beim Anblick der von der Zeit entstellten Leichen den Verstand verloren. Dennoch blickte er immer wieder über die Schulter und sehnte sich danach, die Vernunft zu vergessen und sich dem Albtraum seines Lebens zu stellen. Sie waren bereits die Treppe hinabgegangen und waren auf dem Weg in die Vorhalle, bis er damit aufhören konnte.

„O ihr Himmelsmächte! Sieh dir das an!" Roji rannte plötzlich los, als sie die Halle erreichten. Lediglich das Tageslicht, das durch die von ihnen geöffnete Tür fiel, erhellte den Raum. Dennoch konnte Tirú Gegenstände ausmachen, die im Bereich der Haupttür auf dem Boden lagen.

„Das ist die Kleidung, die ich im Sturm getragen und hier zurückgelassen habe! Und fühl nur, sie ist noch richtig nass! Dabei war ich tagelang fort."

„Für das Haus waren es bloß wenige Stunden", entgegnete Tirú. „Lass uns hinausgehen." Es war ein seltsames Gefühl. Eigentlich konnte er gar nicht schnell genug von hier fliehen, denn es war der Ort, an dem seine Kindheit begraben worden war. Hinter ihm lag seine Familie und verstaubte in der zeitlosen Ewigkeit. Andererseits war da das strikte Gebot, niemals und unter keinen Umständen den Familienbesitz zu verlassen. Er hatte unter strenger Aufsicht im Park spielen dürfen, doch noch kein einziges Mal hatte er einen Fuß auf die andere Seite gesetzt. Egal wie erwachsen er war, welche Abenteuer und Gefahren er in seinem Leben bereits bestehen musste: Dieses Gebot hatte für ihn niemals die Gültigkeit verloren. Er hatte nicht lange genug in diesem Haus wohnen dürfen, um sich das notwendige Stück Freiheit zu erkämpfen. Schwach meinte er sich an Pläne für Ausbrüche jenseits der strikten Grenze zu erinnern, die sein Bruder Nakim mit ihm schmieden wollte, und die für gewöhnlich damit endeten, dass Nakim ihn als Feigling und Wickelkind beschimpfte, weil Tirú nicht mitziehen wollte oder konnte.

Zum Glück wusste Roji nichts von diesen inneren Kämpfen. Seltsam, dass er überhaupt noch Kraft für solchen Unfug fand. Es war leichter, sich auf solche Dinge zu konzentrieren als auf die Trauer, die in ihm wütete. Drei Jahrzehnte hatten nicht genügt, um ihn unempfindlich werden zu lassen, hart, abgestumpft. Drei Jahrzehnte und es war einfach nicht genug gewesen, denn er war noch immer der kleine Junge, den die Gnome von hier fortgezerrt hatten. Ein Teil von ihm würde niemals aufhören, dieser Junge zu sein.

Roji öffnete die Tür.

Der Park war in schrecklichem Zustand. Bäume und Büsche waren hoch gewachsen und verwildert, die Blumenbeete vollständig unter Unkraut verschwunden. Überall wuchsen junge Bäume, die sich selbst ausgesät hatten. Sogar in dem Kelpie-Brunnen, der einen Wasserdämon mit Pferdeleib, Fischschwanz und menschlichem Oberkörper sowie Kopf darstellte, versuchte sich eine junge Birke breitzumachen. In einer Ecke lagen mehrere zerbrochene Leitern sowie rostiges Werkzeug herum – wahrscheinlich von einem gescheiterten Einbruchsversuch. Seltsam, dass sie überhaupt bis hierhin gelangt waren, denn eigentlich wurde durch Magie verhindert, dass Außenstehende über die Mauer in den Park klettern konnten. Oder hatte er das falsch verstanden?

„Wenn ein Einbrecher das Gelände betritt und anschließend wieder fortgeht, bleibt er dann in seiner eigenen Zeit oder landet er irgendwo im Nichts?", fragte Roji, dem das Werkzeug wohl ebenfalls aufgefallen war.

„Ich weiß es nicht sicher", antwortete Tirú. „Vermutlich bleiben sie aber in ihrer eigenen Zeit. Die Schutzzauber sollten uns vor Neugier beschützen, nicht unnötige Fragen aufwerfen. Wenn zu viele Leute ausgezogen wären, in dieses Haus einzubrechen, und danach niemals wiedergekehrt wären, wüsstest du sicherlich davon, oder? Solche mysteriösen Geschichten erzählt man sich schließlich gerne im Winter vor dem Kaminfeuer."

„Da erzählt man sich einiges. Die Geschichten über dein Zuhause waren stets eher seltsam als furchterregend, das stimmt." Rojis Gesichtsausdruck war schwer zu deuten. Gewiss dachte er darüber nach, in welcher Zeitebene sie sich gleich wiederfinden würden. Anscheinend kämpften Hoffnung und Vernunft ein hartes Gefecht und der Sieger stand noch lange nicht fest. Er erwartete eine Enttäuschung und hoffte dennoch auf sein Glück. Verübeln konnte man es ihm nun wirklich nicht. Er hätte etwas Glück verdient.

Sie folgten einem verwilderten Pfad, der vor langer Zeit einmal mit Steinen gepflastert gewesen sein musste. Der Wald war dicht, es gab keine Hinweise, ob dies dieselben Bäume waren, unter denen Roji vor einigen Tagen gelaufen war, auf der Suche nach sicherem Unterschlupf. Selbst wenn es so wäre, er hatte keine Spuren hinterlassen können, die nicht längst vom Regen zerstört worden wären.

Tirú war in vollständiges Schweigen verfallen, seit sie durch das rostige Tor geschritten waren, dass die Grenze zum Anwesen seiner Familie markierte. Vermutlich war es das erste Mal überhaupt, dass er diese Grenzen überschritt, immerhin war er damals noch sehr klein gewesen.

Oder fiel es ihm schwer, durch einen Wald zu laufen, ohne sich ununterbrochen nach feindlichen Kreaturen und gefährlicher Magie umzuschauen? Es musste seltsam für ihn sein, diese friedliche, weitestgehend harmlose Welt, in der er kein mächtiger Magier war, der Gesandte seiner Königin.

Roji hielt Ausschau nach dem Gasthaus. Als er die Anhöhe erkannte, auf der er vor wenigen Tagen mit Naria im Arm gestanden hatte, sank ihm das Herz – kein Gasthaus weit und breit.

Tatsächlich gab es kein einziges Haus hier.

„Es ist wohl nicht deine Zeit?", fragte Tirú, und berührte ihn mitfühlend an der Schulter.

„Nein. Es muss sehr lange vor meiner Zeit sein", murmelte Roji niedergeschmettert. So sehr hatte er sich bemüht, keine Hoffnung zu hegen und dennoch traf es ihn hart, enttäuscht zu werden. „Glorbyn sollte genau hier stehen. Soweit ich weiß, gab es schon tausend Jahre vor meiner Zeit erste Erwähnungen von einem Bauernhof."

„Lass uns trotzdem weitergehen." Tirú wies zu Boden. „Jemand hat diesen Weg geschaffen. So etwas ist mühsam, also wird er wohl auch irgendwohin führen. Zudem wüsste ich gerne, in welcher Zeitebene wir uns befinden. Möglicherweise liegt das auch in der Zukunft, von dir aus gesehen, und Glorbyn wurde zerstört."

Es war verwirrend darüber nachzudenken, dass eine solche Zukunft bereits existieren konnte. Roji war außerstande, sich auch nur für einen Herzschlag vorzustellen, dass seine Geburt nicht der Beginn der Zeit für die gesamte Welt gewesen war und dass seine eigene Gegenwart für einen anderen Menschen die Vergangenheit bedeuten könnte.

Nein, das war ausgeschlossen, oder? Sie mussten in irgendeiner seltsamen Vergangenheit gelandet sein, so weit vor seiner Geburt, dass sie wahrscheinlich mit den hiesigen Bewohnern nicht einmal vernünftig reden konnten. Rojis Vater hatte jedenfalls häufiger berichtet, dass die alten Schriftrollen im Archiv des Landesfürsten seltsam zu lesen waren. Je älter, desto seltsamer.

Er hatte die Idee, dass Sprache sich im Laufe der Zeit veränderte. Der Fürst fand diese Vorstellung amüsant genug, dass er Rojis Vater gelegentlich Zugang zum Archiv gewährte, um Beweise dafür zu suchen.

Tirú marschierte voraus, gemeinsam folgten sie dem Pfad. Roji wurde nach einer Weile bewusst, dass es diesen Weg zu seiner Zeit nicht gegeben hatte. Davor war dort, wo er Felder und die Straße zu seinem eigenen Dorf vorgefunden hatte, nichts als dunkler, undurchdringlicher Wald.

„Erzähl mir bitte etwas über die Tiere in dieser Welt", murmelte Tirú mit Blick auf das dichte Unterholz, in dem es leise raschelte.

„Weitestgehend ungefährlich. Es gibt Raubtiere wie Füchse, Bären und Wölfe. Die meiden Menschen, wo immer es geht und vergreifen sich höchstens an Schafen und Ziegen, die nicht gut geschützt sind. Bedrohlicher wäre es, einer Wildschweinrotte mit Jungtieren zu begegnen. Oder in das Revier eines Hirschs zu geraten, wenn man mittig durch einen Wald läuft und dabei keinem festen Pfad folgt. Die Schlangen sind harmlos und die Insekten ebenfalls, auch wenn Bisse schmerzhaft werden können." Roji stockte, als ihm etwas bewusst wurde. „Menschen könnten uns gefährlich werden", fuhr er langsam fort. „Räuber, Wegelagerer. Zu meiner Zeit wird das Gebiet weitläufig vom Landesfürsten geschützt, der mit drastisch ausgeführten Todesstrafen dafür gesorgt hat, dass keine Räuber im Umkreis meiner Heimat ansässig sind. Das wird in dieser Zeit wohl anders sein."

„Normalerweise hätte ich keine Angst vor Menschen, die über keinerlei Magie verfügen. Leider kann ich nicht abschätzen, wie viel ich selbst zustande bringe. Magisch bin ich wie ausgelaugt", sagte Tirú. „Ich weiß auch nicht, ob mein magischer Kampfdolch in dieser Umgebung wie gewohnt funktioniert."

Jetzt fühlte sich Roji auch nicht mehr wirklich sicher.

Zum Glück entpuppte sich der kleine Übeltäter, der für das Rascheln gesorgt hatte, als eine Taube. Sie flog über ihre Köpfe hinweg und verschwand auf der anderen Seite des Waldes.

„Es ist merkwürdig, diese Stille." Tirú lief weiter und sah sich dabei aufmerksam nach allen Seiten um. „Im Verwunschland wäre es ein Zeichen dafür, dass etwas Schreckliches bevorsteht. Ein magischer Sturm vielleicht, oder der Frühlingsmarsch der unsichtbaren Riesen, die auf der Suche nach ihren Frauen sind. Riesen schlafen im Winter und sie sind gewiss nicht die klügsten Kreaturen da draußen …"

„Man hört doch eine Menge", brummte Roji, nachdem er einen Moment lang aufmerksam gelauscht hatte. „Singvögel, der Wind, das Rauschen der Blätter. Aber ich ahne zumindest, was du meinst. Auf der anderen Seite herrscht sehr viel mehr Krach, das ist mir durchaus aufgefallen."

„Solange du mir versicherst, dass alles normal ist, komme ich damit zurecht. Ich finde diese Stille zwar verwirrend, und die Art, wie der Wald riecht, irgendwie seltsam. Aber ich vertraue deiner Erfahrung." Tirú nickte ihm feierlich zu, was merkwürdigerweise Unbehagen in Roji weckte.

„Meine Erfahrung reicht bloß für meine eigene Zeit", murmelte er. „Wenn das Hier und Jetzt weit in der Vergangenheit liegt, existieren womöglich Gefahren, von denen ich noch nie etwas gehört habe."

Tirú wollte sichtlich etwas erwidern. Stattdessen stockte er und hob die Hand. „Ich rieche Rauch", sagte er. „Wo Rauch ist, findet man häufig Menschen, könnte ich mir vorstellen. Zumindest in einer Welt ohne Drachen, Irrwichtel oder Phönixe."

Roji hatte noch nie etwas von Phönixen gehört, ersparte sich allerdings die Nachfrage. *Feuerspeiendes Monster* genügte wohl.

Sie schlichen geduckt am Wegesrand entlang, auf der Hut davor, sich durch Lärm zu verraten.

Es gab schließlich keinen Grund anzunehmen, dass der oder die Menschen, die sich möglicherweise in der Nähe befanden, freundlich gesonnen waren.

„Ich sehe eine Hütte", wisperte Tirú nach einer kleinen Weile.

Sie verbargen sich im Unterholz, suchten sich Schritt für Schritt einen Weg, um sich noch näher heranzuschleichen, ohne Zweige unter ihren Füßen zu zerbrechen. Roji reckte den Hals, um ebenfalls erkennen zu können, was dort vor ihnen geschah. Er sah eine Lichtung, auf der sich eine grob zusammengezimmerte Holzhütte erhob. Vor dieser mehr als einfachen Behausung, die kaum genug Platz für einen einzelnen Menschen bot, brannte ein niedriges Feuer unter einem Kessel. Es roch nach Tannenholz, das noch zu feucht war, um für ein gutes Feuer zu dienen, und einem Fleischeintopf.

„Nicht bewegen!", wispere Tirú ihm plötzlich ins Ohr. „Wir bekommen gleich Gesellschaft."

Roji erstarrte gehorsam und fixierte einen faustgroßen Stein, der ihm fast zu Füßen lag.

Eine einzige fließende Bewegung, und er könnte ihn packen, um ihn als Verteidigung gegen den unbekannten Angreifer einzusetzen und ...

„Beunruhigt euch nicht, meine lieben Freunde", erklang eine zittrige Altmännerstimme hinter ihnen. Roji fuhr leicht zusammen, während Tirú mit keiner Wimper zuckte. Gemeinsam drehten sie sich um, langsam und auf der Hut vor einer Falle. Doch es war tatsächlich ein einzelner alter Mann, der sich schwer auf einen Wanderstab stützte. Er trug Lumpen, Haar und Bart waren lang, grau und verfilzt. Alles an ihm bewies, dass er schon seit Jahren verwahrloste.

„Es ist freundlich, dass ihr einen alten Mann besuchen wollt. Das Essen ist fast fertig. Kommt nur, kommt! Mein Helfer, die gute Taube, verriet mir, dass ihr auf dem Weg zu mir seid."

Zögernd blickte Roji zu seinem Gefährten auf. Sollten sie dem Alten folgen, oder einfach weitermarschieren?

„Gehen wir mit", wisperte Tirú in sein Ohr, so leise, dass selbst Roji ihn kaum verstehen konnte. „Er wirkt harmlos und wirr im Kopf. Irgendwie glaube ich ihm das nicht und es wäre interessant zu erfahren, was wirklich hinter ihm steckt."

„Seid ihr Brüder?", fragte der Alte und lächelte beinahe zahnlos. „Oder gute Freunde? Ihr steht euch nah, will es mir scheinen."

„Gute Freunde, sonst nichts", entgegnete Tirú. „Lebt Ihr allein hier draußen im Nirgendwo? Oder gibt es ein Dorf in der Nähe?"

„Ah, ihr seid also nicht von hier? Kein Dorf, kein Gehöft. Hier bin bloß ich und gelegentlich ein Trupp Händler, die des Weges ziehen, um Tynballin zu erreichen."

„Tynballin?", rief Roji verblüfft. Diese Stadt war der Legende nach zerstört worden, als vor über tausendsechshundert Jahren der Blitz vom Himmel fuhr, um die Flamme im Erdboden zu entzünden, die seitdem nicht mehr aufgehört hatte zu lodern. Auf den Trümmern war die Stadt des ewigen Lichts erbaut worden, wo bis heute der König auf dem Wolfsthron saß. Unvorstellbar, dass sie weit genug in die Vergangenheit zurückgereist waren, um noch vor diesem Wunder der Himmelsmächte …
Oder war es womöglich gar kein Wunder gewesen, sondern pure Magie? Roji erschauderte.
„Du wirkst erstaunt? Sicherlich kennt ein feiner junger Herr wie du das unvergleichliche Tynballin? Keine schönere Stadt gibt es unter den Augen der Himmelsmächte und wer nicht den Glockenturm im Tempel der Mondgöttin sah und hörte, wie die Gläubigen von den schweren, süßen Klängen zum Nachtgebet gerufen werden, der weiß nichts vom Leben."
Er fixierte ihn aus wässrigen, alten Augen. Was Roji viel mehr verwirrte als das Gerede über Tynballins Schönheit, war die Tatsache, dass er den Alten ohne Schwierigkeiten verstehen konnte. Aussprache, Wortwahl … Er konnte keinen Unterschied zu Tirú feststellen. War es womöglich die Magie, die dafür sorgte, dass die Zeitreisenden ohne Schwierigkeiten mit jedem reden konnten, der ihnen beggnete?
„Nehmt Platz, meine lieben Freunde!", rief der Alte, als sie die Hütte erreicht hatten, und wies auf eine Holzbank, ebenso grob gezimmert wie das Haus. Diese war groß genug, dass Roji und Tirú nebeneinander sitzen konnten, und erstaunlicherweise sogar recht bequem. „Ich habe Kaninchen. Ein gutes, fettes Kaninchen. Das reicht für uns alle." Er holte Holzschalen aus der Hütte, dazu einen Krug voll Wasser und drei Becher. Rasch verteilte er Essen und Getränke.
Tirú beugte sich wieder zu Roji und hauchte ihm ins Ohr:
„Nichts zu dir nehmen, bevor er nicht selbst gegessen und getrunken hat!"
Roji nickte, egal wie sinnlos ihm das erschien.
Warum sollte der Alte sie vergiften wollen? Er war ein Eremit, der einsam im Wald lebte und sich freute, dass er heute mal ein bisschen Gesellschaft haben durfte. Es gab nichts, aber auch gar nichts zu gewinnen, wenn er ihnen irgendetwas antat, nicht wahr? Vermutlich konnte Tirú nicht anders, als alles und jedem zu misstrauen.
Wie auch?
Er hatte drei Jahrzehnte im Verwunschland verbracht, wo es ausschließlich Feinde und Verbündete gab und nichts dazwischen.

„Lebt Ihr schon lange allein hier?", fragte Roji und lächelte den Alten an, der sich leise ächzend auf dem Boden niederließ und einen großen Schluck von seinem Wasserbecher nahm, bevor er mit ordentlichem Appetit zu essen begann.

„Hm? Ah, ich bin nie allein, mein Junge", entgegnete er. „Viele, viele gute Freunde sind jeden Tag um mich herum. Meine Familie verlässt mich nie."

„Eure Familie?" Zweifelnd wies Tirú auf die winzige, windschiefe Hütte.

„Mutter Taube findet überall Platz." Der Alte wies lächelnd auf den Vogel, der auf der offenen Tür hockte und anscheinend döste. „Ich habe viele Freunde. Sie sind immer bei mir. Meine Familie."

Roji verkniff sich die Frage, ob das Kaninchen, das die Hauptzutat des Ragouts lieferte, ein Vetter zweiten Grades oder bloß ein netter Bekannter gewesen war. Das Essen schmeckte köstlich! Erstaunlich fein gewürzt, der Alte musste einen Salzstock entdeckt haben. Auch das Wasser war von bestmöglicher Qualität, frisch, sauber und beinahe süß.

„Und wie vertreibt Ihr Euch die Zeit?", fragte Tirú.

„Oh, dies und das ... Ich sammle Vorräte, rede mit meinen Freunden, suche Holz für den Winter, bewirte meine Gäste. Viele Händler kommen des Weges, Wanderer, Priester, Königskrieger. Sie alle rasten gerne hier, lassen sich gutes Essen geben und schenken mir zumeist etwas dafür. Aber ihr müsst mir nichts geben. Ich weiß, dass ihr nichts habt. Keine Waffen, kein Essen, keine Kleidung. Als wäret ihr gerade erst aus einer fernen Welt in diese Sphären gestolpert." Nichts an ihm war mehr der entzückend verwirrte und harmlose Greis. Seine Augen loderten, seine dünnen Lippen waren zu einer Grimasse verzogen, als er diese Worte aussprach.

Tirú ließ den Becher fallen und sprang auf. Roji wollte es ihm gleichtun. Stattdessen rutschte ihm die Essensschale aus den Fingern. Wie gut, dass er fast fertig gewesen war, es wäre ein Jammer um das schöne Ragout. Statt auf die Beine zu kommen, wie er es eigentlich wollte, fiel er von der Bank und schlug hart auf der Erde auf. Ihm war schlecht und schwindelig und vor seinen Augen tanzten merkwürdige Lichter. Was geschah mit ihm? Was war bloß ...

Aus weiter Ferne hörte er Tirú, der seinen Namen schrie. Weit, weit fort. Zu weit, um ihm helfen zu können ...

Kapitel 10

„Roji!"
Tirú hastete zu seinem Gefährten, der mit geschlossenen Augen am Boden lag, und suchte mit fliegenden Fingern nach Lebenszeichen. Als er den Herzschlag fand – flattrig und zu dünn, aber deutlich vorhanden – atmete er erst einmal auf.
Grund zur Erleichterung gab es nicht, Roji war keineswegs sicher. Dennoch fühlte es sich gut an, ihn atmen zu spüren.
„Wer bist du? Warum tust du uns das an?", zischte er und wich zurück, als er spürte, wie der Alte sich zu nähern versuchte.
„Wichtiger ist, wer und was genau ihr beide seid", entgegnete der Fremde nachdenklich. „Ich habe euch keineswegs vergiftet, wie du sicherlich erraten hast. Dafür warst du viel zu sehr auf der Hut. Nein, ich habe den Krug mit einem Fluch belegt. Jedes Wasser, das ich dort hineinfülle, nimmt den Fluch an sich und tötet diejenigen, die keine Magier sind. Sie schlafen ein und gehen fort, ohne zu leiden oder zu begreifen, was mit ihnen geschieht. Du bist ein voller Magier, wie ich sehe, ein gebürtiger Verwunschländer. Der Fluch betrifft dich nicht, genauso wenig wie mich. Aber was ist mit dem Jungen? Warum lebt er noch?"
„Er ist ein Mischling." Beschützend zog Tirú Roji in seine Arme und drückte ihn an sich. „Du hast kein Recht, ihn zu töten! Oder überhaupt ein Leben zu nehmen. Wie kannst du es wagen?"
„Oh, ich bedaure es durchaus, jedes Mal, wenn es geschieht", murmelte der Alte. Er stand da, schwer auf seinen Stab gestützt, als wartete er auf irgendetwas. „Glaube nicht, ich würde es genießen, Menschen umzubringen. Ich verachte sie keineswegs, bloß weil ihnen die Magie fehlt, im Gegenteil, ich beneide sie glühend. Ihre Ignoranz, ihre Unschuld ... Ein Leben führen zu dürfen, das ausschließlich von der Sorge um Nahrung, Fortpflanzung und Sicherheit bestimmt wird! Das ist uns nicht gegeben. Mir nicht und dir auch nicht, junger Freund. Weil die Dinge sind, wie sie sind, töte ich die Ignoranz und zerstöre die Unschuld. Es bleibt mir keine andere Wahl. Hunderte, nein, tausende Leben musste ich stehlen, und nun

bin ich fast am Ziel angekommen. Der Zeitpunkt bestimmt sich durch die Sterne, die Himmelsmächte helfen mir zum Ziel."

„Und welches Ziel ist das wohl?", fragte Tirú. Er raffte an sich, was er an magischer Macht in seinem Inneren finden konnte. Es war so viel weniger, als er gewohnt war, doch es musste genügen, wenn er sich und Roji gegen diesen Irren verteidigen wollte.

„Der Feind. Ich kämpfe gegen den Feind, der alles tut, um die Verwunschwelt zu zerstören und die Königin zu entmachten. Schon mein ganzes Leben kämpfe ich gegen ihn."

Irritiert betrachtete Tirú den alten Mann. Er kannte nicht einmal die Hälfte der Spione, Krieger und Verbündeten der Königin und vielleicht war das noch zu hoch gegriffen. Königin Nibura verstand es, Menschen und Kreaturen zu finden, die nützliche Talente besaßen, und sie einzusetzen, wie es ihr sinnvoll erschien. Dennoch hatte er nicht das Gefühl, dass dieser Alte einer von ihnen war, der auf ihrer Seite kämpfte. Nun ja, vielleicht war er nach der Fluchattacke auch nur zu skeptisch ...

„Ich bin ein Krieger der einzig wahren Königin", sagte er leise. „Auch ich habe mein Leben dem Kampf gewidmet, damit eines Tages Frieden herrschen kann."

„Ich verstehe. Du bist also einer von Niburas gehorsamen Sklaven. Jemand, der brav tut, was man ihm sagt, ohne eigene Ideen zu entwickeln. Meine Treue gilt dem Thron, mein junger Freund, nicht der Frau, die ihn besetzt hält. Wäre Nibura fähig, den Feind mit ihren Plänen und Kämpfen und Spionagenetzen zu bezwingen, hätte sie es irgendwann in den letzten Jahrzehnten tatsächlich schaffen müssen, nicht wahr?"

Tirú wollte empört aufbegehren, doch Roji bewegte sich in seinen Armen und lenkte ihn damit ab.

„Was ist geschehen?", flüsterte er kaum hörbar, die Augen fest zusammengepresst, das Gesicht vor Schmerz verzerrt.

„Nichts weiter, mein Junge!", rief der Alte fröhlich. „Leider hast du meinen Fluchangriff überlebt und ich habe keine Energie zu verschwenden, um gegen deinen Beschützer anzutreten. Also muss ich wie zuvor geplant das Leben einiger meiner Tierfreunde opfern, damit Jahre der Vorbereitung endlich Früchte tragen können. Heute ist der Tag! Dies ist die Stunde, in der Jahre der Entbehrung Früchte tragen sollen, denn die Sterne stehen heute günstig und die Mächte des Himmels blicken allesamt wohlwollend auf mich herab."

„Nenn mir deinen Plan! Ansonsten werde ich mich gegen dich wenden und du musst deine Energien verschwenden!", fauchte Tirú und sprang auf. Einen Moment später musste er zurückweichen, denn ein Braunbär kam auf ihn zu.

Das gewaltige Tier stellte sich auf die Hinterbeine und grollte drohend.

„Er gehorcht mir", erklärte der Alte. „Deine Magie wird wohl reichen, um ihn abzuwehren. Allerdings ist das nicht mein einziger Helfer und du müsstest letztendlich deinen jungen Begleiter opfern. Sei ein guter Junge und setz dich wieder. Versuch nicht, den Helden zu spielen. Du siehst nicht danach aus, als hättest du sonderlich viel Erfahrung mit dem Verlust der Magie, der uns auf dieser Seite erwischt. Ich hingegen mache das seit Jahrzehnten durch."

Der Bär blieb in der Nähe. Sein Blick war tot und leer, es war deutlich, dass er keinen eigenen Willen mehr besaß und vermutlich würde ein kurzer Wink des Alten genügen, damit das Tier über Roji und ihn herfallen würde. Tirú setzte sich und zog Roji erneut beschützend in seine Arme. Der hing schwach und elend in seinem Griff, spürbar nicht in der Lage, auch nur einen einzigen Schritt zu laufen. Von Flucht konnte keine Rede sein. Wobei Tirú bezweifelte, dass sie einem Braunbären entkommen konnten, selbst wenn sie beide ausgeruht und gesund wären. Im Verwunschland waren diese Tiere jedenfalls schnell wie ein Zentaur, extrem ausdauernd und stark. Er wollte nichts riskieren und fälschlich annehmen, dass dieser Bär schwächer oder langsamer sein könnte, bloß weil ihm die Magie fehlte.

Es knackte bedrohlich im Unterholz. Einen Atemzug später schlich sich ein Wolfsrudel auf die Lichtung. Keiner der Wölfe blickte links oder rechts, ihre Bewegung wirkten seltsam steif, ihre Blicke waren ebenso tot wie die des Bären. Auch sie wurden von dem Alten kontrolliert.

„Ah, meine Freunde …" Mit traurigem Gesichtsausdruck und sparsamen Bewegungen der fleckigen, knotig geschwollenen Hände brachte er sie dazu, sich im Kreis um ihn herum niederzulassen. „Ich glaube nicht, dass es ein Zufall ist, dass ihr beiden ausgerechnet heute hier gelandet seid", sagte er in Tirús Richtung. „Die Magie verzichtet auf Zufälle, das habe ich im Laufe meines langen Lebens gelernt – auch wenn stets das Gegenteil behauptet wird und zu viele Leute glauben, die Magie sei ein einziger Zufall. Nein, so funktionieren diese Dinge nicht. Eher, dass die Magie gelegentlich einen Zufall zulässt, wenn er ihrem Zweck dienlich ist. Das bedeutet, dass ihr beide auserwählt seid, um zu beobachten, was ich lange geplant habe und heute umzusetzen gedenke. Erst dachte ich, dass eure Lebenskraft den

letzten Ausschlag geben würde, aber dem ist nicht so … Sei unbesorgt um den Jungen. Er wird sich erholen und ich werde euch das Leben lassen. Vielleicht kannst du mir sogar vergeben, dass ich euch beide angegriffen habe und du stellst mir deine Kraft freiwillig zur Verfügung?"
Tirú schüttelte langsam den Kopf.
„Hör auf zu schwatzen!", rief er. „Sag endlich, was du planst und tust und noch tun willst!"
„Es besteht ein großes Ungleichgewicht in der Verteilung der magischen Macht zwischen dieser und der unseren Welt", entgegnete der Alte. „Ich habe herausgefunden, dass dies geschah, als der große Exodus stattfand und fast alle Magier sowie sämtliche Kreaturen in das Verwunschland umgesiedelt sind. Auch vorher war die Magie mit großer Sicherheit auf dieser Seite des Schleiers schwächer, doch nicht in dem heutigen Ausmaß. Ich gedenke die magische Grenze zu sprengen, damit das Ungleichgewicht aufgelöst wird. Das wird alle möglichen Folgen nach sich ziehen und meinen Berechnungen nach dafür sorgen, dass die Menschen in meiner Gegenwart, die eineinhalb Jahrtausende in der Zukunft liegt, wenig bis gar keine Magie mehr beherrschen. Einige Mischkreaturen wie Zentauren werden aussterben, aber ich denke, dass ist ein vertretbarer Preis dafür, dass die Menschen keine solch mächtigen Magier mehr sein können. Ohne überbordende Magie gibt es auch keinen Grund für Krieg. Verstehst du meinen Plan?"
„Ich verstehe durchaus", murmelte Tirú, innerlich schwankend. Ihm gefiel die Idee, die dahintersteckte. Sie klang verlockend. Einfach. Magie weg, Krieg weg, Feind weg. Ein Gewinn für alle! Oder war es zu einfach? „Was ist mit dieser Welt? Was geschieht, wenn plötzlich stärkere magische Strömungen vorherrschen? Werden sich dann nicht Magier entwickeln? Neue magische Kreaturen?"
„Gewiss. Und das mag zu Unruhen führen, die nicht gänzlich zu verhindern sind. Letztendlich wird sich ein Gleichgewicht einpendeln. Die Himmelsmächte haben schon immer dafür gesorgt, dass das Leben gedeihen kann und sich alles entsprechend entwickelt. Ich kann nicht wissen, wie es ausgehen wird. Ich bin dennoch bereit, mein eigenes Leben dafür zu opfern, denn ja, es ist sehr unwahrscheinlich, dass meine Geburt erfolgen wird bei den massiven Veränderungen, die ich in der tiefen Vergangenheit veranlasse."
Er rammte seinen Gehstab in die Erde und ließ sich ächzend und stöhnend auf die Knie niedersinken. „Jahrzehntelang musste ich jeden Menschen

töten, der diesem gut ausgebauten Weg gefolgt ist, in dem Glauben, dass er ihn zu einer Siedlung oder sogar einer größeren Stadt führen wird. Tausende sind gestorben, um mit ihrer Lebenskraft die Macht zu nähren, die in diesem Stab gespeichert ist. Tausende ... Ich erinnere mich nicht an ihre Gesichter, ihre Namen. Am Anfang habe ich jede Nacht vor Scham geweint. Inzwischen ist es nichts anderes, als eine lästige Mücke zu erschlagen. Eine Notwendigkeit, weiter nichts ... Es ist durchaus gut, wenn ich nicht noch einmal geboren werde. Doch mein Werk wird Frieden bringen, das weiß ich! Rühr dich nicht vom Fleck, mein Freund, der Bär würde dich in Stücke fetzen. Ich spüre dein Entsetzen, ich weiß, dass du mich nicht unterstützen wirst."

Der Alte verfiel ins Schweigen. Er konzentrierte sich sichtlich, sein Gesicht zerfurchte sich, bis es kaum noch menschlich zu sein schien, die Hände krampften sich um den Stock. Blau knisternde Magie fraß sich durch die Luft und tötete das Wolfsrudel. In einem Moment saßen die schönen, graupelzigen Tiere noch auf der Lichtung und fokussierten den Alten. Im nächsten lagen sie still am Boden und atmeten nicht mehr länger.

Keuchend beobachtete Tirú, wie nebelartige Schleier von den Wölfen aufstiegen und zu dem Stab strömten – Lebensenergie, gewaltsam zu Magie umgeformt. Nichts wollte er lieber, als diesen Mann an seinem unheiligen Tun hindern.

Doch wann immer er sich regte, grollte der Bär eine Warnung und ihm war vollkommen klar, dass er mit seiner geringen Magie nichts würde ausrichten können.

„Er wird versagen", flüsterte Roji. Bleich und zittrig lag er über Tirús Beinen, wirkte allerdings schon wieder etwas lebendiger als noch vor einigen Minuten. Zumindest das war keine Lüge des Alten gewesen, Roji würde die Todesfluchattacke überleben. Mit Verzögerung begriff Tirú, was sein Gefährte gerade gesagt hatte.

„Wieso glaubst du, dass er versagen wird?", wisperte er. „Sein Plan ist ehrgeizig, verwerflich, die möglichen Folgen entsetzlich. Dennoch ..."

„Er wird versagen. Ganz einfach, weil es bereits geschehen ist. Du kennst die Geschichte meiner Seite, oder? Du weißt, worauf sich unsere Zeitrechnung bezieht?"

„Das Entzünden der Flamme? Ja, natürlich", entgegnete Tirú und furchte die Stirn. „Rund eintausendsechshundert Jahre vor meiner Geburt hat ein Blitz, geschickt von den Himmelsmächten, eine ewige Flamme entzündet, die seither nicht mehr aufgehört hat zu brennen und ..."

„Der Alte sprach von Tynballin! Das ist die Stadt, die von dem Blitz zerstört wurde, verbrannt bis auf die Grundmauern. Tausende Menschen und Tiere sind damals gestorben. Auf der Asche wurde die neue Königsstadt Narrathul errichtet, bis heute sitzt dort der König auf dem Wolfsthron. Und im Mittelpunkt lodert die ewige Flamme. Mein Vater hat mir Holzschnitte gezeigt, wie Tynballin ausgesehen hat, und einen Text vorgelesen, den ein Überlebender schrieb. Oder vielmehr übersetzt, denn die Sprache der damaligen Zeit könnte ich nicht verstehen. Im Gegensatz zu diesem Alten, der exakt so spricht wie wir beide."
Sie blickten auf den Mann, der umgeben von den Leichen der Tiere am Boden kauerte.
„Tynballin war sehr viel größer als Narrathul. Die heutige Königsstadt ist etwa fünfzig Meilen von meinem Heimatdorf entfernt – und nur vierzig Meilen von dem Fleck, wo zu meiner Zeit das Dorf Glorbyn liegt. Der Überlebende war weit, weit entfernt von Tynballin gewesen. Hundert Meilen oder mehr. Er sprach von verheerenden Bränden, die das gesamte Land zerstört haben." Roji packte Tirú hart am Kragen und zog ihn tiefer zu sich herab. „Wir müssen hier weg. Wenn der Blitz einschlägt, wird nichts mehr übrigbleiben. Halt ihn auf, diesen Narren, bevor wir alle sterben!"
„Hey!", schrie Tirú. Bei den Mächten, warum kannte er den Namen des Alten nicht?
Der Bär versetzte ihm einen beinahe spielerischen Hieb, der Tirú zu Boden schleuderte. Der Alte hingegen reagierte nicht. Tirú fasste Mut und setzte seine Magie ein, alles was er besaß. Der Bär fiel nieder, überwältigt von einem Schlafzauber, der ihm keinen weiteren Schaden zufügen würde. Roji schrie gellend auf.
Er wurde bleich wie Schnee, dann verdrehte er die Augen und sackte in sich zusammen, ohne vollständig das Bewusstsein zu verlieren. Verflucht! Es war ein klitzekleiner Schlafzauber gewesen, warum musste Roji dafür einen hohen Preis zahlen?
Leider musste das warten. Tirú ließ ihn los und hetzte auf den Alten zu, um ihn zur Not körperlich zu bezwingen, solange dieser zu abgelenkt war, um magisch auf ihn zu reagieren.
„Tu es nicht!", brüllte er. „Du wirst Tynballin vernichten! Du wirst das ewige Licht entzünden! Doch das wird nichts an der Magie und deren Verteilung ändern!"
Noch bevor er ausgesprochen hatte, schrie der Alte auf. Der Stab explodierte, eine gewaltige Entladung der Magie, die in den Himmel

hinaufschoss. Der Rückstoß war so gewaltig, dass Tirú zurückgeschleudert wurde und hart aufschlug.

„Ihr Mächte! Was hast du getan?", rief er und kämpfte sich auf die Beine. Als er den Alten erneut erreichte, fand er ihn nahezu ohnmächtig und dem Tode nah.

„Ich musste es tun." Der Alte lächelte, Glück und Frieden leuchtete in seinem Blick. „Mein Leben zählt nichts. Ich schenke unserer Welt Frieden. Wir werden in dieser Vergangenheit sterben und gar nicht erst geboren werden, wenn unsere Zeit eigentlich gekommen wäre.

Das bedeutet nichts weiter, als dass sich alles zum Guten wendet. Alles ist so, wie es sein soll ..." Seine Hand, die er nach Tirú ausgestreckt hatte, sank herab. „Bleibt ruhig hier in dieser Zeit und genießt das Wunder. Ihr könnt den Anbeginn noch mitverfolgen ... Vergiss meinen Namen nicht, mein Freund ... Mein Name ... Ich heiße Nakim."

Sein Kopf sank zur Seite, er verlor das Bewusstsein. Tirú hingegen wurde es kalt bis in die Knochen.

„Nein. Nein! Du kannst nicht ... Niemals!" Er starrte in das alte, zerfallene Gesicht, ausgezehrt von einem Leben, das dem Diebstahl von Energien gewidmet war. Nichts daran fühlte sich vertraut an.

Hätte er es nicht erkennen müssen, wenn er seinem eigenen Bruder gegenübergestanden hätte?

Unsinn. Sicherlich gab es dutzende Männer, die den Namen Nakim trugen, daran war nichts weiter ungewöhnlich!

Tirú quälte sich, versuchte sich an ein Gesicht zu erinnern, das er drei Jahrzehnte lang nicht mehr gesehen hatte. Das Gesicht eines Jungen, der starb, lange bevor er die Reifezeit erreichen konnte.

Es war unmöglich. Die Stimme, die Augen – nichts davon weckte eine Erinnerung in ihm. Er vergeudete bloß seine Zeit.

Allerdings – sein Bruder, er hatte einmal versucht, ein Rabengelege zu plündern, da war er wohl noch keine fünf Jahre alt gewesen. Die Elternvögel hatten ihn selbstverständlich attackiert und er hatte eine gezackte Narbe am Unterarm davongetragen, den er sich schützend über das Gesicht gelegt hatte. Eine Narbe, die wie ein trauriger Regenwurm aussah, als die Wunde geheilt war. Hilla hatte tagelang mit Nakim geschimpft und ihm wiederholt gesagt, dass er die Wunde zurecht davongetragen hatte. Dass er niemals wieder versuchen solle, ein Nest zu plündern, denn in jedem Ei steckte ein Leben, das Besseres verdiente, als von einem tölpelhaften Kind vernichtet zu werden.

Tirú riss an den Lumpen, die den Arm des Alten bedeckten. Entblößte die faltige Haut. Dort war er, der traurige Regenwurm.

„Nakim!", stieß Tirú atemlos hervor. Sein eigener Bruder, ein tausendfacher Mörder. Und gleich würde noch Schlimmeres geschehen, sollte Roji Recht behalten. Er tastete nach dem Herzschlag seines Bruders, einem uralten Greis, der als kleiner Junge gestorben war, rund eintausendsechshundert Jahre in der Zukunft. Das war zu verwirrend, um darüber nachdenken zu können.

Kein Herzschlag. Kein Atem hob die dürre Brust. Nakim war gestorben, ein weiteres Mal.

Oder war er etwa damals entkommen?

Vielleicht war er bloß bewusstlos gewesen und Tirú hatte lediglich geglaubt, er wäre tot wie alle anderen auch?

„Wir müssen fort."

Roji brach taumelnd neben ihm auf die Knie.

„Welchen Preis hast du gezahlt?", fragte Tirú besorgt.

„Ich weiß es nicht. Mein Rücken ... Er steht in Flammen. Vielleicht habe ich ebenso ein Mal davongetragen wie du."

Der Himmel war in den letzten Minuten beständig dunkler geworden. Gewaltige Wolkenberge schoben sich über ihren Köpfen voran, türmten sich hoch und immer höher.

„Ein Blitz wird kommen, zu vernichten die Stadt. Tynballin die Große, von den Göttern dem Untergang geweiht. Und Schreie aus zehntausend Kehlen gellen in die Höhe, als die ewige Flamme entfacht, um zu brennen, wie es den Himmelsmächten gefällt", flüsterte Roji.

Die Legende von der großen Flamme – in ähnlichem Wortlaut war sie auch Tirú erzählt worden.

„Können wir die Uhr benutzen?", fragte er.

„Nur wenn uns keine andere Wahl bleibt", entgegnete Tirú. „Es ist sicherer, die Bilder meiner Mutter zu nehmen. Sicherer, dass wir in der richtigen Zeit landen. Zumal wir dann auch den Ort wählen können."

Sie blickten einander an.

Rund eineinhalb bis zwei Meilen war das Herrenhaus entfernt.

Wortlos sprangen sie auf die Füße und begannen zu rennen.

Tirú widerstand dem Impuls, sich ein letztes Mal umzudrehen.

Sein Bruder war tot, genau wie die Wölfe, die er für sein schreckliches Magieritual umgebracht hatte.

Der Wahnsinn hatte die Vorherrschaft an sich gerissen ...

Die Luft summte und knisterte. In der Ferne grollte Donner. Kein Wind war zu spüren, nicht der geringste Hauch. Das war beängstigender, als ein ausgewachsener Sturm es je sein konnte.

Noch während sie den Hügel hinabeilten, den sie sich vorhin hinaufgemüht hatten, glühte der Himmel mit einem Mal in einem kranken Violett. Ein Blitz zuckte hinab in die Tiefe. Unwillkürlich blieben sie stehen, unfähig weiterzulaufen, während über ihnen eine Urgewalt entfesselt wurde. Es war kein gewöhnlicher Blitz, der schon wieder verschwand, noch während man hinsah. Das grelle Licht strömte herab, loderndes Weiß, mit blauen Funken an den Rändern. Ein Donnerhall folgte, laut genug, als würde ein Berg in Stücke gerissen.

„Lauf, lauf, lauf!", brüllte Tirú und zerrte Roji am Arm mit sich. Sie hatten den Hügel fast geschafft, als das Himmelsleuchten erstarb und es schlagartig nahezu vollkommen finster um sie herum wurde. Hinter ihnen glomm etwas in weiter Ferne. Ein warmes, gelb-orangenes Leuchten. Es sah friedlich und schön aus, jene Feuerwalze, die gerade Tynballin vernichtet hatte und sich nun in sämtliche Himmelsrichtungen ausbreitete. Einander an den Händen haltend rannten sie, verzweifelt, atemlos, im Wettkampf gegen das Feuer. Tiere wuselten um sie herum, Kaninchen, Marder, Füchse, Rehe, Vögel aller Art. Auch sie flohen, rannten und flogen um ihr Leben.

Das Leuchten wurde heller.

Es erleichterte die Flucht durch den Wald, denn so konnten sie erkennen, wo sich Wurzeln und Steine am Boden befanden.

Wind kam auf. Er trug Hitze mit sich, den Gestank nach Rauch und verbranntem Leben.

„Schneller!", brüllte Tirú, als Roji ins Taumeln geriet. Er riss ihn mit sich, bereit ihn zu tragen, sollte es keine andere Möglichkeit geben.

Der Himmel stand in Flammen. Zumindest schien es so zu sein, denn der Widerschein der Feuerwalze leuchtete bis hinauf zu den Wolkengebirgen. Ein widernatürliches Rauschen war zu hören. Die Erde bebte. Unmittelbar vor ihnen stürzte ein Baum um. Sie sprangen über den Stamm hinweg, rannten blindlings voran, längst weit von dem Pfad entfernt, der sie zu Nakim geführt hatte.

Funken flogen.

Der Lärm war ohrenbetäubend und das anhaltende Beben der Erde würde sie jeden Moment zu Fall bringen, und dann war es vorbei und …

Tirú prallte gegen eine Mauer. Sie hatten das Grundstück erreicht!

„Hoch!", brüllte er. Notwendig war es nicht, Roji kletterte bereits, was Äste und Wurzeln und Gestrüpp hergaben. Kein einziges Blatt ragte über die Mauer hinaus. Kein Tier schaffte es, die Mauer zu überwinden. Tirú sah Vögel, die die Mauer zu überfliegen versuchten und vom Abwehrzauber fortgelenkt wurden.

Zeitgleich erreichten sie die Mauerkrone. Tirú wandte den Kopf. Er starrte auf eine himmelhohe Wand aus Feuer. Die Hitze müsste sie längst umbringen, doch er spürte nichts. Kein Beben, keine Hitze, nichts davon. Roji klammerte sich schreiend an ihn. Gemeinsam sahen sie zu, wie das Flammenmeer gegen die Mauer brandete, ohne sie erreichen zu können. Schließlich ertrug Tirú es nicht mehr länger. Er zerrte Roji mit sich und sprang gemeinsam mit ihm auf der anderen Seite hinab. Sie hatten es geschafft. Sie hatten das Entfachen der ewigen Flamme überlebt.

Kapitel II

Roji stöhnte leise vor Wohlbehagen.
Bránn, der unglaublich hässliche Kobolddiener von Tirú, stand hinter ihm und verteilte Heilsalbe auf der Brandwunde, die der Schlafzauber gegen den Bären bewirkt hatte. Diese Salbe musste ein Geschenk der Himmelsmächte sein! Sämtliche Schmerzen verflüchtigten sich zu einem kaum noch spürbaren Nichts, sie kühlte und duftete zudem angenehm. Wundervoll.
Neben ihm stand Tirú, der sich seines Hemdes entledigt hatte, damit die drei kritischen Gnomwächter beurteilen konnten, ob die Brandmale tatsächlich identisch waren.
Tirú und er waren nach erfolgter Flucht sofort zum Haus gelaufen, wobei Roji auf den letzten Schritten so viel Hilfe benötigt hatte, dass sein Gefährte ihn praktisch tragen musste. Die Schwäche war mitsamt der Übelkeit sofort verschwunden, nachdem sie ins Verwunschland zurückgekehrt waren.
Was für ein hinterhältiger Fluch das doch gewesen war!
Hier, auf der anderen Seite, war es früher Morgen, darum befanden sich die Gnome mit bei ihnen in Tirús Schlafraum. Die Nymphe Elryka schwärmte aufgeregt um sie herum und versuchte jedem Anwesenden Essen aufzuschwatzen. Es war verwirrend, sie in ihrer beinahe überirdischen Schönheit zu erblicken und zugleich mit ihrer geistig eingeschränkten, mütterlichen Persönlichkeit konfrontiert zu sein. Seltsam, wie verschwendet Schönheit sein konnte, wenn es keinen erkennbaren Nutzen besaß.
„Diese Male sind tatsächlich vollkommen identisch", sagte Agus. „Hast du so etwas schon einmal gehört, Frau Eule?"
Eine bildschöne Waldohreule hockte auf dem Fensterbrett und verputzte die Fleischreste, die die Nymphe ihr in einer Schale bereitgestellt hatte.
„In der Magie ist grundsätzlich alles möglich und denkbar", erwiderte sie. „Dennoch stimme ich zu, dass an dieser Geschichte jedes einzelne Detail äußerst ungewöhnlich zu nennen ist."

„Warum war die Magiestrafe so hart, obwohl ich nichts weiter als einen kleinen Schlafzauber gewirkt habe?", fragte Tirú. „Bei meinem eigenen Mal hatte ich mich bemüht, Roji zu heilen, der mehr oder weniger im Sterben lag; in diesem Fall sehe ich die harte Auswirkung durchaus ein."

„Es ist wenig erforscht, was das Wirken von Magie auf der anderen Seite angeht", sagte die Eule. „Ein Gespräch mit Eurer verehrten Mutter, Meister Tirú, wäre da äußerst aufschlussreich, wenn es möglich wäre. Immerhin war sie extrem erfolgreich darin, Magie in ihre zahllosen Gemälde fließen zu lassen."

„Und dabei haben wir niemals beobachtet, dass irgendjemand oder -etwas den Preis dafür zahlen musste", brummte Fjork.

„Es ist spannend, in der Tat." Die Eule plusterte sich auf, nachdem sie ihre Mahlzeit beendet hatte, und hüpfte auf eine Stuhllehne, wodurch sie näher an sie herankam.

„Wesentlich spannender finde ich die anderen Aspekte unseres Erlebnisses." Tirú hielt ihm das Hemd hin, das Roji dankbar annahm und über seinen Kopf streifte. „Zum einen waren wir Zeugen, wie ein Magier nach jahrzehntelanger Vorbereitung versuchte, einen Fluch zu wirken, um die Geschichte beider Welten grundlegend zu verändern. Am Ende hat er nichts erreicht, außer das zu tun, was bereits zuvor geschehen ist – eine Zeitschleife, in der er nun auf ewig gefangen sein wird, dazu verdammt, dieselbe Tat wieder und wieder zu begehen und grundlegend zu scheitern. Zeitschleifen sind das, was man als frommer Mensch zu erwarten hat – sofern man fromm ist. Das Schicksal ist festgelegt, die Himmelsmächte lassen nicht mit sich handeln und jeder Versuch, etwas anderes zu tun als das, was bereits vor der Geburt unausweichlich feststand, ist zum Scheitern verdammt. So will es der Glauben, der sich schwierig widerlegen lässt."

„Andererseits war es dein totgeglaubter Bruder, der dir dort begegnet ist, überaus lebendig und rund achtzig Jahre älter, als du ihn in Erinnerung hattest", sagte Agus, der sich wohl nicht entscheiden wollte, ob er seinen Herrn duzte oder mit Ehrentiteln ansprach.

„Er muss überlebt haben", murmelte Tirú. „Wäre das möglich, Frau Eule? Den Angriff eines Zytlors zu überleben?"

„Denkbar, durchaus." Die Eule legte den Kopf schräg und stieß einige seltsam gurrende Laute aus. „Ein Zytlor ist ein mächtiger Dämon, der auf der anderen Seite rasch an Macht verliert und sich vollständig auflöst. Vielleicht war Euer Bruder der Letzte, den er attackiert hat und musste aufgeben, weil ihn die Kraft verließ. Als Ihr den Saal betratet, schien Nakim wie alle anderen tot zu sein, stattdessen war er sehr geschwächt und ist später wieder erwacht ... Ja, das wäre denkbar."

„Ich glaube es nicht." Madrow schüttelte energisch den Kopf. „Wir Gnome sind über den Bluteid an diese Familie gebunden. Wir spüren, ob ein Mitglied lebt oder tot ist, wenn wir vor ihm stehen. Auf Entfernung verzögert sich diese Gewissheit, aus der Nähe gibt es keinen Zweifel. Nakim war tot. Nicht halbtot, nicht größtenteils tot, sondern ganz und gar von uns gegangen."

„Wie kann ich ihm dann begegnet sein?", hielt Tirú dagegen.

„Es könnte einen Irrtum Eurerseits darstellen, aufgrund des gleichen Namens und der Narbe darauf zu schließen, dass es sich bei dem bedauerlichen Magier um Euren Bruder handelte. Narben im Bereich der Arme sind gewöhnlich für Menschen", sagte die Eule. „Die andere Möglichkeit wäre, dass es mehrere Zeitlinien gibt. Eine Linie, in der Euer Bruder starb und eine zweite, in der er überlebte."

„Und wie sollen sich diese unterschiedlichen Linien kreuzen?" Tirú schnaubte. „Ausgeschlossen, das gebietet jegliche Logik."

„Die Uhr, Meister." Die Eule nickte mit dem Schnabel zu Tirús Taschenuhr, die er mit der Kette gesichert bei sich trug. „Sollte Meister Nakim in der anderen Zeitlinie, die für sein Überleben sorgte, dieses magische Artefakt genutzt haben, würde es möglicherweise eine Überschneidung verschiedener Linien verursachen. Diese Uhr ist ein Meisterwerk der Magie. Das muss sie schon deshalb sein, weil für ihre Erschaffung eine der Hauptinseln im Gharischen Meer versenkt wurde. Hunderttausende Kreaturen und Menschen sind gestorben, es war ein Massaker, ein großes, großes Opfer. Sie ist mächtig genug, um das Undenkbare zu schaffen."

„Verschiedene Zeitlinien ... Die Mächte stehen mir bei." Kraftlos ließ Tirú sich auf das Bett sinken. Er wirkte erschöpft.

„Wie wollt Ihr weiter verfahren, Meister?", fragte die Eule.

„Roji und ich werden jetzt erst einmal etwas essen und schlafen. In dieser Zeit überbringst du Königin Nibura den Bericht von dem, was geschehen ist. Mein Plan sieht vor, ein weiteres Mal auf die andere Seite zu springen, wieder mithilfe der Uhr. Unabhängig davon, welche Zeitebene außerhalb des Hauses vorherrschen wird, werde ich erfahren, in welcher Zeit ich in das Haus zurückkehre. Ob es meine Gegenwart sein wird, also dreißig Jahre, nachdem ich meine tote Familie zurückgelassen habe. Oder ob ich in genau dem Moment wieder auftauche, nachdem ich damals fortgegangen bin. In dem Fall wären die Leichen in frischem Zustand und ich könnte überprüfen, ob Nakim tot ist oder nicht. Lass mich wissen, was die Königin dazu zu sagen hat."

„Ich höre und gehorche, Meister Tirú." Die Eule flatterte durch das offene Fenster und verschwand in Windeseile.

„Ist das so ungewiss, was die Uhr mit dir macht?", fragte Roji verwirrt.

„Mich hat sie doch auch in meine Gegenwart zurückversetzt. Warum sollte sie dich in die Vergangenheit bringen?" Er fühlte sich kläglich überfordert von all diesen magischen Zeitlinien und Überkreuzungen.

„Du hast das Haus lediglich dieses eine Mal betreten und genau dorthin hat die Uhr dich transportiert. Mein Vater, der die Uhr ständig nutzte, schaffte es stets, bloß wenige Stunden nach seinem Aufbruch von unserem Zuhause zurückzukehren. Egal ob er Wochen oder sogar Monate in der Außenwelt oder im Verwunschland gewesen war, bei seiner Rückkehr war selten mehr als ein halber Tag vergangen", erklärte Tirú.

„Mehrfach blieb der Herr über Nacht weg", sagte Agus. „Bei diesen Gelegenheiten war er mehrere Jahre im Verwunschland. Es ist also nicht wirklich ungewiss, was geschieht, wenn Meister Tirú die Uhr benutzt. Er wird in einer Zeit das Haus betreten, in der seine Familie höchstens wenige Tage lang tot ist. Es wäre höchst verwirrend, wenn tatsächlich dreißig Jahre vergangen sein sollten und wir womöglich Euch begegnen, junger Herr Roji, noch bevor Ihr das erste Mal durch das Eulenportal stolpert."

„Ausschließen lässt es sich allerdings nicht", grollte Madrow. „Die Magie hat gerne ihren eigenen Kopf."

„Wir warten, welchen Befehl die Königin erteilen wird." Tirú wandte sich Roji zu und musterte ihn aufmerksam. „Sind die Schmerzen jetzt wenigstens etwas erträglicher?"

„Mir geht es gut", versicherte Roji schnell.

„Nein, tut es nicht. Du bist bleicher als die Wand. Wir sollten uns ausruhen. Agus, ruf die Zentauren zusammen und bitte sie, besonders aufmerksam zu wachen. Wir dürfen nicht vergessen, dass der Feind durch Rojis Ankunft aufgescheucht worden ist."

„Bislang war es sehr ruhig. Aber Ihr habt recht, Wachsamkeit ist notwendig. Ich werde auch ein Schwätzchen mit den umliegenden Feenvölkern halten, die sind uns allesamt wohlgesonnen, weil wir nachts immer auf sie aufpassen."

Die Gnome verschwanden und nahmen sowohl Bránn als auch die Nymphe mit. Zurück blieben schüsselweise Essen und Stille. Eher lustlos nahm sich Roji etwas von dem bunten Gemüseallerlei. Es schmeckte unglaublich köstlich, die Nymphe war eine Himmelsmacht der Kochkunst. Dennoch war er schlichtweg zu müde, um sich daran erfreuen zu können. „Komm und wasch dich", sagte Tirú und füllte ihm Wasser in eine Schüssel. Er selbst hatte sich bereits soweit gereinigt, dass er nur noch mit einem Leibtuch bekleidet ins Bett gehen konnte.

Roji dachte an den Kuss. Er wünschte, es gäbe einen weiteren. Vielleicht nicht jetzt, im Moment war er erschöpft bis in die Knochen, so sehr, dass jede Bewegung schmerzte und er sich mit Gewalt zwingen musste, zumindest den gröbsten Dreck von Gesicht, Händen und Armen zu waschen. In ein paar Stunden hingegen, wenn sie geschlafen hatten und die Welt wieder ein freundlicherer Ort zu sein schien …

Nein.

Tirú hatte sich ihm gegenüber nicht so verhalten, als hätte er Interesse daran, den Kuss zu wiederholen. Vermutlich würde die wunderbare Heilsalbe in einigen Stunden gar nicht mehr wirken, wodurch die Schmerzen zurückkehren würden.

Ach, er sollte das Denken sein lassen, oder?

Er war gefangen in einem Albtraum und nichts konnte ihn zurück nach Hause bringen. Gar nichts.

Er würde hier zugrunde gehen und sein Vater niemals erfahren, was mit ihm geschehen war.

Roji legte sich in das bequeme Bett und drehte Tirú den Rücken zu. Da wollten einige müde Tränen aus seinen Augen fließen und es war besser, wenn er sich nicht dabei beobachten ließ.

Tirú wachte von einer ruckartigen Bewegung neben sich auf.

Sofort war er kampfbereit, doch nach weniger als einem Herzschlag wusste er, dass es lediglich Roji gewesen war, der im Schlaf gezuckt hatte. Ein Albtraum? Vermutlich schon. Der arme Kerl hatte genug in sehr kurzer Zeit erlebt, um für den Rest seines Lebens Albträume nähren zu können.

Tirú streckte sich und gähnte. Er fühlte sich wesentlich besser als zuvor. Das Licht, das schwach durch einen Spalt zwischen den schweren Vorhängen am Fenster hindurchsickerte, bezeugte, dass sie mehrere Stunden geschlafen haben mussten.

Er stützte sich hoch und betrachtete Roji, der inzwischen mit dem Gesicht zu ihm lag. Zum Einschlafen hatte er sich abgewandt und vermutlich geglaubt, dass Tirú nichts davon mitbekommen würde, wie er still in sein Kissen geweint hatte. Armer Roji. Er war zu alt, um sich hinsetzen und losschluchzen zu dürfen, wann immer er das Bedürfnis danach hatte, und noch zu jung, zu wenig abgestumpft vom Leben, um ohne Tränen durchzukommen. Für Tirú war es damals einfacher gewesen, als er in diesem Albtraum gestrandet war. Niemand hatte erwartet, dass er sich von heute auf morgen zum tapferen Krieger wandeln könnte.

Wie hübsch er doch war! Tirú widerstand mühsam dem Impuls, über Rojis im Schlaf entspanntes Gesicht zu streicheln. Der Faun, mit dem Tirú sich das eine Mal eingelassen hatte, war schöner gewesen. Wilder, markanter, männlicher. Beinahe vollkommen. Davon war Roji weit entfernt. Seine Nase war zu stupsig, seine Gesichtszüge zu jung, zu weich. Und dennoch würde Tirú jeden Faun des Verwunschlandes achtlos stehen lassen, um noch einige Minuten länger Rojis schlafendes Gesicht betrachten zu dürfen. Einfach weil Roji Herz und Seele besaß, mutig gegen seine Ängste anzukämpfen versuchte, sich mehr als einmal um ihn, Tirú, besorgt gezeigt hatte. Kein Faun konnte so etwas anbieten. Leidenschaftliche Nächte, ja, das bekam ein Mann, der mit der zarten Weichheit eines Frauenkörpers nichts anzufangen wusste. Leidenschaft allein konnte den Hunger der Seele nach wahrer Nähe nicht stillen.

Tirú seufzte lautlos in sich hinein. Konnte denn Roji diesen Hunger stillen? Es waren nicht bloß siebzehn Jahre Lebenserfahrung, die zwischen ihnen lagen, sondern eine ganze Welt.

Roji furchte die Stirn und murmelte etwas Unverständliches. Seine Hand, die in seiner Schulterbeuge lag, zuckte.

„Hey." Tirú berührte ihn sanft, legte seine Hand über Rojis. Der schlug erschrocken die Augen auf. Es dauerte zwei Herzschläge, bis sich die Furcht und Anspannung in den blauen Tiefen in ein Lächeln wandelten.

„Müssen wir aufstehen?", fragte Roji leicht verschlafen.

„Bis jetzt noch nicht. Niemand greift an, kein Bote der Königin hat unverzüglichen Einlass verlangt und soweit ich meiner Nase trauen kann, steht das Dach nicht in Flammen."

„Oh. Das gefällt mir." Roji ließ sich von der Matratze fallen und verschwand, zweifellos, um Unaufschiebbares auf dem Abtritt zu erledigen. Als er zurückkam, noch immer mit nichts als einem verknitterten Leibtuch und einem ebenso schlafverknitterten Gesicht bekleidet, wusch er sich kurz und brachte dann das Tablett mit den Essensschüsseln und Trinkbechern mit.

„Frühstück?", fragte er lächelnd und schlüpfte zurück unter die Decke. Sie aßen und tranken schweigend. Tirú gab sich seinen eigenen Gedanken hin, bis ihm bewusst wurde, dass Roji ihn beobachtete. Er erwiderte den Blick, was Roji dazu brachte, verlegen den Kopf abzuwenden.

„Was ist mit dir?", fragte Tirú, fasste ihn am Kinn, brachte ihn dazu, ihn wieder anzusehen.

„Ich …" Roji errötete heftig. „Ich wünschte … Würdest du … also vielleicht … Würdest du mich noch einmal küssen?"

„Es war ein Fehler, dass ich dir das angetan habe", entgegnete Tirú sehr ernst. Er sammelte die leeren Schalen ein, brachte das Tablett mit dem Geschirr zum Tisch und kehrte dann ins Bett zurück. Roji hatte sich keine Haaresbreite bewegt. Tirú ergriff seine Hände, lehnte sich Stirn an Stirn gegen ihn. „Ich bin eine seltsame Laune der Natur", flüsterte er beschämt. „Ich begehre Männer statt Frauen. Das ist nicht, was die Himmelsmächte gefügt haben. So kann es keine Kinder geben. In der Verwunschwelt sterben sowieso zu viele der Kleinen und es ist kaum möglich, sie zu schützen. Wenn ein Mann wie ich sich weigert, das Seine zu tun, wird es noch weniger Menschen geben."

Roji schmiegte sich an ihn, dieser schuldlose Junge, der wohl nicht begriff, was er mit dieser tröstenden Geste anrichtete.

„Wartet denn keine tüchtige Frau daheim auf dich?", stieß Tirú bebend hervor. „Das, was ich mir von dir wünsche, das ist … nicht richtig. Bislang habe ich es nur in den Armen eines Walddämons gefunden, dem es gleichgültig war, ob ich Mann oder Frau bin. Er hat mir Lebenskraft gestohlen und Leidenschaft geschenkt, was … der bislang schönste Fehler meines Lebens war. Ich will keinen weiteren begehen, nur weil du neugierig bist und dich womöglich nach Trost und menschlicher Wärme sehnst, weil du deine Heimat verloren hast und von mir abhängig bist, um überleben zu können und …"

„Bitte!", flüsterte Roji. „Keine Frau wartet auf mich. Keine hat mich jemals gelockt. Ich war immer für mich allein und ich konnte mir noch nie vorstellen, mein Leben mit einer Frau zu teilen. Der Priester meinte, ich wäre einfach langsam damit, die Kindheit hinter mir zu lassen. Aber vielleicht bin ich wie du? Irgendwie anders. Die Himmelsmächte schicken doch die Seelen zu uns hinab. Vielleicht mischt sich da schon einmal etwas? Ich weiß es nicht. Bitte hilf mir, Tirú. Ich möchte nur einen Kuss."

Wie sollte man so viel Unschuld fortstoßen? Tirú konnte es nicht. Also zog er Roji zu sich hoch und küsste ihn. Auch diesmal wollte er zart und zurückhaltend bleiben, doch Roji durchkreuzte den Plan, indem er ihm entgegenkam und die Arme um Tirús Nacken schlang. Es geschah ganz von allein: Rojis Lippen teilten sich und schon berührten sich ihre Zungen. Erschrocken zuckte Roji zurück und starrte ihn aus großen Augen an.

„Das ist … seltsam", sagte er und lächelte dann strahlend. „Seltsam und intensiv und … gut?"

„Willst du es noch einmal versuchen? Damit du dir sicher sein kannst, ob du es magst?" Tirú strich ihm durch das Haar. Der Faun hatte ihm keine Zeit gelassen, zu zweifeln oder Dinge zu hinterfragen oder wenigstens kurz innezuhalten, um die ganzen neuen Empfindungen zu verkraften. Er war wie ein Orkan über Tirú hinweggerollt und hatte ihn in einem Wirbel der Leidenschaft mitgerissen. Diese Zärtlichkeit hier, das langsame Herantasten, es gefiel ihm sehr viel besser.

„Wir müssen dabei nicht sitzen", sagte er. „Auf Dauer wird das wohl anstrengend." Er zog Roji zurück in die Kissen und schmiegte sich seitlich an ihn. Erst als sie es beide bequem hatten, gab er ihm einen kleinen Kuss auf die Nase, was Roji zum Lächeln brachte, und eroberte danach erneut seine Lippen. Langsam umtanzten sich ihre Zungen, was funkensprühende Erregung in seiner Körpermitte auslöste.

Er streichelte über warme, nackte Haut, hielt ihn eng an sich gedrückt und verlor sich in diesem süßen Sehnen, dem Ziehen in seinem Bauch, dem harten Pochen zwischen den Beinen.

Roji seufzte und stöhnte hauchleise. Auch er war hart und begann sich mit einem Mal gegen Tirús Schenkel zu reiben.

Lächelnd schob Tirú ihn von sich.

„So nicht, mein Schöner", sagte er und streichelte ihm über die Wangen. „Vielleicht werden wir diese Reise gemeinsam beenden – irgendwann. Aber nicht jetzt."

„Ich mag es zu küssen", murmelte Roji. „Ich mag es sehr. Ich mag es, wenn du in mir bist."

„Ich will noch viel tiefer in dich eindringen. Sobald du bereit dafür bist. Ich will es langsam angehen. Bei mir war es viel zu schnell und so unglaublich befriedigend die Nacht mit dem Faun auch war, sie hat mir nicht gut getan. Vertrau mir in dieser Sache."

Roji schmollte ein wenig, was unglaublich entzückend aussah.

Dann nickte er und seufzte.

„Wir müssen dann also jetzt aufstehen?", fragte er. „Nachsehen, ob die Eule schon zurückgekommen ist? Uns bereitmachen für die nächste magische Reise?"

„Ja. Das sollten wir wohl tun." Tirú brauchte seine ganze Kraft, um sich von dieser puren Versuchung loszureißen und aufzustehen. Seltsame Dinge geschahen gerade mit ihm. Er fühlte sich so viel leichter als sonst. Als sein Blick mit Rojis zusammentraf, mussten sie beide lächeln. Alles das, was ihn sonst in jedem wachen Moment seines Lebens beschäftigt hatte, bedeutete ihm plötzlich gar nichts mehr. Der Feind. Die Gefahren. Magie. Die Königin. Nichts davon war noch wichtig, solange er Roji anschauen und mit ihm gemeinsam strahlen konnte.

Das war gefährlich.

Seltsam.

Ein Fehler, ein großer Fehler, der möglicherweise Opfer verlangen würde.

So intensiv.

Und wirklich, wirklich gut.

Kapitel 12

Sie betraten das Arbeitszimmer in dem Moment, als draußen vor dem Fenster eine Gestalt auftauchte, die zu groß für eine Eule war: der Drache der Königin!
Tirú ließ das übellaunig fauchende Geschöpf ohne zu zögern herein, obwohl Roji durchaus das Gefühl hatte, dass dies vielleicht keine gute Idee sein könnte.
„Die Königin hat sämtliche erreichbaren Eulen des Landes in einen Raum gesperrt, damit diese Dummschwätzer über das Zeitlinienproblem nachdenken, das du beobachtet haben willst, Tirú!", zischte der Drache. Kleine Rauchwölkchen stiegen aus seinen Nüstern hervor. „Ich soll euch begleiten, wenn ihr gleich das nächste Mal die Uhr einsetzt. Erstens sollt ihr euch überzeugen, ob Nakim tatsächlich gestorben ist und zweitens draußen nachforschen, in welcher Zeit euch die Uhr hinauslässt. Es war ihrem Geschmack nach zu gezielt, dass du deinem tot geglaubten Bruder begegnet bist. Sprich, es könnte sein, dass es weitere bedeutsame Begegnungen gibt. Es wäre auch nicht das erste Mal, dass magische Artefakte ein eigenes Bewusstsein entwickeln."
„Und warum kommst du nun genau mit? Als unabhängiger Beobachter?", fragte Tirú scharf.
„Warum wohl sonst? Ich habe Schöneres zu tun, als mit euch beiden auf der Seite der Magielosigkeit durch die Zeit zu springen. Was nicht einmal gegen euch gerichtet ist, ihr seid tatsächlich für Menschen recht possierlich. Zeitreisen hingegen sind eine äußerst üble Idee und ich hasse den Gedanken, mich auf der anderen Seite aufhalten zu müssen."
Da konnte Roji nicht einmal protestieren, er war ebenfalls davon überzeugt, dass man so etwas wie Zeitreisen besser nicht tun sollte. Doch es war bereits getan worden und er sah die Notwendigkeit ein, nach Nakim zu schauen.
„Warum lässt du den Jungen nicht zurück?", fragte der Drache und musterte Roji. „Wenn alles gut geht, dauert der kleine Ausflug weniger als zehn Minuten. Wenn es schlecht geht, kann er dir nicht weiter behilflich

sein und ist schlimmstenfalls der Klotz an deinem Bein, der dich in Schwierigkeiten bringt."

„Bei unserem ersten kleinen Ausflug ist er zwar in Schwierigkeiten geraten, doch das war nicht seine Schuld", entgegnete Tirú würdevoll. „Der Feind hat es auf ihn abgesehen. Ich will ihn nicht hier zurücklassen, nicht einmal für eine solch kurze Angelegenheit. Die Gnome sind in ihrer Tagform zu sehr geschwächt und auch wenn ich den Zentauren blind vertraue, sie besitzen nicht die Vorstellungskraft und Findigkeit meiner Wächter."

„Wenn du solch große Stücke auf die drei hältst, dann nimm sie ebenfalls mit", zischelte der Drache, flatterte auf und landete auf Rojis Schulter. „Ich werde auf dich aufpassen, Herzchen. Nicht unbedingt, weil ich das will oder über deinen Verlust weinen würde. Aber auf dich aufzupassen bedeutet offenkundig, Tirús Chancen auf Überleben zu erhöhen, und sein Talent wird noch benötigt."

Roji starrte den kleinen Drachen befremdet an, der sich um seine Schultern ringelte. Überraschend schwer war dieses Geschöpf, das ihn mit einem überheblichen Blick bedachte, bevor es sich abwandte und einen lauten Pfiff ausstieß.

„Hört auf, euch zu verstecken, Gnome! Ich kann euch riechen!", rief er. „Ist doch schön, wenn ihr bereits wisst, worum es geht, dann verlieren wir keine Zeit mit unnötigen Erklärungen."

Agus, Fjork und Madrow purzelten nacheinander von der Fensterstange herab, an der ein dunkler Vorhang befestigt war.

„Unnötige Erklärungen sind stets aufschlussreich", sagte Agus. „Man lernt so viel durch das, was ausgelassen oder hinzugefügt wird im Vergleich zu dem, was man vorher bereits erlauscht hat."

„Nehmt euch bei den Händen und haltet euch an Roji fest!", kommandierte Tirú. Ein nachsichtiges Lächeln lag um seine Mundwinkel, das bewies, wie gut vertraut ihm die Marotten seiner Gnomwächter waren. Roji legte ihm eine Hand auf den Arm. Der kleine Drache – jetzt fiel ihm der Name wieder ein, Zziddra hieß dieses Geschöpf, das nicht allzu viele weibliche Qualitäten besaß, jedenfalls nicht aus menschlicher Sicht – Zziddra also krallte sich mit mehr Nachdruck als notwendig an ihm fest. Auch die Gnome klammerten sich ziemlich heftig an seine Beine. Anscheinend wollte keiner unterwegs verloren gehen. War das bei einer magischen Reise überhaupt möglich?

Tirú zückte die Uhr seines Vaters. Die Eule leuchtete auf und hieß sie freundlich einzutreten, wie bereits gewohnt.

Ein Ruck.
Es wurde dunkel.
Angst rauschte über Roji hinweg, plötzlich und ohne erkennbaren Grund. Dann erreichten sie die andere Seite. Seine Welt. Er war zurück, ohne zu Hause angekommen zu sein.

Sie landeten vor der Tür des kleinen Saals.
Tirú schaute sich verwirrt um. Es war wärmer als erwartet und die Luft wirkte frisch und unverbraucht auf ihn. Sollten nicht etwa zwei, drei Wochen seit dem tödlichen Angriff auf seine Familie vergangen sein? Es traf ihn sehr viel härter als seine erste Rückkehr unter Rojis Magie. Da war er auf Staub und Verfall gestoßen. Ein gnädiger Schleier, der sich über die Erinnerungen gelegt hatte und dadurch den Schmerz dämpfte. Das hier hingegen ... Es fühlte sich an, als wäre er schlagartig wieder sieben Jahre alt. Alles war so wie damals. Sein zu Hause. Es roch genauso wie in seiner Kindheit. Der vertraute Geruch, er erschütterte ihn bis in die Knochen.
„Tirú."
Beinahe hätte er laut geschrien, als Agus ihm in tröstlicher Geste eine Hand auf das Knie legte. Genauso wie er fast geistig darüber gestolpert wäre, wie klein der Gnom war. Früher ... damals ... da hatten sie ihn mit Leichtigkeit an die Hand nehmen können. Er war seitdem gewachsen, und das nicht bloß in die Höhe. Doch egal wie groß er geworden, wie viele Jahre vergangen waren, er durchlitt denselben Horror wie vor dreißig Jahren bei dem Gedanken, durch die Tür gehen zu müssen. Mit dem Unterschied, dass er damals nicht gewusst hatte, was ihn auf der anderen Seite erwartete. Heute wusste er es genau. Er erinnerte sich so scharf und deutlich an die puppengleichen, entsetzlich toten Gesichter, als hätte er den Saal erst vor einer Minute verlassen. Heute konnte er sich nicht einreden, dass irgendwie alles gut werden würde. Dass es nicht so schlimm sein konnte, wie er zuvor befürchtet hatte. Er wusste, dass es viel, viel schlimmer war. Zu entsetzlich, um daran auch nur denken zu wollen.
„Wir sollten es nicht hinauszögern, Herr", flüsterte Fjork und Madrow nickte bekräftigend. Tirú wusste das. In ihm zitterte alles. Der siebenjährige Junge, der seit diesem schrecklichen, schrecklichen Tag in ihm gefangen war, schrie und weinte vor nacktem Entsetzen.

„Du bist nicht allein", sagte Roji mit einem Mal und es war seine Stimme, die Tirú aus der Angststarre rettete. Seine Hand, die sich tröstend um Tirús Arm schloss, obwohl seine Finger zitterten.

Tirú blickte zur Seite und fand sich beinahe Auge in Auge mit Zziddra. Er hätte erwartet, dass das Drachenweibchen ihn voller Verachtung anstarrte. Stattdessen wirkte es eher abwesend und in sich gekehrt. Offenbar hatte Zziddra mit dem Mangel an Magie zu kämpfen, wie jeder von ihnen.

Er atmete mehrfach tief durch. Dann umfasste er Rojis Hand, nickte den Gnomen zu und marschierte in Richtung Tür. Dort stockten sie. Eis überzog das wunderschön geschnitzte Holz. Warum war das Eis noch da, das die Präsenz des Dämons hinterlassen hatte? Sollte es nicht längst geschmolzen sein?

Agus seufzte hauchzart.

„Es ist zu kalt", sagte er. „Viel kälter als es sein sollte. Die Kälte beißt mir ins Herz. Und das Schweigen in diesen Mauern fühlt sich nach Trauer an. Ich fürchte mich, junger Herr Tirú. In meinem ganzen Leben habe ich mich noch nie gefürchtet, und das dauert bereits mehr Jahrhunderte, als du an Jahren zählst.

Dies waren meine Worte, die ich damals sprach und sie gelten bis heute. Ausgenommen das mit den Jahrhunderten, denn ich bin erst achthundert, nicht über dreitausend Jahre alt. Tirú, es ist zu kalt. Zu kalt!"

„Es ist keine dämonische Präsenz auf der anderen Seite dieser Tür zu spüren", zischelte der Drache. „Geht endlich hindurch! Falls wir fliehen müssen, sollten wir unser Werk vorher erledigt haben, nicht wahr?"

Gemeinsam schritten sie hindurch.

Es war Roji, der erschrocken über den Anblick keuchte, der sich ihnen bot. Tirú hingegen fror bis in die Tiefen seiner Seele ein. Hatte er wirklich geglaubt, sich kristallklar zu erinnern? Nun, auf ein Bild zu blicken, gleichgültig wie meisterhaft es gemalt war, konnte nie exakt die gleichen Gefühle wecken wie vor der echten, wahrhaftigen Szenerie zu stehen.

Da lag seine Familie. Tot, jeder von ihnen war tot. Bis auf seine Mutter. Er sah ihre Bewegungen dort oben auf dem Gerüst. Sie lebte. Lebte! Dabei hatte er sie tausende und abertausende Male sterben sehen …

„Agus!", schrie er unbeherrscht und wies in die Höhe. Agus packte ihn und katapultierte sie beide das Gerüst hinauf. Madrow folgte mit Roji und dem Drachen. Sie landeten hart, was nicht ausblieb, wenn man so viel größer war als die Gnome. Tirú raffte sich hoch und eilte zu seiner Mutter. Seine Mutter! Es raubte ihm Worte und Atem, in ihr Gesicht zu blicken.

Sie schien kleiner geworden zu sein, und deutlich jünger. Ihm wurde bewusst, dass er älter war als sie. Sie war mit fünfunddreißig Jahren gestorben, damit war er ihr zwei Jahre voraus. Ihr Himmelsmächte! Er war älter als seine eigene Mutter!

Bebend nahm er sie in die Arme, behutsam, vorsichtig. Sie blickte zu ihm hoch und lächelte.

„Zeitlinien", hauchte sie. „Mein wunderschöner Sohn ... Tirú. Es ist gut, dich zu sehen." Ihre Augen schwammen in Tränen, während sie gar nicht aufhören konnte zu lächeln.

„Herrin, waren wir schon hier? Unsere jüngeren Selbst?", fragte Agus drängend. Diese Frage beantwortete sich im gleichen Moment von selbst, denn draußen vor der Tür ertönte der Gnom-Alarmruf, den Agus vor dreißig Jahren ausgestoßen hatte.

„Versteckt euch!", flüsterte Tirús Mutter. „Ihr dürft euch nicht selbst begegnen. Versteckt euch sofort! Es war ein Zytlor! Ihr Mächte, wer ist noch alles gestorben? Wer hat überlebt? Wer ...?" Tirú drückte sie weinend an sich, atmete ihren warmen, weichen Duft nach Farbe, Magie, Frau und Mutter ein. Unendlich behutsam bettete er sie zurück auf die Holzplanken und ließ sie unter Aufbietung all seiner Kraft und Entschlossenheit los. Agus riss ihn gewaltsam in die Tiefe, wo Tirú sich erneut die Knie anschlug. Es kümmerte ihn nicht. Seine Mutter war dort oben und sie lebte noch! Alle anderen hingegen ... Er sah Hilla. Seine Schwestern. Und Nakim. Nakim! Hastig stürzte er zu seinem Bruder. Ein kleiner, schmaler Junge mit wirren dunklen Haaren. Nichts und niemand konnte Zweifel hegen, dass er tot war. Entseelt, wie alle anderen auch. Nichts erinnerte an den vom Leben zerstörten alten Mann, der ein halbes Land niedergebrannt hatte, in dem Glauben, einen Krieg beenden zu können.

Tirú biss sich verzweifelt in die Hand, um nicht laut zu schreien. Willenlos ließ er sich von den Gnomen fortzerren, in eine Ecke des Raumes, wo Roji ihn hinterrücks umarmte und festhielt.

„Meine Magie ist unendlich geschwächt in diesem Land", zischelte Zziddra. „Es genügt gerade, um uns alle zu schattieren." Schattieren war eine magische Technik. Man verschwand aus der Wahrnehmung der sechs Sinne. Nicht hören, sehen, spüren ... Und auch mittels Magie nicht wahrnehmbar sein, selbst wenn jemand gezielt nach ihnen suchen sollte. Das funktionierte nur, wenn man in einem festgelegten Feld blieb. Sobald man sich erhob und mehr als einen Schritt ging, trat man aus dem Wirkungsbereich heraus.

„Lass mich nicht los, egal was geschieht!", wisperte Tirú über die Schulter. Roji schlang die Arme noch nachdrücklicher um ihn. Agus, Fjork und Madrow drängten sich gegen seine Beine. Selbst Zziddra half, indem sie sich auf seinem Bauch niederließ.

Schon öffnete sich die Tür und Fjorks jüngeres Ich trat ein. Das Entsetzen in seinem Gesicht war schwer zu ertragen. Madrow und Agus legten je eine Hand auf den Kopf ihres Bruders, der sich selbst begegnen musste, als Erster von ihnen. Es war … Dafür gab es keine Worte. Nichts, um die Faszination und das Grauen beschreiben zu können, sich selbst zu erblicken und daran zu erinnern, wie es sich angefühlt hatte, in der damaligen Situation zu sein. Der jüngere Fjork schlug die Hände vor das Gesicht, schüttelte den Kopf im Bemühen, mit dem Schock fertig zu werden, die schlimmsten Befürchtungen bestätigt zu sehen. Er verschwand. Und viel zu schnell kamen sie alle herein. Drei Gnome, die exakt genauso aussahen wie heute noch. Und der kleine Tirú.

Er bestaunte sein kindliches Ich. Die Unschuld. Das zarte Gesichtchen, versteinert, um all die Schmerzen und Verständnislosigkeit einsperren zu können. Um sich aufrecht zu halten, während eine ganze Welt zerbrach. Er sah zu, wie dieses schmale, kleine Kind, kaum mehr als ein Säugling, zwischen den Toten wandelte, um Abschied zu nehmen.

Erst als Roji ihm beruhigend ins Ohr sprach, wurde Tirú bewusst, dass er weinte. Aus Mitleid mit diesem Kind, das er selbst gewesen war. Wissend, welcher niemals endende Albtraum auf den Kleinen wartete – Einsamkeit, Isolation, zwanghaftes Lernen, ununterbrochene Angst, endloser Dienst im Auftrag der Königin.

Dreißig Jahre, die sich anfühlten, als hätte es sie nie gegeben.

Während er seinem jüngeren Ich zusah, drängte sich noch etwas anderes in sein Bewusstsein: Roji zitterte, und die Gänsehaut, die auf seinen Armen sichtbar war, zeigte, dass er dies vor Kälte tat. Auch die Gnome froren und er selbst – ihr Himmelsmächte, seine Finger waren blau vor Kälte! Dass ihm das erst jetzt auffiel, konnte nur eines bedeuten: Magie.

„Zytlor!", zischte er. „Drache, streng dich an! Der Zytlor muss noch immer in der Nähe sein, er schattiert sich, genau wie wir!"

Zziddras Kopf ruckte hin und her, ihre Nüstern weiteten sich, als sie offenbar versuchte, magische Witterungen wahrzunehmen.

„Du hast völlig recht, der Dämon ist noch nicht zerstört", murmelte sie. „Andernfalls würde unser Atem keine Wölkchen bilden. Er versteckt sich hier … Dort! Über dem Gerüst!" Ihre Klaue wies an die Decke, auf das unfertige Gemälde. Eine Eisschicht überzog das Motiv und machte es unkenntlich. Darunter zerbrach das letzte Stück Welt des jungen Tirú, als seine Mutter starb.

„Keiner rührt sich!", grollte Agus und ballte die Fäuste, offenkundig bereit, jeden körperlich niederzuringen, der sich aus der Schattierungszone fortbewegen wollte. „Wir wissen, dass der Zytlor nicht unsere jüngeren Ichs angreifen wird, denn wir sind damals ohne Schwierigkeiten entkommen. Das heißt, es liegt an uns, diesen Dämon zu bekämpfen."

„Warum wartet er? Ist er so sehr geschwächt?", fragte Madrow.

„So muss es sein", entgegnete Agus. „Wenn er noch in voller Kraft stehen würde, wäre dieser Raum und vielleicht das gesamte Haus eine Eiskammer und er würde uns unter seinen Willen zwingen. Er muss sehr viel Kraft verloren haben, als er gegen Tirús Eltern kämpfen musste, dazu schwindet er mit jedem Atemzug, weil er in dieser Welt nicht genug Magie an sich ziehen kann."

„Sicher ist es kein Zufall, dass er sich an das Deckengemälde klammert", knurrte Zziddra wütend. „Von ihm kann er mehr Magie aufnehmen als aus der Luft."

„Was ist das Ding überhaupt?" Roji starrte bebend in die Höhe, wo wenig zu sehen war, ausgenommen der Eisschicht.

„Ein Eisdämon. Ein Zytlor zwingt jeden, der wach und bei Bewusstsein ist, in seinen Bann und stiehlt ihm die Lebenskraft. Er hat keine Macht über diejenigen, die schlafen oder ohnmächtig sind und er löst sich nach recht kurzer Zeit in Nichts auf. Auch in der Verwunschwelt kann er sich nicht halten, hier noch viel weniger. Man muss ihn gezielt beschwören und ihm einen Mordauftrag geben. Sobald dieser erfüllt ist, geht er von allein. Dieser kann nicht gehen, weil er mich nicht in seine Fänge bekommen hat", sagte Tirú.

„Und wie kann man ihn bekämpfen? Wir sind wach und genauso geschwächt wie er! Sollten wir nicht besser fliehen?"

„Roji, wann immer ich die Uhr benutze, werde ich wieder genau hier landen. In dieser Zeit. Beim nächsten Mal mit einem Zytlor, der uns bereits erwartet. Und wenn wir jetzt fliehen, greift er unsere jüngeren Ichs an, tötet sie und diese Zeitlinie kollabiert. Wir müssen bleiben und kämpfen!"

Etwas, worauf Tirú nicht allzu erpicht war …

„Jeder Dämon fürchtet sich vor Drachen." Zziddra zzischelte selbstgefällig und reckte den schlangenartig langen, schmalen Schuppenhals, als könnte sie dadurch mehr Größe vortäuschen, als sie besaß. „Zugegeben, ein frisch beschworener Zytlor würde einen Jungschuppler wie mich als Vorspeise verputzen. In seinem jetzigen Zustand bin ich ihm hoffentlich gewachsen. Es wäre nützlich, wenn ihr eure mickrigen Kräfte nutzen könntet, um Feuer zu beschwören."

„Haltet euch bereit!", knurrte Agus. Die drei jüngeren Gnome zerrten den Jungen mit sich. Über ihren Köpfen bewegte sich ein Schatten – der Zytlor wartete auf den Angriff. Er wusste, dass er nicht gegen drei zusätzliche Gnome bestehen könnte und hatte wohl auch deshalb die Gruppe aus der Vergangenheit ziehen lassen.

„Er wird sich auf dich konzentrieren, Tirú. Du bist sein Auftrag", zischte der Drache. „Wenn er dein älteres Ich auslöscht, hat er geschafft, wofür er gekommen war."

Die Tür schloss sich – der junge Tirú wurde seinem Schicksal entgegengeschleppt.

Nahezu im selben Moment löste sich der Zytlor von der Decke und sprang aus seiner Schutzzone zu ihnen herab. Er hatte sie beobachten können, selbstverständlich wusste er, wo sie sich aufhielten.

Es war das erste Mal, dass Tirú einen Eisdämon zu Gesicht bekam. Die Gestalt war entfernt menschenähnlich, lediglich größer und gewaltiger, zudem wuchsen an sämtlichen denkbaren und undenkbaren Stellen lange, spitze Stacheln aus der grau-blau gepanzerten Haut. Ein ebenso stachelbewehrter Schwanz peitschte zu Boden.

Zziddra stellte sich ihm, pumpte, was sie an Kraft sammeln konnte und empfing ihn mit sengenden Flammen. Dem ersten Hieb des Stachelschweifes entkam sie, der zweite fegte sie beiseite und schmetterte sie ruhmlos gegen die Wand. Still fiel sie herab und blieb mit verdrehten Gliedern liegen.

Derweil hatten Roji und Tirú sich magisch zusammengeschlossen und eine Flammenmauer um sich entstehen lassen. Sie duckten sich dahinter, für den Augenblick vollkommen sicher vor dem Zytlor. Leider würden sie nicht lange durchhalten, das Feuer nährte sich von ihrer Lebenskraft, da die Magie sich bereits durch das Entzünden verbraucht hatte. Vielleicht eine Minute würde ihnen bleiben, bevor sie ohnmächtig zu werden drohten, weil ihnen die Lebenskraft ausging.

Die Gnome sprangen wie Irrwichtel durch den Raum, beinahe schneller, als das Auge folgen konnte. Sie verwirrten den Dämon, bewarfen ihn mit Gegenständen, verhöhnten ihn und schafften es dabei, sich nicht erwischen zu lassen – eine Berührung würde genügen, um sie zu lähmen.

Agus war verschwunden, stellte Tirú fest, genau in dem Moment, als dieser durch einen Spalt in der Tür zurückkehrte. In rasender Geschwindigkeit hetzte er auf den Zytlor zu, schleuderte ihm etwas entgegen. Es war Lampenöl! Der Dämon brüllte vor Zorn, als er in der hochbrennbaren Flüssigkeit getränkt wurde. Mit seinen gewaltigen Fäusten schlug er auf den Boden und erschuf einen Wirbel aus eisigen, nahezu gefrorenen Wassertropfen, die auf die bereits im Sterben begriffene Feuerwand niedergingen und sie auslöschten.

„Roji!", brüllte Tirú, doch sein Gefährte reagierte bereits und flüchtete im Zickzack durch den Saal. Tirú war darauf gefasst, dass der Zytlor sich auf ihn werfen würde.

Stattdessen zögerte der Dämon, blickte zwischen ihm und Roji hin und her. Warum interessierte er sich für einen halbmagischen Menschen, der unmöglich zu seinem ursprünglichen Auftrag gehören konnte? Als er ausgeschickt wurde, war Roji noch nicht geboren worden!

„Herr, wir brauchen Feuer!", schrie Madrow, der sich wie ein Äffchen an das Gerüst klammerte, bevor er sich abstieß und erneut wild durch den Raum sprang.

Und wie gerne würde Tirú Feuer beschwören, doch er besaß gerade noch die Kraft, sich aufrecht zu halten. Warum im Namen aller Himmelsmächte verfolgte der Dämon Roji? Der duckte sich, rannte, floh vor der Bestie, die vergessen zu haben schien, dass Tirú überhaupt noch lebte. Jeden Moment würde der Zytlor ihn erwischen, mit seiner niederhöllischen Kälte lähmen und ihn töten ...

„HEY!", brüllte er und winkte, um den Dämon an sein Hauptziel zu erinnern. Der hielt inne, starrte ihn grollend an – und ignorierte ihn.

Die Gnome warfen mit allem, was ihnen zwischen die Finger kam. Roji versuchte zu Zziddra zu gelangen – das Drachenweibchen lag nach wie vor am Boden, doch Tirú sah, dass ihre Klauen zuckten. Sie würde bald wieder zu sich kommen und dann hätten sie Feuer.

Mehr als ein Funke war nicht nötig ...

Der Zytlor wirkte unschlüssig, blickte einen Moment lang zwischen Roji und Tirú hin und her. Dann sprang er mit einem gewaltigen Satz auf Roji zu, erwischte ihn am Arm, warf ihn zu Boden.

„Nein!", schrie Tirú und rannte auf den Feind zu. Mit einem Satz warf er sich vor und rammte seinen magischen Dolch in die Wade des riesigen Eisdämons. Der brüllte, als wolle er mit seiner Stimme das Firmament zum Einsturz bringen. Mit der Faust erwischte er Tirú am Kopf.

Schlagartig wurde es dunkel um ihn, ohne dass er das Bewusstsein verlor. Verloren. Sie hatten verloren!

„Nimm das, du Ausgeburt der Finsternis!", hörte er Madrows Stimme.

Noch mehr Gebrüll.

Fauchen. Hitze.

Ein heftiger Schlag.

Tirú konnte sich nicht länger halten – er stürzte in den Abgrund der Ohnmacht, rettungslos, ohne Hoffnung. Stille.

Kapitel 13

„Ich schäme mich entsetzlich."
Roji wusste, dass es der Drache war, der diese Worte sprach. Noch war er nicht soweit, die Augen öffnen oder sich bewegen zu können. Sein Körper schmerzte auf eine Weise, die ihm unbegreiflich war. Dieser Schmerz war wie ein lebendiges Tier, das über ihm kauerte und versuchte, seinen linken Arm zu zerfleischen. Solch eine Wut ... Das war ihm noch nicht begegnet. Ein Glück, dass es ihn mit Macht zurück in die Bewusstlosigkeit hinabzerrte und ihm darum keine Kraft blieb, sich darüber zu sorgen, ob vielleicht tatsächlich eine Bestie über ihm hockte, die sich an seinem Fleisch gütlich tat.
Da war ein Dämon gewesen, oder? Ein ... er hatte den Namen vergessen. Wie schwer er sich fühlte ...
„Es gibt keinen Grund für Scham", sagte Agus freundlich. „Das war ein ausgewachsener Zytlor und du bist eben noch ein Schlüpfling."
„Ich bin ein Drache. Mein Alter tut nichts zur Sache. Es ist beschämend, dass ich zu langsam war und mich von ihm erwischen ließ. Das wird kein zweites Mal geschehen. Leider hätte das erste Mal fast zur Katastrophe geführt." Sie klang ernstlich niedergeschlagen. Roji wünschte, er könnte ihr den Kopf tätscheln und versichern, dass er ihr nichts nachtrug. Schon weil sie Zeit hatte, sich zu schämen, konnte man davon ausgehen, dass der Dämon besiegt worden war.
Jemand fasste ihn an Armen und Beinen und hob ihn hoch.
Schmerz!
Verdammt, das war ... Sein Arm stand in Flammen und die Bestie, die an ihm nagte, wurde extrem wütend über diese Störung.
Roji wimmerte. Der Schrei, der eigentlich aus ihm herausdrängte, erschöpfte sich in seinem Kopf. Keine Kraft.
„Ruhig, junger Herr." Agus' Stimme drang durch den Lärm in seinem Inneren. „Schlaft weiter. Wir bringen Euch lediglich fort aus dieser Kammer des Todes."
Etwas an der Art, wie er das sagte, zwang Rojis Augen, sich zu öffnen.

Er wurde von zwei Gnomen getragen, dementsprechend befand er sich kaum drei Handspannen über dem Boden. Fast auf Augenhöhe mit den Leichen von Tirús Familie, an denen er gerade vorbeischwebte. Die alte Frau dort, das musste Hilla sein. Tirús Amme. Und dort, in der Nähe der Tür, verbrannte der Zytlor. Ein graublaues, riesiges Geschöpf mit Stacheln und Hörnern, die an den merkwürdigsten Stellen wuchsen. Es stand lodernd in Flammen, doch kein Rauch war zu riechen. Stattdessen schmolz der niedergestreckte Körper und hinterließ nichts weiter als Wasserdampf und eine traurige Pfütze. Kein Wunder, dass er, Roji, nichts von diesem Kampf erahnen konnte, als er dreißig Jahre danach die Tür geöffnet hatte. Seine Lider waren zu schwer, sie fielen zu, ohne dass er etwas dagegen unternehmen konnte. Zudem quälte ihn das Schaukeln, das nicht ausbleiben konnte, wenn man von Kreaturen getragen wurde, die kaum einen Schritt groß waren.

„Der Zytlor hat ihn heftig erwischt", murmelte Zziddra. „Wäre der Dämon noch etwas besser bei Kräften gewesen, hätte er beide Männer getötet."

„Jeden von uns, gleichgültig ob älteres oder jüngeres Ich", stieß Fjork schnaufend hervor. Anscheinend war er ebenfalls verletzt. Wen Roji jetzt noch vermisste, das war Tirú. Warum hörte er ihn nicht? Bedeuteten Zziddras Worte von eben, dass er überlebt hatte, Tirú hingegen tot war? Die Sorge um seinen Gefährten zerrte Roji vom Abgrund der Ohnmacht fort. Er hob den Kopf, versuchte etwas zu erkennen. Agus, Madrow, Fjork. Die beiden Ersteren trugen ihn.

Fjork hatte den Drachen im Arm.

Keine Spur von Tirú.

„Ruhig, ganz ruhig", sagte Agus besänftigend und blickte mit einem Lächeln auf ihn herab. „Das Geruckel ist gleich überstanden. Wir bringen Euch in die alte Schlafkammer des Herrn Tirú. Schön bequem und in dieser Zeitebene noch gar nicht verstaubt."

Das war nicht wirklich beruhigend. Leider genügte die drängender werdende Sorge nicht, um Worte hervorbringen zu können.

Eine Tür knarrte. Die Gnome stiegen die Treppenstufen hinauf, die in Tirús Kinderbett eingelassen worden waren.

„Vorsichtig, vorsichtig!", rief Agus. Sie legten ihn mit größtmöglicher Sorgfalt auf der Matratze ab, die glücklicherweise mehr als ausreichend war, um auch als Erwachsener darauf liegen zu können. Selbst das wütende Tier in seinem Arm hatte genügend Platz ... Und Tirú, der bereits dort gelandet war und sich nicht regte.

„Eine möglicherweise dumme Frage von der Heldin, die den Zytlor mit ihrem Feuer in die nächste Welt gebrannt hat: Warum genau liegen wir in diesem Raum herum? Warum kehren wir nicht auf die andere Seite zurück, wo es jedem Einzelnen von uns so viel besser gehen würde? Ihr erinnert euch? Magie? Könnte auch helfen, diverse Wunden zu heilen. Rojis Arm sieht übel aus, der Frostbrand geht tief."

„Ich habe andere Pläne", entgegnete Agus würdevoll. „Auf der anderen Seite kostet die Magie zu viel. Heilung ist möglich, natürlich, der Preis hingegen unerfreulich. Für Tirú jedenfalls. Du als Drache hast da andere Wege, die du beschreiten kannst. Wir werden im Augenblick dringend auf dieser Seite benötigt. Ich spüre es. Ich *weiß* es. Du, verehrte Zziddra, wirst also in das Verwunschland gehen, eine Feensiedlung heimsuchen und die Kleinen solange beschwatzen, bis sie dir ausreichend Heilbeeren für uns alle überlassen. Dann kehrst du mithilfe der Uhr hierher zurück." Er machte sich an Tirús Gürtel zu schaffen und löste das kostbare Erbstück von Tirús Vater, verhakte die Kette ineinander und streifte sie über Zziddras Kopf.

„Ist es klug, deinen Herrn zu bestehlen?", fragte sie spitz. „Und wieso genau gibst du jetzt Befehle? Warum sollte ich dir gehorchen?"

„Mein Herr ist schwer verletzt und geschwächt. Er kann keine Entscheidungen treffen. Da ich mit meinen rund achthundert Jahren der Älteste von uns bin, übernehme ich die Verantwortung."

„Mir erschließt sich immer noch nicht, warum genau wir hierbleiben müssen. Auf der anderen Seite hätte jeder von uns mehr Kraft und ich könnte dennoch Feen belästigen, um Heilbeeren zu erhalten."

Agus seufzte. „Es ist … Ich gehe davon aus, dass Roji und Tirú auf der anderen Seite in Lebensgefahr sind. Es ist schwierig, sie hier in diesem Haus magisch anzugreifen, im Verwunschland hingegen eine Kleinigkeit. Wir alle haben erlebt, was vorhin geschehen ist. Wie sich der Zytlor gegen Roji gewandt und dafür sogar Tirú ignoriert hat."

„Ich habe es nicht erlebt", zischte Zziddra. „Eine Schande, an die ich ungern erinnert werde und ich halte es dir vor, dass du mich zu dieser Selbstdemütigung zwingst. Was willst du damit sagen?"

„Ein Eisdämon erhält bei seiner Beschwörung einen klaren Auftrag, wen oder was er zu ermorden oder umzubringen hat. Dieser Zytlor war geschwächt. Wenn er sich mit all seiner verbliebenen Kraft auf Tirú konzentriert hätte, wäre dieser jetzt nicht mehr bei uns. Stattdessen ist er plötzlich gegen Roji vorgegangen."

„Das ist absurd!", rief Zziddra. „Der Junge war nicht einmal geboren, als der Zytlor seinen Auftrag erhielt. Er hätte nicht einmal bemerken dürfen, dass es ihn überhaupt gibt."
„Vielleicht lautete sein Auftrag, jeden Menschen zu töten, der sich in diesem Haus aufhält?", wandte Fjork ein.
„Dann hätte er nicht weiter gezögert, Herrn Tirús jüngeres Ich zu attackieren, würde ich vermuten", entgegnete Madrow.
„Leider können wir nicht gezielt in der Zeit zurückreisen, um ein entspanntes Schwätzchen mit dem Dämon über seinen Auftrag halten zu können. Was glaubst du, hier erreichen zu wollen, Agus?"
„Höhere Sicherheit für Tirú und Roji ist das Hauptziel. Außerdem möchte ich das Arbeitszimmer des Herrn durchsuchen. Tirús Vater hat viel geschrieben, wenn er hier war. Kein einziges Wort, nicht das kleinste Stück Pergament ist jemals zu Königin Nibura gelangt, das weiß ich. Was er geschrieben hat, ist mir nicht bekannt und ob diese Schriftstücke aufgehoben oder vernichtet wurden, genauso wenig. Ich möchte nach ihnen suchen, in der Hoffnung, dass viele Fragen dadurch beantwortet werden können."
Roji spürte, dass sein Bewusstsein erneut zu schwinden begann. Er war mittlerweile sicher, dass Tirú noch lebte. Die Schmerzen in seinem Arm wüteten mit unvermindertem Zorn, eher waren sie noch stärker geworden. Die Schwere, die ihn zurück in die tröstliche Umarmung der Ohnmacht ziehen wollte, schien zu verlocken.
Dabei wollte er dringend weiter belauschen, was die Gnome und der Drache zu erzählen hatten.
Es betraf ihn. Es war wichtig.
Nahezu lautlos wimmernd versuchte er, den Kopf zu wenden, um eine bequemere Haltung einzunehmen.
„Ihm geht es nicht gut", murmelte Madrow und strich tröstend über Rojis Kopf. „Seine Ohnmacht ist weniger tief, er nimmt die Schmerzen wahr. Bitte, Zziddra. Ich weiß, es ist schwierig für uns, dir als Gesandte der Königin Befehle zu erteilen. Anflehen kann ich dich jedoch. Du hast den Zytlor erledigt, dafür haben wir dir sicherlich noch nicht genug gehuldigt. Bitte hilf uns jetzt, indem du die Heilbeeren holst. Keiner von uns hat mehr die Kraft, nach Hause zurückzugehen und die Feen aufzusuchen. Nur du allein kannst diese Aufgabe übernehmen."
Roji spürte, wie sich der Drache über ihn beugte. Er konnte den Rauch riechen, der vertraute, sanfte Geruch, der Zziddra wie ein Mantel umgab.

„Der Kleine ist wach", murmelte sie. „Nicht völlig bei Bewusstsein, aber er kann uns hören. Und ja, er leidet." Sie strich mit ihrer kühlen Drachenpranke über seine Stirn. „Ich beeile mich."
Sie verschwand aus seiner Wahrnehmung.
„Madrow, hol doch bitte einen Becher Wasser", hörte er Agus sagen. „Wenn Roji wach genug ist, um uns lauschen zu können, wird er auch etwas trinken können. Das wird ihm gut tun."
Rascheln. Worte, die keinen Sinn mehr ergaben. Roji dämmerte ungewisse Zeit im Nichts dahin und versuchte, nicht allzu sehr auf das wütende Monster an seinem Arm zu achten.
Jemand hob seinen Kopf an. Wasser floss über seine Lippen. Kühles, köstliches Wasser. Er schluckte dankbar.
„Wisst ihr noch, Jungs, vor drei Jahren? Als wir am Ru'an-See von diesen Trollen überfallen worden waren?" Fjork lachte leise, als wäre dies eine heitere Erinnerung.
„Bei den Mächten, das werde ich nie vergessen! Zwei Tage und Nächte unter Belagerung, bis die verfluchten Zentauren es zu uns geschafft hatten. Wir wären fast verdurstet in unseren elenden Schutzfelsen." Auch Agus und Madrow lachten. Wasser schwappte über Rojis Gesicht und rann kühl über Kinn und Hals, bis es im Stoff seines Hemdes versickerte. Die Gnome legten ihm den Kopf wieder auf der Matratze ab.
„Zwölf Jahre müsste es her sein, die große Schlacht am Tjala-See, nicht wahr?", fragte Madrow. „Ein Gemetzel war das ... Der See hat sich rot gefärbt von dem Blut der vielen Opfer. Zwei Zentaurenlegionen wurden ausgelöscht und Herr Tirú wäre um ein Haar ertrunken."
„Daran denke ich nicht gerne zurück und ihr solltet das auch nicht tun", brummte Agus. „Ich bevorzuge die schönen Erinnerungen. Etwa als Tirú den Regentanz aufgeführt hat, um die Quellnymphen im Ragastgebirge friedlich zu stimmen."
Die drei Gnome brachen in Gelächter aus, während Roji sich seltsam klein fühlte. Er war wirklich nichts weiter als ein dummer Junge. Ein Kind, das friedlich in den Tag hineinleben und arbeiten durfte, nichts weiter als kleinliche Sorgen wie den entzündeten Euter einer Ziege im Sinn haben musste, ob sein Vater zu spät zum Essen nach Hause kam oder die Furcht, dass der nächste Herbststurm das Hühnerhaus beschädigen könnte. Tirú hingegen hatte in Krieg, Kampf und Angst gelebt, unvorstellbare dreißig Jahre lang. Ein Wunder, dass dieser Mann sich überhaupt dazu herabließ, mit ihm zu reden!

„Ich bin wieder daaahaaa!", krähte Zziddra fröhlich. Eine Tür schlug ins Schloss, das Rauschen von Flügeln erklang. „Ich war großartig. Ihr habt allen Grund, stolz auf mich zu sein. Die Feen haben sich regelrecht überschlagen in ihrem Eifer, mir Heilbeeren bringen zu dürfen."

Das hätte Roji ebenfalls getan, wenn eine magische, feuerspeiende Kreatur, die zehnmal größer als er selbst war, in seinem Dorf gelandet wäre. Eine Kreatur zudem, die das Lieblingsschoßtier der Königin war.

Leider fehlte ihm die Kraft, auch nur darüber zu schmunzeln und die Gnome waren offenkundig klug genug, das Drachenmädchen nicht auf diese Tatsachen hinzuweisen.

„Hier Brüder, nehmt euch euren Anteil", sagte Agus. „Jeder zwei Beeren, das genügt."

Roji konnte hören und spüren, wie Agus sich an Tirú zu schaffen machte. „Der Saft wirkt schon im Mund, da kann gar nichts schiefgehen", hörte er ihn brummen.

„Roji ist noch immer wach", sagte Zziddra. „Ich denke, er sollte es erfahren, oder?" Sie beugte sich über ihn und legte ihm eine Pranke auf die Stirn. Derweil zwang einer der Gnome Rojis Mund auf und zwei süßlich schmeckende Beeren landeten auf seiner Zunge. Dort zerfielen sie sofort ohne weiteres Zutun und er schluckte den wohlschmeckenden Saft.

„Die sind lecker, hm, mein Junge?", sagte sie freundlich. „Voller Heilmagie. Die Schmerzen werden in wenigen Augenblicken verfliegen, als hätte es sie niemals gegeben."

Da hatte sie recht. Das wütende Tier nahm die Reißzähne aus Rojis Arm und zurück blieb lediglich ein Empfinden von prickelnder Wärme.

„Der große Nachteil ist, dass sich diese Beeren von deiner Lebenskraft ernähren. Du wirst gleich in Tiefschlaf fallen und ob du daraus noch einmal erwachen kannst, entscheiden die Himmelsmächte allein. Hängt davon ab, wie viel Kraft du noch übrig hattest. Magie gibt es nun einmal nicht umsonst und ich finde, in der Verwunschwelt wäret ihr besser dran gewesen. Aber das haben andere entschieden, nicht ich. Schlaf gut, Roji. Egal in welcher Welt du als Nächstes erwachst, ich hoffe, die Träume auf dem Weg dorthin werden süß und friedlich sein."

Er wollte hochrucken. Seine Kraft würde vielleicht ausreichen, Tirús hingegen ... Tirú!

Doch er konnte sich nicht mehr halten. Mit Macht zog es ihn hinab in die Tiefe, und weder die Angst um seinen Gefährten noch irgendetwas anderes waren stark genug, um dagegen anzukämpfen.

Tirú erwachte von Unruhe und Stimmen in seiner Nähe. Ihm war kalt und er hatte Hunger. Zudem fühlte er sich auf eine Weise ausgezehrt, als hätte er tagelang magische Gefechte überstehen müssen. Da er die Stimmen von Agus, Fjork und Madrow erkannte und keiner der drei klang, als wären Feinde in der Nähe, öffnete er beruhigt die Augen.
Sein Blick fiel auf Rojis Gesicht, das keine drei Handspannen von seinem entfernt war.
Er schlief. Seine Wangen waren bleich und eingefallen und er wirkte viel zu kränklich, als das alles in bester Ordnung sein könnte. Eindeutig Magie und deren Auswirkung …
Tirú bemerkte den süßlichen Geschmack auf der Zunge. Heilbeeren also. Nicht gerade sein bevorzugter Weg, um mit schweren Verletzungen fertig zu werden. Es dauerte danach oft genug Tage oder sogar Wochen, bis man wieder voll bei Kräften war.
Er drehte den Kopf und schaute in die Höhe.
Über ihm erstreckte sich das Deckenbild seiner Mutter. Das Bild, das seine Kindheit begleitet hatte. Die verspielten Tiere mit dem Picknickgeschirr waren nichts, was ihm in der Verwunschwelt jemals begegnet war. Somit stellte dieses Bild also kein Portal in die Gegenwart dar, sondern entstammte einer Vergangenheit in solchen Tiefen, dass sich heutzutage niemand an so viel Idylle und Frieden erinnern konnte.
Ein weiterer Blick verriet ihm, dass die Gnome zusammen mit Zziddra auf dem Boden hockten und dort die Köpfe über Pergamentseiten zusammensteckten.
„Was macht ihr da?", murmelte er schwach. Wie ärgerlich! Er hatte kaum die Kraft eines neugeborenen Feenkindes!
„Herr!" Fjork reagierte als Erster und sprang zu ihm auf das Bett. „Ihr seht schrecklich aus. Seid Ihr stark genug, etwas zu essen? Oder soll ich rasch Milch erwärmen? Die Küche ist noch voll mit frischen Lebensmitteln."
Genug für eine Familie und deren Bedienstete und magische Verbündete. Nichts, worüber Tirú nachdenken wollte.
„Lasst mich richtig essen, umso schneller komme ich zu Kräften. Erzählt mir, was geschehen ist und was ihr gerade macht. Und wie gut Rojis Aussichten sind, noch heute zu erwachen."

Zziddra riss das Wort an sich und schilderte in sämtlichen Farben ausführlich, wie tapfer sie nach ihrem kleinen, beschämenden Ausrutscher den Zytlor besiegt hatte. Ohne Agus' Lampenöl wäre ihr das nicht gelungen, aber der überließ ihr gutmütig den Triumph. Ein von der Mutter verstoßener Drachenschlüpfling brauchte solche Siege dringender als ein jahrhundertealter Gnomwächter.

Tirú hörte sich Agus' Argumente an, warum sie im Haus verblieben waren. Auch für ihn war es unerklärlich, warum sich der Dämon für Roji interessiert hatte. Der Gedanke, dass sein Vater Schriften hinterlassen haben könnte … Das war befremdlich. Er hatte sich Jahrzehnte lang bemüht, möglichst gar nicht über seine Eltern nachzudenken und jede Erinnerung radikal von sich zu schieben.

Es war der falsche Weg gewesen. Er musste sich seiner Vergangenheit stellen, denn sie hatte ihn eingeholt. Schriften aus der Feder seines Vaters waren da ein guter Weg, um voranzukommen.

„Habt ihr etwas Interessantes gefunden?", fragte er aufgeregt, in dem Moment, als Fjork mit einem großen Tablett auf dem Kopf zurückkehrte.

„Reichlich beschriebene Pergamentseiten", entgegnete Agus. „Leider können wir bloß einzelne Wörter entziffern. Euer Vater scheint eine eigene Schrift genutzt zu haben. Sie ist der verwunschländischen Schrift sehr ähnlich, trotzdem gibt es Unterschiede, die es uns möglich macht, den Sinn zu verstehen."

„Roji soll sich das ansehen, sobald er aufwacht", murmelte Tirú enttäuscht. „Als Sohn eines fürstlichen Schreibers wird er erkennen, sollte dies die Schrift seines eigenen Landes sein."

Er aß, so viel er konnte, bevor die Erschöpfung zu stark wurde und ihn zurück in den Schlaf drängte. Auch die anderen langten kräftig zu. Agus, Fjork und Madrow mussten bald das Haus verlassen, da die Abenddämmerung hereinbrach und sie sich entsprechend verwandeln würden. Zziddra wollte in dieser Zeit im Haus wachen, falls eine neue Gefahr durch ein Portal einfallen würde. Auch wenn er ungeduldig war und mehr erfahren wollte, im Moment war ausruhen und warten wichtiger. Tirú zog Roji in seine Arme und verteilte die beiden Decken, die die anderen ihnen gegeben hatten, sodass sie es warm und bequem hatten. Durch die Erschöpfung fror er und Roji erging es da nicht besser, auch wenn er es in seinem tiefen Heilschlaf nicht spüren konnte.

„Dir liegt wirklich etwas an diesem mageren Hühnchen, hm?", fragte Zziddra, die sich am Fußende des Bettes zusammengerollt hatte.

Wache halten hieß für einen Drachen nicht zwangsläufig, dass er dabei nicht die Augen schließen durfte. „Warum ist das so? Er ist deutlich jünger als du, alles andere als ein Krieger, benötigt so viel Hilfe, dass er wohl auf ewig von dir abhängig sein wird. Brauchst du derartig dringend ein Haustier, um das du dich kümmern kannst?"

„Er ist kein Haustier!", fauchte Tirú empört. „Er ist ein Mensch. Ich schätze seinen Mut, seine Tapferkeit. Er musste schon viel ertragen in der kurzen Zeit, ohne dass es seinen Willen gebrochen hat. Er ist klug und auf eine Weise hübsch, die mich anzieht ... Am wichtigsten ist aber wohl, dass er mich an meine eigene Menschlichkeit erinnert. Seit drei Jahrzehnten bin ich ein Diener der Königin. Ein Krieger, der jeden Befehl befolgt, der ihm aufgetragen wird. Ich kämpfe, ich blute, ich heile, ich gehorche. Unentwegt. Niemals Zeit für Ruhe, für Freundschaft, für irgendetwas, außer den Gedanken an den Auftrag. Es gibt immer einen Auftrag. Roji erinnert mich daran, dass es durchaus Gründe gibt, warum ich kämpfe. Dass es ein Leben gibt, in dem andere Dinge als der nächste Auftrag von Bedeutung sind. Das hatte ich vergessen, Zziddra. Aus diesem Grund hatte ich vergessen, Bránn die notwendigen Befehle zu geben, damit dieser meinen Gefangenen versorgt. Man wird zu einem schlechten Krieger, wenn man diese Dinge erst einmal aus den Augen verloren hat. Darum liegt er mir am Herzen. Er macht mich zu einem besseren Krieger – und zu einem Menschen."

Zziddra gab ein schnarrendes Geräusch von sich, wie bloß Drachen es konnten, wenn sie amüsiert waren.

„Dann pass gut auf deinen Schatz auf. Vielleicht solltest du ihn mit einem ähnlichen Fluch belegen wie die Uhr deines Vaters, damit er immer zu dir zurückkehrt und niemand ihn dir stehlen kann?"

„Schutzflüche sind für Gegenstände. Man nimmt sie in Besitz und sorgt dafür, dass niemand sonst sie benutzen kann. Lebewesen umwirbt man mit Respekt und Freundlichkeit und der Hoffnung, dass sie freiwillig zurückkehren, ein jedes Mal, wenn man sie davongehen lässt."

„Ist das so? Königinnen scheinen da anderen Gesetzen zu folgen", murmelte Zziddra und schloss die Augen, ohne dies weiter zu erklären. Notwendig war es nicht.

Tirú wusste auch so, dass Königin Nibura nicht zu jenen Menschen gehörte, denen Freundlichkeit gegeben war.

Er vergrub das Gesicht in Rojis Halsbeuge, sog seinen Geruch nach Holz und Erde und Mann tief in sich hinein und schloss ebenfalls die Lider. Schlaf war unabdingbar.

Er brauchte seine Kraft, um weiter kämpfen zu können, wie es der Königin gefiel – und um irgendwann zu dem Mensch zu werden, der er sein wollte.
Für Roji.
Und um seiner Selbst willen.

Kapitel 14

Roji starrte auf die steilen, ordentlichen Buchstaben, die Tirús Vater vor vielen Jahren geschrieben hatte. Die Pergamente hatten in einer kleinen Truhe gelegen, die Agus gefunden und aufgebrochen hatte, trotz der Schutzmagie, die auf dem Schloss lag. Auch nach zwei Tagen machte es ihn noch immer fassungslos, dass diese Schrift der seines Vaters stark ähnelte. Nicht unbedingt im Gesamtbild, das war kühler, prägnanter, weniger verspielt, als Rojis Vater es sich gerne erlaubte. Doch fast alle Buchstaben hatten eine Besonderheit, die so deutliche Übereinstimmung zwischen den beiden Schreibstilen mit sich brachte, als wäre der eine Mann der Schüler des anderen gewesen. Dieser kleine Bogen am R, der für eine bessere Verbindung zu den folgenden Buchstaben sorgte ... dieser kühne Strich am T, der von unten ansetzte ... der nach innen gezogene Schnörkel am kleinen h, der notwendige Pausen erlaubte, um den Federkiel wieder in das Tintenfass tauchen zu können ... Kaum zu glauben, dass sich diese Männer niemals begegnet sein sollten! Zumal auch der Schreibstil eindeutig bewies, dass sie aus derselben Generation stammen mussten. Der Ausdruck der Notizen und Reiseberichte war zu ähnlich, zu modern, als dass es viele Jahrzehnte sein konnten, die zwischen ihnen gelegen hatten.
All das hatte Roji bereits beim ersten Blick auf das Pergament sagen können, das man ihm in die Finger gedrückt hatte, sobald er nach tiefem Heilschlaf zum ersten Mal die Augen öffnen konnte. Seitdem wurde er abwechselnd mit Essen gefüttert und mit neuen Pergamentbögen bedacht, die er vorlesen musste. Waren die Informationen wichtig, machte sich Tirú eigene Notizen dazu, in der Schrift, die man im Verwunschland benutzte. Nach Rojis Vermutung war dies eine Weiterentwicklung der altertümlichen Schreibweise, wie sie auf seiner Seite vor rund tausend Jahren üblich gewesen war. Sein Vater hätte das deutlich genauer einschätzen können, Roji wusste lediglich das, was sein Vater ihm gelegentlich an langweiligen Winterabenden erzählte und zeigte.
Stunde um Stunde quälten sie sich gemeinsam durch Reise- und Kampfberichte, die Tirús Vater hinterlassen hatte. Vieles davon klang wirr,

beinahe als wären diese Ereignisse Traumgeschehen oder Dinge, die Jahrzehnte später aus der Erinnerung heraus niedergeschrieben worden waren. Es gab keinerlei zeitliche Ordnung, wie man an manchen Details erkennen konnte – manchmal sprach er davon, dass er sich mit seiner jung vermählten Frau eine Familie wünschte, um auf dem nächsten Pergament davon zu sprechen, dass sein erster Sohn geboren worden war. Fast als wäre ihm irgendwann der gesamte Stoß aus der Hand gefallen und er hatte daraufhin alles achtlos zusammengesammelt und in die Truhe geworfen, ohne die Pergamentseiten neu zu ordnen. Auch wenn jeder Bericht für sich genommen recht interessant war, vor allem für Roji, der dadurch einiges für Flora, Fauna und Geographie der Verwunschwelt erfuhr – Phönixe und Kelpies waren jedenfalls Kreaturen, die er unbedingt einmal mit eigenen Augen sehen wollte! – es brachte sie dennoch in ihrer eigenen Aufgabe nicht weiter voran. Vielleicht hätten sie das Ganze bereits abgebrochen, wenn es nicht eine gute Beschäftigung gewesen wäre, um nebenbei zu Kräften zu kommen.

Die Gnome und Zziddra setzten sich manchmal dazu und hörten mit, was Roji vorlas. Gelegentlich gingen sie hinaus und durchstreiften das Gelände. Oder sie legten sich irgendwo gemütlich nieder und schliefen. Zumindest die Gnome hatten normalerweise ebenso wenig Gelegenheit zum Faulenzen wie Tirú. Zziddra deutete an, dass die Königin hohe Erwartungen hegte und das Drachenweibchen deswegen viel Zeit damit verbringen musste, ihre Kräfte zu üben und sich Wissen anzueignen.

Im Moment waren sie wieder alle zusammen versammelt. Mittlerweile hockten sie tagsüber nicht mehr im Bett, sondern setzten sich in die Küche an den großen Tisch. Hier waren sie dem für die Erholung dringend notwendigem Essen näher und der Holzherd ließ sich mit Zziddras Hilfe leicht und schnell befeuern, wodurch sie es stets behaglich warm hatten. Öllampen sorgten für genügend Helligkeit am Tisch, sodass Roji lesen und Tirú schreiben konnte.

„Das ist seltsam", murmelte Roji, als er sich ein neues Pergament vornahm. „Es ist teilweise in deiner Schrift geschrieben, sieh mal – da gibt es Überschneidungen. Fast als hätte dein Vater die neue Schrift gelernt und noch nicht gut genug geübt, um sie für den gesamten Text durchhalten zu können."

„Kannst du es lesen?", fragte Tirú sichtlich aufgeregt. Roji erging es ähnlich. Das hier musste ein sehr alter Text sein, der sie hoffentlich weiterbringen würde.

„Ich denke ja. Die meisten Buchstaben hast du mir ja erklärt", murmelte er und las konzentriert. Es dauerte länger als normal, war aber einfacher als befürchtet. Laut trug er vor:
„Wir lernen mit jeder Reise mehr über die Uhr und das, was in ihr steckt. Nie hätten wir geglaubt, nie uns träumen lassen, welches Meisterwerk der Magie uns mit unserem simplen Zauber gelungen ist! Wir wollten lediglich ohne große Opfer auf die andere Seite wechseln können und nun haben wir ein Instrument, nein, eine Waffe! Die wir erst einmal in ihrer ganzen Tiefe verstehen müssen. Shara und ich leben zurzeit außerhalb des Hauses in einem Dorf. Unsere Gnomwächter ahnen nichts davon, sie behüten unsere Tochter und glauben, wir wären im Verwunschland."
„Oh", murmelte Agus. „Ich erinnere mich. Beinahe drei Monate waren Eure Eltern fort, Herr Tirú. Wir waren zutiefst besorgt, weil sie dabei ihre erstgeborene Tochter in unserer Obhut zurückgelassen haben, die noch so jung war und Tag und Nacht nach der Mutter schrie ... Bis sie aufhörte zu schreien. Denn bei aller Mühe konnten wir nicht viel mehr tun, als sie am Leben zu erhalten und zu versuchen, ihr ein wenig Fürsorge zu schenken, was nachts leider unmöglich war. Das war keine schöne Zeit, o nein!"
Betroffen blickte Roji zu Tirú hinüber, der den Kopf gesenkt hielt, um sich Notizen zu machen. Das war sicherlich nicht unbedingt das, was man über die Eltern hören wollte, die man so früh verloren hatte und darum nie aufgehört hatte, sie als große Helden zu betrachten, die keine Fehler oder Makel haben konnten. Zumindest erging es Roji so, seine verstorbene Mutter war für ihn eine Gesandte der Himmelsmächte, schön wie der junge Morgen und von übernatürlicher Reinheit und Güte. In seiner Vorstellung gab es kein vollkommeneres Wesen als sie. Wäre er mit ihr aufgewachsen, hätte er sich anders entwickelt, so wie es normal war.
Er las weiter:
„Wenn wir mithilfe der Uhr in die Verwunschwelt springen, statt eines von Sharas Portalen zu nutzen, landen wir bei der Rückkehr tatsächlich wieder in der Zeit und dem Ort, den wir verlassen hatten. Das ist von unendlicher Faszination! N. ist ein wundervoller Mann. Er hat mir Lesen und Schreiben beigebracht, wie es in seiner Zeit üblich ist. Wir mussten Hilla aus einer alten Linie holen, die Geschichte schreibe ich auf, wenn mir die Buchstaben noch besser gelingen. Diese Texte sind für euch, meine Kinder. Ihr sollt verstehen, welcher Art von Arbeit ich nachgehe, wie sich mein Verständnis für die Magie der Zeitreisen entwickelte, welche Erkenntnisse ich daraus gewann. Seht mir nach, dass ich kein großer

Schreiber bin und darum alles ziemlich wild durcheinandergeht. Es wird wohl mit der Übung besser werden, denke ich. Ich will nicht, dass Shara liest, was ich schreibe. Vermutlich würde sie es als Verrat ansehen. Sie musste zwei volle Jahre auf ihr eigenes Kind verzichten, auch wenn es für die Kleine lediglich gut drei Monate waren. Diese Zeit aufzuholen war Shara nicht möglich. Sie liebt unsere Tochter, doch die Distanz ist deutlich zu spüren. Zu ahnen, wie hoch der Preis ist, den man als Magieforscher zu zahlen hat, und ihn tatsächlich zu entrichten, das hat sie hart werden lassen. Hart zu sich selbst, zu mir, zu dem Kind. Was mit ihr und Hilla geschah, was zwischen uns geschah, die Opfer, zu denen ich sie drängte, die sie sich selbst auferlegte … Sie will mich nicht mehr länger bei den Reisen begleiten, sondern ausschließlich im Haus bleiben und an den Portalen arbeiten. Ich habe ihr dafür eine Haarnadel verflucht, die Magie fokussieren kann. Auf diese Weise kann sie auch in dieser magiearmen Umgebung ihren Teil der Arbeit vollbringen und mir Portale in alle Zeiten und Orte der Entstehungsgeschichte des Verwunschlands erschaffen. Meine geliebte Frau lebt für die Malerei und ich lasse sie dort glücklich sein. Königin Nibura belassen wir dabei im Dunkeln. Sie hat sich als eher hinderlich für die Forschungsarbeit erwiesen, auch wenn sie uns nicht offen anfeindet oder gar Verbote ausspricht."

Verblüfft starrten sie einander an.

„Das …" Tirú legte die Schreibfeder sorgfältig ab, bevor er sich mit beiden Händen durch die Haare raufte. „Ich glaube das nicht!", rief er. „Warum sollten sie sich gegen die Königin stellen, die diese Forschungen doch offensiv unterstützt und ermöglicht hat?"

„Hat sie das tatsächlich getan?", fragte Zziddra an Agus gewandt.

„Ich weiß es nicht", entgegnete dieser. „Meine Brüder und ich haben jahrzehntelang unsere Heimat nicht zu Gesicht gekommen. Ob und wann der Herr mit der Königin gesprochen hat, wurde uns nicht verraten. Was das Ergebnis solcher Besprechungen war, ging uns nichts an. Wir waren für ihn nichts weiter als Wächterkreaturen, keine Freunde und Verbündete wie für Tirú."

„Was der Grund ist, warum du ihn mal vertraulich und mal respektvoll ansprichst", murmelte Zziddra. „Wir müssen mehr darüber herausfinden, ob dieses Empfinden, gehindert zu werden, aus Misstrauen geboren wurde oder auf Tatsachen fußte. Genau wie einiges andere in diesem Text wirr erscheint. Verwirrend für uns, uns fehlen zu viele Informationen."

„Was ist mit der Zeitlinie und Hilla gemeint?", fragte Roji.

„Ich bin mir nicht sicher." Agus blickte seine Brüder an, die ebenfalls zögerlich wirkten. „Bevor der Herr und die Herrin für drei Monate fortgingen, hatten sie eine junge Frau als Amme für Elara, die älteste Tochter, aus dem Verwunschland mitgebracht. Die haben wir kaum zu Gesicht bekommen, weil es uns untersagt war, ohne absolute Not in das Kinderzimmer zu gehen. Die Herrin mochte uns nicht sonderlich und hat uns diese Ablehnung häufig spüren lassen. Die Amme ging mit ihnen und darum blieb das Kind ohne Aufsicht. Es sollte eigentlich nur ein Spaziergang in das Dorf werden, damit die junge Frau sich an die verschwimmenden Zeitlinien gewöhnen konnte. Als sie zurückkamen, war die Amme tot. Gestorben, hieß es. Sie holten einige Tage später eine neue Amme, diesmal eine ältere Frau – Hilla. Sie war ebenfalls Verwunschländerin, deshalb verstehe ich nicht, was mit den alten Linien gemeint sein könnte."

„War sie womöglich dieselbe Frau, lediglich gealtert?", fragte Tirú. „Du sagtest, ihr habt die erste Amme eigentlich gar nicht gekannt."

„Es wäre möglich." Agus, Fjork und Madrow zuckten ratlos mit den Schultern. „Das Wie und Warum würde sich nicht erschließen. Wenn die erste Amme versagt hat, ist es nicht ratsam, sie zurückzuholen, auch nicht um Jahre gealtert."

„Es wäre allerdings eine Begründung, warum man Hilla ausgewählt hat, die Kinder manchmal eher lästig zu finden schien und selbstverständlich keine eigene Milch mehr hatte", sagte Fjork.

„Was haben wir nun zusammenfassend erfahren?", fragte Tirú und blickte auf sein Pergament. „Meine Eltern waren zu einem Spaziergang aufgebrochen, um der Amme meiner Schwester zu zeigen, wie die überlappenden Zeitlinien außerhalb dieses Hauses funktionieren. Es war wichtig, denn sie musste uns Kinder mit aller Gewalt auf dem Grundstück halten, wo wir sicher waren.

Irgendetwas ist geschehen, was die Amme anscheinend getötet und meine Eltern gezwungen hat, mit der Uhr zurück ins Verwunschland zu fliehen. Bei der Rückkehr sind sie nicht im Haus, sondern dort draußen gelandet, in derselben Zeitlinie, die sie zurückgelassen hatten.

Fasziniert von den Möglichkeiten sind sie offenbar hin- und hergesprungen, haben damit zwei Jahre zugebracht, was für die Hausbewohner allerdings bloß drei Monate bedeutete. In dieser Zeit haben sie sich mit einem Unmagischen angefreundet, der ihnen Lesen und Schreiben beibrachte."

„Das war womöglich mein eigener Vater", warf Roji zögernd ein. „Er heißt Nantan und hat häufiger Händler, die im Winter in unserem Dorf aufgrund des Wetters liegengeblieben waren, für einige Wochen oder sogar Monate unterrichtet. Schreiben und Lesen sind wertvolle Handwerkskünste, die von vielen Händlern bloß mangelhaft oder auch gar nicht beherrscht werden. Er hätte sich nicht einmal gewundert, wenn dieser Händler von ein oder zwei Frauen begleitet worden wäre, ohne Waren bei sich zu haben. Auch das wäre nicht weiter selten, gerade in der Winterszeit kommt es vor, dass Mitglieder eines Händlerzuges durch einen Sturm von den Gefährten getrennt wurden und bei uns stranden. Wir liegen nah an einer großen Handelsstraße, darum haben wir sogar leerstehende Häuser, die für diese Gäste erbaut worden sind."

Diese Leute bekam Roji leider wenig zu Gesicht, weil sie sich im Dorf niederließen und nicht von seinem Vater nach Hause eingeladen wurden.

„Mein Haus ist mein Tempel", pflegte er zu sagen. „Ich will dir außerdem auf keinen Fall Gäste zumuten, Roji. Ich weiß, dass du deine Ruhe über alles schätzt."

„Womöglich hat das den Zytlor verwirrt", murmelte Zziddra. „Zugegeben, das ist weit, weit hergeholt. Aber über deinen Vater hätte es eine Art von Verbindung zwischen beiden Familien gegeben, die der Dämon gewittert haben mag."

„Es würde nicht erklären, warum er mich stehenließ, um sich auf Roji zu stürzen, aber ja, es wäre zumindest ein Erklärungsansatz", sagte Tirú. „Wirklich bedeutsam für mich ist, dass ich nun verstehe, warum meine Mutter oft hart und abweisend uns Kindern gegenüber war und sich ausschließlich auf ihre Gemälde konzentriert hat."

Roji legte ihm eine Hand auf den Arm, um sein Mitgefühl zu zeigen. Schlimm genug, wenn man die Mutter in solch jungen Jahren gewaltsam verlor. War sie zuvor alles andere als eine liebevolle Frau und der Vater ausschließlich mit seiner Arbeit beschäftigt ... Bei allen Mächten, was für ein trauriges, hartes Leben Tirú hinter sich hatte!"

„Es dämmert", fuhr Zziddra dazwischen. „Ich schlage vor, dass ich die Königin aufsuche und ihr von dieser Entwicklung berichte. Möglicherweise hat sie etwas zu sagen, was die Forschungen deiner Eltern betrifft, Tirú. Da du dich als Krieger statt als Magieforscher verstehst, hängt es von ihren Befehlen ab, wie weiter zu verfahren ist."

„Ich stimme zu", entgegnete Tirú. „Auch wenn ich noch viel, viel mehr erfahren will, können wir nicht auf eigene Faust hierbleiben und womöglich Wochen damit zubringen, die Notizen meines Vaters zu lesen. Bitte sie um neue Befehle. Roji und ich gehen schlafen, ihr Gnome werdet euch gleich verwandeln. Ich hoffe, dass wir beide morgen früh zumindest halbwegs bei Kräften und erholt sind."

„Ich lasse die Königin wissen, dass es den Heilbeeren geschuldet war, warum wir nicht sofort heimgekehrt sind, und es womöglich noch ein, zwei Tage dauern könnte, bis Roji wieder vollständig reisefähig ist", sagte Zziddra und grinste so selbstgefällig, wie es nur einem Drachen mit hunderten nadelspitzer Zähne möglich war. „Auf diese Weise können sich sämtliche Beteiligte noch ein wenig mehr ausruhen, ohne der Königin den Gehorsam zu verweigern, und das eine oder andere zusätzliche Pergament lässt sich lesen. Sollte sie entscheiden, dass wir nach eigenem Denken und Gewissen weiterforschen sollen, ist noch weniger Schaden entstanden."

„Ich mag deine Art zu denken, Schuppenhaut", brummte Agus anerkennend.

„Zu freundlich von dir, Borkennase", entgegnete sie ähnlich höflich. „Nun denn! Nutzt die Nacht völliger Freiheit. Egal wann ich wiederkomme, ich werde euch zwei Hübschen erst im Morgengrauen stören, damit ihr wirklich und wahrhaftig ausgeschlafen und bei Kräften seid."

Sie hatte diesen selbstgefälligen Ausdruck in den Augen, den sie für gewöhnlich annahm, wenn sie gelobt werden wollte. Roji war nicht völlig klar, warum sie ihn und Tirú auf diese Weise anschaute. Warum Tirú errötete. Und die Gnome breit grinsten. Er ahnte, dass dies einer der Momente war, in denen die anderen sich über seine naive Unschuld ausließen. Natürlich freute er sich darauf, ungestört mit Tirú Küsse tauschen zu können. Die letzten Nächte waren sie beide so erschöpft gewesen, dass sie sich lediglich vor dem Einschlafen aneinandergeschmiegt hatten; da war selbst für einen Kuss kaum Kraft geblieben. Trotzdem dauerte ein Kuss keine ganze Nacht und war kein Grund für Selbstgefälligkeit und Erröten. Oder? Ach, was kümmerte es ihn? Er würde früh genug merken, warum genau sich alle gerade merkwürdig benahmen.

Selten zuvor war Tirú dankbarer gewesen, dass die Gnome diesem Verwandlungszyklus unterlagen und sich darum nachts nicht in einem Gebäude aufhalten konnten. Dies war die eine ungestörte Nacht, die ihm für Roji blieb. Mit Sicherheit nicht genug Zeit, um ihn zu verführen. Um ihm die letzte Unschuld zu rauben. Jedenfalls nicht, wenn er es richtig machen wollte.

Ohne Schmerzen.

Mit nichts als Verlangen und Zärtlichkeit statt magisch erzeugter Lust, die Schmerz und Angst übertünchte. Tirú strebte also gar nicht erst nach solchen Zielen, die unmöglich zu erreichen waren.

Stattdessen wollte er ihn verwöhnen und zumindest ahnen lassen, was Lust bedeuten konnte.

Als die drei Gnome und Zziddra fort waren, blieb er noch einen Moment lang auf der Holzbank sitzen. Seine Schreibutensilien hatte er bereits gereinigt, die beschriebenen Pergamente mit Sand abgelöscht und so beiseite gelegt, dass sie sich nicht versehentlich mit den Texten seines Vaters mischen konnten.

Er ergriff Rojis Hand, die leicht schwitzig war und in der seinen bebte. Sein Gefährte weigerte sich, ihn anzusehen, er hielt den Kopf abgewandt.

Gewiss.

Roji war nicht dumm. Er hatte die bedeutsamen Blicke und Zziddras Unterton aufgefangen und war nun verunsichert, weil er nicht wusste, was ihn erwarten würde.

Leider war sich Tirú darüber selbst auch nicht völlig im Klaren!

„Möchtest … Möchtest du noch etwas essen?", fragte er heiser. Roji schüttelte den Kopf, sah ihn zaghaft von unten herauf an, bevor er sich rasch wieder abwandte.

Ihr Mächte des Himmels!

„Du brauchst dich nicht zu fürchten", sagte Tirú bestürzt und rutschte von der Bank, um vor ihm am Boden zu knien. „Hörst du? Es gibt tausende Dinge, vor denen du Angst haben sollst und ein großer Teil davon stammt aus meiner Heimat. Vor mir jedoch brauchst du dich niemals zu fürchten. Ich würde mir eher beide Hände abschlagen, als mich dir mit Gewalt aufzuzwingen!"

Endlich sah Roji ihn an, und ein Lächeln erhellte sein schönes Gesicht.

„Ich habe keine Angst vor dir", sagte er und hob die Hand, um über Tirús Wange zu streicheln. Halbwegs beruhigt schmiegte Tirú sich in die warme Fläche und suchte die schönen blauen Augen.

„Was ist es dann?", fragte er leise.

„Ich habe Angst, mich dumm anzustellen. So dumm, dass du mich … mich nicht mehr willst. Ich weiß, ich bin zu jung und dumm und unerfahren."

Beschämt errötete er, während Tirú vor Erleichterung am liebsten singen würde.

„Ich kann mir keinen Grund vorstellen, warum ich dich enttäuscht von mir stoßen könnte. Jugend vergeht von allein, Roji, sie ist niemals ein Fehler. Unerfahrenheit genauso wenig. Jeder fängt irgendwann einmal an und nun ja – dafür, dass ich im Vergleich zu dir schon fast ein Greis bin, mangelt es mir selbst an Erfahrung. Ich kann dir allerdings versprechen, dass alles das, was ich heute Nacht mit dir vorhabe, leicht und unkompliziert ist und keiner weiteren Übung bedarf. Wir zwei werden das schaffen und wenn überhaupt, stellen wir uns beide dumm an."

Roji glitt zu ihm hinab und schmolz in seine Arme hinein. Seine Umarmung war fest, Halt gebend und suchend zugleich. Sein Kuss war so süß wie stets. Tirú war süchtig danach, ihn küssen zu dürfen.

Nach einer kleinen Weile wurde es allerdings unbequem am Boden, darum löste er sich schweren Herzens von ihm.

„Komm mit", raunte er ihm zu und biss ihm sanft in das Ohrläppchen. „Ich kenne einen deutlich besseren Ort als die Küche, wo ich jetzt mit dir sein will." Er zog ihn hoch, nahm ihn an die Hand und zog ihn sanft mit sich. Roji strahlte, folgte ihm vertrauensvoll und mittlerweile ohne jedes Zeichen von Nervosität.

Tirús Ziel war das Badezimmer seiner Eltern. Erst jetzt, wo er einige Tage als Erwachsener in diesem Haus verbracht hatte, wurde ihm bewusst, wie viel Magie seine Eltern verschwendet hatten. Als wäre es gleichgültig, wie hoch der Preis dafür war, hatten sie alle möglichen und unmöglichen Dinge mit Flüchen und magischen Funktionen belegt. Es erhöhte die Bequemlichkeit, das stand außer Frage, ließ ihn hingegen zweifeln, ob diese beiden Menschen, die er kaum kennenlernen durfte, jemals über Moral, Recht und Unrecht nachgedacht hatten.

Solche Zweifel würde Tirú heute Nacht außen vorlassen, denn er wollte aus einer dieser magischen Bequemlichkeiten Nutzen ziehen.

Roji kannte das Badezimmer bereits und hatte es bislang allein nutzen dürfen. Es gab darum keine Fragen oder Verwunderung, als Tirú ihn in diesen Raum führte, die Fensterläden verschloss, damit keiner der Gnome in die Versuchung geriet, heimlich durch das Fenster zu schauen, die zahlreichen Kerzen entzündete, die überall verteilt wurden und sich dann dem riesigen Badezuber zuwandte. Es war keiner der gewöhnlichen Zuber, wie man sie im Verwunschland nutzte, weil es nun einmal Selbstmord gleichkam, sich unbedarft in den nächsten See zu werfen oder in einen

Fluss zu springen. Dieser Holzbottich war groß und hoch genug, dass eine Großfamilie darin baden könnte, ohne dass einer dem anderen in die Quere kommen würde. Ein oder zwei Personen konnten darin also sogar einige Schwimmzüge vollführen, sofern sie schwimmen gelernt hatten. Tirú beherrschte diese Kunst, da er sich mehr als einmal in Seen und Flüsse hatte stürzen müssen, allen mörderischen und übellaunigen Kelpies, Wasserdrachen und sonstigen Ungeheuern zum Trotz. Roji hatte vermutlich niemals Gelegenheit gehabt, geschweige denn einen Grund, so etwas können zu müssen.

Wichtig war dies gerade nicht. Bedeutsam war der Ausdruck in Rojis Augen, als Tirú vor ihm stand und langsam ein Kleidungsstück nach dem anderen ablegte. Zuzusehen, wie die blauen Tiefen mit jedem Atemzug dunkler wurden, weil die Pupillen sich vor Erregung weiteten, wie sich der zart ausgeprägte Adamsapfel bewegte, als Roji schluckte, während Tirú seinen Gürtel öffnete … Wundervoll. Vollkommen still stand er da und beobachtete mit leicht geöffneten Lippen Tirús anwachsende Nacktheit.

„Soll ich dir helfen?", fragte Tirú lächelnd. Auf das hektische Nicken hin griff er nach Rojis Hemd. Seine Finger bebten sacht, während er die Verschnürung öffnete. Das überspielte er mit anhaltendem Lächeln, ließ sich Zeit, streifte ihm das Kleidungsstück über den Kopf, das einst einem der Diener gehört hatte. Er bewunderte die schlanken Muskeln, streichelte mit beiden Händen über Rojis Brust, die Arme, zog ihn nah zu sich heran und küsste ihm zärtlich die Lippen.

„Du bist schön!", verkündete er mit Nachdruck, bevor er sich einen Weg in die Tiefe suchte, ihn über den Hals hinab küsste, bevor er an den weichen Nippeln verharrte. Sie zogen sich unter seiner Berührung zusammen, wurden zu kleinen, roségefärbten Perlen, die er nacheinander mit den Zähnen bearbeitete – vorsichtig, denn er erinnerte sich, wie ihn der Faun dort beinahe blutig gebissen hatte. Rasch verdrängte er dieses Bild vor seinen Augen, das er am liebsten für alle Zeiten ausradieren wollte. Es ungeschehen machen, auch wenn er dann genauso unschuldig und ahnungslos vor Roji stehen würde, wie dieser vor ihm dastand. Andererseits halfen die Erfahrungen, denn er wusste sehr genau, was er besser machen wollte und musste.

Roji keuchte leise, als Tirú seine Bemühungen intensivierte, die eine Perle zwischen die Lippen zog, während er die andere behutsam zwischen den Fingern zwirbelte. Dieser leise Laut der Erregung nahm Tirú als Befehl, keine Zeit zu vertrödeln und sank darum auf die Knie herab, um seinem

Gefährten die Hose über die Hüften hinabstreifen zu können. Auch das Leibtuch und die Schuhe raubte er ihm und konnte ihn nun in seiner gesamten verletzlichen Nacktheit bewundern.

Unmittelbar vor ihm ragte die schlanke, jungmännliche Erektion in die Höhe, eingebettet in ein Nest aus goldblonden Härchen. Ein betörender Duft nach Moschus und Erregung stieg ihm in die Nase, aufregend genug, dass es vor Verlangen zwischen seinen Beinen zu pochen und zu zucken begann. Er spürte, wie ein Schauder über Rojis Körper rann und erkannte, dass er das Tempo noch weiter verlangsamen musste.

Darum hauchte er lediglich einen Kuss auf die rosig geschwollene Spitze und erhob sich wieder.

Wortlos half er Roji, in den Zuber zu steigen. Es gab Holzsitze, auf denen man sich bequem niederlassen konnte, bevor man die Magie aktivierte. Das war denkbar einfach, selbst ein Unmagischer könnte dies vollbringen: Tirú klopfte dreimal mit der flachen Hand gegen den Zuber, der sich sofort mit angenehm warmem Wasser füllte. Gerade hoch genug, dass sie bis zu Brust darin saßen. Mehrere Schutzzauber verhinderten Ertrinken, selbst wenn man das Bewusstsein verlieren sollte. All dies war überflüssige Dekadenz. Und zugleich war es wundervoll, denn es gab ihm die Möglichkeit, sich mit Roji im Arm zu entspannen.

Er machte es sich auf dem Sitz bequem, der dank der Magie niemals verrotten würde, brachte Roji dazu, sich bei ihm auf den Schoß zu setzen, und sie versanken gemeinsam glückselig in innige Küsse. Ihre Zungen umtanzten einander und beinahe nebenbei konnte er den schlanken Körper streicheln und erforschen, ohne zu befürchten, ihn damit zu überfordern. Langsam arbeitete er sich über den Rücken hinab zu den beiden strammen Backen. Roji zuckte leicht, als Tirú zugriff und sanft zu kneten begann. Dabei ließ er die Finger weiterwandern und strich über den Damm, darauf bedacht, noch nicht die Hoden zu berühren. Mit erstauntem Blick unterbrach Roji den Kuss und starrte ihn an, offenkundig verwirrt von den Empfindungen, die völlig neu für ihn waren.

„Magst du das?", fragte Tirú und hielt inne.

„Ja …"

„Sag mir, wenn du etwas nicht magst. Oder wenn es unangenehm wird. Ob es weh tut, werde ich wohl selbst erkennen können, aber bei allem anderen musst du mir helfen."

„Geht das überhaupt?", fragte Roji und errötete so tief, dass sich selbst der Hals verfärbte. „Ich meine – bei Frauen ist das schon passend gemacht, damit der Samen dahin kommt, wo die Kinder wachsen sollen. Aber wir sind beide Männer und ich weiß nicht, ob …"

„Es wird gelingen", flüsterte Tirú lächelnd und umschloss Rojis Erektion. Der schnappte verblüfft nach Luft, starrte ihm unverwandt ins Gesicht, während Tirú ihn sanft zu massieren begann. Es war der schönste Anblick seines Lebens, als Roji den Kopf in den Nacken sinken ließ und mit geöffneten Lippen und geschlossenen Augen zu genießen begann. Seine Hingabe, sein grenzenloses Vertrauen … Das waren kostbare Geschenke. Begeistert hielt Tirú ihn mit der einen Hand fest, schenkte ihm mit der anderen Lust. Rojis Hüften zuckten rhythmisch, er atmete schneller, stöhnte leise, stieß sich in Tirús Faust und kam schließlich mit einem erlösten Lächeln.

Er bebte noch von seinem Höhepunkt, als Tirú ihn an sich zog und einfach nur festhielt.

„Danke", flüsterte Roji nach einer längeren Weile rau. Er hatte den Kopf auf Tirús Schulter gelegt und rührte keinen Muskel mehr. „Das war … es war … ihr Mächte …"

„Ich weiß. Es ist schön, dieses Gefühl." Tirú stockte, als sich Rojis Hand um seinen Schaft legte. Seine Erregung, die bereits im Abklingen begriffen war, kehrte sofort zurück und er wurde hart wie ein Stein. Roji war erst ein wenig zaghaft, doch er fand rasch einen Rhythmus, dem Tirú nicht allzu lange würde standhalten können. Zutiefst bedauernd hielt er ihn auf.

„Warte, mein Schöner", flüsterte er mit einem Lachen und küsste ihn rasch, damit Roji nicht glaubte, er hätte etwas falsch gemacht. „Warte. Ich bin nicht mehr zwanzig. Du brauchst nicht mehr als ein paar Minuten, um wieder bereit zu sein. Bei mir selbst weiß ich es nicht. Bin ja nicht sonderlich geübt …"

Außer darin, seltsamen Unsinn zu stammeln, wie es schien. Er lehnte seine Stirn gegen Rojis und wartete, bis er zu Atem gekommen war. Er hätte tatsächlich nur noch zwei, drei Herzschläge gebraucht, um zum Höhepunkt zu gelangen.

„Ich wollte dir deine Frage beantworten", fuhr er etwas mühsam fort. „Du wolltest wissen, ob zwei Männer zusammenpassen können, wie es bei Mann und Frau der Fall ist. Und ja, auch das ist möglich. Etwas unangenehm am Anfang, vielleicht sogar schmerzhaft, am Ende aber unglaublich gut. Noch besser als das, was du gerade erlebt hast. Ein Kind kann dadurch nicht entstehen, was ich ehrlich gesagt als Belohnung empfinde – diese Aufgabe ist nicht für Männer gemacht und ich will sie auf keinen Fall übernehmen." Dafür redete er noch mehr Unfug. Er sollte einfach den Mund halten und Taten sprechen lassen.

Darum zog er Roji noch enger an sich heran und tastete sich vor, bis er den Eingang spürte. Fest geschlossen war er, der Muskel, und Roji starrte verblüfft zu ihm hoch, als Tirú versuchte, mit einem Finger vorzudringen.

„Das … Es ist seltsam …", murmelte er.

„Ich weiß. Ungewohnt vor allem. Denk nicht darüber nach. Entspannung ist hier entscheidend." Tirú küsste ihn, diesmal mit leidenschaftlicher Gier. Mit einer Hand massierte er Rojis längst neu erwachte Erektion, mit der anderen wartete er geduldig, das der Widerstand erlahmte. Das alles war sehr viel mehr, als er geplant hatte, doch er konnte keinen klaren Gedanken mehr fassen. Er wollte das hier so sehr …

Roji stöhnte und bäumte sich in seinen Armen auf, als Tirú es schaffte, mit einem Finger in die Enge einzudringen.

Er verharrte sofort, wartete, dass sein Gefährte sich an das seltsame Gefühl gewöhnen konnte, ausgefüllt zu werden.

„Geht es?", fragte er und verteilte zarte Küsse und noch zartere Bisse auf Rojis Kehle.

„Ja. Es tut nicht weh, es ist bloß …"

Tirú stieß ein winziges bisschen tiefer und fand die kleine Erhebung, von der ihm der Faun erzählt hatte. Faszination und Erregung prickelten durch Bauch und Unterleib. Er rieb über den Punkt, getrieben von den entzückenden kleinen Lauten, die Roji ausstieß. Er beobachtete, wie Roji die Augen verdrehte, bevor er sie schloss, wie sich sein Gesicht vor Lust verzerrte. Es war so wunderschön … Er wollte mit ihm verschmelzen. Ihn halten, ihn befriedigen, in ihm sein.

Langsam zog er den Finger zurück, was so viel empörte Enttäuschung provozierte, dass er lachen musste.

„Geduld!", rief er. „Hab Geduld. Der letzte Weg wird anstrengend für dich." Er hob Roji an und leitete ihn, bis Tirú sein Ziel fand. „Den Rest musst du selbst übernehmen", sagte er leise und küsste ihn, ausgehungert und gierig und zitternd vor Ungeduld. „Du musst langsam vorgehen. Sehr, sehr langsam. Mein Schaft ist deutlich größer als ein Finger. Wenn ich anfangen sollte zu betteln, dann missachte mich bitte. Jedes bisschen zu schnell bedeutet für dich starke Schmerzen und vielleicht sogar Verletzungen. Glaub mir, ich weiß, wovon ich rede, diese Schmerzen willst du nicht. Nur die Lust." Er stockte, als Roji sich herabdrückte, bis es sichtlich weh tat. „Warte, warte", stieß er atemlos hervor. Schon jetzt war es wundervoll. Er küsste ihn, streichelte ihm über Rücken und Bauch, bis Roji wieder ruhig atmen konnte.

„Ich verstehe", stammelte Roji. „Keine Ungeduld. Ich verstehe."

Tirú umfasste Rojis Glied, das schlagartig erschlafft war, und verwöhnte es sanft. Fingerbreit um Fingerbreit ging es voran und dann ... Dann waren sie eins.

Sie blickten einander an, lächelnd, fern von allen Sorgen. Roji bewegte sich langsam, auf und nieder.

Seine Augen loderten vor Verlangen, demselben Verlangen, das Tirú brennen ließ. Dann spannte er sämtliche Muskeln zugleich an und für einen Moment trudelten sie gemeinsam den Himmelsmächten entgegen.

Zu schnell war es vorbei. Viel zu schnell.

Und dennoch war es so wunderschön und wertvoll gewesen, dass Tirú kaum wusste, wohin mit seiner Dankbarkeit.

Das alles legte er in seinen Kuss, bevor er sich erschöpft und glücklich an Rojis Schulter lehnte.

„Wir sollten langsam raus aus dem Wasser, oder?", fragte er ihn. Seine Haut wurde allmählich schrumpelig und zum Schlafen wollte er lieber in seinem Bett liegen.

„Hmmm ..." Schläfrig blinzelte Roji zu ihm hoch, darum klopfte Tirú rasch dreimal gegen die Zuberwand und ließ auf diese Weise das Wasser verschwinden.

Sie trockneten sich gegenseitig ab, rafften ihre Kleidung an sich, ohne sich damit abzumühen, sie überzustreifen, und eilten Hand in Hand durch die Gänge, bis sie Tirús Schlafraum erreicht hatten.

Wenn dieses Haus einen Fehler besaß, dann war es seine Größe!

Als sie endlich im Bett lagen und sich unter der Decke aneinanderschmiegten, spürte Tirú ziemlich schnell, dass sein Gefährte deutlich weniger müde war als er.

„Hast du auch eine solche ... Stelle ... in dir?", fragte Roji und tastete ohne jeden Anflug von Scheu nach Tirús Eingang.

„Habe ich, ja." Er gluckste amüsiert, bevor er sich willig umdrehte. „Allerdings bin ich ebenso ungeübt wie du und dort unten ist es trocken. Ohne das Wasser, das wir eben zur Verfügung hatten, oder irgendeine Art von Öl, wirst du nicht gut vorankommen." Er zischte leise, als Roji sich zurückzog, Feuchtigkeit auf den Eingang strich und schließlich der Finger durch den Widerstand brach.

„Wir können keine Fehler sein", murmelte es hinter ihm.

Roji verteilte Küsse auf Tirús Rücken, was er kaum noch spürte, denn ja, da war diese Erhebung und … Ihr Himmelsmächte!

„Wir können nicht falsch sein, denn sonst hätten die Mächte uns nicht auf diese Weise erschaffen. Eine Weise, die es auch für Mann und Mann wundervoll sein lässt, zusammenzukommen. Unser Priester sagt immer, dass die Himmelsmächte keinen Fehler begehen, lediglich die Sterblichen tun das, und wir Menschen verstehen nichts von den Plänen der Höheren. Das hier ist so schön, es muss gut und richtig sein."

Wer war er, so viel Weisheit und Wahrheit zu widersprechen? Wer war er, sich gegen das aufzulehnen, was Roji ihm schenkte?

Tirú dachte im Traum nicht daran.

Dafür war es viel zu gut …

Kapitel 15

Roji schreckte aus tiefem Schlaf hoch.

Etwas kitzelte an seiner Nase. Und da war das intensive Gefühl, beobachtet zu werden, das sich wie eine Nadel in seine Stirn bohrte.

Als er die Augen öffnete, blickte er in bernsteingelbe Drachenaugen.

„Zziddra!", rief er erschrocken und wich zurück.

Oder er versuchte es vielmehr, denn hinter ihm lag Tirú.

Der schreckte nun ebenfalls hoch und stand bereits kampfbereit neben dem Bett, noch bevor er die Lider richtig aufgeschlagen hatte.

„Da sieht man den Unterschied zwischen Kriegern und Bauern", zischte Zziddra amüsiert. „Willst du dir nicht lieber etwas anziehen, großer Krieger? Für ein Menschlein ist es ziemlich kalt in dieser Kammer."

Tirú grummelte etwas und suchte nach seinem Leibtuch. Sie hatten gestern Nacht die Kleidung einfach auf den Boden fallen lassen. Wenn es nach Roji ginge, müsste Tirú sich keineswegs um lästigen Stoff bemühen …

„Ihr Mächte des Himmels, du hast den Kleinen völlig verdorben", rief Zziddra und schnaufte Rauchwölkchen aus ihren Nüstern. „Wenn man euch zwei so anschaut … Ihr strahlt beide wie die Sonne. Ach, was sage ich! Könnte man das jungverliebte Glück, das ihr ausstrahlt, in Hitze verwandeln, könntet ihr ohne Mühe ein zwölffaches Drachengelege ausbrüten."

„Nun sprich", knurrte Tirú und warf Roji einen Packen frischer Kleidung zu. Beim Aufsetzen wurde ihm erst klar, dass sie es gestern Nacht vielleicht doch ein wenig übertrieben hatten.

Er fühlte sich steif und an Stellen wund, über die er sich noch nie allzu viele Gedanken gemacht hatte.

Zudem war er müde und würde sich am liebsten wieder unter die Decke verkriechen. In Tirús Arme hinein, das wäre ihm recht. Leider waren sie nicht zu ihrem Vergnügen hier …

„Zziddra? Was hat die Königin gesagt?"

Das Drachenweibchen legte den Kopf schräg und wies mit einer Pranke zur Tür.

„Warte einen Moment. Die Gnome haben uns wohl reden gehört und kommen angesprungen."

Schon ging die Tür auf. Fjork und Agus hüpften mit Anlauf auf das Bett hinauf, während Madrow langsamer folgte, da er ein riesiges Tablett mit dampfenden Essensschüsseln auf dem Kopf balancierte.

„Frühstück!", krähte er fröhlich. „Frisch ans Bett serviert, wie es sich für das junge Glück ziemt."

Roji erwartete, dass Tirú widersprechen würde. Bloß weil sie eine Liebesnacht geteilt hatten, waren sie noch lange kein Paar. Das Schicksal hatte sie zusammengeworfen und was aus ihnen werden würde, das wussten die Himmelsmächte allein.

Doch Tirú protestierte nicht. Stattdessen schlüpfte er schweigend zurück unter die Decke und setzte sich neben Roji, der immerhin schon sein Hemd übergestreift hatte.

Gemeinsam langten sie zu. Es gab heißen Haferbrei mit Honig und aufgeschnittenen Früchten, kleine Omeletts mit Pilzen und Gemüse und frisch aufgebrühten Kräutertee.

„Die ersten Lebensmittel werden knapp", sagte Madrow.

„Nun, wenn die Drachendame uns erzählen würde, was die Königin befohlen hat, kann ich dir sagen, ob uns ein Mangel an Nahrung kümmern muss", entgegnete Tirú spitz.

Zziddra, die eine eigene Schüssel mit gebratenen und scharf gewürzten Fleischstücken erhalten hatte, schnaufte einen weiteren Schwall an Rauchwölkchen hervor.

„Zweifel und Ungeduld, mehr hast du für mich nicht übrig? Ich dachte, Verliebtheit stimmt euch Menschen milder. Nun denn. Die Königin ist sehr besorgt über das, was wir bereits herausgefunden haben. Sie hat zu keinem Zeitpunkt jemals versucht, die Forschungen deiner Eltern zu unterbinden oder irgendwie zu behindern."

„Etwas wird sie gesagt oder getan haben, was meinen Vater misstrauisch stimmte", entgegnete Tirú. „Das muss nicht der Wahrheit entsprechen, sondern es war, wie er es wahrgenommen und verstanden hat. Weiter, was befiehlt die Königin denn nun?"

„Hab Geduld und iss dein Haferzeug!", zischte Zziddra. „Lass mich in Ruhe erzählen. Also, Königin Nibura ist besorgt. Besonders über die alternativen Zeitlinien, die nun ohne jeden Zweifel feststehen. Eine Linie, in der dein Bruder stirbt. Eine Linie, in der er überlebt hat. Eine Linie, in der es zu einer Überkreuzung kommt. Die Eulen sind reihenweise in

Ohnmacht gefallen, als ich diesen Punkt geschildert habe. Bis zum heutigen Tag war man fest davon ausgegangen, dass es immer nur eine einzige Zeitlinie geben kann, weil dies dem Plan der Himmelsmächte entspricht. Einem einzigen, strikten Plan, dem das Schicksal der Welt zu folgen hat. Nun müssen wir feststellen, dass die Mächte deutlich *verspielter* sind. Ihr Befehl lautet, dass wir auf jeden Fall dranbleiben müssen. Alle Texte deines Vaters müssen gelesen und durchgedacht werden. Sie erwartet täglichen Rapport. Dafür stellt sie uns eine Eule zur Verfügung, die als Beobachter und Bote fungieren wird. Der Gute fliegt gerade ein wenig durch das Haus, um sich ein Bild von der Örtlichkeit zu verschaffen. Des Weiteren sollen wir regelmäßig das Gelände verlassen und schauen, ob wir über weitere alternative Zeitliniengeschehen stolpern. Damit wir unsere Arbeit besser verrichten können, hat sich die Königin von den Taten deines Vaters inspirieren lassen und eine Handvoll Talismane verflucht. So wie er es mit der Haarnadel deiner Mutter getan hat." Sie wies auf eine Stelle neben Rojis Kopfkissen, wo ein halbes Dutzend schlichter, unscheinbarer Schmuckstücke lag. Silberne Armreifen und Ketten waren es, die nicht danach aussahen, als wären sie ihrer Aufmerksamkeit würdig.

„Die sollen unsere Magie verstärken?", fragte Tirú skeptisch.

„So ist es. Es wirkt, ich habe es schon ausprobiert. Kein Vergleich zu dem, was ich drüben leisten könnte, aber besser als gar nichts." Zziddra beendete ihr Frühstück und pickte sich eine der Ketten heraus. „Ich weiß nicht genau, wie es bei euch Gnomen aussieht, wenn ihr euch nachts verwandelt. Wächst das, was ihr am Leib tragt, einfach mit?"

„Nein", entgegnete Agus. „Armreifen und Ketten würden wir zerreißen. Ich denke, für uns sind die Ketten dennoch die beste Wahl. Wir können sie uns tagsüber um die Handgelenke schlingen oder sie so stark verkürzen, dass wir sie um den Hals tragen können. Und nachts müssen wir daran denken, sie vor der Verwandlung abzunehmen und anderweitig bei uns zu tragen. Magische Verstärkung können wir gut gebrauchen, selbst wenn es nur ein bisschen ist."

Es klopfte fast unhörbar an der Tür.

Agus sprang hinüber und ließ die Eule hinein.

„Einen wunderschönen guten Morgen, die lieben Herrschaften!", rief der Vogel, der hereingeflattert kam. „Mein Name ist Oorgh."

„Oh? Ich kenne dich!", rief Roji überrascht. „Du warst doch bei mir und hast mir ein wenig über das Verwunschland erzählt, als ich gerade aus dem Verlies freigekommen war."

„Wie erfreulich, dass du dich an meine Wenigkeit erinnerst, junger Herr."
„Es war eine sehr einprägsame Begegnung." Roji hob seine Schüssel. „Darf ich mein Frühstück mit dir teilen? Ich habe schon begonnen, aber du sollst ja nicht hungern."
„Was für ein guter Junge du bist! Hab vielen Dank. Ein kleines Stück Apfel nehme ich, wenn es recht ist. Eigentlich habe ich schon ausreichend gegessen und ich bin bereits in dem vorgerückten Alter, wo man es nicht mehr übertreiben sollte …"
Oorgh ließ sich sittsam neben Roji nieder und pickte in Windeseile die halbe Schüssel leer. Roji störte es nicht, er war nicht hungrig. Am liebsten würde er gar nichts weiter tun, als Tirú anzuschauen, in den Tag zu träumen und zu warten, bis sich alle anderen in Luft aufgelöst hatten, damit er ganz in Ruhe seinen Gefährten küssen und in seinen Armen liegen konnte. Das, was sie heute Nacht getan hatten … Davon wollte er schrecklich gerne mehr haben. Vielleicht nicht jetzt sofort, denn ja, er war ziemlich wund und der Gedanke, dass er heute noch aufstehen, umherlaufen und stundenlang auf einer harten Holzbank sitzen musste, um uralte Schriften zu entziffern, behagte ihm nicht allzu sehr. Morgen sah es sicherlich schon wieder besser aus.
„Oorgh! Du verfressenes Federvieh!" Zeternd grabschte Zziddra plötzlich nach der Schüssel und entriss sie der Eule. „Du kannst diesem verliebten Tagträumerchen nicht das halbe Frühstück wegnehmen! Wenn du so hungrig bist, bekommst du was Eigenes." Mit Nachdruck schob sie Roji die Schüssel in die Hände. „Iss!", fauchte sie drohend. „Luft und Liebe sind nicht genug für einen Jungen im Wachstum!"
„Ich glaube nicht, dass ich noch weiter wachsen werde", knurrte Roji beleidigt und aß, was Oorgh ihm an kläglichem Rest übriggelassen hatte.
„Lasst gut sein!", fuhr Tirú dazwischen, als sowohl Oorgh und Zziddra Luft holten, um das Spiel weiterzutreiben. „Sind alle satt?", fügte er fragend hinzu. Jeder nickte brav. Roji stellte seine leere Schüssel zu den anderen auf das Tablett. „Schön. Lasst Roji und mich bitte kurz allein. Wir wollen uns waschen und anziehen. In einer Viertelstunde treffen wir uns unten in der Vorhalle. Ich denke, es ist Zeit für einen Spaziergang Richtung Glorbyn. In der Hoffnung, dass es dort ist, wo es hingehört."
„Dürfen wir in zwanzig Minuten reinkommen und euch stören, falls ihr es bis dahin nicht geschafft habt?", fragte Zziddra mit ihrem typischen unverschämten Grinsen.
„Wir werden pünktlich sein", entgegnete Tirú würdevoll.

Keine Minute später hatten sie alle den Raum verlassen und Roji atmete erleichtert auf. Ein wenig anstrengend war es schon, im Mittelpunkt von gutherzigem Spott zu stehen. So etwas kannte er nicht. Überhaupt waren die ganzen Tage, seit er von zu Hause aufgebrochen war, um einen schlichten Brief zu überbringen, von neuen Dingen und Erfahrungen überfüllt gewesen. Wenn er nicht gerade um Leib und Leben fürchten und kämpfen musste, waren sehr viel Kameradschaft, Freundschaft, Nähe dabei im Spiel ... Und Tirú. Was genau Tirú für ihn war, konnte Roji nicht benennen. Mehr als ein Freund, das auf jeden Fall. Freunde küsste man nicht. Nicht auf diese Weise. Freunde umarmten einander nicht derartig innig, bis aus zwei Körpern einer wurde, Herzschlag und Atem verschmolzen und selbst die Seelen nicht mehr länger wussten, wo die eine begann und die nächste endete.

„Was ist mit dir?", fragte Tirú leise und zog ihn behutsam aus dem Bett, um ihn sofort in die Arme zu schließen. „Dein Blick sagt, dass deine Gedanken in sehr weiter Ferne wandern."

„Ich dachte gerade ..." Roji war bewusst, dass er lediglich ein Hemd trug und unten herum vollkommen nackt war. Es blieb keine Zeit, um dies als Auftakt für neue Spiele zu nutzen, gleichgültig, wie sehr er sich gegen jede Vernunft danach sehnte.

„Ja? Was dachtest du?" Tirú hauchte ihm einen Kuss auf die Nasenspitze, was Roji zum Lachen brachte.

„Ich dachte, dass ich seltsam verwirrt bin. Würde die Königin in dieses Zimmer treten und mir sagen, sie hätte einen Weg gefunden, wie ich sofort und ohne Schwierigkeiten oder schwerwiegende Opfer nach Hause zu meinem Vater zurückkehren könnte, unter der einzigen Bedingung, dass ich weder dich noch die Gnome oder Zziddra jemals wiedersehen darf ... Ich weiß nicht, was ich dann tun würde. Selbstverständlich will ich nach Hause. Aber wenn das bedeutet, dass ich euch alle verliere, dann ... Ich weiß es nicht."

Einen Moment zuvor war er noch vor Glückseligkeit geschwebt. Jetzt fühlte er sich verloren und ihm war zum Weinen zumute. Seltsam verzweifelt klammerte er sich an Tirú fest und kämpfte eisern die dummen Tränen nieder.

Er wollte nicht als kleiner Junge dastehen. Nicht noch mehr als sonst. Außerdem hatte er in den vergangenen Tagen genug geweint, oder? Wie lange war er eigentlich schon hier? Also – fern von daheim. Er wusste es nicht. Seinem Gefühl nach mussten es Jahre sein.

„Wenn die Königin mit einem solchen Angebot käme, würde ich dich persönlich ohnmächtig schlagen und über die Schwelle tragen, wenn du nicht freiwillig gehst", sagte Tirú. Seine Stimme klang merkwürdig erstickt. Vielleicht lag es aber auch nur an dem Rauschen in Rojis Ohren, dass es sich so anhörte. „Ich will dich nicht verlieren. Aber wenn du die Möglichkeit hättest, an einem friedlichen Ort zu leben, wo du nicht von Monstern gejagt und durch Krieg bedroht wirst und gezwungen bist, ständig einen hohen Preis für deine Magie zu zahlen, dann musst du es tun. Verstanden?"

Roji nickte und als Tirú ihn sanft von sich schob, marschierte er ohne weiteres Zögern zur Waschschüssel, um sich endlich für den Tag herzurichten. Es war nicht so, dass es schwierig zu verstehen wäre, wohin er gehörte. Dennoch wollte er lieber von Monstern gejagt werden und sich von der Magie Brandmale auf den Rücken einbrennen lassen, als ohne seine neu gefundenen Freunde leben zu müssen. Ohne Tirú, der ihn küsste und ihm gezeigt hatte, dass Liebe und Leidenschaft nicht zwanghaft zwischen Männern und Frauen stattfinden musste. Dass es noch mehr gab, als die Wahl zu heiraten oder auf ewig allein zu bleiben.

Er war gespannt, was er heute noch alles lernen und erfahren würde.

„Es würde mich etwas außerordentlich interessieren, verehrter Agus", sagte Oorgh in dem Moment, als Tirú und Roji die Vorhalle betraten. „Du bist das älteste Wesen des Verwunschlands, das prinzipiell bereit ist, mit uns zu sprechen. Selbstverständlich sind unter den unsichtbaren Riesen und Drachen etliche Gesellen, die dein Alter um ein Vielfaches übertreffen. Und von den Phönixen brauchen wir gar nicht anzufangen. Diese Kreaturen sprechen allerdings weder zu Menschen noch Eulen und selbst die Königin schweigen sie bloß an."

„Ich bin durchaus gesellig", entgegnete Agus. „Man darf nicht zu viel oder zu lange darüber nachdenken, das sich alles – also alles – beständig wiederholt. Lieber genieße ich die Gesellschaft meiner Brüder und die vielen kleinen Dinge des Lebens. Worüber möchtest du mit mir und den anderen Ältesten denn sprechen?"

Neugierig rückte Tirú näher heran.

Das hier versprach interessant zu werden.

„Nun – die Königin ist selbst nicht mehr jung, auch wenn sie nur die Hälfte deiner Jahre zählt. Sie sagte zu uns Eulen, dass ihre Erinnerungen an unsere Welt, wie sie in ihrer Kindheit war, längst verschwommen ist. Doch sie hatte im Gespräch mit dem jungen Herrn Roji an ihre Krönung und den Aufstieg auf den Thron denken müssen."

„Und wohin hat sie dieser Gedanke geführt?", fuhr Zziddra dazwischen, die es wie üblich nicht mochte, von einem Gespräch ausgeschlossen zu werden. Zumal ein Gespräch, bei dem es um ihre Ziehmutter ging.

„Damals gab es keinen Krieg, so wie er sich in den letzten Jahrzehnten entwickelt hat. Keine Gruppen von Trollen, Ogern, Irrwichteln oder sonstigen Kreaturen, die sich mehr oder weniger willkürlich zusammenrotten und an irgendeinem Punkt beginnen, das Land zu verwüsten und alles und jeden zu vernichten, der auf der Seite der Königin steht. Doch was es bereits damals gab, waren seltsame Vorkommnisse. Der Glaspalast, den ihre Mutter erschuf, brach in sich zusammen, in dem Moment, wo die neue Königin auf dem Thron saß. Sie wurde schwer verletzt und überlebte nur, weil ein Drache anwesend war, der seine Schwingen schützend über sie breitete. Anschließend sandte man Magieschnüffler in alle vier Himmelsrichtungen, befragte jedes greifbare Orakel, wer oder was Magie von solcher Macht gewirkt hatte, dass es sämtliche Schutzzauber des Palastes durchbrechen konnte. Man hat es nie herausgefunden. An was erinnerst du dich, verehrtester Agus, aus der Zeit deiner Jugend?"

„Tatsächlich an recht viel", entgegnete Agus nach einem kurzen Moment des Nachdenkens. „Das hängt mit den Gemälden zusammen, die die Herrin gemalt hat. Ich erkenne zahlreiche Orte und Epochen darauf wieder und es hat Erinnerungen an Begebenheiten geweckt, die vor endlos langer Zeit geschehen sind. Meinem Empfinden nach waren die Zeiten damals schöner, friedvoll und leicht. Das ist trügerisch, denn natürlich erscheint uns das Vergangene stets besser als das, was wir haben. Es gab magische Unglücke. Sie waren seltener, als es heute der Fall ist. Viel seltener. Was sagt ihr, Brüder, die ihr kaum hundert Jahre jünger seid als ich?"

„Dasselbe", riefen Fjork und Madrow gleichzeitig. „Ein größeres magisches Unglück war etwas, über das man noch Jahre später sprach", fügte Fjork hinzu, der der Zweitälteste war. „Und Kinder waren ein Grund der Freude, nicht der Sorge. Jedenfalls bei uns Gnomen, bei den Menschen weiß ich das selbstverständlich nicht. Ich denke, dass die Schwachen damals noch größere Chancen zu überleben hatten als heute."

„Ich glaube, man war allgemein deutlich weniger gezwungen, beständig Magie anzuwenden. Die Menschen besaßen geringere Kräfte als heute, es gab keinen Krieg und weniger Gewalt und auch die großen und mächtigen Kreaturen ließen es ruhiger angehen", meinte Madrow.

„Ich entsinne mich deutlich an eine Vollmondnacht, in der wir uns um das Sterbelager meiner Urgroßmutter versammelten", sagte Agus. „Ich war damals ein Junggnom, höchstens zehn, fünfzehn Jahre alt. In meiner Nachtgestalt war ich darum kleiner als heute in der Tagesform. Urgroßmutter sagte, dass sie sich an die Zeiten erinnere, als die große Wanderung von der andere Seite in die Verwunschwelt stattfand:
Damals war es das heilige Land für uns. Wir liebten und verehrten jeden Zehenbreit Boden unter unseren Füßen. Magie war bedeutungslos, denn wir gingen nicht, um mehr magische Macht an uns zu reißen, sondern weil das Leben auf der anderen Seite nicht mehr zu ertragen war, denn dort war kein Raum für die magischen Kreaturen geblieben. Doch wir brachten sie mit uns, die Magie, und sie begann zu wachsen. Zu wuchern wie ein Geschwür. Ich weine für euch, meine Kinder, die ihr in diese Zeiten hineingeboren wurdet, in denen niemand mehr in Sicherheit leben kann."

Agus schüttelte den Kopf. „Ich weiß, dass ich ihre Worte nie wirklich verstanden habe. Denn damals war das Leben gut. Die Kinder, die zur Welt kamen, wuchsen heran und auch für sie war das Leben gut. Ich kann mich an keinen entscheidenden Moment erinnern, in dem dies plötzlich gekippt ist. Jener Moment, von dem an nichts mehr gut war und Neugeborene kaum eine Chance zum Überleben hatten und Magie zur größtmöglichen Gefahr wurde. Irgendwann war es so und es war unsere alltägliche Gegenwart. Unsere Wahrheit, vor der es kein Entkommen mehr gab. Sie hatte recht, uns zu beweinen. Meine Urgroßmutter sah das Unheil kommen, als noch kein anderer von uns einen Schatten am Horizont erahnte."

„Sie hatte ein stolzes Alter, deine werte Urgroßmutter", sagte Oorgh und wippte den Kopf in einer anerkennenden Geste von links nach rechts. „Mehr als zweitausend Jahre muss sie gesehen haben, wenn sie vor acht Jahrhunderten starb."

„So lange ist die Auswanderung aller mythischen Wesen und Magier schon her?", fragte Roji verblüfft. „Wieso erzählt man sich dann überhaupt noch Geschichten über sie? Sollten wir von der anderen Seite nicht längst vollständig vergessen haben, was Drachen und Feen und Trolle sind? Denn ja, wir reden davon und erzählen den Kindern Geschichten darüber, als wären gestern noch Drachen über unsere Häuser hinweggeflogen."

„Zeit ist nicht unbedingt das, was wir uns darunter vorstellen", sagte Tirú nachdenklich. „Das erleben wir gerade womöglich intensiver als jede andere Kreatur in beiden Welten. Wenn Magie bereits als eigenständige, hochintelligente Macht wahrgenommen wird, die ihre eigenen Pläne schmiedet, dann ist Zeit nach meinem Verständnis ebenfalls für sich lebendig, mit einem starken Bewusstsein und einem seltsamen Sinn für Humor. Mich wundert es darum nicht, dass ihr euch auf eurer Seite so frisch an uns erinnert, als wären wir erst gestern ausgewandert. Dürfte genau richtig sein, um diese Himmelsmacht der Zeit zu amüsieren."

„Behalten wir bitte das Wesentliche im Auge", sagte Oorgh. „Früher war alles anders – das wundert niemanden – und tatsächlich spürbar besser – das wundert auch niemanden. Es gibt Überlegungen in meinem Eulenkreis, dass der namenlose Feind, dessen bloße Existenz vielfach bezweifelt wird, in Wahrheit negativ aufgestaute Magie ist, die dazu führt, dass sich niedere Kreaturen von geringer Klugheit zusammenrotten und alles vernichten wollen, was sich ihnen in den Weg zu stellen droht. Die Frage ist: Warum macht sie das, die Magie? Hat sie jemand dazu gebracht? Wenn ja, warum? Mit welchem Ziel?"

„Verzeih mir, Großschnabel, aber dieses Nachdenken über Fragen, die bedeutsam klingen, ohne es zu sein, bringt uns eher nicht weiter. Wir haben da wichtigere Dinge zu erledigen." Zziddra schnaufte Funken hervor, was Oorgh dazu brachte, empört kreischend aufzufliegen.

„Vertragt euch!", knurrte Tirú und gab den Gnomen einen Wink. „Wir gehen nach Glorbyn. Will jemand hierbleiben und schmollen?"

„Auf gar keinen Fall!", riefen alle zugleich.

Damit war es entschieden. Sie würden sich als Großgruppe in ein Menschendorf begeben. Hoffentlich reichte die Magieverstärkung aus, dass Zziddra eine Halluzination weben konnte, die verschleierte, dass die meisten von ihnen nicht in diese Welt gehörten.

Kapitel 16

Roji prallte gegen Tirú, als dieser ruckartig stehenblieb, kaum dass sie durch die Tür ins Freie getreten waren.

„Spürt ihr das?", fragte sein Gefährte an die Gnome gewandt. „Irgendetwas fehlt, oder nicht?"

„Was meinst du?", zischte Zziddra ungeduldig, doch Agus, Fjork und Madrow nickten.

„Darüber wollten wir sowieso mit Euch reden, Herr Tirú", entgegnete Madrow. „Es fiel uns sofort auf, als wir in der ersten Nacht das Haus verließen. Die Magie ist anders. Nicht so, wie wir es von früher kannten. Weil wir keinerlei Bedrohung finden konnten, haben wir das zunächst aufgeschoben, denn es schien uns nicht wichtig."

„Zziddra, das ist deine Spezialität." Tirú fuhr zu Roji herum, der die kleine Drachendame trug, und rupfte sie mit einer recht groben Bewegung von seiner Schulter herab.

„Hey! Sei achtsam, ich bin wertvoll!", fauchte sie empört, ohne sich gegen den Nackengriff zu wehren.

„Natürlich bist du wertvoll! Für mich sogar unersetzlich", sagte Tirú beschwichtigend und drückte sie an sich, als wäre sie ein verspieltes junges Kätzchen. Rauchwölkchen stiegen ohne weiteres Zutun aus ihren Nüstern auf, was Roji eher als Warnung verstand. Da sie weder kratzte noch um sich biss, sondern ruhig verharrte, entspannte er sich.

„Zziddra, analysiere bitte die magischen Strömungen dieses Geländes. Vergleiche sie mit den Strömungen innerhalb des Hauses. Was kannst du mir sagen?"

„Hm. Gib mir einen Moment." Sie befreite sich und flatterte mit ihren schwarzledrigen Flügen auf. Alle Augen folgten ihr, während sie eine Runde über die große Parkanlage flog. Keine wildwachsenden Bäume auf den Wegen. Der Rasen war niedrig gehalten und lud zu einem Spaziergang oder Picknick ein. Die Büsche waren kunstvoll beschnitten und zeigten magische Kreaturen. Da es ein heller, sonniger und warmer Tag war, fühlte Roji sich durchaus wohl hier draußen. Vielleicht gewöhnte er sich aber auch bloß an dieses Haus, trotz der Leichen, die unberührt im kleinen Saal lagen, trotz der endlosen Gänge, der unheimlichen Gemälde und der schlechten Erfahrungen, die er gemacht hatte. Immerhin hatte er inzwischen auch wunderschöne Erlebnisse gehabt.

Zziddra kehrte zurück und landete elegant auf Tirús ausgestrecktem Arm. Roji sah, dass sie ihn mit einer Klaue kratzte, und das sicherlich nicht aus Versehen. Tirú nahm es schweigend hin, ohne mit der Wimper zu zucken.

„Ich weiß, was fehlt. Was ja auch kein Wunder ist, schließlich bin ich ein Drache und es gibt keine Kreaturen mit feineren Sinnen für Magie und magischen Strömungen." Sie räusperte sich übertrieben und blickte etwas unzufrieden auf ihr Publikum herab, das es wagte, ihr den Applaus zu verweigern. „Während im Haus alle Schutzzauber stark und aktiv sind, findet sich hier draußen kein Einziger. Die magischen Strömungen, die ihr anderen spürt, gründen in der Verankerung von Haus und Gelände. Also das, was dafür sorgt, dass dieses Gebiet immer am selben Ort und in derselben Zeitlinie fest verwurzelt ist, gleichgültig, welche Zeitlinien außerhalb dahinströmen. Es gibt nichts, was dafür sorgt, dass keine neugierigen Menschen hier eindringen können, wann und wie sie es wollen."

„Meine Mutter hat diese Schutzzauber errichtet!", sagte Tirú nachdrücklich. „Es war ihr extrem wichtig. Schon allein weil die Menschen dort draußen auch nicht immer friedlich waren und sind. Der Schutz der Familie stand für sie an erster Stelle."

„Das kann ich bestätigen." Agus nickte eifrig, die knorrigen Arme vor der Brust verschränkt. „Als die Herrin noch lebte, waren die Zauber vorhanden. Im Haus sind sie verblieben. Dass das umliegende Gelände nicht mehr geschützt wird, bedeutet wohl, dass sie ihre Flüche auf endliche statt unendliche Weise gesprochen hat."

„Und was bedeutet das schon wieder?", murmelte Roji unglücklich. Er hasste es, wenn er außen vor blieb, weil er als Einziger von Nichts Ahnung hatte. Eigentlich wollte er diese Worte leise genug flüstern, damit niemand ihn hörte.

Doch er hatte das feine Eulengehör unterschätzt, denn Oorgh setzte sich sofort auf seinen Kopf, balancierte sich mit seinen krallenbewehrten Klauen aus, ohne ihn zu verletzen und räusperte sich gewichtig.

„Das ist sehr einfach zu verstehen, junger Herr", rief er fröhlich. „Ein endlicher Fluch stirbt mit dem Magier, der ihn ausspricht. Ein unendlicher Fluch bleibt für alle Zeiten bestehen, auch noch nach dem Tod desjenigen, der ihn zu verantworten hat. Es versteht sich von selbst, dass das Opfer für einen unendlichen Fluch sehr viel höher ist. So sehr, dass es von den meisten als unerträglich angesehen wird. Selbst Königin Nibura, die einen recht entspannten Umgang mit dem Preis für Magie pflegt, spricht nahezu nie einen unendlichen Fluch aus."

„Ich stehe nun vor dem Problem, der letzte Überlebende und damit Erbe meiner Familie zu sein, in allen Belangen und mit sämtlichen Konsequenzen", sagte Tirú. „Als ich mit Roji hier in einer dreißig Jahre älteren Zeitlinie gelandet bin, waren die Schutzzauber für das Außengelände vorhanden und stark. Das weiß ich, denn als die Feuerwalze heranrollte, konnte ich sehen, wie Vögel daran scheiterten, das Gelände zu überfliegen. Dafür, dass es sie jetzt nicht gibt, kann es nur eine logische Erklärung geben: Wir errichten diesen Schutz neu. Es ist notwendig. Und weil ich erleben konnte, dass die Zauber funktionieren, brauchen wir uns keine Sorgen zu machen, an dieser Aufgabe zu scheitern. Fraglich ist bloß wie üblich, welchen Preis wir dafür zahlen."

„Ihr solltet damit bis heute Nacht warten", murmelte Fjork. „Dann können wir Euch unterstützen."

Roji begriff nach wie vor nicht, warum die Gnome am Tag kleine, eher hilflose Geschöpfe waren, die sich meisterhaft verstecken, sehr schnell bewegen und noch viel besser alles stehlen konnten, was hübsch und wertvoll aussah, nachts hingegen zu sanften Riesen wandelten, die eher langsam und behäbig wirkten, dafür über magische Kräfte verfügten, die sich nach Agus' Erklärungen vor allem auf Erdmagie erstreckten – Wachstum, Erhalt, Heilung.

Tirú verharrte nachdenklich, die Hände angespannt zu Fäusten geballt. Erst als Roji ihn an der Schulter berührte, regte er sich wieder und nickte mit einem Seufzen.

„Es missfällt mir sehr, von hier fortzugehen, ohne für angemessenen Schutz zu sorgen. Aber wir können uns nicht dauerhaft im Haus verschanzen, wir müssen hinausgehen und die Zeitlinien erforschen. Hätten wir das früher getan, wäre der fehlende Schutz sofort aufgefallen. Leider kann ich unmöglich auf eure Unterstützung verzichten. Also bleiben wir bei dem ursprünglichen Plan und verlassen das Gelände, und heute Nacht errichten wir einen machtvollen Schutzzauber."

„Oh!" Roji stutzte, als ihm etwas bewusst wurde. „Ich werde mit meinem kleinlichen bisschen Magie auch mithelfen, nicht wahr?", fragte er aufgeregt. „Das erklärt dann endgültig, warum ich bei meinem ersten

Eintreffen hier, als der Sturm mich hergeweht hat, ohne Schwierigkeiten durchgekommen bin – ich bin Teil des Schutzes, darum konnte die Magie mich nicht fernhalten." Wenn das alles bloß nicht so niederhöllisch kompliziert wäre ... Es verursachte ernstliche Kopfschmerzen, darüber nachzudenken, darum verzichtete er lieber.

Als sie durch das schmiedeeiserne Tor geschritten waren, achtete Roji aufmerksam auf Anzeichen der gewaltigen Feuerwalze, die alles Land und Leben vernichtet hatte. Davon war nichts zu sehen: Die Bäume waren alt, einige der Eichen mussten mindestens zweihundert Jahre zählen, wenn nicht mehr. Es gab keinen Weg und auch keinerlei Spuren, die andeuten würden, dass jemals ein Weg gepflastert worden wäre.

„Es ist nicht die Zeitlinie, in der mein Bruder die ewige Flamme entzündet", murmelte Tirú. „Darüber bin ich froh, denn ich will ihm nicht noch einmal begegnen und gezwungen sein, ihn zu töten, bevor er die große Katastrophe entfesselt."

„Über das Thema haben wir im Eulenkreis diskutiert", ließ sich Oorgh vernehmen, der nach wie vor auf Rojis Kopf thronte und sich dort wohlzufühlen schien. „Es gibt Aufzeichnungen im königlichen Archiv über Legenden, wie die Verwunschwelt dereinst entstehen konnte. Das klingt so." Er räusperte sich, wie er es anscheinend gerne tat, und zitierte salbungsvoll: „Und es wart eine Zeit, in der die Himmelsmächte entschieden, ein Land der Magie zu erschaffen. Ein Land, das es zuvor nicht gab, denn es schien nicht notwendig, die Kreaturen der Macht und der Schönheit von denen zu trennen, die keinen Zugang zur Magie besaßen. Und so kam ein Blitz, der vom Himmel selbst herabfuhr, und er durchriss den Raum und trennte die Zeit und erhob einen Vorhang zwischen dieser und der anderen Seite der Welt, die stets eins gewesen war. Und es trieb die Magie in das eine Land, und hielt sie fern aus dem anderen. So entstand die Welt, die wir heute Verwunschland nennen, die Heimat von allem, was magisch ist."

Sie blieben stehen. Roji und Tirú erstarrten, als wären sie selbst vom Blitz getroffen worden.

„Nakim?", wisperte Roji. „Hat dein Bruder ...?"

„Das ist unmöglich!", zischte Tirú und wandte sich mit abwehrend erhobenen Händen an die Gnome. „Unmöglich! Nakim kann nicht ... Niemals war er es, der das Verwunschland mit seinem schrecklichen Fluch erschuf! Er hat dies rund eintausendsechshundert Jahre vor seiner eigenen Geburt getan. Zu diesem Zeitpunkt war die große Wanderung längst abgeschlossen. Ich war dort, Roji und ich waren bei ihm! Es gab kaum Magie in dieser Zeit, ich wäre fast in Ohnmacht gefallen, als ich einen simplen Schlafzauber wirken wollte. Sprich, er kann nicht dafür verantwortlich sein!" Seine Worte waren ein einziges großes Flehen, pure Verzweiflung sprach aus seinen Augen.

„Die Lebenskraft von hunderten, vielleicht sogar tausenden Menschen und Tieren hatte er in einem Artefakt vereint ...", murmelte Zziddra. Selbst sie war erschüttert und ihre Stimme bebte. „Nakim hat auf dieser Seite der Welt eine ewige Flamme entzündet, die seit eineinhalb Jahrtausenden lodert, nachdem sie ein halbes Land niedergebrannt und damit weitere zigtausend Todesopfer gefordert hat. Wenn die Magie tatsächlich stark genug war, um das Gefüge von Raum und Zeit zu zerreißen, dann ist es möglich, dass er das Verwunschland in noch tieferer Vergangenheit erschaffen hat, statt wie von ihm geplant die Magie zwischen beiden Welten gerechter aufzuteilen, um den Krieg und den Kampf gegen den namenlosen Feind zu verhindern."

„Ihr Mächte des Himmels ..." Kraftlos sank Tirú auf die Knie, den Kopf gesenkt, die Schultern hingen herab. Roji wollte zu ihm eilen, ihm Trost und Beistand anbieten, doch die Gnome versperrten ihm den Weg und hielten ihn zurück.

„Lass ihn!", zischte Zziddra und schlang ihren schmalen, kleinen Drachenkörper um seinen rechten Arm. „Er trägt keinerlei Schuld am Versagen seines Bruders, der das Beste erreichen wollte und damit erst ermöglichte, was niemals hätte geschehen dürfen. Das ist hart, kaum zu verkraften ... Zumal ihr beide eine winzige, sehr geringfügige Chance hattet, ihn aufzuhalten. Natürlich hättet ihr dafür euch selbst opfern und gegen eure Überzeugung einen scheinbar harmlosen alten Mann ermorden müssen, darum war diese Chance nicht wirklich gegeben.

So viel Logik wird der arme Kerl gerade nicht aufbringen können, um das zu akzeptieren."

So viel Logik konnte auch Roji gerade nicht aufbringen. Er wollte zu Tirú! Der warf den Kopf in den Nacken und stieß einen Schrei aus. Laut, durchdringend, zutiefst verzweifelt. Der Schrei eines Mannes, dessen eigene Welt gerade in Stücke brach. Mit einer entschlossenen Bewegung drängte Roji sich an den Gnomen vorbei und kauerte sich vor Tirú nieder.

„Sieh mich an!", befahl er und legte ihm eine Hand an die tränennasse Wange. „Sieh mich an!", wiederholte er dann noch einmal, diesmal sanfter und weniger scharf.

„Er wollte das nicht", wisperte Tirú mit leerem Blick und tonloser Stimme. „Er wollte nicht die Welt in Stücke reißen und zum Massenmörder werden. Er wollte Gutes tun! Einen sinnlosen Krieg verhindern. Einige wenige Leben opfern, um viele zu retten."
„Niemand konnte ahnen, was geschieht. Es war nicht sein Plan, eine neue Welt zu erschaffen", sagte Roji hilflos. So hilflos! „Es gibt keinen Beweis, dass es auf diese Weise geschehen ist. Dass es dein Bruder war, der die andere Seite verursacht hat. Nur weil es passend klingt, muss es nicht so geschehen sein."
„Zziddra? Oorgh? Seht ihr die Möglichkeit, dass wir uns irren?", fragte Tirú mit schwankender Stimme. „Dass die Legende nur eine Legende ist, die zufällig nach diesem einen Geschehen klingt?"
„Die Entstehung der Verwunschwelt ist ein Rätsel, über das seit tausenden von Jahren diskutiert wird", entgegnete Oorgh bedächtig. „Man sollte nicht davon ausgehen, gleich die Lösung gefunden zu haben, auch wenn es plausibel erscheint. Beweise werden sich nicht finden lassen. Weder dafür noch dagegen."
Zziddra schwieg, was sonst höchstens geschah, wenn sie sich ihrem Essen widmete, schlief oder zutiefst beleidigt war.
Tirú streckte die Arme nach Roji aus und lehnte sich gegen ihn.
„Ich weiß es", sagte er und krümmte sich in dem Versuch, ein Schluchzen zu unterdrücken. „Tief in meinem Herzen weiß ich, dass genau das geschah, als Nakim diesen Zauber wirkte. Eine ewige Flamme auf der einen Seite. Eine Welt voller Magieströme und -wirbel auf der anderen. Wir konnten ihn nicht aufhalten. Vielleicht wenn ich geahnt hätte, was geschieht ... Dann hätte ich allerdings dein Leben mit meinem zusammen opfern müssen und ich glaube nicht, dass ich dafür stark genug gewesen wäre." Er presste Roji mit solcher Gewalt an sich, dass die Rippen knackten.
Roji beschwerte sich mit keinem Laut.
Er hielt ihn fest, gab ihm Halt, bis Tirú sein Gleichgewicht gefunden hatte und langsam wieder aufstand.
„Wir gehen weiter!", kommandierte er knapp. „Lasst uns sehen, ob Glorbyn bereits erbaut wurde. Wir benötigen Vorräte und ich will wissen, in welchem Jahr wir uns befinden."
„Wenn ich einen Vorschlag machen dürfte ...", wandte Zziddra ein. „Die braven Menschen auf dieser Seite sind nach meinem Wissen nicht an Drachen, sprechende Eulen und Wurzelgnome gewöhnt. Sie halten uns für

Geschichten, die man Kinder erzählt. Ich würde gerne eine Halluzination weben, damit uns niemand als das erkennt, was wir sind."

„Genau darum wollte ich dich bitten, sobald wir uns dem Bereich des Dorfes nähern." Tirú nickte ihr zu. „Ich weiß nicht, wie viel Kraft es dich kostet, die Halluzination aufrecht zu erhalten, darum fand ich es besser, es möglichst spät zu tun. Auf die Gefahr hin, einem Wanderer oder Waldarbeiter zu begegnen, der uns unverhüllt sieht."

„Halluzinationen sind einfach." Zziddra schnaufte, als wäre es eine Beleidigung, an ihren Kräften zu zweifeln – was es vermutlich auch für sie war. „Oorgh, du bleibst genau dort sitzen, wo du bist. Ich habe das perfekte Bild im Kopf." Sie selbst drapierte sich elegant über Rojis Schulter, wobei sie sich mit dem langen, dünngeschuppten Schwanz an seinem rechten Oberarm festklammerte, sodass sie nicht abrutschen konnte. Ein prickelnder Schauer rann durch Rojis Körper. Sonst war nicht zu spüren oder zu sehen, ob der Zauber tatsächlich gewirkt hatte.

„Leider habe ich keinen Spiegel zur Hand ... Lasst uns mal zu dem Teich dort drüben gehen. Die Spiegelung wird euch zumindest einen Eindruck geben, wie wir jetzt auf andere wirken", sagte Zziddra. Sie kicherte selbstzufrieden und ja, es war ein wenig verstörend, einen Drachen kichern zu hören.

Tirú führte sie zu einem schattigen Waldteich hinüber, bei dem es zumindest eine Ecke gab, die nicht vollständig mit Algen und Wasserlinsen überzogen war. Sie mussten sich mit Tirú als Ausnahme nacheinander nahe ans Ufer kauern, um sich im Wasser zu spiegeln. Was Roji zu sehen bekam, gefiel ihm nicht unbedingt, auch wenn Zziddras Einfallsreichtum bemerkenswert war:

Tirú sah weiterhin aus wie immer, denn er war unauffällig. Die Gnome sahen aus wie drei Kinder, kleine Jungen in schlichter Kleidung aus Wolle und Leinen. Das wahre Kunstwerk stellte Roji dar: Er erblickte im Teich eine junge Frau mit langen blonden Zöpfen. Oorgh, der nach wie vor auf seinem Kopf thronte, erschien als braun-weiße Leinenhaube. Selbst wenn es zu dieser Zeit nicht üblich sein sollte, dass verheiratete Frauen Kopfhauben trugen, sobald sie sich in der Öffentlichkeit aufhielten, so würde man darüber weniger staunen als über eine zahme Eule. Zziddra wiederum wirkte wie ein schwarzer Umhang, der über Rojis Schultern lag. Wenn sie nun Menschen begegneten, würde man sie für eine Familie halten. Dann mussten sie lediglich erklären, woher sie kamen und wohin sie wollten und warum sie keinerlei Ausrüstung bei sich trugen.

Das würden sie wohl getrost Tirú überlassen können, zumal man ihn als den Mann in der Familie grundsätzlich zuerst ansprechen würde.

Der hatte sich vollständig gefasst und ließ sich nicht anmerken, dass er vor wenigen Minuten fast zusammengebrochen wäre.

So viel Kraft ... So traurig.

„Dürfen wir sprechen?", fragte Agus. „Oder zerstören unsere tiefen Stimmen die Magie?"

„Wundern würde man sich bestimmt", entgegnete Zziddra. „Also seid besser still, sobald fremde Menschen in Hörweite kommen. Zur Not stellt euch schüchtern an und lasst euch von Roji und Tirú auf den Arm heben."

„Soweit kommt es noch!", knurrte Madrow und rollte mit den Augen.

„Wie ist es überhaupt dazu gekommen, dass ihr euch mit einem Blutschwur an Tirús Familie gebunden habt?", fragte Oorgh. „Oh! Verzeihung. Eine durchschnittliche Kopfhaube spricht wahrscheinlich nicht so viel?"

Roji verkniff sich mühsam das Lachen, weil Oorgh dann wahrscheinlich runterfallen würde. Die Gnome und selbst Tirú hingegen hielten sich nicht zurück und Zziddra schnaufte ihm Rauchwölkchen in die Ohren, was ihn zum Niesen brachte.

„Die gemeine Kopfhaube weiß sich zu benehmen und bleibt stets still und brav auf dem Haar ihrer bezaubernden Besitzerin!", rief Tirú. Er verbeugte sich mit übertriebenem Schwung vor Roji und bot ihm den Arm. Unmöglich, da noch beleidigt zu sein.

Zumal Tirú ihn *bezaubernd* genannt hatte.

Während sie weitermarschierten, begann Agus zu erzählen:

„Die Königin war durchaus ein wenig unzufrieden, weil Tirús Eltern sich nicht regelmäßig zurückgemeldet haben, um von den Ergebnissen ihrer Forschungen zu berichten.

Meine Brüder und ich wurden darum als permanente Wächter für die Burgfestung abgestellt.

Es wurde offen gehandhabt, dass wir der Königin erzählen sollten, was die beiden taten, wie oft sie auf die andere Seite reisten, wann sie sich in der Festung aufhielten. Während einiger Angriffe auf Tirús Vater, als dieser ohne seine Frau im Verwunschland weilte, konnten wir sein Vertrauen gewinnen. Schließlich bat er uns, mit auf die andere Seite zu kommen, denn seine Frau erwartete das erste Kind und er hatte Anlass zu glauben, dass der Feind ihn auch hier finden und attackieren könnte.

Weil Tirús Mutter uns nicht sonderlich mochte, erklärten wir uns zu einem Blutschwur bereit, der uns verpflichtet, für jedes Mitglied der Familie zu kämpfen und erst, wenn der Letzte der unmittelbaren Blutlinie gestorben ist, werden wir wieder frei sein."

„Ich wittere Menschen", zischelte Zziddra. „Seid still und benehmt euch!"
Roji und Tirú warfen ihr gemeinschaftlich einen irritierten Blick zu. Es war irgendwie anstrengend, von einem Babydrachen gemaßregelt zu werden, als wäre man selbst noch ein Kleinkind.

Es kümmerte sie nicht. Natürlich nicht. Zziddra wusste, dass sie eine den Menschen weit überlegene Kreatur war, mit der gleichen Gewissheit wie das Wasser nass und Feuer heiß war.

Die Menschen, die sie wahrgenommen hatte, waren rund ein halbes Dutzend Männer, die eifrig dabei waren, einen Platz zu roden. Er befand sich in Sichtweite des Hügels, man konnte einzelne Gebäude dort oben sehen. Und das hier unten …

„Sie erbauen das Gasthaus!", wisperte Roji aufgeregt. „Wir befinden uns also etwa zweihundert Jahre vor meiner Zeit, wenn ich mich nicht irre."

„Ein guter Anhaltspunkt", entgegnete Tirú ebenso leise und blieb stehen, da die Arbeiter nun auf sie aufmerksam geworden waren. Ein Mann kam auf sie zu und wischte sich den Schweiß mit einem Tuch von der Stirn.

„Guten Tag", sagte er freundlich. „Kommt ihr vom Herrschaftshaus?"
Seine Art zu sprechen klang ein wenig unvertraut, doch sie konnten ihn gut genug verstehen. Tirú nickte ihm zu.

„Normalerweise schicke ich die Diener", sagte er und klang dabei ausreichend hochherrschaftlich, dass die Leute, die neugierig herangekommen waren, sich unbehaglich einige Schritte zurückzogen und die Köpfe senkten.

Ein unbewusstes Geschehen, das Roji schon zahllose Male beobachten konnte, wenn der Landesfürst das Dorf betrat.

„An einem solch angenehmen Tag wie diesem wollte ich mit meiner Familie einen kleinen Spaziergang machen, damit die Kinder allmählich etwas von der Welt sehen, und dabei gleich ein paar Vorräte für das heutige Mahl mitnehmen."

„Natürlich, Herr. Ich verstehe vollkommen." Der Mann, der sie zuerst angesprochen hatte, verneigte sich mit einem Ausdruck völliger Verwirrung auf dem Gesicht. Es war einfach nicht üblich, dass ein reicher Adliger in schlichter Tageskleidung durch den Wald schlenderte, um eine Arbeit zu erledigen, für die er ausreichend Dienerschaft beschäftigte. Da es undenkbar wäre, die Absichten eines solchen Herrn zu hinterfragen, wich er lediglich vor ihnen zurück und wies den Weg hinauf zum Dorf.

„Ihr seid fast am Ziel, Herr. Beim ersten Gehöft zur linken Hand könnt Ihr Brot und Gemüse, Eier und Milch kaufen."

„Wie wollen wir das Essen denn bezahlen?", fragte Roji leise, als sie den steilen Hügel erklommen. Er hielt Fjork an der Hand, während Agus und Madrow wie brave Kinder bei Tirú mitliefen.

„Ich habe Geld dabei", murmelte Tirú. „Münzen. Sie lagen in einer Dose in der Küche, dort, wo sie auch früher immer waren. Silberstücke, die nahezu blank poliert sind und deshalb keinem König mehr zugeordnet werden können. Auf diese Weise hat meine Familie es all die Jahre gehalten. Ich erinnere mich gut, wie die Diener darüber geschimpft haben, weil sie ohne die Hilfe von Magie die Münzen polieren mussten. Es ist der einzige Weg, nicht aufzufallen, denn fast alle Münzen haben eine Jahreszahl eingeprägt. Geld aus der Zukunft würde auch einem Bauern auffallen."

Ein Hund lief laut bellend auf sie zu, als sie durch das große Holztor des Gehöfts gingen, an das sich Roji erinnern konnte. Zu seiner Zeit würde zwar vieles anders aussehen, doch er erkannte die Grundmauern des weiß getünchten Bauernhauses mit dem strohgedeckten Dach wieder. Der Hund fixierte plötzlich Zziddra – und verkroch sich jaulend hinter dem Misthaufen, genau in dem Moment, als der Bauer aus dem Haus kam. Er stand grob geschätzt im vierten Lebensjahrzehnt. Ein feister Kerl mit rotem Gesicht und wettergegerbter Haut, der wirkte, als hätte er nicht allzu häufig einen Grund zum Lachen.

Der Mann, der sie unten am Platz angesprochen hatte, wo das Gasthaus entstehen sollte, huschte an ihnen vorbei. Roji hatte nicht bemerkt, dass er ihnen gefolgt war und zuckte erschrocken zusammen; seine Gefährten hingegen wirkten nicht weiter überrascht. Er flüsterte dem Bauern etwas zu, zweifellos, von welchem Stand sie waren. Die Miene des Alten verfinsterte sich. Dennoch ließ er sich zu einer steifen Andeutung einer Verbeugung herab.

„Ihr wollt Vorräte einkaufen, Herr?", fragte er, mit demselben etwas merkwürdigen Singsang in der Stimme, der Roji auch bei dem anderen Mann aufgefallen war. Seltsam, wie sich Sprache im Laufe der Zeit verändern konnte!

„Brot, Käse, Eier und Gemüse. Außerdem etwas frisches Fleisch, falls du geschlachtet hast", entgegnete Tirú.

„Hab ich nicht. Herr. Tschuldigung. Eier kann ich keine erübrigen, die Hennen legen schlecht. Von dem anderen ist genug da. Steckrüben, Möhren, gutes Brot, Ziegenkäse."

Roji schaute zu, wie Tirú mit dem Bauern handelte. Derweil wurde ihm mit jedem Atemzug unbehaglicher zumute. Sämtliche Tiere des Hofes schienen genau diesen Moment nutzen zu wollen, sich bemerkbar zu machen, und sie alle wichen höchst auffällig vor ihnen zurück. Mehrere Katzen verkrochen sich fauchend, der Hofhund winselte noch immer in seinem Versteck, als wäre er geschlagen worden und eine Wildtaube flog krachend gegen die Hauswand, um aus Zziddras Nähe zu fliehen. Dort blieb sie tot liegen, was der Bauer mit einem höchst irritierten Gesichtsausdruck quittierte.

„Hat Euer Weib etwa den bösen Blick?", fragte er und wies mit einem dreckigen Finger auf Roji.

„Was erlaubst du dir?" Tirú richtete sich hoch auf und starrte den Bauer nieder, bis dieser vor ihm einknickte.

„Vergebung, Herr. Bin ein einfacher Mann, ich glaube an die guten und die bösen Mächte, so wie die Priester es uns lehren." Er schlug ein dreifaches Schutzzeichen und hob die Hände flehend in Richtung Sonne, bevor er sich besann und auf die Waren blickte, die er für sie abgepackt hatte.

„Zwei Silberne sind's dann, Herr", murmelte er. Das grenzte fast an Diebstahl. Schon ein Silberling wäre zu viel. Roji versuchte Tirú ein entsprechendes Zeichen zu geben, doch der zückte seinen Geldbeutel und nahm die Münzen ohne zu zögern heraus. Natürlich – er kannte sich nicht mit dem Geld aus, das auf dieser Seite üblicherweise gezahlt wurde, handelte allein nach den Erinnerungen aus seiner Kindheit. Eine Zeit, in der er den Besitz seiner Eltern niemals verlassen durfte.

„Für dich", sagte Tirú und übergab dem Bauern nicht zwei, sondern vier Silberstücke. Dem fielen fast die Augen aus dem Kopf, bevor er das Geld an sich riss, als befürchte er, es könnte ein übler Scherz sein.

„Ich möchte nach Hause. Die Sonne tut mir nicht wohl", flüsterte Roji, um sich nicht mit seiner Stimme zu verraten.

„Gewiss. Könnte ich einen Korb bekommen? Wir haben vergessen, einen mitzunehmen", sagte Tirú an den Bauern gewandt.

„Ach was!", fiel Roji ihm energisch ins Wort. „Wir tragen es so, statt den guten Mann zu bestehlen. Hab tausend Dank für das Essen. Mögen die Mächte über dein Haus leuchten."

„Und über das Eure", knurrte der Bauer und sah ihnen regungslos zu, wie sie die Lebensmittel verteilten, sodass jeder etwas zum Tragen hatte.

„Zziddra, was macht er?", wisperte Roji, als sie sich umdrehten und ohne übertriebene Hast davongingen.

„Er hält eine Eisenstange in den Händen. Sieht aber nicht danach aus, als wolle er uns nachlaufen und die Köpfe einschlagen", zischte das Drachenweibchen. „Warum bist du so nervös? Und warum ist der Kerl feindselig, obwohl er gut bezahlt wurde?"

„Weil Tirú sich nicht wie ein guter, geiziger Edelmann verhalten hat und sämtliche Hoftiere wegen dir in Panik geraten sind. Bauern sind dafür bekannt, nicht lange zu zögern, wenn sie glauben, bösartigen Hexern gegenüberzustehen. Sie schlagen erst zu und überlegen danach, ob sie sich womöglich geirrt haben."

„Und das Erkennungszeichen für bösartige Hexer ist Großzügigkeit?", fragte Oorgh, der schon wieder vergaß, dass er schweigen sollte. Dabei befanden sie sich fast in Hörweite der Arbeiter ...

„Sei still!", flehte Roji. „Und nein, das Erkennungszeichen ist, dass sich Hunde und Katzen fiepend vor Hexern und schwarzen Zauberinnen in Sicherheit bringen."

Verflucht, es war eine wirklich schlechte Idee gewesen, mit einem Drachen über der Schulter unter gewöhnliche Menschen zu gehen!

Sie waren gerade auf Höhe der Arbeiter angekommen, als der Bauer den Hügel heruntergeschnauft kam, mit der Eisenstange in den Händen und zwei weiteren Männern im Schlepptau.

„Haltet sie auf!", brüllte er und wies auf sie. „Das sind allesamt Hexer! Macht sie nieder!"

Ein Dutzend mit Äxten, Beilen und Haken bewaffnete Männer fuhren herum. Ihre Gesichter verzerrten sich vor Überraschung, dann Begreifen, dann purer Hass.

Tirú, der vorgetreten war, die Hände erhoben, möglicherweise mit der Absicht, beruhigende Worte zu sprechen, wandte den Kopf zu Roji.

„Lauf!", befahl er vollkommen ruhig.

Eine Axt kam geflogen und bettete sich keine drei Fingerbreit neben Tirús Hals in einen Baumstamm.

Panik surrte in Rojis Leib, brachte sein Herz zum Rasen, seine Beine rannten ohne sein willentliches Zutun.

Diese Kerle wollten sie töten!

Und verdammt, sie hatten sogar recht – denn Tirú und er besaßen tatsächlich Zauberkräfte.

Ob er jemals auf das Haus würde zugehen können, ohne dabei um sein Leben zu rennen?

„Flieg!", brüllte Zziddra der Eule zu, die sich kaum auf Rojis Kopf halten konnte und ihn beim Laufen behinderte. Zum Glück ließ Oorgh sich das nicht zweimal sagen und flatterte auf. Für die Verfolger musste es aussehen, als würde die brave Kopfhaube einer jungen Frau vom Wind verweht werden.

Die Gnome rannten vorweg, bewegten sich allerdings wie normale Menschen, statt wie sonst in kaum nachvollziehbarer Geschwindigkeit und mit gewaltigen Sprüngen die Feinde zu verwirren.

Der geifernde Mob hinter ihnen war beängstigend. Tirús Hauptsorge galt allerdings dem Gedanken, dass einer von ihnen stürzen könnte und sie daraufhin gezwungen wären, gegen diese Leute zu kämpfen. Es waren schließlich bloß einfache Menschen, wenn auch mit mörderischen Waffen in den Händen.

Es wäre eine Kleinigkeit, sie mit Magie zu töten. Zziddra könnte sie mit einem einzigen Flammenstoß niedermachen. Selbst für die Gnome wäre es keine große Schwierigkeit, einen nach dem anderen zu erschlagen. Aber wer wusste schon, was das für die Zukunft bedeuten würde? Einer dieser Männer könnte Rojis Ur-Urgroßvater sein!

Nein, es verbot sich von selbst, ihnen das geringste bisschen Leid anzutun. Diese Männer mussten beschützt werden.

In erster Linie vor sich selbst.

Roji hielt gut mit.

Er war ein ausdauernder Läufer. Allerdings zuckte er jedes Mal, wenn die Verfolger hinter ihnen brüllten und sich gegenseitig anfeuerten.

„Lasst die Hexen nicht entkommen!"

„Teilt euch auf, Männer! Kreist sie ein!"

„Tomas, hol die anderen!"

„Wir brauchen sie lebend! Sie müssen brennen! Das Feuer wird sie gründlich vernichten!"

„In Stücke schlagen! An die Schweine verfüttern! Die Schweine verbrennen! So macht man das!"

Entzückend, dieser Ideenreichtum ...

Äste schlugen Tirú ins Gesicht, zerrten an seinen Kleidern. Der Boden war matschig, was ihr Vorwärtskommen behinderte, allerdings auch den

Verfolgern das Leben schwermachte. Braunes Laub der letzten Winter raschelte trocken unter ihren Stiefeln.

Jeder Vorteil musste genutzt werden …

„Zziddra! Gezielter Flammenstoß auf die Blätter!", kommandierte Tirú, hoffend und betend, dass Erde und Bäume zu nass waren, als das ein unkontrollierter Waldbrand entstehen konnte.

Die Drachendame löste sich umgehend von Rojis Schultern, flog auf und spie mit einem Schrei der Begeisterung Feuer. Die Männer hingegen stürzten und schrien, bloß eher vor Angst als vor Freude. Das trockene Laub brannte lichterloh. Für die ahnungslosen Menschen musste es ausgesehen haben, als würde sich ein schwarzer Wollumhang von den Schultern einer hübschen jungen Frau erheben und in Flammen aufgehen – kein Wunder, dass sie nach den Himmelsmächten für Beistand und Schutz riefen.

Tirú zerrte Roji mit sich, der vor Schreck stehengeblieben war.

„Lauf!", schrie er. „Es ist nicht mehr weit!"

Tatsächlich konnte er die Mauern bereits sehen. Atemlos keuchend rannten sie durch das schmiedeeiserne Tor und warfen es hinter sich zu.

„Schnell, schnell!", rief Agus. „Der Schutzzauber! Andernfalls werden sie das Gelände stürmen und nichts kann sie daran hindern!"

„Ich weiß nicht, ob sie unbedingt auf uns treffen oder in einer anderen Zeitlinie landen würden, sobald sie durch das Tor treten oder über die Mauern springen …" Tirú brach ab, denn das waren sinnlose Überlegungen. Sie brauchten den Schutzzauber, und zwar jetzt sofort! Denn nicht nur diese Verfolger waren eine Bedrohung, sondern schlichtweg jeder Mensch, der zu irgendeinem Zeitpunkt überlegte, ob er das alte Herrenhaus aufsuchen könnte.

Er kauerte sich am Boden nieder, umfasste jeweils eine von Rojis und Agus' Händen. Sie mussten nach dem Hetzlauf erst einmal zu Atem und genug zur Ruhe kommen, um einen komplexen Zauber wirken zu können. Entscheidend dafür war, dass sie ihre magischen Kräfte vereinten, denn selbst mit den verstärkenden Talismanen der Königin war ihre Macht in dieser Welt verheerend eingeschränkt.

Es wurde besser, als Zziddra sich zu ihnen gesellte. Man durfte es ihr auf keinen Fall sagen, denn ihr Selbstbewusstsein war auch so schon viel zu groß. Aber sie war eine bedeutsame Macht und ohne sie wäre es sehr viel schwieriger. Jeder sollte einen Drachen an seiner Seite haben. Gleichgültig wie jung oder klein er noch war.

Tirú zog die Magie zu sich, die seine Gefährten ihm bereitstellten. Er führte, es war sein Wille, der den Zauber formen würde. Präzision war alles entscheidend, wenn es um Magie ging.

„Ich stelle alles Land auf dieser Seite, was meinen Eltern gehörte und nun in meinem Besitz ist, unter expliziten magischen Schutz. Niemand kann diesen Grund und Boden betreten, der nicht zu meinen Verbündeten gehört und von mir im Haus willkommen geheißen wird. Dieser Schutz passt sich an die Zeitverankerung an, die dafür sorgt, dass Haus und Gelände unabhängig zu allen Zeiten zugleich existiert. Weder Mensch noch Tier, weder Pflanzen noch feindliche Magie können sich über diesen Schutz hinwegsetzen."

Er spürte, wie der magieverstärkende Armreif an seinem Gelenk zu pulsieren begann. Zugleich war hinter ihnen Geschrei hörbar – die Dörfler hatten sich am Feuer vorbeigewagt und versuchten sich gegenseitig anzutreiben, um durch das schmiedeeiserne Tor zu treten.

In diesem Moment schrie Roji auf und brach zusammen.

Tirú hatte noch Zeit für tiefes Bedauern, weil es schon wieder sein Gefährte war, der den Preis für die Magie zahlen musste – da überrollte auch ihn die Schmerzwelle. Sein Rücken stand in grellen Flammen, es brannte unerträglich und ohne es verhindern zu können, brüllte er seine Qual hinaus.

Es dauerte eine ganze Zeit, bis Tirú wieder irgendetwas von seiner Umgebung wahrnahm. Er fand sich auf dem Bauch im Gras liegend vor. Jemand strich kühlende Heilsalbe auf seinen Rücken. Als er den Kopf wandte, sah er Bránn, seinen treuen Kobolddiener.

Was machte der denn hier?

„Wir haben ihn der Einfachheit halber hergeholt", sagte Agus. „Geht leichter, als zwei nahezu Bewusstlose durch die Gegend zu tragen. Bránn hat die beste Heilsalbe weit und breit und er freut sich doch immer, wenn er gebraucht wird."

„Wir haben direkt noch Elryka dazugeholt", fügte Fjork fröhlich hinzu. „Essen kochen ist fein. Hat man eine nymphische Köchin, ist es ein Verbrechen, auf ihre Dienste zu verzichten. Sie war ebenfalls dieser Meinung und hat eine Reihe von Lebensmitteln aus der Festung mitgebracht und sich alles unter den Nagel gerissen, was wir aus dem Dorf geholt haben. Völlig umsonst war unser Ausflug zumindest nicht."

„Wir haben gelernt, dass Unmagische schwierig sind, was das Thema Zauberkräfte betrifft", brummte Tirú. Er schaute nach Roji, der ebenfalls bei Bewusstsein war und gerade von Madrow mit Heilsalbe bedacht wurde. Interessiert beugte er sich vor, um sich das neue Brandmal anzuschauen, das die Magie diesmal hinterlassen hatte.

„Ihr habt beide dasselbe Muster", ließ sich Zziddra vernehmen. „Man erkennt inzwischen, was das werden soll."

„Bei allen Mächten!" Vor Überraschung schnappte Tirú nach Luft. Es war diesmal kein einzelnes großes Brandmal zu den bereits vorhandenen kreisrunden Narben dazugekommen, sondern eine Vielzahl von kleinen Wunden. Zwölf, um genau zu sein. „Ein Ziffernblatt! Das wird eine Uhr!" Völlig verwirrt glotzte er auf Rojis Rücken. „Warum im Namen aller Dämonen der Niederhölle brennt uns die Magie Uhren auf den Pelz? Und dann auch noch uns beiden zugleich?"

„Eine sehr interessante Frage", krächzte Oorgh. „Ich würde das gerne auf der nächsten Eulengroßversammlung zur Diskussion stellen, wenn es genehm wäre."

„So eine Eulenversammlung würde ich gerne mal sehen", brummte Roji. Er klang erschöpft, lallte ein wenig, so als wäre er gerade erst richtig aufgewacht. „Wie muss ich mir das vorstellen?"

„Oh, es ist großartig." Zziddra kicherte, was Oorgh dazu trieb, beleidigt mit dem Schnabel zu klappern. „Stell dir mehrere hundert alte Männer vor, die man in einen riesigen Raum einsperrt und dazu bringt, sich über irgendeinen Unsinn zu streiten. Etwa die Farbe von Wasser. Genauso funktionieren die Eulenversammlungen. Hunderte gefiederte Gelehrte, Männlein wie Weiblein, hocken in einem riesigen Raum zusammen. Es gibt bequeme Sitzstangen für jeden, dienstbare Kobolde sorgen für unerschöpflichen Nachschub an Fleischhäppchen, Beeren, Nüssen und Wasser. Ein verstaubter Mümmelgreis von Uhu führt den Vorsitz. Dann wird das Streitthema des Tages ausgerufen. Zum Beispiel: Warum fällt ein Stein, der hochgeworfen wird, zur Erde hinab statt in den Himmel hinauf? Am Anfang läuft es sehr gesittet ab. Wer reden will, stößt mit der Klaue an ein Glöckchen und der Vorsitzende entscheidet über die Reihenfolge. Jeder hat exakt fünf Minuten Redezeit, über die eine Sanduhr wacht. Nach spätestens einer Stunde langweilen sich die einen und die anderen sind wütend, weil sie immer noch nicht aufgerufen wurden und sie sich deshalb übergangen fühlen. Beide Parteien rufen in den Beitrag des aktuellen Redners hinein, der ebenfalls wütend wird, weil seine kostbare Redezeit schwindet. Am Ende brüllt sich alles an, der Vorsitzende am lautesten. Und wenn die Versammlung nach rund zwölf Stunden aufgelöst wird, weil man

das Problem gelöst glaubt, vergessen sie schlagartig, dass sie gerade noch wütend waren und sich gegenseitig mit Klauen und Schnabel bedroht haben, sind wieder die besten Freunde und freuen sich, weil so viele kluge Dinge gesagt wurden. Sprich: Wer es schafft, in der ersten Stunde aufgerufen zu werden, kann an weltenerschütternden Erkenntnissen teilhaben. Interessanterweise liegen unsere Eulenfreunde fast immer richtig, wenn sie ein Problem für gelöst erklären. Auch das könnte man fast schon als Magie bezeichnen …"
„Und welcher Versammlung hast du beigewohnt, verehrte Zziddra, dass du genau sagen kannst, wie es dort zugeht?", fragte Oorgh in schwer beleidigtem Tonfall.
„Bei der Steinfrage war ich zugegen. Und noch einigen weiteren, einfach nur, um mir das Gebrüll anzuhören." Sie lachte, als Oorgh sich empört aufzuplustern begann. „Nichts für ungut, lieber Freund. Ich bin ein großer Bewunderer der Eulenversammlungen. Niemand streitet sich mit mehr Eleganz und gepflegten Beleidigungen als Eulen."
„Welch ein Glück, dass das jetzt geklärt ist", murmelte Tirú, bedankte sich bei Bránn und stand mühsam auf. „Wenn Elryka die Küche erobert hat, können wir dort nicht mehr zusammensitzen. Ich schlage vor, dass wir es uns im Studienzimmer bequem machen. Dort wurden meine Geschwister und ich von Hilla unterrichtet. Es hat ausreichend Sitzgelegenheiten, Federkiele, Pergament und einen recht schönen Blick raus auf den Garten."
„Ist Roji denn in der Lage, nach diesem Vorfall zu lesen?", fragte Agus.
„Das bin ich!", verkündete Roji, bevor irgendjemand Zweifel anmelden konnte. Tirú ärgerte sich über sich selbst, dass er völlig selbstverständlich davon ausgegangen war. Denn natürlich wollte Roji sich beweisen und würde niemals zugeben, dass er eine Ruhepause benötigte. Tirú musste einfach mehr darauf achten. Sich daran erinnern, dass Roji kein unverwüstlicher Zentaur und kein nimmermüder Wurzelgnom war.
Schweigend gingen sie zurück zum Haus. Die erzürnten Dörfler waren offenbar verschwunden.
„Von jetzt an gehst du am besten allein ins Dorf", sagte Tirú. „Ich kenne mich nicht genug in deiner Welt aus und eine weitere Hexenverfolgung ist nicht gerade erstrebenswert."
Sie erreichten die große Tür.
Dabei fiel Tirú etwas ins Auge, von dem er sicher war, dass es sich dort vorhin noch nicht befunden hatte, als sie losgegangen waren: mehrere Leitern lagen in einer Ecke, einige davon zerbrochen.

Dazu Einbruchswerkzeuge. Er erinnerte sich – die hatten dort gelegen, als er das erste Mal mit Roji ausgezogen war.

„Das hätte mir auffallen müssen!", sagte er und schüttelte über sich selbst den Kopf. „Warum habe ich das nicht begriffen, dass keine Fremden auf das Gelände gelangen können?"

„Magie und die vielen alternativen Zeitlinien, das ist verwirrend, das muss man sich zugestehen", entgegnete Agus weise. „Ihr hattet gespürt, dass die Schutzzauber intakt sind, darum gab es keinen Grund zur Sorge. Die Einbrecher müssen sich ausgetobt haben, während wir fort waren, und sind am Haus und der Schutzmagie Eurer Mutter gescheitert."

„Nun denn. Wie auch immer", knurrte Tirú. „Jetzt ist alles gerichtet. Dadurch können Roji und ich in rund dreißig Jahren hier ankommen und uns über junge Bäume im Kelpiebrunnen ärgern. Wollen wir dann zum Studienzimmer? Bránn, du kennst dich hier nicht aus … Folge deiner Nase, bis du Elryka und die Küche gefunden hast, und bleibe bei ihr. Wenn Oorgh das nächste Mal zum großen Bericht in die Verwunschwelt wechselt, kann er dich und Elryka mitnehmen. Die Magielosigkeit setzt dir sicherlich zu stark zu, als dass du länger hierbleiben solltest. Außerdem möchte ich die Burgfestung nicht leerstehen lassen."

„Ja, Herr. Danke, Herr." Bránn verneigte sich stumpf und ging davon, kaum dass sie das Haus betreten hatten. Tirú hingegen führte den Weg zum Studierzimmer an. Eine seltsame Unruhe trieb ihn um. Er musste mehr über die Forschungen seiner Eltern erfahren. Seit er wusste, was sein Bruder unbeabsichtigt getan hatte, fürchtete er das Schlimmste.

Kapitel 17

Sie saßen in dem ehemaligen Studierzimmer.
Es war beklemmend, die beiden Stühle zu sehen, die auf Kleinkinder zugeschnitten worden waren und jetzt von den drei Gnomen besetzt wurden. Sich zu erinnern, was aus den beiden Jungen geworden war, die vor drei Jahrzehnten darauf gesessen hatten, um Lesen, Schreiben und Rechnen zu erlernen. In Tirús Gesicht zu blicken und das Kind zu erkennen, das er damals war.
Roji musste sich zwingen, es nicht an sich herankommen zu lassen. Das war schwer, denn das Brennen in seinem Rücken, wenn auch gut gedämpft durch die Heilsalbe, lenkte ihn ab und schickte seine Gedanken überall hin, nur nicht zu der Aufgabe, der er sich eigentlich widmen sollte: Das Entziffern der Texte, die Tirús Vater hinterlassen hatte. Dementsprechend stammelte und verhaspelte er sich und konnte nicht einmal gedanklich erfassen, was er da überhaupt vorlas.
Sonderlich wichtig schien es nicht zu sein, denn niemand beschwerte sich oder bat ihn, eine Passage zu wiederholen.
Er zuckte zusammen, als Tirú ihm plötzlich eine Hand auf den Arm legte und ihn so unterbrach.
„Brauchst du eine Pause?", fragte er sanft.
Roji wollte bejahen.
Dann überlegte er es sich anders.
„Nein", sagte er leise und lächelte. Es ließ Wärme in ihm aufflammen, als Tirú dieses Lächeln erwiderte. „Nein, ich glaube, ich brauchte bloß, dass du mir diese Frage stellst."
„Bist du dir da wirklich sicher? Von einem wütenden Mob gejagt zu werden, der wild entschlossen ist, einen umzubringen, und durch einen magischen Querschlag vor Schmerz in Ohnmacht zu fallen, das sind alles vollkommen gute Gründe, um anschließend Schwierigkeiten mit der Konzentration zu haben."
„Dich betrifft es doch auch nicht!", murmelte Roji abwehrend.
„Das darfst du nicht vergleichen!"

Tirú fasste ihn fester, sein Blick wurde streng. „Das Leben, das ich führen muss, habe ich mir nicht ausgesucht. Wenn ich könnte, wäre ich wirklich gerne wie du."

„Schwächer? Hilflos? Empfindlich?" Roji lachte bitter auf, bevor er hastig den Kopf senkte.

„Nein. Menschlich. Einfühlsam. Unschuldig. Vor allem das Menschliche reizt mich ungemein. An deiner Seite bin ich es, sehr viel mehr jedenfalls als seit Jahren."

„Ich benötige dennoch keine Pause", murmelte Roji, weil ihm nichts einfiel, was er auf diese Worte antworten könnte. Er räusperte sich verlegen, bevor er nach dem nächsten Pergament griff. Es war anders als alle, die er zuvor in der Hand gehabt hatte.

„Ihr Mächte, ist das winzig geschrieben! Ich glaube nicht, dass ich es ohne ein Leseglas entziffern kann!"

„Was ist ein Leseglas?", fragte Oorgh interessiert.

„Oh. Ähm – Menschen haben oft Probleme mit dem Sehen. Das ist vermutlich etwas, was Eulen nicht widerfährt?" entgegnete Roji. „Ein Leseglas ist ein recht teures und kostbares Gerät. Es ist so geschliffen, dass es Dinge größer und schärfer macht. Buchstaben kann man auf diese Weise viel besser lesen."

„Wir könnten hinaushuschen und schauen, ob wir ein solches Ding stehlen können", sagte Agus.

„Wie wollt ihr das schaffen? Es ist ja nicht einmal sicher, dass Glorbyn bereits erbaut ist, wenn ihr durch das Tor schreitet. Die Bauern haben außerdem ein solches Gerät nicht. Es ist vielleicht hundert Jahre vor meiner Zeit aufgekommen und bleibt den Reichen und Mächtigen vorbehalten. Ich durfte als Junge einmal das Leseglas des Landesfürsten in die Hand nehmen, weil mein Vater als Schreiber am Hof hochgeschätzt wird und der Fürst mich mochte.

Also nein, ich habe Unsinn geredet. Dieses Pergament kann ich leider nicht lesen, weil die Schrift für mich zu klein ist. Vielleicht kann Oorgh es aber für mich übernehmen?"

„Da kommen wir nicht zusammen, mein lieber Junge", erwiderte Oorgh bedauernd. „Ich erkenne zwar die einzelnen Buchstaben ohne Schwierigkeiten. Doch ich beherrsche die Schrift nicht."

„Dann bringen wir sie dir bei." Tirú zuckte mit den Schultern. „Du bist eine äußerst schlaue Eule und es hängt nicht von zwei oder drei Tagen ab, wann dieses Pergament gelesen wird."

„Lesen lernen ist auch für schlaue Eulen keine Angelegenheit von zwei bis drei Tagen", widersprach Zziddra, die bis gerade eben scheinbar tief schlafend auf dem Fensterbrett zusammengeringelt gelegen hatte und sich nun schnaufend aufrichtete. „Vielleicht sollten die Gnome einfach ihr Glück versuchen. Man sieht, wie sehr sie darauf brennen, noch ein wenig Auslauf zu bekommen und ihre Magie zu versuchen."

„Welche Magie?" Roji durfte sich einmal mehr dumm fühlen. Bislang hatte er noch nicht wirklich durchschaut, über welche Fähigkeiten die Gnome genau verfügten.

„Wurzelgnome sind in ihrer Tagesform Meisterdiebe", sagte Tirú lächelnd. „Sie können sich nicht bloß schneller als der Wind bewegen, wenn sie wollen, wodurch sie praktisch nie gesehen werden. Nein, sie haben auch ein magisches Gespür, wo sie das finden, was sie gerade suchen."

„Wir setzen es seltener ein, als es uns möglich ist", brummte Agus. „Gerade wenn man mit Nicht-Gnomen zusammenlebt, wird es sonst schnell anstrengend, wegen diesen dummen Vorstellungen von Mein, Dein, Unser. Gnome legen viel weniger Wert auf eigenen Besitz."

„Agus ist der beste Dieb von uns dreien." Madrow klopfte seinem älteren Bruder stolz auf die Schulter.

„Es genügt für ihn sicherlich, wenn er durch das Tor schreitet, um zu wissen, ob ein solches Leseglas, wie du es benötigst, in erreichbarer Nähe zu finden ist. Besonders da wir jetzt die magieverstärkenden Talismane bei uns haben."

„Geht ruhig", sagte Tirú. „Ein Versuch schadet nicht und die Menschen erwischen euch schon nicht, solange ihr nicht von uns langsamen Leutchen gehemmt werdet."

„Ich empfinde das Konzept des Diebstahls als recht beunruhigend", ließ sich Oorgh verschämt vernehmen. „Für Menschen ist Besitz oft genug sehr persönlich. Wenn Lesegläser so kostbar sind, wird der Bestohlene deshalb Kummer leiden."

„Hast du mal wieder nicht zugehört, Federfresse?", fauchte Zziddra respektlos. „Nur die Reichen und Mächtigen besitzen solche Werkzeuge. Wenn sie ein solches Ding verlieren, lassen sie sich eben ein neues anfertigen."

„Und wenn jemand zu Schaden kommt, weil ein Großfürst glaubt, sein Diener hätte ihm das Glas gestohlen?" Oorgh schüttelte traurig den Kopf. „Ich will mich lieber anstrengen und die Kunst des Lesens in dieser Schrift meistern. Dann muss niemand leiden …"

„Bei allen Mächten! Jetzt lauft endlich, bevor wir noch bis Mitternacht über Recht und Unrecht diskutieren!", rief Zziddra gereizt und gab den Gnomen einen herrischen Wink mit der Schnauze.

„Wir achten darauf, dass kein Schaden entstehen kann. Versprochen." Agus, Fjork und Madrow verschwanden schneller durch die Tür, als Oorgh weitere Bedenken äußern konnte. Noch trauriger als zuvor ließ er den Schnabel sinken.

Am liebsten würde Roji ihn in den Arm nehmen und wie ein kleines Kind trösten. Mühsam erinnerte er sich daran, dass die Eule keineswegs niedlich, jung oder hilflos war, egal wie sie äußerlich wirkte, und ganz gewiss würde Oorgh einen solchen Tröstungsversuch als Übergriff wahrnehmen.

Tirú begann mit Oorgh und Zziddra eine Diskussion über einige Details des Textes, den Roji vorgelesen hatte. Es ging um die Herstellung der Farben, die Tirús Mutter genutzt hatte, was größtenteils unmagisch stattfand. Einige der Rezepturen waren vollständig niedergeschrieben worden, anscheinend basierend auf monatelanges Ausprobieren. Roji nutzte die kleine Auszeit, um ins Nichts zu starren. Er war nicht einmal müde, lediglich ruhelos, auf eine Weise, die Bewegung fast unmöglich machte. Wahrscheinlich war es so, wie Tirú gesagt hatte und der heutige Tag hatte ihn überfordert. Genau wie der Eisdämonenangriff. Und die Hetzjagd durch das Verwunschland. Und all die anderen Dinge zuvor. Zuviel! Man könnte meinen, dass er langsam abstumpfte und sich an die beständige Aufregung gewöhnt hatte, doch anscheinend wurde er erst einmal schwächer, bevor er stärker werden konnte.

Sehr lästig, so alles in allem.

Gepoltere vor der Tür schreckte ihn aus seiner inneren Erstarrung hoch. Es waren die Gnome, die bereits zurückkehrten. Agus stürmte den Raum als Erster, und an der Art, wie er über das gesamte knorrige Gesicht strahlte, erkannte man, dass sie erfolgreich gewesen waren.

„Bitte sehr!", rief er und überreichte Roji mit einer Verbeugung ein edles Leseglas mit vergoldetem Griff. „Wir sind schon mit dem ersten Versuch in der richtigen Zeit gelandet, etwa hundertzwanzig Jahre vor deiner Geburt."

„Falls wir die Gespräche richtig belauscht haben, wurden diese Gläser in Glorbyn entwickelt. Das dort stammt aus einer Werkstatt und ist ein verworfener Entwurf, weil die Fassung anscheinend nicht hübsch genug gelungen ist, um es dem Fürsten präsentieren zu können", erzählte Madrow aufgedreht.

„Es ist keinerlei Schaden entstanden, wie versprochen. Oder na ja, ein kleiner, denn der Schöpfer dieser Gläser wollte das Ding dort einschmelzen und neu gestalten. Trotzdem wird es hoffentlich jeden hier beruhigen, dass kein einziger Diener befürchten muss, einen Kopf kürzer gemacht zu werden."

„Das beruhigt mich in der Tat", entgegnete Oorgh würdevoll.

„Mich beunruhigt es hingegen, wie zielsicher ihr genau dorthin gelangt seid, wo ihr hingehen wolltet", sagte Roji. „Kann die Magie solche Dinge ermöglichen? Es erscheint mir merkwürdig. Beinahe, als wäre die Magie eine eigene Person, die jeden unserer Schritte lenkt." Er ertappte sich selbst dabei, wie er ein Schutzzeichen schlug, um Dämonen abzuwehren.

„Die Magie kann unsere Schritte nicht lenken. Sie kann lediglich auf das reagieren, was wir tun", begann Oorgh, wurde allerdings rigoros von Zziddra unterbrochen.

„Keine Tiefenphilosophie, wenn ich bitten darf!", fauchte sie. „Andernfalls sitzen wir morgen Nacht immer noch hier und haben uns keinen Schritt bewegt. Roji, freu dich, dass du solch ein feines Werkzeug bekommen hast, egal wie das nun möglich war. Lies das verdammte Pergament! Magieverstärkende Talismane hin oder her, ich hasse es, auf dieser Seite ausharren zu müssen!"

„Schon gut!" Roji hob beschwichtigend die Hände. Tirú hingegen stieß ebenfalls ein kehliges Fauchen aus und starrte Zziddra drohend an.

„Beherrsch dich!", knurrte er. „Eile hält nur auf, denn dann geschehen die Fehler, die wirklich Zeit kosten. Hetz ihn also nicht."

Roji hatte derweil das Leseglas ergriffen, das ihm wie erhofft die Buchstaben so stark vergrößerte, dass er sie mühelos entziffern konnte.

„Das ist noch mehr Durcheinander der Schriftarten", sagte er. „Größtenteils verwunschländische Schreibweise, gelegentlich meine Buchstaben. Es muss einer der allerersten Texte gewesen sein, die dein Vater verfasst hat. Oder er hat seine Gedanken wild fließen lassen und nicht darauf geachtet, wie er schrieb, und es ist deshalb so winzig geraten."

„Kannst du es denn noch lesen?", fragte Tirú und blickte mit einem Ausdruck verwunderter Anerkennung durch das Glas.

„Das Geschnörkel da war ein Z? Und wenn das dort ein E ist ... Ja, ich kann es lesen." Roji arbeitete sich gedanklich vor und begann dann laut vorzutragen:

„Shara und ich waren bereit, dem Auftrag der Königin Folge zu leisten. Die Erschaffung der Uhr hat hohe Opfer gekostet, wie es zu befürchten stand. Zunächst wollte Shara die Uhr gar nicht nutzen, doch es gibt sie und nun wollten wir uns auch unserer Aufgabe widmen. Bislang war es nicht möglich, die zwölf großen magischen Portale zu schließen, durch die immer wieder unmagische Tiere und Menschen stolpern. Sobald das letzte Portal geschlossen ist, gäbe es keinen Weg zurück und die Reise vom Verwunschland hinüber auf die andere Seite ist nicht ohne große Opfer möglich. Denn leider führen die Portale ausschließlich in eine Richtung, also in das Verwunschland hinein. Die Königin hatte uns ausgeschickt, die Portale zu schließen, um großes Leid für die Unmagischen zu verhindern, für die es keine Möglichkeit der Heimkehr gibt und die praktisch alle innerhalb der ersten zwei Tage sterben."

„Das wusste ich gar nicht", murmelte Tirú. „Also dass ihr ursprünglicher Auftrag die Portale waren."

„Ich wusste ehrlich gesagt nicht einmal, dass es so viele Portale gab und dass sie überhaupt von irgendjemandem geschlossen wurden", sagte Zziddra und klang seltsam verärgert – vermutlich, weil jemand es gewagt hatte, ihr dieses Wissen vorzuenthalten.

„Unter den Eulengelehrten ist die Tatsache der Portalschließung bekannt", dozierte Oorgh behäbig. „Dass es sich bei denjenigen, die diese Aufgabe übernahmen, um Tirús Eltern handelte, wurde hingegen nie diskutiert. Sicherlich waren ihre Namen nie laut ausgesprochen worden, vielleicht zu ihrem Schutz, und man hat leichtsinnig angenommen, es würde keine Bedeutung haben. Dabei ist andererseits bekannt, dass schlichtweg alles von großer Bedeutung ist. Jedenfalls wenn es um Magie geht. Wir Sterblichen sind bloß nicht in der Lage, absolut alles zu erfassen. Nicht einmal wir Eulen, obwohl unser Erinnerungs- und Aufnahmevermögen den meisten anderen Spezies überlegen ist."

„Hört, hört", brummte Zziddra. Bevor Oorgh sich beleidigt aufplustern konnte, rief Tirú rasch: „Lies weiter! Bitte, lies schnell weiter."

Roji lächelte und konzentrierte sich erneut auf das Pergament: „Wir inspizierten die Portale, bevor wir einen Plan entwickelten, wie wir vorzugehen haben. Shara hatte die wundervollste Idee: Wir zerstörten die Portale, indem wir ihre magische Energie abzogen und einen Kristall damit aufluden. Mit elf Portalen haben wir dergestalt gehandelt. Das zwölfte Portal hingegen haben wir zu einem schmiedeeisernen Tor und eine Mauer umgewandelt, die ein großzügiges Stück Land umschließt. Auf diesem Grundstück erschufen wir mit der im Kristall gespeicherten Magie ein Haus und verankerten dies alles – Haus und Land – für alle Zeiten und

Ewigkeiten fest und unverrückbar an diesem einen Ort. Das Haus musste groß genug sein, um Platz für uns, unsere zukünftigen Kinder, Diener und viele, viele neue Portale in das Verwunschland zu bieten. Denn an den Portalen an sich war nichts falsch. Als Magieforscher benötigen wir die Möglichkeit, ungehindert und ohne grauenhafte Opfer zwischen den Welten wechseln zu können. Es darf nur kein Zugang für unmagische Kreaturen bestehen. Shara belegte darum alles mit Schutzzaubern, wobei sie die für das Haus als unendlich, also noch weit über unseren Tod hinaus, angelegt hat. Das Gelände soll danach betreten wer will. Es schleudert denjenigen aus seiner Zeit heraus, es sei denn, er ist ein Bewohner des Hauses, dann gelten andere Gesetze. Die Portale im Inneren hingegen müssen geschützt bleiben und Zugang erhält nur, wer vom Verwunschland aus das Haus betritt oder im Haus geboren wurde."

Roji stockte. „Da geht sie hin, die Erklärung, warum ich das Haus beim ersten Mal betreten konnte", sagte er verwirrt.

„Nein, lass dich nicht verwirren!", widersprach Oorgh sofort. „Du hattest bereits vor deiner Geburt die Schwelle überschritten, und zwar vom Verwunschland aus. Versuch nicht, die Zeitenlogik zu durchdringen oder gar Ursache und Wirkung in einer geordnete Reihenfolge zu betrachten. Es ist sinnlos und wird dir endlose Kopfschmerzen bereiten."

„Lies einfach weiter", sagte Tirú. Er hatte noch nicht für einen Moment seine Hände von Rojis Arm genommen. Es fühlte sich warm und behaglich an und gab ihm so viel mehr Halt, als er jemals für möglich gehalten hätte.

„Es ist nicht mehr viel", entgegnete Roji und fuhr fort: „Wie verabredet, malte Shara sofort das erste Wandbild. Es stellt die Gegenwart unserer Heimat dar, der Ankerpunkt ist die Burgfestung. Als Portalsymbol wählte sie eine Eule. Sie hat diese Tiere schon immer sehr verehrt, mehr als jedes andere Lebewesen. Manchmal glaube ich, dass ihr Eulen lieber als Menschen sind und necke sie damit. Dann lacht sie und lässt mich spüren, dass es zumindest einen Menschen gibt, an den keine Eule herankommt. Das Gegenwartsbildnis hat sie riesig gemalt, es nimmt den gesamten Raum ein. Die anderen Portale, die wir planen, müssen bescheidener werden, sonst wird uns selbst dieses unglaublich große Gemäuer sehr rasch zu klein werden. Sharas Fähigkeiten sind beeindruckend. Ich darf ihr nicht im Weg stehen, wenn sie mit Farben und Pinseln hantiert. Zum Glück ist sie sehr, sehr schnell, sonst hätte ich nicht viel von meiner Frau … Während sie malt, richte ich das Haus ein. Der Kristall hatte noch einiges an Restmagie gespeichert. Die habe ich für den einen oder anderen Luxus verschwendet, wie einen magischen Badezuber, oder den Kamin in unserem Schlafraum, der ohne Holz brennt, sobald es zu kalt wird. Shara liebt diese kleinen Überraschungen, die ich nur für sie erschaffen habe. Was es wohl gekostet haben mag, die zwölf großen Portale zu errichten? Es ist nicht überliefert. Nun, bald war ein zweites Portalgemälde fertig. Wir wollten zum Ursprung zurückkehren. Um die Zeit einzufangen, zu der wir gelangen wollen, muss Shara lediglich beim Malen fest an diese Zeit denken. Sie sagte einmal, die Magie selbst würde ihren Pinsel führen und ich glaube ihr, dass dies zumindest teilweise stimmt. Jedenfalls war dieses Bild eher klein. Ich habe den Rahmen dafür gebaut, genau wie ich mit eigenen Händen zahllose Möbelstücke für dieses Haus erschuf. Man sieht ihm nicht an, in welche großartige Epoche des Verwunschlandes es führt. Ich liebe die Bäume. Drei Birken, von einem warmen Licht beschienen, unter denen das kleine Mädchen steht – es könnte überall und nirgends sein. Birken sind meine liebsten Bäume und was könnte bedeutsamer für einen Magieforscher sein, als genau diesen einen Moment einzufangen, in dem der erste Mensch das Verwunschland betritt?"

Tirú musste an sich halten, um Roji nicht Pergament und Leseglas aus den Händen zu reißen. Er wollte mehr hören, mehr, viel mehr! Die Worte seines Vaters. Zum ersten Mal, seit er denken konnte, fühlte er sich diesem Mann tatsächlich nah. Das war immer eine ferne Figur gewesen. Ein Mensch, den er achten und respektieren und bewundern sollte, am besten nacheifern. So hatte Hilla es ihm beigebracht. So hatte seine Mutter es gesagt, in den Momenten, in denen sie Pinsel und Farben beiseitelegte und bereit war, mit Tirú zu reden, statt ihn energisch fortzuschicken. Zum ersten Mal überhaupt hatte Tirú wirklich das Gefühl, ihn zu verstehen. Beide seiner Elternteile zu verstehen. Sie waren ausgeschickt worden, um Dinge zu tun, die niemand je zuvor getan hatte. Und sie hatten Wege gefunden, um diese Ziele zu verfolgen, an die niemals zuvor jemand gedacht hätte. Warum hatte sich der namenlose Feind gegen sie gewandt? Waren sie ihm bei ihren Reisen in die Vergangenheit des Verwunschlandes zu nah gekommen?

„Ich kenne das Bild, von dem da die Rede ist", sagte Agus und riss Tirú damit aus seinen trudelnden Gedanken.

„Es hängt im Arbeitsraum des Herrn. Ich hatte mir nie vorstellen können, warum er dieses Bild so sehr liebt, obwohl es viel schlichter als die meisten anderen ist."

„Sollen wir es tun?", fragte Roji aufgeregt. „Einfach durch das Bildportal steigen?"

„Ich denke, da sollten wir erst Rücksprache mit der Königin halten", entgegnete Tirú zögernd. Es reizte ihn durchaus gewaltig, doch er war nicht frei zu tun, was ihm gerade in den Sinn kam. „Wir konnten spüren, dass unser Handeln Einfluss hat.

Manches ist in ewigen Zeitschleifen festgelegt – es muss geschehen, weil es bereits geschehen ist. Etwa die Erschaffung des Verwunschlandes durch meinen Bruder. Anderes lässt sich ändern. Es ist unmöglich zu sagen, welche Ereignisse in ewige Zeitschleifen gezwungen wurden, nur weil meine Eltern durch die Portale gingen, ohne zu ahnen, dass sie dort mehr als bloß Beobachter sind. Ihre Anwesenheit mag alles geändert und vielleicht sogar jene Zustände heraufbeschworen haben, unter denen wir in der heutigen Zeit leiden."

„Ich habe nachgedacht", sagte Madrow. „In meiner Kindheit waren die Pflanzen und Bäume nicht wehrhaft. Man konnte sich mitten in der Wildnis unbesorgt an einem heißen Tag unter einer Trauerweide neben einem Fluss zum Schlafen niederlegen, ohne von den Wurzeln erwürgt oder von Wasserdrachen angegriffen zu werden.

Die Dinge haben sich geändert."

„Wir müssen mit der Königin darüber reden. Und sehr genau überlegen, was womöglich erreicht werden kann, wenn wir in die Vergangenheit gehen", sagte Tirú.

„Es ist ziemlich klar, was dort geschehen wird", brummte Zziddra. „Wir begegnen deinen Eltern. Denn der Eintrittspunkt wird derjenige sein, den deine Mutter beabsichtigte, als sie das entsprechende Gemälde malte. Exakt der Punkt, an dem auch deine Eltern eintreten. Sie werden uns sehen. Möglicherweise für Feinde halten. Ich bin sehr dafür, dass wir auf gar keinen Fall blind in der Vergangenheit herumstochern. Die Gefahren sind groß, gerade weil wir kampfversierten Magiern gegenüberstehen und keinen verschreckten Bauern."

„Bedacht werden muss auch, dass es nicht möglich ist, einen einmal begangenen Fehler rückgängig zu machen", sagte Oorgh. „Verlassen wir die Zeitebene, können wir zwar jederzeit durch das Gemäldeportal wieder dorthin zurückkehren.

Doch wir werden nicht mehr am Ausgangspunkt ankommen, sondern genau dort, wo wir die Zeitebene zuvor verlassen haben. Dies wissen wir aus den wenigen Berichten, die Tirús Vater der Königin über sein Tun geliefert hat."

„In Ordnung. Zziddra, Oorgh, würdet ihr bitte der Königin berichten, was wir an neuen Erkenntnissen gewonnen haben?", fragte Tirú und rieb sich müde über die Stirn. „Wir machen Schluss für heute. Elryka hat sicherlich wieder jede Menge Essen zubereitet, das wir besser würdigen sollten. Ihr wisst, wie furchtbar es wird, wenn eine enttäuschte Nymphe am Boden kauert und sich vor lauter Kummer die Augen aus dem Kopf heult. Und danach sollten wir schlafen. Morgen früh wissen wir, was die Königin über unsere Erkenntnisse denkt, welche Befehle sie für uns bereithält und ob wir uns weiter auf die Erkundung der Aufzeichnungen meines Vaters konzentrieren oder eigene Forschungsreisen in die Vergangenheit wagen sollen."

„Sehr unwahrscheinlich, dass es Letzteres wird", knurrte Zziddra. „Niemand kann sich wünschen, dass der erwachsene Sohn seinen Eltern gegenübertritt und diese ihn möglicherweise angreifen. Zumal der Sohn ein Stück älter ist, als die Eltern es damals waren. Da lauern Verwirrungsgefahren und die Begegnung mit Nakim hat gezeigt, dass es schwer möglich ist, die Fehler zu bereinigen, die deine Vorfahren aus Unwissenheit begingen. Es hemmt dich zu sehr, dass es deine Eltern sind und das aus gutem Grund – sie in der Vergangenheit zu töten, sei es in Notwehr, sei es im Glauben, Schlimmeres zu verhindern, würde deine eigene Geburt gefährden. Ich glaube, die Magie wehrt sich dagegen, solche Zeitparadoxa zuzulassen."

„Prädestinations-Paradoxon nennen wir Gelehrten das", warf Oorgh ein. Tirú könnte schwören, dass die Eule bei diesem Wortungetüm glücklich strahlte. Selbstverständlich strahlte sie glücklich. Die bloße Existenz eines solchen Prästani… Pridenestere… eines solchen Dingsda musste für einen Eulengelehrten das größte Glück der Welt bedeuten.

„Ist mir völlig egal, wie ihr Federbälle das nennt", fauchte Zziddra gereizt und offenbarte damit, dass sie mit den allzu gewichtigen Fremdwörtern auch nicht vertraut war.

Oorgh klapperte tadelnd mit dem Schnabel, aber Tirú könnte schwören, ein amüsiertes Funkeln in den dunklen Augen zu sehen.

„Vertragt euch. Kommt, wir begleiten euch in Richtung Portal, es liegt ja auf dem Weg zur Küche."

Er stand auf, zögerte allerdings, da Roji sich nicht bewegte.

„Was ist?", fragte er.

„Ich dachte nur gerade … Der Zytlor … Ich habe immer Angst, dass ein neuer Angriff von einem solchen Dämon erfolgen könnte. Wie ist er hier in das Haus gekommen, obwohl es so viele Schutzzauber gibt?"

„Auf magischem Weg, wie sonst?", entgegnete Tirú. „Die Art Übertritt, die große Opfer verlangt." Er zuckte achtlos mit den Schultern. Wenn man daran gewöhnt war, dass ein feindlicher Übergriff keine Frage des *ob*, sondern des *wann* war und praktisch täglich stattfand, hörte man schnell auf, sich deswegen Gedanken zu machen. In diesem Haus mochten sie einigermaßen sicher sein, doch seine Eltern hatten die Gnome nicht zur Dekoration hergebracht. Er erinnerte sich an Angriffe in seiner Kindheit. Selten, aber es hatte sie gegeben. Dass es gefährliche Angriffe magischer Kreaturen waren, hatte er hingegen erst im Rückblick verstanden. Hilla hatte einmal einer bärenartigen Kreatur den Schädel mit einem Spazierstock zertrümmert, vollkommen nebensächlich, und dabei weder aufgehört zu lächeln noch ihre Erklärungen über giftige Pilze für einen Atemzug unterbrochen. Tirú wusste nicht mehr, wie alt er damals gewesen war, lediglich, dass es ihm nicht weiter seltsam erschienen war – eben weil Hilla sich benommen hatte, als wäre das eine alltägliche Kleinigkeit.

„Kann es nicht sein, dass ein solcher Feind durch die Gemälde kommen könnte? Durch gewöhnliche Türen kann man schließlich auch ein- und austreten. Deine Eltern haben das zwölfte magische Portal zu einem Tor umgeformt. Wir schreiten dort hindurch, in jede Richtung, die uns beliebt."

„Ja. Aber der Zutritt ist begrenzt. Es ist klar definiert, wer hindurchschreiten kann und wer nicht. Du bist müde und der Tag war anstrengend. Kein Wunder, dass du dir seltsame Gedanken machst." Tirú gab ihm einen aufmunternden Klaps auf den Rücken und lächelte breit, um alle unnötigen Sorgen zu beschwichtigen. Es war eine Bewegung von Zziddra, die ihn aufmerken ließ.

„Ich glaube, unser junger Freund hier macht sich Sorgen, weil er hochempfänglich für magische Schwingungen ist", murmelte sie, den Kopf auf merkwürdige Weise in die Luft gereckt. „Das ist mir schon zuvor bei ihm aufgefallen. Ich spüre auch seit einigen Minuten eine gewisse Unruhe. Wie ein Duft, der sich nicht vollständig erfassen lässt …"

Noch während sie den Kopf reckte und die Nüstern blähte, zog Tirú seinen magischen Kampfdolch. Die vollkommene Waffe, die sich seinen Bedürfnissen und der Umgebung anpasste. In schmalen Gängen konnte er nicht mit einem Schwert kämpfen, darum blieb der Dolch dort klein. Hatte er genügend Platz, vergrößerte es sich entsprechend, und einige in den Stahl eingebrannte Zauber sorgten dafür, dass er damit selbst Dämonen und Drachen verletzen konnte. Er wusste noch immer nicht, ob er in dieser magiearmen Umgebung alle Vorteile dieser Waffe genießen konnte. Dennoch vertraute er darauf, dass sie ihm gute Dienste leisten würde, sollte tatsächlich ein Angriff bevorstehen.

„Raus in den Garten!", kommandierte Agus grimmig. „Im Freien können wir uns besser gegen Angriffe verteidigen. Wenn wir sie bis zur Dunkelheit aufhalten können, brauchen wir uns vor wenig zu fürchten."

„Was ist mit Flucht?", rief Roji, der nach wie vor der Schwächste in ihrer Gruppe war. Warum hatte Tirú die letzten Tage nicht daran gedacht, ihm Selbstverteidigungszauber beizubringen?

Weil er verliebt war.

Liebe machte dumm.

Und nun war es zu spät. Da war es auch keine Entschuldigung, dass er nie zuvor mit jemandem zusammen gewesen war, der sich nicht im Kampf allein verteidigen oder davonfliegen konnte.

„Flucht ist die letzte Option. Egal wohin wir gehen, bei unserer Rückkehr sind die Feinde noch immer da und warten auf uns", rief Madrow.

Sie ließen die kostbaren Pergamente zurück. Unwahrscheinlich, dass ein Feind sich an ihnen vergreifen würde, solange er sie durch die Gänge und Räume scheuchen konnte. Tirú führte die Gruppe an. Hinter ihm lief Fjork, dann kam Roji, um dessen Arm sich erneut Zziddra geschlungen hatte, was besser als jede Waffe war. Oorgh saß ihm auf dem Kopf, mit der Aufgabe, den allgemeinen Überblick zu bewahren. Leider war er in einem Kampf tatsächlich vollkommen nutzlos, doch er würde jeden Feind sehen, egal aus welcher Richtung sie kommen sollten. Madrow und Agus bildeten die Schlusslichter; sie waren schlagkräftig genug, sollten sich Feinde hinterrücks anschleichen.

Sie folgten dem endlosen Gang, zügig, beständig lauschend. Es war nichts zu hören, nichts zu sehen, und dennoch war da eine Anspannung … Wie auch schon zuvor. Sie hatten sich gegenseitig überreizt angefaucht, Zziddra besonders heftig. Das hätte Tirú zu denken geben müssen! Auch sehr junge Drachen mit feuriger Persönlichkeit verloren nicht ohne Grund die Geduld über Nichtigkeiten.

„Ich höre jemanden … Ein Kobold. Ja, das ist Bránn", zischte Zziddra in diesem Moment. „Er kommt auf uns zu."

Tirú beschleunigte das Tempo, fiel in einen leichten Trab. Bránn war vermutlich ahnungslos, das ein magischer Angriff bevorstand. Eventuell spürte er eine unerklärliche Unruhe und wollte deshalb nach ihnen sehen? Der alte Kobold besaß leider nicht genug Verstand, um Gefahren immer als das zu erkennen, was sie waren. Wahrscheinlicher war also, dass Elryka ihn losgeschickt hatte, obwohl die Nymphe eigentlich noch viel weniger Verstand besitzen sollte als er.

„Warte, warte, warte!", zischelte Zziddra. „Das stimmt was nicht, er stinkt nach Blut und …"

Bránn erschien urplötzlich unmittelbar vor ihnen. Kobolde besaßen die seltsamsten Fähigkeiten. Eine davon war, jederzeit an jedem Ort lautlos erscheinen zu können. Das machte aus ihnen sowohl perfekte Diener als auch einzigartig gute Einbrecher und Attentäter.

Tirú kannte Bránn seit dreißig Jahren. Diese hässliche Kreatur mit dem verwachsenen Gesicht, sie war ihm ein aufopfernder Diener gewesen, und manchmal der einzige Freund, dem Tirú sich anvertrauen konnte – häufig genug musste er den Gnomen gegenüber stark auftreten, weil Schwäche nun einmal tödlich war. Bránn erkannte keine Schwäche und verstand kaum, was man ihm sagte, sobald es mehr als deutliche, auf das Wichtigste reduzierte Befehle waren. Bei aller Dummheit, die schon an Schwachsinn grenzte, war Bránns Blick stets warm und freundlich gewesen.

Dieser Blick war nun leer. Tot. Wie eine Puppe. Trotzdem lebte und bewegte er sich, statt tot am Boden zu liegen.

„Bránn …" Tirú konnte, er wollte es nicht glauben. Kummer breitete sich in seiner Brust aus, nahm ihm die Luft zum Atmen, machte jede Regung unmöglich. Auch dann, als er das Blut wahrnahm, das von den grobschlächtigen Koboldhänden tropfte.

Bránn hob sie, diese Hände. Kobolde besaßen erstaunliche Körperkraft, genau wie Wurzelgnome in ihrer winzigen Taggestalt, waren etwa doppelt so groß wie diese und beherrschten einiges an Magie. Erdmagie, die sie beispielsweise befähigte, die Hand durch einen Körper gleiten zu lassen, ohne äußere Schäden anzurichten, und im Inneren Organe wie das Herz zu zerquetschen.

Der treueste aller Diener war er gewesen, mit der weltbesten Heilsalbe, und nun einem Kontrollfluch zum Opfer gefallen.

Er trat auf Tirú zu, der seinen Dolch hob – bedauernd und entschlossen zugleich. Bránn war bereits tot.

Es gab kein Zurück aus einem Kontrollfluch.

Bevor sie einander bekämpfen konnten, flogen drei wirbelnde Gestalten dicht an seinem Kopf vorbei. Agus, Fjork und Madrow griffen an und katapultierten sich gemeinsam mit Bránn mehrere Dutzend Schritt von der Gruppe fort. Ein kurzes, heftiges Gerangel folgte, bei dem Bránn nicht die Spur einer Chance blieb. Wenige Augenblicke später erhoben sich die Gnome unbeschadet, während Bránn still am Boden zurückblieb, zusammengekrümmt und nun endgültig zerstört.

Eine weitere Welle des Schmerzes, der Trauer, schwappte über Tirú hinweg. Stark genug, dass er einen Moment innehalten musste. Das hier war intensiv. Persönlich. Er war so oft feindlichen Attacken ausgesetzt gewesen und nie hatte er das Gefühl gehabt, es wäre persönlich. Explizit gegen ihn gerichtet.

Roji legte ihm einen Arm um die Schulter, was Tirú zusammenfahren ließ. Er musste sich beherrschen. Es war keine Zeit für Trauer.

„Agus!", rief er mit kratziger Stimme. „Geh in die Küche. Sieh nach, ob Elryka noch zu helfen ist. Triff uns danach auf der großen Treppe. Wir müssen raus, bevor der zweite Angriff erfolgt. In diesen Gängen ist ein Kampf gegen größere Gegner kaum möglich."

Agus nickte grimmig und verschwand mit einem langgestreckten Sprung.

„Es ist wirklich unausweichlich?", fragte Roji, während sie gemeinsam voraneilten. „Es muss ganz einfach drei Angriffe geben, immer einer schlimmer als der andere?"

„Ein weiteres Gesetz der Magie", erklärte Oorgh. „Magische Attacken sind unausweichlich dreifach und eskalierend."

Der verfluchte Gang nahm kein Ende. Agus kehrte zurück. Der Ausdruck auf seinem knorrigen Gesicht genügte als Antwort, er musste nicht aussprechen, dass Elryka tot war.

Weiterer Kummer. Die Nymphe hatte ihn viele Jahre lang begleitet und ihr Essen war an manchen Tagen alles gewesen, was Tirú half, sich an seine eigene Menschlichkeit zu erinnern. Daran, dass es auch andere Zeiten gab, egal wie kurz, in denen er sich nicht durch die feindliche Wildnis quälen, kämpfen und töten musste. Den Preis für die Magie zahlen, gleichgültig wie hoch.

„Oger!", fauchte Zziddra, im selben Augenblick, als Oorgh warnend „Hinter uns!" krächzte.

Tirús Puls beschleunigte hart, zugleich wurde es in seinem Kopf ruhig und klar, wie gewohnt.

Volle Konzentration, er musste bereit sein für seine Gegner.

„Vor uns!", riefen Oorgh, Zziddra und Agus gleichzeitig. Ein weiterer grauhäutiger Riese also, die Oger kesselten sie ein. Die Warnung vor dem dritten Angreifer kam in dem Moment, als Tirús die Tür hinter sich blindlings öffnete. Sie brauchten Platz zum Kämpfen!

Der dritte Oger quetschte sich mit Gewalt durch eine Tür, hinter der eines der Gästezimmer lag, und riss dabei den Rahmen mit einem guten Stück der Mauer heraus. Warum waren sie alle an verschiedenen Orten gelandet? Hatte jemand sie bewusst mittels Magie hergeschickt ... Oder waren sie vielleicht doch durch die Bildportale gekommen?

Es blieb keine Zeit, darüber nachzudenken.

„Mach dich unsichtbar!", kommandierte er und drückte Roji in die zweifelhafte Deckung eines Schreibpults. Sie waren im Arbeitszimmer von Tirús Vater. Wenige Möbel, viel Platz, selbst als sich die Oger hineinzuquetschen begannen. Kampferprobt fächerten er und die Gnome auseinander. Jeder wusste, was der andere konnte. Er würde sich auf einen Oger konzentrieren. Agus, Fjork und Madrow auf den zweiten. Der dritte blieb Zziddra überlassen, die begeistert ihre Schuppen aufstellte und den Kopf reckte, wohl um größer zu wirken, und heftig Luft pumpte, um ihr inneres Feuer anzuheizen. Die Oger wiederum glotzten aus tumben Augen auf ihre Gegner herab und würden tun, was Oger stets taten: Auf alles einprügeln, was sich bewegte, bis es aufhörte und sich niemals wieder bewegen konnte.

Roji kauerte am Boden, dicht an die Wand gedrückt. Er hatte keine Waffe, keine Möglichkeit, irgendetwas zu tun, um seinen Gefährten zu helfen. Stattdessen starrte er hilflos auf diese wandelnden Gebirge aus Muskeln, die brüllend im Raum standen, stampfend und schlagend versuchten, seine Freunde zu erwischen und keinen Zweifel daran ließen, dass ein einziger Treffer genügen würde, um jedes Lebewesen zu vernichten.

Die Gnome bewegten sich zu schnell, der Oger, der sich mit ihnen auseinanderzusetzen versuchte, hatte keine echte Chance. Umgekehrt hatten sie keine Chance, diesem Koloss, dessen Kopf knapp unter der rund vier Schritt hohen Decke schwebte, irgendeinen ernstlichen Schaden zuzufügen. Sie lenkten ihn jedoch effektiv ab und ärgerten ihn wie übergroße Fliegen, die um ihn herum schwirrten und ihn auf diese Weise offenbar zu erschöpfen versuchten. Tirú verfolgte eine ähnliche Taktik. Unerschrocken wuselte er zwischen den Beinen des Ogers umher, tanzte mal vor, mal hinter ihm und wich beharrlich den Schlägen und Tritten aus. Das musste für ihn kaum weniger anstrengend als für den Riesen sein ... Doch ihm gelang es immer wieder, seinen Gegner mit dem Dolch zu verletzen, was den Oger zusätzlich schwächte, auch wenn es ein neues Problem für Tirú mit sich brachte: Blut machte den Boden schlüpfrig und er musste aufpassen, dass er nicht stürzte, denn das wäre sein sofortiges Ende. Bis jetzt hielt er sich jedoch tapfer.

Zziddra hingegen steckte in Schwierigkeiten. Sie hatte ihr gesamtes Feuer gegen den Oger gespuckt und er hatte das durchaus bemerkt – nicht einmal diese Riesen konnten es ignorieren, wenn ein Babydrache ihnen die Zehen versengte. Leider bekam sie kein neues Feuer zustande und der Oger versuchte beharrlich, sie zu Tode zu trampeln. Zwar bemühte sie sich, ihre Klauen und Zähne gegen ihn einzusetzen, doch sie konnte die dicke graue Ogerhaut nicht durchdringen.

Sollte sie scheitern, sollte sie getötet werden ... Der Oger würde sich entweder auf Roji stürzen oder seinen Kumpanen helfen. Und dann?

Verzweifelt sah Roji sich um.

Der Raum war verwüstet. Schutt lag umher, Regale waren umgestürzt. Immer wieder prallte eine mächtige Ogerfaust gegen die Decke oder die Wände und sorgte für weitere Zerstörung. Der Marmorboden brach unter den gewalttätigen Tritten und dem Beben, das diese Monster mit ihrem schieren Gewicht verursachten. Dazu das Brüllen ... Wenn Roji Zeit hätte, sich zu fürchten, würde er vermutlich heulend und bebend in einer Ecke liegen. Stattdessen wühlte er in den Dingen, die zu Boden gefallen waren, auf der Suche nach irgendetwas, das ihm nützlich sein könnte.

Seine Hand schloss sich um ein Tintenfass. Als Wurfgeschoss war es vollkommen nutzlos, damit würde er nicht einmal einen der Gnome aufhalten können. Wenn er aber nun ...

Zziddra glitt aus und stürzte. Der Oger schrie triumphierend und hob den Fuß, um sie endgültig zu zermalmen, und es gab nichts, was irgendjemand dagegen tun könnte. Roji schrie vor Entsetzen, musste hilflos mit ansehen, wie das winzige Drachenmädchen dalag. Der Fuß war so riesig, sie würde wie ein Regenwurm zerquetscht werden!

Der Zauber, den Roji begonnen hatte, wirkte. Und er war derjenige, der den Preis dafür zahlte, denn er erschöpfte schlagartig, stark genug, dass er sich plötzlich kaum noch aufrecht halten konnte.

Seine Hände zitterten dermaßen, dass er beinahe das Glasgefäß fallen ließ. Das wäre sein sofortiges Todesurteil!
Im letztmöglichen Moment schoss Zziddra in die Höhe, wie von einem Katapult geschleudert. Der Oger trampelte mit Gewalt zu Boden, was das Haus in den Grundfesten erschütterte und mehrere Fensterscheiben zerspringen ließ. Unter dem Riesenfuß zerbrachen die Marmorplatten zu sprödem Sand.
Zziddra flog am Kopf des Ogers vorbei. Der starrte ihr verdutzt hinterher, unfähig, sofort darauf zu reagieren. Ohne ihn zu beobachten visierte sie die Bestie an, die von den Gnomen beschäftigt gehalten wurde und erkennbar frustriert war, weil sich die kleinen Kerle beharrlich weigerten, brav von ihm zerquetscht zu werden. Zziddra landete auf dem kahlen Schädel, rutschte die Stirn hinab, krallte sich an der Nase des Ogers fest – und stieß eine zweite Salve Drachenfeuer hervor, die die Bestie blendete.
Kreischend vor Schmerz stürzte der Oger auf die Knie und schlug sich selbst mit seinen gewaltigen Fäusten, sei es, um Zziddra zu erwischen, sei es, um die Flammen zu löschen. Der gewaltigen Kraft eines Ogers war nicht einmal er selbst gewachsen; nach dem dritten krachenden Hieb gegen sein eigenes Gesicht brach er regungslos zusammen.
Derweil hatte der andere Oger begriffen, dass der kleine Drache nicht mehr mit ihm spielen wollte, und er suchte nach einem neuen Opfer. Tirú schien ihm nicht zu behagen, ihm widmete er lediglich einen kurzen Blick. Stattdessen fokussierte er Roji.
„Geh auf!" Roji zerrte an dem Verschluss des Tintenfasses. Sein Leben hing davon ab, dass er es öffnete, ohne einen einzigen Tropfen des Inhalts auf seinen eigenen Körper zu verschütten. „Na los, geh auf. Geh auf, verdammt! Geh auf!"
Der Oger kam auf ihn zu. Mehr als zwei Schritte benötigte er dafür nicht. Roji war zu müde, um fliehen zu können und noch immer kämpfte er mit dem Verschluss. „GEH AUF!"
Er schrie in Todesangst, als die gewaltige Ogerhand auf ihn zuschoss und ihn vom Boden pflückte, als wäre er nicht mehr als ein Apfel, der vom Baum gefallen war. Die Bestie hob ihn hoch, langsam, ohne ihn zu zerquetschen. Vielleicht verwirrte es sie, dass Roji nicht kämpfte, so wie die anderen es taten?
Agus erschien in seinem Gesichtsfeld, und boxte brutal gegen die Ogernase. Der grunzte unwillig und bewegte den Kopf, um nach den Gnomen zu sehen, die ihn von drei Seiten zugleich umsprangen und

attackierten. Und da war dann noch Zziddra, die um den Riesenkopf flatterte und für noch mehr Ablenkung sorgte – genug dass Roji endlich den Verschluss öffnen konnte.

„Geht beiseite! Beiseite!", brüllte er, außer sich vor Angst, seine Waffe könnte versehentlich einen seiner Gefährten treffen. Gnome und Drache reagierten sofort und drehten ab. Der Oger grunzte erneut, hörbar verblüfft, und starrte auf Roji, der genau auf Augenhöhe schwebte.

Beherzt schleuderte Roji das Glasgefäß. Schwarze Flüssigkeit übergoss den Oger. Eine Flüssigkeit, die keine Tinte mehr war, sondern dank Rojis Magie ein Gift, das sich sofort durch die Haut fraß. Der Oger ließ ihn fallen und Roji stürzte aus drei Schritt Höhe dem Boden entgegen.

„Hab ihn!" Madrow fing ihn aus der Luft ab und rollte mit ihm zusammen durch Schutt und Dreck.

„Weg da!" Agus und Fjork packten sie beide und zerrten sie zur Seite. Keinen Moment zu früh: Der Oger, den Roji attackiert hatte, brach lautlos in sich zusammen. Sein gesamter Körper, soweit es sichtbar war, hatte sich tiefschwarz verfärbt. Die letzten noch heilen Fensterscheiben zerbarsten, als er aufschlug und tot liegenblieb.

In diesem Augenblick schaffte es Tirú, seinen verwundeten Gegner auf ein Knie hinab zu zwingen. Er hechtete in die Höhe, erwischte den lederden Lendenschurz des Ogers, kletterte daran hinauf, und über den Rücken voran, als würde er einen Berg erklimmen.

Der Oger wehrte sich heftig, versuchte Tirú zu ergreifen, ihn von seinem Leib herabzuwischen – vergeblich. Tirú versenkte seine Klinge im Nacken des Feindes. Tot brach dieser zusammen.

Sofort sprang Tirú zu dem dritten Oger, der sich selbst bewusstlos geschlagen hatte, und tötete auch ihn.

Roji starrte erschöpft auf das Chaos. Die Wände des Raumes waren derartig durchlöchert, dass er bis auf den Gang hinausblicken konnte. Überall waren Schutt, Blut, Scherben und Ogerleichen.

„Jemand verletzt?", rief Tirú und eilte zu ihnen. „Roji?" Er kniete sich zu ihm nieder und hob Rojis Kinn, um ihm ins Gesicht zu blicken. „Was ist mit dir? Wo bist du getroffen?", fragte er erschrocken und fuhr mit beiden Händen über Rojis Körper, wohl auf der Suche nach Brüchen und schweren Verletzungen.

„Der Junge ist in Ordnung", rief Oorgh, der aus dem Nichts herbeigeflattert kam. „Er hat Magie gewirkt und den Preis mit Erschöpfung gezahlt, wie es scheint."

„Magie?" Beeindruckt blickte Tirú zu dem schwarz verfärbten Oger hinüber. Dessen riesiger Leib überdeckte, was von der Tinte zu Boden getropft war. Niemand war in Gefahr. „Was hast du getan, Roji? Welche Art von Magie?"

„Tinte zu Gift", stieß Roji bebend hervor. Es war unglaublich schwer, die Augen offen zu halten und noch immer wütete die Panik in ihm. Mit der Stille kam er nicht zurecht. Gerade hatten die wütenden Oger gebrüllt, als wollten sie den Mond vom Firmament herabschreien, und nun …"

„Wir müssen hier weg", hörte er Agus' Stimme. „Der dritte Angriff steht aus und er wird viel schlimmer als die beiden davor. Wir sind alle erschöpft. Zziddra hat kein Feuer mehr übrig, wir sind schließlich nicht im Verwunschland, wo sie unbegrenzt neue Hitze entfachen könnte. Roji ist magisch erledigt, du hast dich im Kampf ausgelaugt, Tirú. Wir brauchen einen sicheren Ort, um uns zu erholen."

„Wenn ich die Augen und die Aufmerksamkeit der versammelten Herrschaften zu mir lenken dürfte …?", erklang Oorghs Stimme. Roji sah unwillkürlich auf, auch wenn seine Lider schwer waren und es ihn entsetzlich anstrengte.

Die Eule wies auf eine Stelle an einer der Wände. Ein Gemälde hing dort, fast der einzige Fleck im gesamten Raum, der unbeschädigt geblieben war.

„Die drei Birken und das Mädchen", murmelte Tirú. „Das Portal zum Anbeginn der Besiedlung des Verwunschlandes."

„Was geschieht hier?", fauchte Zziddra. „Man könnte fast meinen, der Angriff erfolgte nicht, um uns zu töten, sondern um uns zum Durchtritt zu zwingen."

„Vielleicht steckt gar kein feindlicher Wille hinter diesem Angriff." Tirú erhob sich und zog die Uhr seines Vaters hervor. „Vielleicht ist es die Magie selbst, die verlangt, dass wir in Ordnung bringen, was meine Familie an Fehlern begangen hat?" Ohne diese seltsamen Worte zu erklären, gab er den Gnomen einen Wink. „Helft Roji. Wir müssen uns an den Händen halten und alle gemeinsam durch das Portal gehen. Auf der anderen Seite finden wir womöglich Antworten auf Fragen, die wir noch nicht gestellt haben. Vermutlich treffen wir dort meine Eltern, davor müssen wir uns schützen, wenn es möglich ist. Im besten Fall können wir uns lange genug ausruhen, um dem dritten Gegner gegenübertreten zu können."

Sie drängten sich alle zu ihm heran. Zziddra schmiegte sich wie gewohnt um Rojis Schultern, Oorgh setzte sich auf seinen Kopf. Agus und Madrow hielten ihn fest an den Händen, Fjork umklammerte Tirús linke Hand.

Der berührte mit dem rechten, blutigen Zeigefinger die winzige Eule in dem Bild. Sofort erwachte diese zum Leben, plusterte sich auf und rief: „Tretet ein, tretet ein! Ihr werdet erwartet."

Selbst in seinem schlaftrunkenen Zustand stutzte Roji über diese Worte. Hatte er sich das eingebildet?

Doch da gab es den vertrauten Ruck. Es wurde dunkel. Und still.

Kapitel 18

Tirú blickte sich wachsam und angespannt um.
Mitten in der Wildnis zu landen bedeutete, dass sämtliche Raubtiere der Umgebung abschätzten, für wen die frische Beute geeignet war, und alle Pflanzen und Bäume darauf lauerten, wie gefährlich man war und ob sofortige Verteidigungsstrategien greifen mussten. Ohne die vielen sicheren Pfade und Schutzbereiche, die die Königin unablässig einrichtete und erneuerte, wäre ein Überleben überhaupt nicht möglich.
Seltsamerweise nahm er nicht die geringste Feindseligkeit oder Wachsamkeit wahr. Fast schien es, als hätte die Natur zwar gespürt, dass hier eine Gruppe von Eindringlingen gelandet war, doch sie wusste nichts mit dieser Tatsache anzufangen. Kein Gefühl von Bedrohung. Nichts. Dafür wurde er mit jedem Atemzug stärker. Die Luft vibrierte regelrecht vor Magie.
„Es ist ruhig hier", murmelte Agus. „Die Bäume ... fühlt mal die Bäume! Sie besitzen keine eigene Magie!" Er legte die Hände auf einen Birkenstamm und lauschte für einige Herzschläge mit geschlossenen Augen. „Sie leben und sind sehr, sehr stark. Anders als die Bäume auf der anderen Seite. Die Magie beeinflusst sie, doch da ist überhaupt keine Feindseligkeit, keine Angst. Diese Bäume fürchten sich nicht."
Es war unglaublich lieblich. Die Luft war warm und klar, es duftete nach Blumen und Gräsern und aufgewärmter Erde. Insekten summten umher, ein riesiger bunter Schmetterling landete auf Rojis Hand. Instinktiv wollte Tirú ihn erschlagen, denn er kannte diese Geschöpfe bloß als blutsaugende, giftige Kreaturen, die zwar eher für Blütenfeen eine tödliche Gefahr darstellten, aber dennoch besser schnell getötet werden sollten. Fjork hielt ihn auf und zeigte auf das Bild, das sich ihnen bot: Roji, der erschöpft und glücklich im Gras saß und den Schmetterling anlächelte, bis dieser weiterflog. Langsam, geradezu träge. In Tirús Welt bewegten sich lediglich diejenigen Tiere langsam, die farblich mit dem Hintergrund verschmelzen konnten. Alle anderen setzten auf Geschwindigkeit oder Größe.

„Dies ist das Verwunschland, wie es sein sollte", wisperte Agus, mit Tränen in den Augen und schwankender Stimme. „Dies ist noch schöner als die Erinnerungen meiner weit entfernten Kindheit. In der Sprache der Alten bedeutete *verwunsch* so viel wie *verzaubert, traumhaft schön*. Während es für uns heute ein Fluch ist. Unsere eigene Heimat ist ein Fluch."

„Warum haben die …" Welche Frage Roji auch immer gerade schläfrig nuschelnd stellen wollte, er kam nicht durch, denn Zziddra erwachte zum Leben, nachdem sie wie erstarrt dagehockt hatte.

„Ist das schön!", rief sie frohlockend. „Endlich wieder Magie, Magie, Magie! Ach, ich könnte vor Freude einen Phönix zum Wettflug herausfordern!" Sie presste die Vorderpranken gegen Rojis Stirn. Ihre Augen leuchteten hellblau, als sie einen Zauber wirkte – ein Heilzauber, denn ruckartig verschwand jegliche Erschöpfung aus Rojis Gesicht und er richtete sich auf.

„Jetzt du, Großer!" Zziddra sprang auf Tirú zu.

„Nein, nicht! Ich habe bloß Kratzer, das meiste Blut stammt vom Oger. Verschwende kein Leben!"

„Ach, Unfug! Du brauchst deine volle Kraft, auf uns wartet noch ein dritter Magieangriff!"

Bevor Tirú weiter protestieren konnte, hatte Zziddra ihn bereits geheilt. Sie alle lauschten intensiv. Nichts war zu hören, zu sehen oder zu spüren, dass irgendjemand in ihrer Nähe den Preis für diese Magie zahlen musste. Dabei geschah es gerade bei kleineren Zaubern stets im unmittelbaren Umfeld und es war ja auch mehr als genug Leben vorhanden, das geopfert werden könnte. Neben Bäumen, Blumen und Insekten fielen die zahllosen Singvögel auf, die friedlich vor sich hinzwitscherten. In der Nähe musste sich ein Tümpel befinden, denn Tirú konnte das Quaken von Fröschen hören – normalerweise ein Grund, die Beine in die Hand zu nehmen und es so schnell wie möglich auf einen gesicherten Pfad zu schaffen. Ein Eichhörnchen wuselte über einen Baumstamm und verharrte scheu, bevor es in die entgegengesetzte Richtung davonhuschte. Kein Zeichen dafür, dass irgendwo, irgendetwas schlagartig gestorben oder verletzt worden war.

„Man könnte meinen, dieser Teil des Verwunschlandes weiß noch nichts von den Gesetzen der Magie", murmelte Zziddra und heilte nacheinander noch die drei Gnome, bis Oorgh sie anschrie:

„Verdammt, du dämliche Schuppenhaut! Hör endlich auf, wie eine Wahnsinnige Magie zu verschwenden! Vielleicht versenkst du gerade irgendwelche Inseln im Meer und veränderst dadurch sämtliche Zeitlinien!

Schlimmstenfalls wird es niemals sprechende Eulen geben, weil du die Entwicklungslinien unterbrichst, und was dann? Wie soll das Verwunschland ohne Eulengelehrten überdauern?"

„In Ruhe und Frieden, wie sonst? Reg dich ab, du aufgeplustertes Federkissen, ich hör ja schon auf. Nur den Schattierungszauber musst du mir noch gönnen. Ich höre nämlich Tirús Eltern und die sollten uns nach Möglichkeit nicht sehen."

„Was? Wo sind sie?" Aufgeregt fuhr Tirú herum und versuchte ebenfalls zu erlauschen, wo genau sich seine Eltern gerade aufhielten. Vor purem Erstaunen über die wunderschöne Landschaft, all dem unbeschwerten Miteinander inmitten dieser harmonischen magischen Schwingungen, hatte er tatsächlich vergessen, dass sein Vater und seine Mutter hier sein würden. Ob er sie überhaupt erkennen würde? Sie waren beide gerade einmal so alt wie Roji.

„Halt still und beruhig dich!", fauchte Zziddra. „Die beiden sind über zwei Meilen von hier entfernt und laufen wie unschuldige Kinderlein durch den Wald. Ich schattiere uns, dann können wir ihnen ein Stück entgegengehen und sie beobachten."

„Ist das sinnvoll?", fragte Agus. „Wird nicht bald schon dieses Portal dort aufgehen? Ich für meinen Teil will lieber zusehen, wie die ersten Siedler durch das magische Tor schreiten." Er wies auf die Lichtung, die einen Steinwurf von ihnen entfernt lag. Tatsächlich – der Steinring, der sich am Rand der Lichtung befand, besaß die Form eines menschenhohen Portals. Das hatte er bislang nicht bemerkt, es gab einfach zu viel zu sehen, zu hören, zu riechen und zu bewundern.

„Wir haben noch Zeit", murmelte Zziddra. „Ich habe Überlieferungen von Augenzeugen im königlichen Archiv gelesen. Die konnten recht genau den Stand der Sonne auf dieser Seite angeben. Ärgerlicherweise hatten sie sonst nicht viel zu erzählen … Lange dauert es nicht mehr, aber wir können einen Blick auf Tirús Eltern werfen. Zumal die beiden inzwischen in unsere Richtung laufen."

Tirú fühlte sich regelrecht zerrissen. Einerseits wollte er keinen Schritt von hier fortgehen, um diesen einzigartigen Moment nicht zu versäumen. Andererseits war seine Mutter dort draußen.

Sein Vater.

Die beiden Menschen, nach denen er sein ganzes Leben innerlich gesucht hatte und niemals damit aufhören konnte. Obwohl er wusste, dass sie tot waren. Obwohl er in ihre toten Gesichter geblickt hatte. Als Kind die

Eltern zu verlieren, das bedeutete, dass die Nabelschnur zu früh durchschnitten wurde, lange bevor man bereit war, sich zu trennen.

Diese Wunde hörte niemals gänzlich auf zu schmerzen, egal wie gut man lernte, trotzdem zu überleben.

„Ich habe die Schattierung an meinen Körper verankert und einen großzügigen Radius von fünf Schritten eingeräumt", sagte Zziddra. „Hier fließt die Magie, dass es eine wahre Freude ist ... Immer schön beisammen bleiben. Agus, pass auf, dass uns Tirú nicht davonläuft. Er findet uns sonst schlimmstenfalls nicht mehr wieder und er ist derjenige mit der Uhr, die uns heimbringen wird."

„Nach Hause in einen Kampf mit einem Gegner, den wir noch nicht kennen", brummte Fjork. „Kann es kaum erwarten ... Ehrlich, können wir nicht einfach hierbleiben und uns ein schönes Leben machen? Es ist wundervoll und man sollte meinen, wir haben unsere Pflicht mehr als erfüllt, oder?"

„Eure Pflicht ist an mein Leben gebunden", sagte Tirú scharf. „Und meine Pflicht ist an diese Uhr gebunden. Es gibt weder Rast noch Ruhe, solange die großen Fragen unbeantwortet bleiben: Wer ist der Feind? Was will er? Und wie können wir ihn daran hindern, unsere Welt ständig und immer wieder ins Chaos zu stürzen und jeden anzugreifen, der seinen unbekannten Zielen zuwiderläuft?"

Fjork verstummte und wandte sich ab. Tirú konnte ihn gut verstehen. Er selbst würde am liebsten für den Rest seiner Tage in diesem Idyll leben. Bislang gab es leider nicht die geringste Aussicht, dass ihnen jemals Frieden gewährt werden würde.

Die letzten Tage mit Roji und den anderen in diesem Haus waren die glücklichsten, die Tirú jemals seit dem Tod seiner Familie erleben durfte – und das schloss Verfolgungsjagden durch abergläubische Bauern und den Kampf gegen drei Oger ausdrücklich mit ein. Bránns und Elrykas Tod hingegen hatte er noch gar nicht wirklich begriffen, darum war Trauer um die langjährigen Wegbegleiter nicht möglich.

Sie marschierten dicht nebeneinander durch den Wald. Die Bäume standen nicht allzu beengt, der Boden war von den Blättern der Vorjahre bedeckt. Man konnte nicht lautlos gehen, was sie innerhalb von Zziddras Schutzkreis nicht weiter interessieren musste, da niemand von außerhalb sie hören, sehen oder auf andere Weise wahrnehmen konnte. Nicht so wie der Zytlor, dessen Eismagie über den eigenen Schutzkreis hinausgewirkt und ihn damit verraten hatte ...

Sie folgten den Spuren, die Tirús Eltern hinterlassen hatten. Schon nach gefühlt kurzer Zeit hörten sie eine männliche Stimme, die laut durch den Wald rief:

„Shara! Es genügt, wir müssen weiter!"

Tirú blieb wie angenagelt stehen. Sein Vater. Das war sein Vater! Er hatte diese Stimme im Ohr, die ihn als kleinen Jungen ermahnt und gemaßregelt hatte: „Tirú! Das genügt!"

Jahrzehnte schrumpften dahin und er war wieder dieser kleine Junge. Ein Junge, der spielen wollte, der nicht verstand, warum er im Haus bleiben musste, warum er die Diener nicht ins Dorf begleiten konnte, warum er immer in Sichtweite von Hilla oder den Gnomen zu bleiben hatte ... Ein Junge, der sich zwar von den Toten, doch nicht von den Lebenden verabschieden konnte. Dafür war niemals Zeit gewesen.

„Wir müssen weiter", flüsterte Roji und umarmte ihn tröstend. Rasch wischte sich Tirú über das Gesicht. Er war froh, als er sah, dass auch Agus, Madrow und Fjork betroffen wirkten. Gemeinsam liefen sie weiter und erreichten eine weitläufige Lichtung. Tirú blinzelte verwirrt. Rote Blumen wuchsen am Rand. Merkwürdige Kreaturen und gewöhnliche Waldtiere mischten sich auf einer sonnenbeschienenen Lichtung, wo sie sich zu einem Picknick versammelt hatten. Weiße Häschen tranken mit possierlich gerümpften Nasen aus ebenso weißen Porzellantassen, Eichhörnchen jagten hinter einem blaupelzigen Bär mit zu vielen Ohren her, der mit einer Handvoll Nüssen zu entkommen versuchte. Und das Äffchen in der Mitte, das auf einem Baumstumpf saß, wirkte seltsam traurig, während seine Freunde um ihn herum lachten und aßen und spielten, zu einer unhörbaren Melodie tanzten und auf jegliche Weise fröhlich waren.

Es war das Bild in seinem altem Kinderzimmer, das Bild an der Decke. Exakt diese Szenerie hatte seine Mutter als Schmuck für das Zimmer ihres jüngsten Kindes gewählt ... Das einzige Bild im ganzen Haus, das keine versteckte Eule besaß und somit kein Portal zu dem Ort und die Zeit darstellte, die seine Mutter einfangen wollte. Er hatte stets geglaubt, dass sie sich diese verspielte Szenerie ausgedacht hatte, ein rein dekoratives Bild als Gegensatz zu dem, was sie sonst tun musste, um ihre Pflicht zu erfüllen. Doch nun erkannte er, dass es Sehnsucht gewesen war, die sie in diesem Fall zum Pinsel greifen ließ. Die Sehnsucht nach dem Verwunschland, wie sie es war, bevor Menschen darin einfielen.

Wobei ... Woher hatten die Tiere das Picknickgeschirr? Womöglich waren sie selbst Menschen gewesen, bevor Nakims fehlgeschlagener Fluch die

Welten teilte? Es war alles so unglaublich verwirrend und er war müde. Tirú wollte nicht länger nachdenken und verstehen und analysieren. Er wollte auf ewig auf dieser Lichtung leben, mit den Tieren spielen, lachen und fröhlich sein, Roji lieben, seine Eltern umarmen …

Die kauerten am Rand der Lichtung und weinten still, während sie zugleich lachten. Die Tiere und Kreaturen beachteten sie überhaupt nicht, obwohl die beiden nicht gerade leise waren. Und jung! Sie waren so lächerlich jung. Zwei fröhliche junge Leute, die noch unbelastet von untragbaren magischen Opfern und Verlusten waren. Entdecker und Forscher, die sich vollständig im Augenblick verlieren konnten.

„Wir müssen zurück!", fauchte Zziddra. „Du hast sie gesehen. Näher können und dürfen wir ihnen auf keinen Fall kommen!"

„Sie hat recht. Lass uns gehen", flüsterte Agus und ergriff Tirú an der Hand. Beinahe willenlos ließ er sich mitziehen, dankbar, dass Roji ihm einen Arm um die Taille legte und nah bei ihm lief. Er brauchte diese Nähe im Moment. Das Gefühl, nicht allein zu sein.

Sie erreichten die drei Birken und damit die Lichtung, wo sich das magische Portal befand. Zziddra führte sie herrisch zu einer Stelle, wo sie sich bequem niederlassen und warten konnten, was geschehen würde. Von hier aus ließ sich alles gut beobachten.

Die Luft begann zu flimmern. Ein seltsames Summen drang an Tirús Ohren. Roji rückte näher an ihn heran, spürbar aufgeregt, und verschränkte seine Finger mit Tirús Hand.

Das Summen wurde lauter. Bläuliche Magiefunken tanzten über das Gestein, Blitze zuckten. Vögel flohen aus den umliegenden Bäumen, teils laut zeternd.

Dann verdunkelte sich der Bereich zwischen den Steinen, ein Tor entstand. Ein Tor, das ohne erkennbare Einwirkung aufschwang. Gleißendes Licht blendete Tirú, er musste die Augen schließen, den Kopf abwenden. Als er wieder aufsah, stand das Portal weit offen.

Eine königlich gekrönte Frau trat vor, mit einem kleinen Mädchen an der Hand. Beide trugen weiße Kleider, ihre dunklen Haare flossen offen über Schultern und Rücken. Die Frau – vermutlich eine Königin, eine Herrscherin ihres Volkes – hielt feierlich einen Kristall in der freien Hand. Kurz blickte sie sich um, womöglich auf der Hut vor Gefahren in dieser Welt, die sie nach allem, was man wusste, als Erste betrat. Sie ging mit dem Kind weiter auf die Lichtung hinaus, bis sie die Mitte erreicht hatten. Die Kleine war vielleicht acht Jahre alt, eher noch jünger, und die Ähnlichkeit war eindeutig genug, es musste ihre Tochter sein. Die beiden blieben allein. Sie blickten einander an.

Die Königin ließ das Mädchen los, trat einen Schritt vor. Sie platzierte den Kristall mitten auf der Lichtung in der Erde und sagte laut etwas in einer fremdartigen und doch vertraut klingenden Sprache.

Agus übersetzte sofort: „Benenne unsere neue Heimat. Jedes Wort, was du sagst, wird Gesetz in diesem Land. Darum sage nur ein Wort, ein einziges. Wähle weise. Der Kristall wird im Boden versinken und niemand wird ihn jemals wieder berühren können. Das Gesetz, das du, meine Tochter, erschaffst, wird für alle Zeiten und Ewigkeiten Gültigkeit haben."

Das Mädchen strahlte über das Gesicht, während sie die großen Schmetterlinge beobachtete. Sie betrachtete die Blumen, sog tief die würzige, warme Sommerluft in sich ein und rief mit heller, weit tragender Stimme: „Verwunschland."

Die Königin nickte würdevoll. Oorgh, der nach wie vor auf Rojis Kopf saß, murmelte kaum hörbar: „In den Überlieferungen klang das alles anders. Niemand hat etwas von einem Kristall gesagt, es schien eher ein Unfall zu sein.

Wenn ich das auf der nächsten Großversammlung erzähle ..."

Derweil kamen Tirús Eltern heran, ohne sich zu schattieren, aber hinter dem Gestrüpp verborgen. Kaum fünf Schritt lagen sie von Tirú entfernt. Er wollte zu ihnen gehen und durfte es nicht. Er wollte ihnen erklären, was in ihrer Abwesenheit geschehen war – auf dieser Lichtung und in seinem Leben. Er durfte es nicht. Diese beiden wussten nicht einmal sicher, ob sie jemals Kinder haben würden. Ihrem jüngsten Sohn gegenüberzutreten, der beinahe doppelt so alt war wie sie, würde zu schwerer Verwirrung führen und den Lauf der Zeit stark genug verändern, dass vermutlich ganze Zeitebenen kollabieren würden. Der Verstand brüllte, still und regungslos zu bleiben. Sein Herz brüllte genauso laut, sich weinend vor ihre Füße zu werfen und sie anzuflehen, viele, viele Fehler auf keinen Fall zu begehen. Darum zu betteln, dass sie ihn lieben und mehr Zeit mit ihm und seinen Geschwistern verbringen sollten, solange ihnen die Möglichkeit dazu blieb. Roji umarmte ihn. Die Gnome berührten ihn. Selbst Zziddra ließ sich herab und tätschelte ihm sanft den Kopf mit der Schweifspitze.

Das gleißende Licht kehrte zurück.

Nacheinander traten weitere Menschen durch das Portal, in kleinen Gruppen, immer zehn auf einmal. Niemand sprach, jeder blickte sich um, freute sich stillschweigend, machte den Nachbarn mit Gesten auf Dinge aufmerksam. Darauf folgte ein Lächeln, was ebenfalls stillschweigend blieb. Viele wirkten belanglose Magie, ließen Funken sprühen, Lichter tanzen. Warum sprach niemand? Tirú hätte niemals erwartet, dass man beim Übertritt in eine neue Welt, die von nun an die Heimat werden sollte, so vollkommen still sein konnte. Da standen sie nun, einhundert Männer, Frauen und Kinder. Jeder bis auf die Königin und die kleine Prinzessin hatte ein schweres Bündel mit sich. Ausnahmslos trugen sie ähnliche weiße Kleidung wie die Königin, dazu leichte Schuhe, die nicht für lange Wanderungen durch Wälder geschaffen waren. Waffen entdeckte Tirú nirgends, jedenfalls nichts, was über einfach kurze Dolche hinausging, die die meisten Leute am Gürtel trugen. Aufgeregt und fröhlich erschienen sie ihm, erfüllt von Hoffnung auf das neue Leben, das mit der heutigen Stunde begann. Sie warteten auf der Lichtung, bis sie alle beisammen waren. Die Lichtfunken am Portal erstarben, das Tor verschwand. Auf ein Zeichen der Königin hin marschierten sie gemeinsam los. Langsam, beinahe gemächlich. In etwa vier Stunden würde die Sonne untergehen. Wo wollten sie übernachten? Waren sie so sicher gewesen, in dieser kurzen Zeitspanne einen geeigneten Lagerplatz zu finden? Niemand hatte eine Axt zum Bäume fällen dabei gehabt, darum waren sie vollständig auf Magie angewiesen. Im Verwunschland, das Tirú kannte, hätte diese Gruppe keinen neuen Sonnenaufgang erleben dürfen …

Als alle fort und sicher außer Hörweite waren, rannte Tirús Vater auf die Lichtung und betrachtete das Portal.

„Da werden weitere folgen", rief er seiner Frau zu. „Die Archive haben Berichte von mehreren tausend Siedlern." Sichtlich aufgewühlt strich er über die Portalsteine und lachte dann. Er war so jung! Tirú konnte ihn an der Stimme erkennen, der Rest hatte nichts mit seinem Vater gemeinsam. „Hast du das eben gesehen, Shara?", rief er. „Wie sie gezaubert haben, als wäre das nichts? Wie kann das sein? Was Menschen tun, ist immer bedeutsam. Magie ist immer bedeutsam. Magie findet immer einen Weg. Und einer zahlt den Preis. Das ist genauso unverrückbar wie die Tatsache, dass ein magischer Angriff immer aus drei Wellen besteht, eine schlimmer als die nächste, und dass man sich anpassen muss, wer überleben will."

„NEIN!", brüllte Tirú und versuchte, sich auf die Lichtung zu stürzen. Starke Hände hielten ihn erbarmungslos zurück. Dabei musste er zu ihm, musste diesen Narren zum Schweigen bringen, der nicht wusste, was er dort tat! „Lasst mich los!", schrie er, außer sich wie selten zuvor in seinem Leben. „Lasst mich zu ihm! Er muss das zurücknehmen!

Er muss es verändern! Er kann doch nicht …" Weinend brach er in Rojis und Agus' Armen zusammen. Nicht einmal seine Stimme war durch Zziddras Schattenbarriere gedrungen. Es war zu spät. Die Worte waren ausgesprochen und ließen sich nicht mehr zurücknehmen, von keiner Macht dieser Welt. Halbblind vor Tränen sah er zu, wie seine Mutter zum Portal hinüberging. Warum waren sie nicht früher hergekommen? Warum hatten sie lustigen Häschen und Äffchen zuschauen müssen, statt sich zu beeilen und zu verfolgen, wie die Königin den magischen Kristall niederlegte? Selbst wenn sie die Sprache der Alten nicht verstanden hätten, wären sie womöglich achtsamer gewesen … Womöglich …

„Es scheint, als hätten sich manche magischen Gesetze erst später entwickelt", sagte Tirús Mutter. „Vermutlich nach einigen Generationen der Besiedlung von starkmagischen Kreaturen. Die Drachen, Einhörner, Zentauren, Feen, Gnome und so weiter folgen ja alle erst noch. In einigen hundert Jahren werden sich diese Gesetze entwickeln, genau wie die allgemeine Feindseligkeit, die Abwehrkräfte der Pflanzen und Bäume, die Gefahren der Wildnis. Ein Jammer, dass die Besiedlung des Verwunschlandes zugleich der Untergang seiner Unschuld sein musste."

„Du bist so klug." Tirús Vater streichelte ihr über das Gesicht und küsste sie zärtlich. „Lass uns gehen. Wir waren lange genug hier. Der Königin erzählen wir nichts von diesem schönen Ausflug, ja? Das gehört ausschließlich uns beiden." Er zückte seine Uhr. Einen Moment später waren sie verschwunden.

Zurück blieb Tirú, am ganzen Leib zitternd und vor Fassungslosigkeit weinend. Auch Agus, Madrow und Fjork weinten.

„Sie wussten nicht, was sie taten", wisperte Roji, der Tirú mit aller Kraft an sich gedrückt hielt. Er wiederholte diese Worte wieder und immer wieder, als wäre es ein Zauberspruch, der irgendwann zu wirken beginnen würde, wenn man ihn nur häufig genug aussprach.

„Wenn es irgendein Trost ist: Sharas Worte haben dieser Welt einen Aufschub von mehreren Jahrhunderten gewährt", murmelte Oorgh.

„Zugleich hat sie den Untergang besiegelt und endgültig dafür gesorgt, dass es ein Land des Schreckens wurde, in dem nur die Stärksten überdauern können", fauchte Zziddra.

Tirú krampfte sich zusammen, um den Schmerz in seiner Brust ertragen zu können. Ahnungslos waren diese beiden fröhlichen jungen Leute in die Vergangenheit gestolpert und hatten alles zerstört, was ihnen so gut gefallen hatte.

„Wir müssen zurück", sagte Roji irgendwann. Er streichelte noch immer unablässig in einem beruhigenden Takt über Tirús Rücken.
Blinzelnd schaute er hoch.
War er etwa eingenickt? Die Sonne war ein großes Stück weitergewandert, die Tränen auf seinem Gesicht waren getrocknet und sein Nacken schmerzte von der verkrampften Haltung. Sein ganzer Körper schmerzte vor Kummer und Wut und Trauer.
„Was tun wir jetzt? Ich meine, außer uns bemühen, den letzten Angriff im Haus zu überleben", fragte Agus.
„Wir müssen zur Königin", sagte Tirú leise. „Sofort. Sie muss entscheiden, wie mit dem Wissen zu verfahren ist." Er strich über die Uhr, das Erbe seines Vaters.
„Ich habe eine Idee", brummte Agus und stand auf. „Kaputtmachen können wir jetzt sowieso nichts mehr, darum …" Er marschierte auf die Lichtung, auf die Stelle zu, wo der Kristall liegen musste. „Er ist erst zur Hälfte versunken!", rief er zu ihnen hinüber. Agus ging in die Hocke, senkte den Kopf. Dann sprach er laut: „Ich halte eine Waffe in der Hand. Sie ist mächtig genug und exakt geeignet, um die dritte Angriffswelle in meiner eigenen Zeitebene zu besiegen. Mir selbst und meinen Gefährten wird die Waffe keinen Schaden zufügen, solange ich sie auf die richtige Weise handhabe. Die Waffe wird nach unserem Sieg zerfallen und vergehen. Sollte ich sterben, wird sie ebenfalls zerfallen und vergehen."
Einen Moment lang geschah nichts. Dann gleiste Licht auf, für einen Augenblick nur, bevor es wieder verschwand und einen Gegenstand in Agus' Hand zurückließ.
Tirú konnte nicht erkennen, was es war, bis Agus wieder vor ihm stand und es präsentierte:
Eine Holzschale, in der sich eine Art weißes Pulver befand.
„Was ist das?", fragte er verblüfft.
„Wenn ich das wüsste …" Agus hob die Schultern. „Ich kam mir schlau vor, als ich nach der Waffe fragte, und dachte, ich hätte alles Wichtige abgedeckt."
„Lass mich schnuppern!", befahl Zziddra herrisch und flog auf Tirús Schulter. „Es verströmt keinerlei Magie", sagte sie einen Moment später. „Es riecht auch nicht nach irgendeinem mir bekannten Gift. Eigentlich riecht es nach ziemlich wenig, um genau zu sein. Ein bisschen nach Granit vielleicht, aber Steinpulver wird es wohl nicht sein und dann würde es auch anders aussehen."

„Dieses Pulver soll uns helfen, den oder die Angreifer zu besiegen, die in unserer Zeit auf uns warten", fuhr Oorgh dazwischen. „Ich denke nicht, dass es ein Kontaktgift ist, so wie das, was Roji gezaubert hat. In diesem Fall wäre es sehr unklug, das Pulver in einer offenen Schale zu überbringen, schließlich könnte man leicht stolpern und es verschütten. Das würde Agus' Forderung, dass die Waffe weder ihm selbst noch uns schadet, eindeutig widersprechen."

„Es sieht beinahe wie etwas zu Essen aus", sagte Roji nachdenklich. „Diese einfachen Holzschalen haben wir zu Hause auch. Im Haus meines Vaters, das meine ich damit." Ein Ausdruck von Kummer huschte über sein Gesicht und verschwand, bevor Tirú sich sicher sein konnte, dass er tatsächlich dort gewesen war.

„Er könnte recht haben", murmelte Madrow. „Aber wer ist mutig – oder verrückt – genug, um das ausprobieren zu wollen?"

Zziddra stieß Rauchwölkchen aus. Bevor jemand sie hindern konnte, hatte sie eine ihrer Klauen mit der Zunge befeuchtet, in die Schale gesteckt und das weiße Pulver in das Maul genommen.

„Man kann Drachen nicht vergiften", murmelte Oorgh. Dennoch wirkte er recht besorgt, als er Zziddra musterte, den Kopf in einem unmöglichen Winkel verdreht, wie es bloß Eulen möglich war.

„Schmeckt nach nichts", verkündete sie. „Irgendetwas geschieht, irgendetwas Magisches. Ich weiß nicht genau was. Es fühlt sich auf die richtige Weise seltsam an."

„Oh! Ich glaube, ich ahne, was das bedeutet!" Tirú ahmte Zziddra nach und leckte ebenfalls etwas Pulver von seinem Finger. Er spürte, wie sich prickelnde Wärme in seinem Inneren ausbreitete. „Genau so soll es sein. Nehmt euch von dem Pulver."

„Was bedeutet das?", fragte Roji.

„Das erkläre ich dir in einigen Minuten. Wenn ich richtig liege, werden wir nicht kämpfen müssen, lediglich überleben."

Als jeder seinen Anteil von dem Pulver erhalten hatte, stellten sie sich für die Rückkehr nah zusammen auf. Tirú nahm die Uhr zur Hand, so wie sein Vater es vorhin ebenfalls getan hatte.

Ihr Mächte des Himmels, sein Vater …

„Ich hätte ihn niederschlagen müssen", murmelte er. „Einfach ihn und meine Mutter bewusstlos schlagen, von hinten, ohne dass sie jemals bemerkt hätten, dass wir überhaupt da sind. Danach hätte Zziddra die beiden mit einem zusätzlichen Schlafzauber belegen können, der sie für weitere zwölf Stunden ohnmächtig bleiben lässt, sie schattiert, damit nicht doch irgendein nächtliches Raubtier über sie herfällt, und alles wäre gut gewesen."

„Die Zeitlinien wären massiv geändert worden", sagte Oorgh. „Milliarden Lebewesen, die durch die Gesetze, die deine Eltern definiert haben, gestorben sind, hätten überlebt. Verwunschland wäre nicht geworden, was es heute ist, im Guten wie im Schlechten. Deine Eltern haben unwissentlich in den Lauf des Schicksals eingegriffen. Was wir hier mit einer Tat wie der von dir gerade angesprochen getan hätten, wäre keineswegs eine Abkehr von diesem Geschehen, kein Beheben von Fehlern deiner Vorfahren. Es wäre das Erzwingen einer neuen Zeitlinie, die zur Verdrängung von Lebewesen in unserer eigenen Gegenwart führen müsste. Ein blindes Herumstochern in der Vergangenheit, um solche Fehler zu begradigen, führt nicht unbedingt zu einer besseren Gegenwart. Oder auch nur zu einer Entwicklung, wie sie geschehen wäre, hätten deine Eltern die Uhr niemals erschaffen."

„Die Folgen sind derartig komplex, dass selbst mein überlegener Drachenverstand zu klein ist, um sie alle zu erfassen", fauchte Zziddra. „Wie der Federball schon sagte: Es könnten Spezies die Macht ergreifen, die in unserer Zeitlinie keine weitere Rolle spielen oder längst ausgerottet sind. Drachen könnten zu Feinden erklärt und ausgerottet worden sein, man stelle sich das vor!

Und selbst wenn das Verwunschland ein Ort der Freude und friedlichen Schönheit bleibt, so wie es jetzt ist, würde es schlichtweg bedeuten, dass du Roji niemals triffst – denn deine Eltern hätten keinen Grund, die Uhr zu erschaffen, weil es keinen Feind gäbe. Dementsprechend würden sie nicht auf die andere Seite wechseln. Und nun denken wir das noch ein kleines bisschen weiter durch. Man kann getrost davon ausgehen, dass sich die beiden ausschließlich deshalb verliebt haben, weil sie von der Königin als talentierte Magier rekrutiert und zusammengesteckt wurden. Ohne dem würde es dich, Tirú, und deine Geschwister nicht geben. Ohne Nakim und seine eigene Reise in die Vergangenheit würde das Verwunschland niemals geschaffen werden."

„Und wer sagt, dass dies ein Fehler ist?", schrie Tirú unbeherrscht. „Wer sagt, dass dies nicht exakt das ist, was am besten geschehen sollte? Verhindern, dass diese entsetzlichen Katastrophen überhaupt geschehen? All die Leben retten, die damals vernichtet wurden, für nichts und wieder nichts? Weil meine Familie aus Ahnungslosigkeit Fehler begeht?"

„Die Kreaturen von damals haben ein Recht darauf, gerettet zu werden", sagte Zziddra ungewohnt sanft. „Die Kreaturen von heute haben allerdings auch Rechte. Es liegt nicht an uns zu entscheiden, wessen Recht auf Leben höher zu werten ist. Am Ende heißt es erneut, es war gut gemeint und jeder hat das Beste gewollt, aber das, was daraus entstanden ist, war schlimmer als alles andere …"

„Wer sagt, dass die Königin die bessere Entscheidung treffen wird?", flüsterte Tirú. Er musste die Uhr inzwischen mit beiden Händen umklammern, weil er zu stark zitterte. Der letzte Schlag, das Wissen, dass seine Eltern die Magie verflucht und das gesamte Land zum Untergang verdammt hatten, das war zu viel für ihn gewesen.

„Die Königin ist dazu bestimmt, Entscheidungen für alle Kreaturen des Verwunschlandes zu treffen", entgegnete Oorgh. „Sie wird diese Entscheidung danach abwägen, was für jeden Einzelnen ihrer Untertanen das Beste ist. Du hingegen willst in erster Linie die Schuld von deiner Familie tilgen und überstürzt handeln, noch bevor du alle Antworten auf alle Fragen kennst."

„Manchmal muss man eben handeln, sofort, um noch größeres Elend zu verhindern", sagte Tirú.

„Dieses Elend ist geschehen, noch bevor du geboren wurdest." Roji umfasste sanft Tirús Hände und zwang ihn, die Finger über das Eulensymbol auf der Uhr zu schließen. „Du hast alle Zeit deines gesamten Lebens, um zu entscheiden, was der beste Weg ist – oder wer die richtige Person ist, diese Entscheidung für dich zu treffen."

Tirús Magie erwachte ungerufen und erweckte die Eule zum Leben. Warum hatte dieses leblose Ding eigentlich eben davon gesprochen, dass sie erwartet werden würden?

Niemand hatte sie erwartet!

Und nichts hatten sie erreicht oder zum Besseren gewandt.

Sie waren stumpfe Beobachter geblieben.

Es wurde dunkel … und Dunkelheit empfing sie.

Kapitel 19

Verwirrt starrte Roji um sich. Es war stockfinster.

Doch nicht die sanfte Art von Dunkelheit, die in der Nacht entstand, sondern eine laute, aggressive Finsternis, die alles Licht verschlang und mit Rauch und Asche füllte.

Seine Brust brannte bei jedem Atemzug stärker, seine Haut brannte, wo immer die Dunkelheit sie ungeschützt von Kleidung angreifen konnte, und er hatte die anderen verloren. Er war allein! Verloren in der Finsternis, die aus den Niederhöllen selbst stammen musste. War er tot? Beim Übertritt in die andere Zeitebene gestorben? Aber warum atmete er dann noch? Warum fürchtete er sich? Tote kannten keine Angst mehr, nicht wahr? Das war es, was die Priester stets behaupteten ... Allerdings sagten die auch, dass die Himmelsmächte niemals zulassen würden, dass eine Seele in die Niederhöllen hinabgezerrt wurde. Falls die Priester sich irrten ...

Roji verlor jeden bewussten Gedanken. Er sank in sich zusammen und begann zu schreien, panisch, anhaltend, verloren in tiefster Seelennot. Er war allein. Allein! Es gab keinen Halt, keinen Trost, nichts, nichts, nichts! Es gab ...

„Hier ist er!"

Hände glitten über seinen Körper. Roji schrie weiter, zu entsetzt, zu ... zu viel von allem, um sich wehren zu können. Waren das Dämonen, die seine Seele in Stücke reißen wollten?

„Roji!" Er wurde über den Boden gezerrt. Arme schlangen sich um seinen Leib. „Roji! Komm zu dir! Bitte, hör auf zu schreien!", brüllte jemand in sein Ohr.

Tirú.

Das war Tirú.

Weitere Stimmen und Hände. Er kannte sie. Das waren seine Freunde. Roji stürzte in einen Abgrund aus endloser Erleichterung. Schluchzend klammerte er sich an Tirú, an seine Stimme, seinen vertrauten Geruch, die Kraft und Wärme seines Körpers. Er war nicht allein!

„Beruhige dich. Ganz ruhig!", sagte Tirú wieder und immer wieder und strich ihm über den Kopf. „Agus, er braucht mehr von dem Pulver! Er muss den Dämonennebel eimerweise eingeatmet haben."
Seine Hand wurde ergriffen und geführt, bis er sandiges Pulver unter den Fingern spürte.
„Iss davon!", zischte Zziddras Stimme in sein Ohr. „Und sag uns, wenn du soweit bist. Jeder von uns muss es essen, bis alles fort ist. Aufheben ist sinnlos."
Mit bebenden Händen ergriff Roji eine Portion von dem seltsamen Zeug, das der Kristall Agus gegeben hatte, und aß es. Es löste sich sofort in Nichts auf, sobald er es auf der Zunge hatte. Auch die Wirkung trat umgehend ein: Das unerträgliche Brennen von Haut und Lungen verschwand, der Druck im Kopf ließ nach. Sogar die Angst, die wie ein Raubtier in ihm gewütet hatte, beruhigte sich ein wenig.
„Haskarhaaa …" Er versuchte zu sagen, dass er seinen Anteil genommen hatte, doch nichts als sinnloses Gelalle kam heraus.
„Bist du soweit?", fragte Tirú sofort und berührte ihn am Kopf. Roji nickte und schloss die Augen. Es war besser, wenn er gar nicht erst versuchte, etwas zu sehen. Außerdem brannten ihm auch die Augäpfel.
Tirú kommandierte der Reihe nach, wer von dem Pulver nehmen sollte. Als alle durch waren, zwang er Roji die Reste auf.
„Alles ist gut", sagte er danach leise und wiegte ihn beruhigend in den Armen. „Das hier ist Dämonennebel. Es war dumm von mir, dich nicht vorzuwarnen. Wir anderen wussten sofort, was es ist, aber du konntest es nicht einmal ahnen und dann bist du uns auch noch verloren gegangen … Hättest du nicht geschrien, hätten wir dich niemals wiedergefunden. Es tut mir leid, es war ausschließlich mein Fehler. Ich scheine nur noch von einem Fehler zum nächsten zu taumeln, seit du in mein Leben getreten bist. Noch nie in meinem Leben habe ich mich so unfähig und dumm und nutzlos gefühlt …"
„Das dürfte für jeden von uns gelten", murmelte Agus. „Und ich lebe bedeutend länger als du."
„Was … was …", stammelte Roji, froh, dass er zumindest dieses eine Wort schon wieder hervorstoßen konnte.
„Dämonennebel", hörte er Oorgh sagen. „Ein überaus seltenes Phänomen. Es tritt gelegentlich in den Mooren auf. Absolute Finsternis, die von keinem Licht durchdrungen werden kann. Jede Art von Leben, sei es Tier, Mensch oder Pflanze, wird vollständig zersetzt. Zurück bleiben nicht

einmal die Knochen, sondern lediglich Asche. Interessanterweise gilt dies nicht, wenn ein Lebewesen bereits im Verwesungszustand war, dann wird die Leiche lediglich mumifiziert. Wer rechtzeitig vorausahnt, dass ihn Dämonennebel treffen könnte – Blütenfeen haben da einen sehr guten Instinkt – kann sich magisch schützen. Sobald man ihn sehen kann, ist es allerdings bereits zu spät. Der Schreckmoment dauert zu lange, um danach noch Zeit für einen Schutzzauber zu haben. Dämonennebel ist eine schreckliche, schreckliche Angelegenheit! Ganze Landstriche wurden auf diese Weise schon entvölkert."

„Ohne den Schutz, den Agus uns verschafft hat, wären wir in dem Moment gestorben, als die Uhr uns zurückgebracht hat", sagte Tirú.

„Wir müssen übrigens das Haus verlassen, und das möglichst sofort", brummte Madrow. „Die Nacht bricht herein, das spüre ich. Sobald meine Brüder und ich uns verwandeln, geht das für keinen von uns gut aus, sollten wir uns dann noch in diesem Haus befinden."

Das erklärte sich von selbst. Vierzig Schritt hohe Riesengnome mit ordentlichem Körperumfang, da reichte selbst die enorme Deckenhöhe der hiesigen Räume nicht aus.

„Der Angriff der Oger hat die Fenster zerstört", sagte Agus. „Wir können einfach hinausklettern."

„Ihr schon", entgegnete Tirú. „Ich denke, wir sollten zusammenbleiben. Haben wir genug Zeit, um die Haustür zu suchen?"

„Nein, vermutlich nicht." Roji verstand nicht, was die Gnome untereinander murmelten, denn er und Tirú wurden zugleich von den dreien mitgezogen, Schritt für langsamen, bedächtigen Schritt, bis ein leichter Luftzug zu spüren war. „Wir nehmen euch mit, es ist ja bloß ein Stockwerk", fuhr Agus fort. „Vermutlich verwandeln wir uns bereits, bevor wir unten angekommen sind."

„Roji, ich muss dich jetzt für einen Moment loslassen", sagte Tirú sanft und versuchte, ihn von sich zu schieben.

„Nein! Nein, auf keinen Fall!" Roji wollte tapfer sein.

Vernünftig.

Er wollte es wirklich. Stattdessen klammerte er sich an Tirú, als hinge sein Leben davon ab. Allein zu sein in der Dunkelheit, allein und verlassen, ohne Hoffnung ... Das würde er wirklich niemals wieder ertragen können. Nicht einmal für einen einzigen Atemzug. Diese niederhöllische Nebelfinsternis war sogar noch schlimmer, als verdurstend in einem Kerkerverlies angekettet zu sein.

„Ist in Ordnung", hörte er Agus rufen. „Wir drei klettern raus und verwandeln uns und holen euch dann gleich ab. Bleibt bei den Fenstern! Ist sogar deutlich sicherer auf diese Weise."

Er spürte, wie sich die Gnome von ihnen entfernten.

Zziddra hingegen schmiegte sich an seinen Rücken, Oorgh hörte er in der Nähe vor sich hinmurmeln, also saß er wohl auf Tirús Kopf, an dessen Brust sich Roji so eng kuschelte, dass sie von Rechts wegen jeden Moment miteinander verschmelzen müssten.

Es beruhigte ihn ungemein, Tirús starken, gleichmäßigen Herzschlag zu spüren, im Gleichtakt mit ihm zu atmen und die fremde Wärme in sich hineinsickern zu lassen.

Es gab ihm das Gefühl, dass er auf diese Weise den Dämonennebel fernhalten konnte, auch wenn er ihn beständig einatmen musste.

Nach einigen Minuten – vielleicht waren es auch Stunden gewesen, Roji hatte jegliches Zeitempfinden verloren – dröhnte Madrows Stimme zu ihnen herein.

„Meine Hand ist direkt vor euch, falls ihr euch nicht bewegt habt. Ich fülle den gesamten Raum vor dem Fenster aus, ihr könnt gar nicht fallen. Kommt rüber!"

Arm in Arm mit Tirú stieg Roji über Glasscherben und Schutt, bis er eine Bewegung auf Hüfthöhe spürte. Das war einer von Madrows Fingern. Gemeinsam kletterten sie auf die Hand des zum Riesen gewandelten Gnoms und ließen sich aus dem Fenster heben.

„Der Nebel betrifft das gesamte Gelände", sagte Madrow. „Wir drei ragen mit den Köpfen darüber, darum können wir es überblicken." Zum Beweis hob er sie hoch, und tatsächlich:

Die Köpfe von Agus, Madrow und Fjork schwebten über einem dämonenschwarzen Nebelmeer, das wie abgeschnitten jeweils an der Mauer endete, die das Grundstück umgab.

Es tat unglaublich gut, frische, klare Luft zu atmen und in den Himmel blicken zu können, der zwar nachtdunkel war, doch im Vergleich zu dem Nebel zuvor beinahe blendend hell wirkte.

„Würdest du es schaffen, uns über dem Nebel zu halten?", fragte Zziddra. „Vielleicht im Wechsel mit deinen Brüdern? Ich weiß nicht, ob das Pulver lange genug vorhalten wird …"

„Wenn es seine Wirkung verliert, bevor sich der Nebel verzieht, macht es keinen Unterschied", entgegnete Agus. „Unsere Körper lösen sich auf und ihr werdet entsprechend entweder vom Nebel oder dem Sturz getötet."

„Seid unbesorgt", rief Oorgh. „Ich sehe, dass sich der Nebel zu lichten beginnt. Ziemlich langsam, es dauert sicherlich noch einige Minuten. Aber er wird vorbeiziehen."

Erleichtert atmeten sie alle auf. Dieser seltsame Nebel war beängstigender als die Oger gewesen, so viel stand fest.

Sie kauerten sich auf Madrows Handfläche nieder und sahen zu, wie der Nebel allmählich dünner wurde.

„Ist es ein geeigneter Moment für eine dumme Frage?" Roji blickte Oorgh an, der ihm wie erwartet die volle Aufmerksamkeit schenkte. „Wenn es immer drei magische Angriffe gibt und wir dort unten dementsprechend ein Haus voller Leichen haben, was ist dann damals geschehen? Beim Angriff auf Tirús Familie, meine ich? Der Zytlor war der Letzte, oder? Warum haben wir keine zusätzlichen Leichen im Haus bemerkt?"

„Wir wissen nicht, was damals geschehen ist", murmelte Tirú. „Durchaus möglich, dass sich die ersten beiden Angriffswellen wie der Nebel dort unsichtbar aufgelöst haben, als meine Eltern sie aufhalten konnten."

„Es gibt allerdings nicht allzu viele Kreaturen, die sich nach ihrem Tod vollständig auflösen", widersprach Oorgh. „Um genau zu sein, fällt mir gerade neben einem Eisdämon lediglich der Wanashi ein. Das ist ein Wasserdämon. Da magische Attacken stets mehr oder weniger harmlos beginnen, würde ich einen Wanashi ausschließen."

„Ich habe nie darüber nachgedacht", sagte Tirú langsam. „Warum eigentlich nicht? Ich meine, natürlich wollte ich verdrängen und vergessen, aber warum ist mir nie der Gedanke gekommen, dass es vor dem Zytlor noch zwei andere Angriffe gegeben haben musste? Angriffe, die mit Sicherheit laut genug hätten sein müssen, um euch Gnome aufzuschrecken."

„Beim letzten Punkt bin ich mir nicht sicher", erwiderte Agus. „Die Herrin hatte klar gemacht, dass sie im kleinen Saal an dem Deckengemälde arbeitet und wir uns darum möglichst weit von ihr entfernt aufhalten sollen. Bekanntlich mochte sie uns nicht allzu gerne um sich haben und wir haben das respektiert. Wenn sie besonders intensiv gemalt hatte, waren da durchaus starke magische Strömungen. Also nein, einen Angriff hätten wir nicht zwangsläufig mitbekommen müssen."

„Diese starke Magie, die für die Erstellung der Bilder notwendig war ... wer hat dafür den Preis gezahlt?", fragte Roji weiter.

„Diese Frage habe ich mir tatsächlich sehr häufig gestellt und bin zu keinem Ergebnis gekommen", sagte Tirú.

„Wir haben darüber auf einer Großversammlung spekuliert", fuhr Oorgh eifrig dazwischen. „Es war schließlich kein Geheimnis, was deine Mutter geleistet hat, im Gegensatz zu allem, was die Portalreisen deines Vaters betrifft. Eigentlich gibt es nur zwei Möglichkeiten. Entweder hat sie beim Malen eine Verbindung durch das Gegenwartsportal zum Verwunschland hergestellt und mittels eines Fluchs dafür gesorgt, dass die notwendige Magie für die Gemälde von dort kam und auch der Preis dafür dort geleistet wurde. Oder aber, das wahrscheinlichere Szenario: Sie hat eine starke magische Kreatur gefangengenommen und durch einen Fluch dafür gesorgt, dass diese Kreatur den Preis zahlen muss. Denn andernfalls hätte es euch Kinder getroffen, Tirú. Menschen außerhalb des Geländes konnten nicht herangezogen werden, dafür haben die unterschiedlichen Zeitebenen gesorgt. Gab es Bereiche auf diesem Grund und Boden, den ihr Kinder nicht betreten konntet, selbst wenn ihr es heimlich versuchen wolltet?"

„An so etwas erinnere ich mich nicht und es ..." Tirú verstummte plötzlich. „Das Vogelhaus", sagte er dann langsam. „In der Nähe des Teiches war dieses riesige Vogelhaus. Hoch oben in den Bäumen. Wisst ihr noch?", fragte er Agus und die beiden anderen Gnome. „In der Woche, wo es ... wo es passierte, da bin ich in den Teich gefallen. Ich hatte gespielt und war dem Baum nahe gekommen, an dem das Vogelhaus befestigt ist. Und plötzlich lag ich im Wasser. Hilla hatte so sehr mit mir und den Dienern geschimpft."

„Wir durften uns diesem Vogelhaus auch nicht nähern", sagte Agus nachdenklich. „Es ist riesig. Vögel habe ich nie gesehen. Ehrlich gesagt habe ich nie darüber nachgedacht."

Die Gnome blickten einander an.

Dann gingen sie zum Teich hinüber. Der Nebel war bereits tief genug gesunken, dass das große Holzhaus freilag. Agus beugte sich herab und griff vorsichtig nach der Tür.

„Sie ist nicht magisch verschlossen", sagte er. „Ich glaube, es gab magische Siegel, doch die sind wohl mit dem Tod von Tirús Eltern vergangen. Meine Hände sind zu groß, ich würde das Häuschen zerstören. Schaut ihr bitte rein."

Madrow hob sie auf seiner Hand heran. Zziddra sorgte magisch für Licht, Tirú rutsche nach vorne und machte sich an dem Riegel der Tür zu schaffen. Im Inneren lag ein Haufen Asche.

„Der Nebel hat es vernichtet, was immer es auch gewesen sein mag", sagte Tirú bedauernd.

„Es ist nicht mumifiziert", sagte Oorgh. „Das heißt, es war entweder lebendig oder noch nicht lange tot, als der Nebel es erreichte. Wenn es ein starkmagisches Geschöpf war, warum hat es sich nicht befreit, als die Siegel ihre Wirkung verloren haben?"

„Wahrscheinlich war es schon derartig lange darin eingesperrt, dass es jegliche Hoffnung verloren hat", flüsterte Roji und streckte die Hand nach der Asche aus. „Ohne Hoffnung vergisst man irgendwann, dass man noch lebt oder wie sich Freiheit anfühlen könnte, oder dass möglicherweise die Tür offensteht." Verblüfft zuckte er zurück, kaum dass er die Asche berührt hatte. „Die ist heiß!", rief er und blies sich auf die Finger.

„Heiß? Zziddra?" Tirú gab ihr einen Wink, bevor er Rojis Hand in seine nahm und die malträtierten Fingerkuppen eine nach der anderen küsste.

„Das war kein Drache", sagte Zziddra sofort. „Außerdem wäre es sinnlos, einen Drachen in ein Holzhäuschen in die Bäume zu hängen. Nein, das war ein Phönix."

„Ein Phönix? Oh! Roji, das wird großartig!", rief Tirú begeistert. „Man kann nicht oft eine Phönix-Wiedergeburt beobachten."

„Aber er ist doch tot? Nichts als Asche ist von ihm geblieben." Roji starrte verblüfft zwischen Tirú und den anderen hin und her.

„Der Phönix ist die wundersamste Kreatur überhaupt, die im Verwunschland lebt", sagte Oorgh und räusperte sich. „Sie lassen in dieser Hinsicht sogar Drachen hinter sich. Und Eulen. Das muss ihnen neidlos zugestanden werden. Ein Phönix ist unsterblich. Wird er getötet, verbrennt er zu Asche, und aus dieser Asche wird er von neuem geboren."

Roji wusste, dass er noch vor einem Monat darüber gelacht hätte. Heute kam ihm das nicht weiter seltsam vor, diese Erzählung von einem unsterblichen Vogel.

Wie lange war er eigentlich schon fern von seinem alten Leben? Es fühlte sich nach mehreren Jahren an ...

In der Asche regte sich etwas. Zziddra, die noch immer eine magische Lichtkugel über ihren Klauen schweben ließ, wühlte behutsam mit der freien Pranke in dem kläglichen Häufchen, und legte rasch ein Vogelei frei. Sie nahm es an sich, befreite es aus dem Holzhaus, in dem der Phönix möglicherweise seit Jahren gefangen gewesen war. Mit einer Zärtlichkeit, die Roji noch nicht bei ihr beobachten konnte, pustete sie etwas Feuer auf das Ei.

„Es bewegt sich!", rief sie verzückt. „Es tut dem Kleinen gut, wenn es warm gehalten wird."

„Vielleicht solltest du es trotzdem wieder zurück in die Asche setzen?", fragte Fjork.

„Ich habe genug Feuer, es wird nicht frieren!", fauchte sie abwehrend.

„Das arme Ding war viel zu lange allein und ohne Hoffnung, wie Roji eindrucksvoll schildern konnte."

„Auf eine erschreckende Weise ergibt es durchaus Sinn", murmelte Agus. „Irgendjemand musste den Preis für die Magie zahlen und es war nun einmal keine große Auswahl in diesem Gemäuer. Wenn sie nicht ihre eigene Familie opfern wollte, musste Eure Mutter zu verzweifelten Maßnahmen greifen, Herr Tirú. Ein Phönix musste nicht ersetzt werden, sie konnte ihn ewig sterben und wieder auferstehen lassen …"

„Ich verstehe, warum sie es getan hat. Dennoch fügt es sich in die Dinge ein, die ich ihr nur schwer verzeihen kann." Tirú wandte sich ab und ließ keine Berührung zu, als Roji ihn tröstend umarmen wollte. Also rückte er näher an Zziddra heran und schaute ihr zu, wie sie in unregelmäßigen Abständen Feuer auf das Ei blies.

„Leg dich ruhig zum Schlafen hin", sagte sie und schenkte ihm ein Drachenlächeln, untermalt von Rauchwölkchen und kleinen Funken. „Ich wecke dich gerne, wenn das Kleine schlüpft. Wird vermutlich erst bei Tagesanbruch etwas werden. Phönixe haben einen deutlichen Drang in Richtung Sonne."

„Wollt ihr nicht zurück ins Haus?", fragte Madrow. „Der Nebel ist fort. Ihr könntet bequem im Bett schlafen."

„Wenn es euch nicht stört, würde ich gerne hier draußen bei euch bleiben", entgegnete Tirú. „Wir wissen jetzt, warum meine Familie auf solch merkwürdige Weise mumifiziert wurde. Nach ihnen sehen will ich dennoch nicht und es tut weh, dass ich nichts für Bránn und Elryka tun konnte. Ich will heute nicht in diesem Haus schlafen müssen. Es ist eine Gruft, kein Zuhause mehr."

„Wir freuen uns über Gesellschaft." Madrow kauerte sich am Boden nieder und legte die Hände in den Schoß. „Schlaft, wenn es euch möglich ist. Ich werde mich nicht bewegen und sehen, dass ich euch warm halten kann." Er wölbte die freie Hand wie ein Dach über sie. Die Körperwärme, die er ausstrahlte, war durchaus sehr angenehm und da Zziddra gelegentlich Feuer ausstieß, bestand keine Gefahr, dass sie frieren könnten.

Erschöpft legte Roji sich nieder. Der Tag war durch ihren Ausflug durch das Bildportal sehr viel länger als normal gewesen. Trotzdem war er aufgewühlt und fand nicht zur Ruhe. So viel war geschehen … Sobald er die Augen schloss, hörte er das Gebrüll der Oger, sah vor sich, wie derjenige starb, den er vergiftet hatte, spürte das Entsetzen, als Tirús Eltern den schlimmstmöglichen Fehler begingen.

Als sich Tirú an seinen Rücken schmiegte, wandte er den Kopf zu ihm. Sehen konnte er praktisch nichts, das war allerdings auch nicht notwendig. Er wollte einen Kuss und den bekam er.

„Es tut mir leid", wisperte er und streichelte über Tirús vollbärtige Wange.

„Das muss es nicht. Nichts davon ist deine Schuld."

„Deine auch nicht." Roji stahl sich einen weiteren Kuss.

„Mag sein. Ich weiß es nicht. Ich weiß gar nichts mehr." Tirú rückte noch enger an ihn heran. Sie ruckelten ein wenig umher, bis sie beide eine Stellung gefunden hatten, in der sie bequem liegen, atmen und schlafen konnten. Seltsam, wie kompliziert das Leben sein konnte ...

Tirú schreckte hoch, als sich das Bett unter ihm bewegte.

Einen Moment später begriff er, dass es Madrows Hand war, auf der er mit Roji im Arm lag.

Sein Gefährte schnaufte bloß unwillig und schlief selig weiter, auch dann noch, als sie im morgentaufeuchten Gras abgelegt wurden.

„Tut mir leid", murmelte Madrow. „Ich verwandle mich gleich." Er wies auf den östlichen Himmel, der sich bereits rosig verfärbte.

„Die Zeit ist gut gewählt. Der Phönix hat es bald geschafft." Zziddra hielt das Ei nach wie vor an sich gedrückt und streichelte es mit ihrem Flammenatem.

Tirú zog Roji in eine sitzende Position. Der beschwerte sich lautstark, doch zumindest wurde er darüber wach.

„Guten Morgen." Er gab Roji einen Kuss auf die Lippen, um den Protest zu ersticken. „Wenn du den Phönix auferstehen sehen willst, solltest du jetzt die Äuglein öffnen."

Die Schale des rußgeschwärzten Eis knackte. Es waren bereits einige Risse zu sehen.

„Es ist etwas scheu und erstaunlich schwach", sagte Zziddra. „Komm nur, Phönix! Du musst dich nicht fürchten, du bist frei! Auch wenn es hier an Magie mangelt, du musst dich einfach bloß mehr anstrengen. Sobald du draußen bist, tragen wir dich ins Verwunschland. Dort, wo du frei in den

Himmel fliegen darfst. Und wenn dein wunderschöner Gesang erklingt, werden die anderen dich hören und lieben. Also kämpf dich nach draußen! Schenk uns ein wenig Hoffnung, Kleines. Davon können wir etwas gebrauchen, denn es ist ziemlich düster um uns herum …"

Tirú schluckte hart. Ja, er brauchte Hoffnung. Die Vorstellung, dass das grausame Unrecht, das seine Eltern dieser wunderschönen Kreatur angetan hatten, vielleicht nicht ungeschehen, doch zumindest zurückgelassen werden könnte, das war gut. Er brauchte alles, was sich irgendwie gut anfühlte. So wie Roji. Den brauchte er derartig dringend, dass es absurd schien, wie er so viele Jahre ohne ihn zurechtkommen konnte.

Der Phönix fiepste in seinem Schalengefängnis. Es klang eher entschlossen als jämmerlich, was ermunternd war. Sie alle feuerten den Kleinen nun an, erzählten ihm, dass die Sonne bereits den Horizont berührte. Bald, bald, bald, dann konnte er den Feuerball am Himmel begrüßen und in seinem Licht baden. Zziddra bedachte ihn weiter mit ihren Flammen, bis endlich das letzte Stück Schale aufbrach.

Der Phönix plumpste matt in Zziddras Pranken und gurrte, als er mit Feuer bedeckt wurde.

Das Gesicht hielt er der Sonne entgegen, die inzwischen die ersten warmen Strahlen über das Land schickte und dafür gesorgt hatte, dass die Gnome wieder in ihre kleinwüchsige Tagesgestalt gewechselt waren. Ein wenig gerupft sah er aus nach seinem harten Kampf zurück ins Leben, und er würde in den nächsten drei Tagen kräftig wachsen. Doch auch jetzt schon war er ein ausgereifter Phönix, der einem Reiher ähnelte, abgesehen von dem rotgoldenen Gefieder.

Tirú konnte nicht anders, als aus tiefstem Herzen zu lächeln. Roji strahlte über das ganze Gesicht über dieses kleine Wunder und auch die anderen waren glücklich, dass der Kleine es so tapfer geschafft hatte. Zziddra musste inzwischen vollkommen erschöpft sein, auch wenn sie ihm immer nur kurze, schwache Flammenstöße gegeben hatte. Dennoch war sie die gesamte Nacht wach gewesen.

„Was frisst denn so ein Phönix?", wisperte Roji neugierig.

„Vorzugsweise Lava, also flüssiges Erdgestein", entgegnete Oorgh. „Wir müssen ihn möglichst schnell ins Verwunschland bringen. Die magischen Ströme werden ihm gut tun und beim Palast der Königin gibt es einen wunderschönen kleinen Lavasee, an dem sich eine Phönix-Kolonie niedergelassen hat.

Sie werden ihren Artgenossen sicherlich gerne bei sich aufnehmen."

„Und bis wir dort sind, kann ich ihn weiterhin schön warmhalten", murmelte Zziddra zärtlich.

In diesem Moment begann der Phönix zu singen. Es war ein hohes, melodisches Trillern, das auf- und abschwoll, erstaunlich komplex dafür, dass er gerade erst aus seinem Ei geschlüpft war, das sich aus der Asche seines eigenen Körpers geformt hatte. Dabei blickte er Oorgh unablässig an – und als der Phönix endete, antwortete Oorgh in einem ähnlichen Trillern, wenn auch deutlich weniger melodisch.

„Er hat mich gebeten, für ihn zu übersetzen", sagte Oorgh danach. „Ich werde mit seinen Worten sprechen, also von *mir* und *ich* reden, was ausschließlich für den Phönix steht, bis ich wieder schweige." Er räusperte sich, rüttelte seine Federn auf, dann begann er:

„Ich danke dir, Drachenmädchen, für deine unablässige Mühe. In meinem Leben, so lange es bereits andauert, habe ich noch nicht einmal solche Fürsorge und Freundlichkeit erfahren dürfen. Sie ist hochgeschätzt, genau wie die Sorge und Betroffenheit von euch allen.

Denn ich hatte tatsächlich erwogen, meine Existenz zu beenden, nachdem der Dämonennebel meinen dahinsiechenden Leib erlöste, und diesmal nicht mehr zurückzukehren.

Ihr kamt rechtzeitig, als ich diese Entscheidung treffen musste. Ich konnte eure Gespräche hören, als ich noch im Ei saß, und ich möchte euch versichern, dass ich kein Opfer von Entführung, Gewalt und Folter geworden bin. Shara kam zu meiner Kolonie und berichtete, was sie und ihr Mann tun. Dass sie auf der anderen Seite leben und sowohl Magie als auch Zeit erforschen, um einen Weg zu finden, den Feind zu besiegen, der das Verwunschland mit Tod und Vernichtung überzieht. Dass sie Hilfe benötigt, weil der Preis, den sie für die Erschaffung ihrer Gemäldeportale zahlt, am Ende ihre Familie und sie selbst töten würde, bevor sie in der Lage wäre, viel auszurichten.

Da erklärte ich mich einverstanden, das Opfer zu bringen. Dreimal fragte sie mich, ob ich sicher wäre und ich sagte ja. Also erschuf sie dieses Haus für mich, wo nichts und niemand mich anrühren könne, und belegte mich und mein Haus mit Flüchen, damit ausschließlich ich den Preis für ihre Magie zu leisten hätte. Ich starb tausende Tode und war es zufrieden ... Stolz, meinen Teil leisten zu können, um mein Land wieder zu einem Ort werden zu lassen, wo ein gutes Leben möglich ist.

Doch als ich spürte, dass sie getötet wurde und die Flüche von mir abfielen, da verließ mich die Kraft und ich wollte meine Seele verwehen lassen, statt noch einmal neu zu beginnen. Eure Stimmen zu hören, zu spüren, dass der Kampf noch nicht rettungslos verloren ist, das war wie ein Sonnenstrahl nach dunkler Nacht."

Tirú erhob sich und verneigte sich feierlich bis zum Boden vor dem Phönix.

„Das Opfer, das du freiwillig auf dich genommen hast, ermöglichte mir und meiner Familie das Überleben. Die Schmerzen und das Leid, das du tragen musstest, lässt sich nicht begreifen. Ich danke dir aus tiefstem Herzen. Ich danke dir."

Der Phönix flatterte matt und schaffte es, sich aus Zziddras Griff zu lösen und in Tirús Arme zu fliegen. Er sang ein Lied für ihn, das keine Worte zu haben schien, denn Oorgh traf keine Anstalten, etwas zu übersetzen. Dennoch war die Bedeutung deutlich: Hoffnung auch in der dunkelsten Stunde, Licht nach der finstersten Nacht, Wärme und neues Leben nach dem längsten und tödlichsten Winter. Zutiefst erschüttert stand Tirú still und hielt den Phönix in beiden Händen. Er wusste nicht, wohin diese Hoffnung ihn führen sollte, doch es war ein starkes Omen, das sich nicht ignorieren ließ: Das Leben fand einen Weg, genau wie die Magie.

Kapitel 20

Roji atmete auf, als der Glaspalast in Sicht kam.
Sie waren kurz nach Sonnenaufgang ins Haus zurückgegangen. Keine Leichen waren zu sehen gewesen, was gut war. Leider waren auch sämtliche Nahrungsmittel von dem Dämonennebel vernichtet worden. Darum waren sie nach dem Übertritt ins Verwunschland sofort zur Burgfestung gegangen, um dort zu essen.
Es war erkennbar hart für Tirú gewesen, die leere Festung zu betreten. Endlose Jahre hatten Bránn und Elryke auf ihn gewartet, wann immer er heimkehrte. Das würde nie wieder geschehen und er musste damit fertigwerden. Er hielt sich aufrecht, wollte auch nicht darüber reden. Mit versteinerter Miene war er selbst in die Küche gegangen, hatte sich diesen Gang weder abnehmen lassen noch erlaubt, dass ihn jemand begleitete. Elryke hatte einiges an vorbereiteten Mahlzeiten zurückgelassen, an denen sie sich reichlich bedienten. Auch für Zziddra war genügend da und sie genoss es, in den magischen Strömungen des Verwunschlandes zu baden und den Phönix mit Feuer zu bedenken. Auch dem tat es sichtlich gut, in der magiereichen Zone gelandet zu sein.
Aufgrund der Zeitverschiebungen zwischen dieser und der anderen Seite, deren Logik Roji beim besten Willen nicht begriff, wurde es bereits dunkel, kurz nachdem sie mit dem Essen fertig waren. Agus, Fjork und Madrow trugen sie in Riesengestalt durch die Nacht und zur Abwechslung gab es keinen Angriff. Keine Bedrohung, nichts störte sie. Roji hatte ein weiteres Mal die nächtlichen Geräusche in der verwunschländischen Wildnis bestaunt und freute sich, als sie tatsächlich nach einer vollkommen friedlichen Reise beim Glaspalast der Königin angekommen waren.
„Ich melde uns an", sagte Oorgh.
„Teile der Königin bitte mit, dass wir heute vollständig erscheinen wollen, also die Gnome miteingeschlossen. Wir sind gerne bereit, dafür bis nach Sonnenaufgang zu warten und werden uns solange im Park niederlassen."
Tirú nickte zur Bekräftigung.
„Ist das notwendig?", fragte Agus verblüfft. „Wir sind eigentlich durchaus zufrieden, wenn wir nicht immer dabei sein müssen."

„Dies ist kein normaler Spionageauftrag", entgegnete Tirú grimmig. „Wir sind in etwas gefangen, bei dem wir alle drinhängen. Ohne Ausnahme. Darum werden wir auch gemeinsam bei Ihrer Majestät vorsprechen. Sollte sie sofort mit uns reden wollen, muss sie sich in den Park bemühen."

„Ich werde es weitergeben." Oorgh flog auf das Tor zu, das anstandslos für ihn geöffnet wurde.

Gemeinsam gingen sie in den dunklen Park hinüber. Es war unglaublich verwirrend, dass schon wieder Nacht war, wenn Rojis Zeitgefühl darauf beharrte, dass es kaum Mittag sein konnte. Die drei Gnome standen aufrecht wie Bäume und schliefen in dieser Position. Zziddra verabschiedete sich mit dem Phönix, den sie zum Lavateich und der dort ansässigen Siedlung fliegen wollte.

Es war ein gutes Gefühl, den Feuervogel davonziehen zu sehen. Nach all dem Leid, das er etliche Jahre freiwillig ertragen hatte, sollte er unter Seinesgleichen leben, so wie es richtig für ihn war.

Roji und Tirú ließen sich auf der Wiese nieder, direkt zu Füßen von Agus, und schmiegten sich wortlos aneinander. Sie hatten kaum Zeit für einen Kuss, bis erst Zziddra, dann Oorgh zu ihnen kamen – und Königin Nibura persönlich. Der fassungslose Blick, den Tirús Gesicht im Schein der Laterne annahm, die die Königin vor sich hertrug, war unbeschreiblich. Roji musste tatsächlich gegen das Lachen ankämpfen, obwohl er selbst darüber staunte, dass diese ehrwürdige, machtvolle Frau weder von Dienern noch Leibwächtern begleitet wurde. Mit erschütternder Selbstverständlichkeit sprach sie einen freundlichen Gruß, nahm Zziddra in die Arme und wartete geduldig, bis Agus sich zu ihnen herabgebeugt hatte. Jeden Versuch, sich vor ihr zu verneigen und Respekt zu bezeugen, schmetterte sie mit energischer Geste ab.

Gemeinsam setzten Roji und Tirú sich auf Agus' linker Hand nieder und überließen der Königin die rechte. Oorgh flatterte um sie herum, anscheinend auch überrascht, welche Ehre ihnen hier zuteilwurde.

„Ich habe aus dem Wenigen, was Oorgh hervorzubringen bereit war, verstanden, dass ihr Bedeutsames über das Schicksal deiner Eltern und ihrer Arbeit als Magie- und Zeitreiseforscher herausgefunden habt", sagte die Königin, sobald sich Agus aufgerichtet hatte und sie in luftiger Höhe über dem Boden schwebten.

Sie berichteten abwechselnd, was sich alles zugetragen hatte, seit sie das letzte Mal hier waren. In sämtlichen wichtigen Details, bis hin zu dem, was ihnen der Phönix mit seinem Gesang erzählt hatte. Die Königin saß extrem aufrecht und lauschte mit raubtierartiger Aufmerksamkeit, als hinge ihr eigenes Überleben davon ab, sich kein einziges Wort entgehen zu lassen. Als sie endeten, nickte sie ernst und überlegte eine Weile, bevor sie schließlich sagte:

„Ich hatte befürchtet, dass dein Vater mir große Geheimnisse vorenthalten hatte, Tirú. Es war schwer, ihn zu drängen. Zum einen wusste ich nie, wann er sich in meiner Gegenwart im Verwunschland aufhielt – etwas, was er wahrscheinlich vermied und sich stattdessen eher in der Vergangenheit ein neues Leben aufbaute. Fern von der Frau, die abweisend und kalt geworden war, nachdem sie unter unmenschlichen Opfern zerbrach, zu denen er sie getrieben hatte. Fern von den Kindern, mit denen er offenkundig nichts anzufangen wusste. Er blieb, wie du erzähltest, meistens den gesamten Tag fort. Je nachdem, wie tief er in der Vergangenheit steckte, waren das Tage bis Monate, die er im Verwunschland geblieben ist. Meine Vermutung ist, dass er sich dort eine neue Familie aufgebaut und vielleicht sogar weitere Kinder gezeugt hat. Denn reine Forschungsarbeit, also beobachten, analysieren und lernen, hätte ihn nicht für solch lange Zeit fortgetrieben … Sicherlich wusste deine Mutter das sehr genau und auch wenn sie weiterhin Portal um Portal erschuf, war ein Großteil davon wohl nie genutzt worden oder zur echten Nutzung vorgesehen gewesen.

Das alles sind Spekulationen. Die Wahrheit könnten wir eventuell erfahren, doch sie würde uns nicht voranbringen." Sie seufzte hauchleise und schüttelte traurig den Kopf. „Ich wusste wie gesagt nie genau, wann er da war und auf der anderen Seite konnte ich ihn nicht erreichen. Ein zweites Artefakt zu erschaffen, das den mühelosen Übertritt ermöglicht, verbot sich von selbst. Zudem erfolgten beständige Angriffe. Ogerhorden hier, wild gewordene Sumpftrappen dort, Unruhen allenorts. Ich habe, um ehrlich zu sein, auch nicht oft an ihn und Shara gedacht. Erst als du auftauchtest, als letzter Überlebender und Erbe der Uhr, da wurde mir mein Versäumnis bewusst. Es ist leicht zu sagen, dass ich kaum etwas hätte tun können, um das Unglück zu verhindern. Ich wusste zu wenig über die Uhr, über die Pläne und Ziele deiner Eltern, ich konnte sie nicht packen. Und beim letzten Mal, als ich mit ihnen sprach, da hatte ich Druck gemacht. Ergebnisse verlangt. Ihnen die Gnome an die Seite gestellt. Sie eindringlich daran erinnert, dass sie niemals in die Vergangenheit eingreifen dürften, strikte Beobachter bleiben müssten. Ich fürchte, das war der Moment, in dem ich deinen Vater endgültig verloren habe. Wo er mir zu misstrauen begann und fürchtete, ich wolle ihn kontrollieren und beschränken."

Tirú nickte langsam. „Wir sind noch nicht weit genug mit der Erforschung seiner Notizen gekommen, um diesen Punkt zu bestätigen", entgegnete er. „Ich denke allerdings, dass er Euch tatsächlich nicht wohlgesonnen war."

„Ich hätte ihm die Uhr abnehmen müssen, zur Not mit Gewalt", flüsterte Königin Nibura. „Natürlich konnte ich nicht ahnen, welche Konsequenzen das nach sich ziehen würde. Das Verwunschland wäre nicht erschaffen worden. Die Gesetze der Magie nicht festgelegt. Niemand von uns wäre geboren worden oder wenn, dann wüsste er nichts von dem Leben, das wir heute führen. Diese Zeitlinie hätte es niemals gegeben. Die Frage ist, was fange ich mit dem Wissen an, nun, da ich es habe?"

„Noch nichts, Eure Majestät", antwortete Tirú. „Wir sammeln noch weitere Erkenntnisse. Es sind wichtige Fragen offengeblieben, die drängendste ist zweifellos, warum es zu diesen beständigen Angriffen kommt. Ich bin mir mittlerweile sehr sicher, dass dies ebenfalls eine Folge der Zeitreisen ist. Meine Eltern haben zu keinem Zeitpunkt Übles gewollt, dennoch sind Fehler geschehen, Zeitschleifen entstanden, alternative Zeitlinien überlappen einander. Wie kann es sein, dass mein Bruder überlebt hat, den ich tot am Boden fand? Was bedeutet die Aussage meines Vaters, dass Hilla aus einer der Zeitlinien herausgeholt werden musste?"

„Es sollte keinesfalls irgendeine Entscheidung getroffen werden, bis nicht sämtliche Aufzeichnungen gelesen wurden", sagte Oorgh.

„Ich bitte außerdem um Erlaubnis, ein eigenes magisches Portal erschaffen zu dürfen." Tirú beugte sich vor, den Kopf tief gesenkt. „Ich will zu dem Zeitpunkt zurückkehren, als meine Familie ermordet wurde. Wir wissen lediglich, dass der letzte Angreifer ein Zytlor war. Wer waren die beiden ersten? Warum genau war mein Vater zu dieser frühen Stunde daheim? War es wirklich der Zytlor, dessen Macht jeden Bewohner des Hauses, der zu diesem Zeitpunkt wach war, in den kleinen Saal gezogen hat? Welcher Angreifer hat meinen Vater getötet? Ich denke, dass diese Fragen von großer Wichtigkeit sind."

„Ich stimme dir zu", entgegnete Königin Nibura. „Darum will ich es dir gestatten. Unter den folgenden Bedingungen: Du nimmst Zziddra und Oorgh als unabhängige Beobachter mit. Zziddra sorgt dafür, dass ihr zu jedem Zeitpunkt vollständig schattiert sein werdet. Zweitens: Ich verlange einen Bluteid von dir, dass du nichts versuchen wirst, um eines der Opfer zu retten, einen der Angreifer zu töten oder in irgendeiner anderen Weise in die Vergangenheit einzugreifen. Ihr seid dort Beobachter, und nichts weiter als Beobachter. Drittens: Der Übertritt erfolgt erst, nachdem sämtliche Aufzeichnungen gesichtet wurden. Nachdem ihr durch das von dir erschaffene Portal getreten und wieder zurückgekehrt seid, wirst du vor mich treten und mir alle deine Erkenntnisse darlegen. Auch hierzu soll dich der magische Eid bindend verpflichten. Falls du zu Tode kommst, übernimmt diese Aufgabe einer deiner Begleiter. Danach werde ich entscheiden, wie mit dem Wissen zu verfahren ist, das ihr sammeln konntet."

Tirú erhob sich und verneigte sich vor seiner Königin.

„So wie Ihr es gesagt habt, so soll es geschehen", sagte er, zückte seinen Dolch und schnitt sich einmal quer über die Handfläche. „Ich schwöre bei meinem Blut, dass ich bei meiner Reise in die Vergangenheit ausschließlich ein Beobachter bleibe, auf keine Weise absichtlich in das Geschehen einzugreifen versuche und jeden meiner Begleiter von solchem Fehlverhalten abhalten werde. Ich schwöre, dass wir alle Aufzeichnungen meines Vaters durcharbeiten werden, ohne Ausnahme. Ich schwöre, dass ich am Ende dieser Forschungsarbeiten zu Euch zurückkehre, um Euch zu berichten, was ich weiß, ohne etwas zu unterschlagen oder Lügen zu verbreiten oder durch Falschdarstellung die Wahrheit zu verschleiern. Sollte ich sterben, werden meine Gefährten diese Aufgabe übernehmen und dabei zum Erben des Blutschwurs werden, bis diese Pflicht erfüllt ist. Jeder Versuch, diesen Eid zu umgehen oder zu brechen wird in qualvollen Schmerzen enden, die in Wahnsinn oder Tod münden, finde ich nicht den Weg zurück zum Gehorsam."

Aus der Wildnis, die jenseits des Parks lag, ertönte ein langgezogener Schrei. Möglicherweise stammte es von dem Geschöpf, das den Preis für den Bluteid leisten musste. Es klang nicht, als wäre es tödlich verletzt worden, allerdings führten blutende Wunden in der Regel dazu, dass man rasch zum Opfer eines Raubtiers wurde.

„Ich überlasse nun dir und deiner Weisheit die Entscheidung, wie deine Ziele am sinnvollsten zu erreichen sind. Lebt wohl, ihr alle. Bis zu unserem Wiedersehen." Sie setzte Zziddra neben sich ab, die hinübergeflogen kam und sich auf Rojis Schulter niederließ, wie gewohnt. Niemand rührte sich, bis Agus die Königin mitsamt ihrer Laterne auf dem Boden abgesetzt hatte und sie zugesehen hatten, wie die majestätische Gestalt in der Dunkelheit des Palastgartens verschwand. Erst dann wisperte Zziddra hauchleise: „Ist es vermessen sich zu wünschen, dass die große, kühle Erhabenheit, für die man sie so sehr bewundert, wenigstens ein einziges Mal für eine Geste der Freude und Zuneigung aufgebrochen wird?"

Im Schutz der Dunkelheit rückten sie schweigend zusammen, um Zziddra zu umarmen – Tirú, Roji, jeder der Gnome, so gut es ihnen möglich war in der Riesengestalt, und sogar Oorgh. Es genügte nicht. Selbstverständlich konnte es nicht genug sein, denn das, was Zziddra sich wünschte, könnte ausschließlich die Königin ihr geben. Aber es war mehr als nichts und Roji hoffte, dass es den Schmerz wenigstens ein winziges bisschen milderte.

Noch vor Sonnenaufgang schafften sie es zur Burgfestung zurück.

Auch diese Reise war vollkommen ereignislos geblieben, was an sich schon verdächtig war. Wie die Ruhe vor dem alles vernichtenden Sturm.

Aus der Festung hatten sie zusammengerafft, was nützlich erschien. Kleidung, Nahrung, Gebrauchsgegenstände, Decken, Heilsalbe – Bránn hatte einiges auf Vorrat eingekocht –, Werkzeuge und magisch verzauberte Leinwand. Die wiederum hatte Tirús Mutter auf Vorrat hergestellt, dafür war sie regelmäßig kurz durch das Portal ins Verwunschland hinübergehuscht und mit der Uhr, die sein Vater ihr solange geliehen hatte, wieder zurückgekehrt, noch bevor sie bemerkt werden konnte.

Nun standen sie wieder in dem Haus, bei dem er sich noch nicht entschieden hatte, ob er es hasste oder verzweifelt liebte. Oder vielleicht auch beides zugleich tat.

„Wie gehen wir vor?", fragte Roji eifrig. „Wir müssen Farben herstellen und ich werde weiter vorlesen, während du malst, und das Arbeitszimmer deines Vaters muss wieder hergerichtet werden."

„Warum das?" Tirú blinzelte, von dem letzten Punkt leicht aus dem Gleichgewicht gebracht, weil er nicht damit gerechnet hatte.

„Nun ja, als wir in meiner Zeitlinie das Haus betreten hatten, war keiner der Räume zerstört, aber die Leichen deiner Familie mumifiziert. Der Dämonennebel hatte also auch in dieser Zeitlinie stattgefunden, demzufolge muss es auch den Ogerangriff gegeben haben. Das heißt, die Zerstörung dort muss beseitigt worden sein, sonst kann das alles nicht seine Ordnung haben."

„Der Kleine hat die Zeitliniensache inzwischen gut im Griff, hm?", sagte Zziddra mit breitem Drachengrinsen. „Ich schlage vor, dass ich mich mit ein bis zwei Gnomen um das kaputte Zimmer bemühe. Etwas Magie sollte genügen. Wir gehen es langsam an, damit wir uns nicht gegenseitig zugrunde richten oder aus Versehen jemanden schwer genug verletzen, dass es Tage oder Wochen dauert, bis derjenige geheilt ist."

„Das klingt vernünftig", entgegnete Tirú. „Nimm Fjork und Madrow. Ich glaube mich zu erinnern, dass du, Agus, meiner Mutter gelegentlich beim Herstellen der Farben geholfen hast? Wir benötigen alles neu, der Dämonennebel hat die Farbbestände meiner Mutter zerstört und verdorben." Genau wie sämtliche Kleidung porös geworden war. Darum hatten sie auch Kleider von Elryka mitgenommen und in den Raum mit dem Gegenwartsportal ausgelegt. Genau diese Kleidung würde Roji in dreißig Jahren vorfinden, wenn er das erste Mal kopflos durch das Haus rannte und auf der Suche nach Stoff in das Zimmer ging, um sich den Fuß zu verbinden.

Was ihm nicht gelingen würde, weil er vorher die Portaleule berührte. Es war alles verwirrend und anstrengend, unablässig in verschiedenen Zeitebenen zu denken!

„Sehr gelegentlich hat die Herrin mich helfen lassen, ja, das habe ich nach Kräften getan", erwiderte Agus. „In erster Linie war ich beim Beschaffen von Zutaten aus dem Wald behilflich. Wir haben viele Rezepturen aus den Aufzeichnungen Eures Vaters, Herr Tirú. Ich helfe gerne, die notwendigen Pflanzen, Wurzeln, Rinden und Früchte zu sammeln."

„Dafür wirst du mehrere Zeitlinien besuchen müssen, damit du die besten Sammelzeiten in Sommer und Herbst nutzen kannst", entgegnete Tirú. „Das kostet Zeit."

„Der gesamte Prozess nimmt mehrere Tage in Anspruch, falls keine Magie genutzt wird. Pflanzenöle pressen, Walnussschalen und Birkenrinde und Rhabarberwurzeln auskochen, Löwenzahn und Kamillenblüten trocknen und mörsern, Malven und Hagebutten und Brombeeren in ausreichender Menge sammeln und entsaften … Die Herrin hielt große Stücke auf Holunder. Und Ebereschenblätter ergaben nach ihren Worten das schönste Grün. Zwiebelschalen konnte sie gar nicht leiden, dafür hat sie jahrelang mit Rost experimentiert. Ich erinnere mich gut, wie sie häufig sagte, dass die Magie sich im Detail entfalte. Dass es überhaupt nicht darum gehe, das Bild so zu malen, wie es in echt aussieht, denn das ist überhaupt nicht möglich. Schließlich hatte sie keine Vorlagen und niemand konnte ihr sagen, wie die Landschaft vor dreihundertsiebenundneunzig Jahren ausgesehen haben könnte. Wichtig wäre, sich einzufühlen, die Emotionen schwingen zu lassen. Dann würde die Magie die Macht übernehmen und den Pinsel für sie führen."

„Du musst auch keine Eule als magischen Ankerpunkt benutzen", mischte sich Oorgh ein. „Natürlich schmeichelt es mir, dass eine solch großartige Magierin und Künstlerin meine Rasse hoch genug schätzte, um diese Entscheidung zu treffen. Wichtig ist, dass du irgendeinen Ankerpunkt benötigst, um den Schritt in die Vergangenheit gehen zu können."

„Ich hoffe, das wird sich entscheiden, wenn ich vor der Leinwand stehe. Das Ganze wird ein sehr kreativ-intuitiver Prozess. Etwas in dieser Art habe ich noch nie getan und ohne Magie habe ich keine Hoffnung, dass daraus ein Bild entstehen könnte. Mehr als marginale Zeichnungen auf dem Waldboden zur Erklärung, wo welche Truppen stehen, habe ich im Leben noch nicht gemalt."

„Hab Vertrauen." Agus tätschelte ihm respektlos-beruhigend die Hüfte und verließ den Raum, wobei er unablässig „Rapsblüten zuerst, Hagebutten zuletzt, Holzasche, Ocker, Kornblumen", vor sich hinmurmelte.

Es würde geschehen. Er würde auf den Spuren seiner Mutter wandeln und ein eigenes Portal erschaffen. Wahrhaftig sicher war er sich schon lange nicht mehr, ob es das war, was er tun wollte. Doch Tirú wusste, dass ihm keine andere Wahl blieb. Er musste diesen Weg bis zum Ende gehen und erfahren, was seine Eltern getan hatten. Welche Fehler sie begangen hatten. Bis zum bitteren Ende.

Kapitel 21

Reichlich erschöpft blickte Roji auf die Ausbeute, die Tirú und er mit vollem Einsatz von Magie und Handarbeit geschaffen hatten. Sie waren dafür ins Verwunschland zurückgekehrt, weil sie dort besser Magie wirken und mit deutlich weniger Verlust sehr viel mehr erreichen konnten. Es hatte den gesamten Tag gedauert, aus sämtlichen Ingredienzien, die Agus herbeigeschleppt hatte, eine Palette voller Farben herzustellen. Sie beide waren ausgelaugt, die Magie hatte sich von ihren Kräften genährt. Dazu hatte Roji die Arme voller feiner Schnitte, die entstanden waren, als er einen schönen Blauton gefertigt hatte.

Tirú strich gerade Heilsalbe auf diese Schnitte. Behutsam und langsam. Es tat gut.

„Sollten wir nicht allmählich zu den anderen zurückkehren?", fragte Roji und lehnte sich gegen Tirús Brust. Sie befanden sich allein in der Burgfestung, ihre Gefährten waren gemeinschaftlich mit der Ausbesserung des zerstörten Arbeitszimmers beschäftigt. Agus hatte sie ungern ohne jeden Schutz und Wächter ziehen lassen; sie hatten ihm versprechen müssen, beim geringsten Anzeichen von Gefahr sofort die Uhr zu benutzen und sowohl Zentauren als auch Eulen als Wachen für das Außengelände einzusetzen.

„Wir werden schon noch gehen", murmelte Tirú. „Ein bisschen will ich es genießen, dass wir diesen einen Moment allein für uns haben. Es sei denn, du bist zu müde?"

„Kommt drauf an, was du vorhast", entgegnete Roji. „Vielleicht kannst du mich wachrütteln?"

Er konnte. Und er wollte. Das bewiesen der leidenschaftliche Kuss, die hungrigen Blicke, der Griff nach Rojis Gürtel ...

Stunden später schreckte Roji aus dem Schlaf hoch. Draußen war es hell geworden, die Sonne strahlte in Tirús Schlafzimmer und ergoss sich über Rojis Liebsten. Wie wunderschön er aussah ... Im Schlaf wirkte er entspannt und friedlich und um etliche Jahre jünger, als er war. Beinahe, als wären es wirklich kaum drei Jahre, die zwischen ihnen lagen. Roji gluckste innerlich, als er versuchte, sich an die komplizierte Erklärung zu erinnern, wie ihre Zeitlinien übereinkommen würden, wenn die Umstände anders gewesen wären. Fast hatte er den Verdacht, dass Tirú sich das ausgedacht hatte, um ihn zu verwirren. Aber das war auch gleichgültig. Ob drei oder siebzehn Jahre Altersunterschied, sie waren füreinander geschaffen. Davon war er überzeugt.

Als er sah, dass Tirú die Stirn leicht furchte und sein Atemrhythmus sich zu verändern begann, berührte er ihn rasch an der Wange. Bloß keinen Albtraum zulassen!

Tirú schreckte hoch, erkannte ihn und begann zu lächeln.

„Guten Morgen", sagte er verschlafen und streckte sich. „Schon wach?"

„Wir wollten gar nicht hier liegenbleiben", entgegnete Roji.

„Schlimm ist es nicht. Die anderen kommen sehr gut ohne uns zurecht und wir hatten mal ein wenig Zeit für uns allein. Wer weiß, ob und wann sich eine solche Gelegenheit noch einmal anbietet?" Tirú ergriff Rojis Hand und küsste sie mit einem Lächeln. „Wir waschen uns und kehren dann brav heim. Drüben können wir frühstücken und danach geht's an die Arbeit."

Roji nickte.

Er fühlte sich seltsam, irgendetwas war nicht so, wie es sein sollte. Verwirrt von dem Druck auf seiner Brust und dem ängstlichen Ziehen im Bauch erhob er sich und ging zum Fenster. Mit einem Ruck stieß er es auf, um hinauszublicken.

„Was ist mit dir?", fragte Tirú, der hinter ihn trat, um ihn zu umarmen.

„Ich weiß es nicht. Ist alles so, wie du es kennst? Ich habe das Verwunschland bislang bedrohlicher kennengelernt", entgegnete Roji. „Beständige Angriffe. Angst vor dem nächsten Angriff. Ununterbrochene Angst. Und nun sind wir den zweiten Tag hier und nichts ist geschehen." Er zeigte auf das Gelände unter ihnen, das im Sonnenschein gebadet dalag. „Das hier sieht mehr wie das Land aus, das die Erstbesiedler gesehen haben, als das, was ich bislang kenne."

„Du durftest die schönen Seiten meiner Welt bislang noch nicht genießen", entgegnete Tirú und küsste ihm über Hals und Nacken. Sein Bart kitzelte auf Rojis Haut, was sich gut anfühlte. „Manchmal habe ich wochen- und monatelang keine Angriffe erlebt. Solche Schwankungen sind hier normal. Man lernt damit zu leben, dass man jeden wachen Moment bereit ist, auf Angreifer zu reagieren, ohne sich von der Angst beherrschen zu lassen."

Tirú seufzte, drückte sich noch einmal eng an Rojis Körper, bevor er ihn freigab und zu sich umdrehte. „Waschen, anziehen, Sachen packen!", kommandierte er. „Wir müssen vorankommen. Egal wie schön es wäre, wenn wir den gesamten Tag im Bett liegenbleiben und uns lieben könnten."

Die Worte genügten bereits, dass Roji schon wieder hart wurde. Dabei war er wund an den empfindsamsten Stellen und sollte dankbar sein, dass ihnen keine Zeit für solche Dinge blieb … Doch allein die Erinnerung an vergangene Nacht, an den Rausch von Lust und Leidenschaft, war mehr als genug, um Sehnsucht zu wecken.

Mit einem Lachen versetzte Tirú ihm einen zärtlichen Klaps auf den Hintern.

„Nun lauf, bevor ich dir nicht mehr widerstehen kann, du süße Versuchung!"

Sie rangelten ein wenig, aber Roji gab rasch nach und eilte in Richtung Abtritt. Es war seltsam, dass das Leben sich so ruhig und ungestört und frei vom beständigen Leistungsdruck anfühlen konnte. Seltsam. Es half, Luft zu schöpfen. Kraft zu sammeln.

Sich erinnern, wofür genau man kämpfte.

Es half.

Tirú atmete mehrfach tief durch. Die Leinwand stand vor ihm. Jungfräulich weiß und unberührt. Er wusste nicht, was er tun sollte, um sie mit Leben zu füllen. Das Motiv, das er malen wollte, stand ihm überdeutlich vor Augen – der Marmorboden und die reich verzierte Tür, die zum kleinen Saal führte. Es war wichtig, dass sie vor dem Saal ankommen würden. Andernfalls würden sie seine Mutter aufscheuchen, die dort an ihrem Deckengemälde arbeitete, noch nicht ahnend, dass gleich der große Angriff erfolgen würde, der sie mitsamt der gesamten Familie auslöschen sollte, mit Tirú als einzige Ausnahme.

Doch wo begann man ein solches Bild? Oben in einer Ecke? Von links nach rechts? Von der Mitte ausgehend nach außen? Suchte man sich ein bestimmtes Motiv und dekorierte alles andere drumherum? Wie reagierten die Farben aufeinander? Er hatte bereits kleine Experimente auf einem Stück Leinwandrest durchgeführt und bemerkt, dass neue Farben entstanden, wenn man zwei oder mehrere miteinander mischte. Das war unglaublich faszinierend, denn davon hatte er nichts gewusst. Seine Mutter hatte ihn nicht in der Nähe ihrer Arbeit geduldet und es war so unglaublich lange her, dass sie aus seinem Leben getreten war. Wie sollte er dieses Gemälde fertigbringen, wenn er nicht die geringste Ahnung vom Malen hatte? Je mehr Magie er einbringen musste, desto höher würde der Preis werden – und sie hatten keinen Phönix zur Verfügung, der das Leid freiwillig auf sich nahm. Seine Sorge war und blieb Roji, das schwächste Mitglied ihrer kleinen Gemeinschaft.

Der saß neben ihm am Tisch und studierte die verbliebenen Pergamente. Es waren nicht mehr viele übrig, nachdem Roji bereits eine Menge aussortieren konnte, die ausschließlich beschrieben, welche Zeit und Epoche sich hinter welchem Gemälde verbarg. Durchaus interessant und möglicherweise sogar wichtig; doch da keine Erzählungen folgten, was Tirús Vater beim Durchtritt durch die entsprechenden Portale erlebt hatte, war es für ihre Forschungen irrelevant. Möglicherweise waren diese Portale niemals genutzt worden. Das wären nahezu zweihundert Gemälde, die ausschließlich verschwendete Zeit und Magie gewesen wären. Wobei ... Vielleicht sollten sie diese Beschreibungen nicht achtlos verwerfen?

Kurz entschlossen wandte er sich Roji zu und tippte auf den Stapel aussortierter Pergamente. Sie hatten die wertvollen Schriftzeugnisse magisch retten müssen, denn auch sie waren vom Dämonennebel brüchig geworden. Zum Glück hatten sie keines davon verloren, weil Oorgh sie rechtzeitig warnen konnte, bevor sie eines davon berührt hatten.

„Lies mir daraus vor", bat er. „Ich muss einen Einstieg finden. Wenn du bedeutsame Ereignisse vorträgst, werde ich mich darauf konzentrieren, statt in meiner Aufgabe aufzugehen."

„Denk einfach nicht zu viel nach", brummte Agus, der mit allen anderen Gefährten mit im Raum saß und gespannt darauf wartete, dass endlich etwas geschah. „Nimm den Pinsel, konzentriere dich auf das Bild, das entstehen soll, und vertrau dich der Magie an. Die Herrin betonte häufig genug, dass sie keine Künstlerin, sondern Magierin wäre."

„Die Idee, sich von Roji belangloses Zeug vorlesen zu lassen, ist trotzdem gut", sagte Zziddra. „Er will einen Weg zu seinem Vater finden, was könnte besser sein, als sich dafür dessen Worte anzuhören?"

„Der Name lautet *Lilienteich*, Mittelgang zwischen Küche und Kellertreppe, drittes Bild von rechts, zweite Reihe von unten. Krönungstag von Königin Falba, im Jahr 718 nach Erstbesiedlung. Im Bild zu sehen ein Lilienteich, umgeben von Wildrosenhecke. Keine weiteren Merkmale. Königin Falbas Krönung erfolgte zeitgleich mit der Bestattung von Königin Raugrin. Überliefert sind Trauerbekundungen im ganzen Land.

Der Name lautet *Zentaurenspiel*, Mittelgang zwischen Küche und Kellertreppe, viertes Bild von rechts, zweite Reihe von unten …"

Tirú fand sich selbst in einer Art Trance wieder, als er den Aufzeichnungen lauschte. Rojis angenehm klare, schöne Stimme lullte ihn ein. Er dachte an nichts. Nichts als das Muster des Marmorbodens, den er so deutlich vor Augen hatte. Eingebrannt an jenem Tag vor dreißig Jahren, als seine Welt endete. Der Pinsel glitt über die Leinwand, ertränkte das Weiß in satten Farben. Seine Haut kribbelte, die Muskeln brannten. Es war bedeutungslos. Da war Farbe, da waren Muster. Die Tür. Die wundervollen Schnitzereien. Magie floss in und um ihn, hüllte ihn ein wie eine wärmende Decke, flüsterte Worte, die er nicht verstand.

Die Tür. Jedes Detail entfaltete sich vor seinen Augen, wie eine Blume, die träge die Blütenblätter öffnete, um sich der Sonne hinzugeben. Die Tür …

„Der Name lautet *Jungfer im roten Kleid*, Treppenaufgang zum ersten Stock, siebzehntes Bild von unten, dritte Reihe von unten. Erdbeben mit Bildung des Süd-West-Grabens im Mayuke-Tal, im Jahr 489 nach Erstbesiedlung. Zu sehen ist Hilla in ihren Jugendjahren, unmittelbar bevor wir sie als Amme für Elara rekrutiert haben. Eine Begegnung, die von den Himmelsmächten selbst angeordnet worden sein muss."

Roji stockte beim Lesen.

Und auch Tirú fiel aus seiner Trance heraus und ließ den Arm sinken. Vor ihm befand sich ein halbfertiges Gemälde, das sich vor den Werken seiner Mutter keineswegs verstecken musste. Die Tür zum kleinen Saal war bereits in sämtlichen kleinen Feinheiten fertig und von jener atemberaubenden Tiefe und Wahrhaftigkeit, die es fast unmöglich machte, zwischen Bild und der echten Welt zu unterscheiden. Er wollte über das Holz streichen, die Tür öffnen und eintreten. Lediglich der intensive Geruch nach Ölfarbe hielt ihn davon ab.

Bleierne Erschöpfung packte ihn und hätte Fjork ihn nicht rechtzeitig erwischt, wäre er ruhmlos zu Boden gefallen.

„Alles in Ordnung?", fragte Roji erschrocken.

„Ja … ja, ich denke schon." Tirú hörte, wie er lallte und konnte nichts dagegen tun. „Wer hat das da gemalt?" Fasziniert wies er auf die Leinwand. Er konnte das nicht gewesen sein. In seiner Erinnerung hatte er zwar einmal den Pinsel in die Farbe getaucht, aber danach nichts mehr weiter getan. Oder?

„Komm zu dir." Zziddra versetzte ihm einen harten Schlag mit der Schweifspitze. „Wir haben alle unter deiner Magie gelitten. Seltsam gleichmäßig und insgesamt halbwegs sanft. Du solltest für heute aufhören."

Der Meinung war wohl auch Oorgh, denn die Eule nahm ihm den Pinsel ab und flog damit zu Madrow.

Tatsächlich wirkte jeder von ihnen müde, blass und angestrengt, allerdings eher, als hätten sie einen langen, harten Tag hinter sich und nicht wie sonst, wenn die Magie ihren Tribut forderte. Agus schob ihn auf die Bank neben Roji und Fjork brachte einen Becher Wasser.

„Kann es sein, dass du eben etwas über Hilla vorgelesen hast?", fragte Tirú. Allmählich kam er wieder zu sich. Das Summen in seinen Ohren ließ nach, genau wie der Druck im Bauch, der ihn vorhin regelrecht zu Boden hinabgezerrt hatte.

„Ja, habe ich. Sie kommt aus der Vergangenheit, rund fünfhundert Jahre nach Erstbesiedlung. Dein Vater hat genau aufgeführt, wo das Bild zu finden ist."

Tirú ließ sich diesen Absatz noch einmal vorlesen, während sein Blick versonnen an der Leinwand hing. Fast sein gesamtes Leben hatte er beobachten können, welche Wunder die Magie zustande brachte und dennoch konnte er nicht aufhören zu staunen.

„Lies mir bitte aus den noch offenen Pergamenten vor", bat er. Fjork unterbrach ihn kurz, er hatte Essen geholt und stellte mehrere Schüsseln auf den Tisch. Die größte davon drückte er Tirú in die Hand. Während Roji las, was Tirús Vater beobachten konnte, als der schwerste jemals dokumentierte Sturm über das Verwunschland niedergegangen war, aß Tirú brav seinen Getreidebrei und hörte bloß mit einem halben Ohr zu.

„Das ist der letzte Bericht", sagte Roji plötzlich und stieß ihn leicht an. „Es geht um Hilla."

Schlagartig war Tirú hellwach. Hilla! Seine alte Amme. Nach wie vor vermisste er sie mit mehr Inbrunst, als er jemals für seine Eltern hatte aufbringen können. Sie war seine wahre Mutter gewesen, auch wenn sie ihn nicht geboren hatte.

„Shara machte mir klar, dass sie ihrer Arbeit nicht nachkommen kann, wenn es nicht jemand gibt, der sich um Elara kümmert. Das Kind fordert sie zu sehr, schläft zu wenig, schreit zu viel. Ich sagte ihr also, dass sie ein Gemälde malen soll, das sie zur perfekten Amme führt. Wie stets wird die Magie ihren Weg finden. Und sie hat ihn gefunden. Ich war sofort wie gebannt von der jungen Frau im roten Kleid, die verloren und einsam am Rande einer Klippe steht und in die Ferne schaut. Unverzüglich schritt ich durch das Portal, allein, weil Shara noch immer zu erschöpft von der langwierigen Geburt und der aufreibenden Zeit danach ist. Ich näherte mich ihr. Das Gespräch war schwierig, weil sie für meine Ohren seltsam gesprochen hat, doch mittlerweile habe ich mich gut genug an die alte Sprache gewöhnt und die Verständigung ist gelungen. Ihr Name ist Hilla und sie hatte ihr Neugeborenes verloren. Als ich zu ihr kam, wollte sie sich gerade das Leben nehmen. Stattdessen folgte sie mir bereitwillig ins Haus, völlig verzückt von der Aussicht, für Sharas Tochter da zu sein und sie nähren zu dürfen. Shara hat nur zu gerne ihre eigene Milch geopfert, sie wollte lieber malen als stillen. Es ist für sie eine Sucht geworden, diese Malerei und ich bin durchaus besorgt ... Nach einiger Zeit brachen wir mit Hilla, aber ohne das Kind auf, um die Welt draußen zu besuchen. Hilla sollte lernen, wie sich die Zeiten verschieben, wann immer sie durch das große schmiedeeiserne Tor schreitet. Ich weiß nicht, wie es geschehen konnte. Ich weiß nicht, was genau geschehen ist. Auf dem Weg durch den Wald nach Glorbyn wurde ich von Hilla und Shara getrennt. Als ich sie wiederfand, stand Shara über Hillas toten Körper.

„Es war ein Unglück!", sagte sie. Hilla sei gestürzt, habe sich am Kopf verletzt. Ich wollte ihr glauben. Ich wollte es wirklich. Doch Shara hatte mir in den vergangenen Wochen mehrfach Vorwürfe gemacht, ich würde Hilla unnötig viel Aufmerksamkeit schenken. Hilla mit Blicken verfolgen, ihr Komplimente machen. Kann es sein? Kann es wirklich sein, dass meine geliebte Frau aus Eifersucht zu einer solchen Tat fähig wäre? Ich wollte es nicht glauben. Wir haben Hillas Körper zurückgelassen, die hiesigen Bauern würden sich schon um sie kümmern, und sind zurück zum Haus. Ich glaube, die Gnome haben nicht einmal bemerkt, dass wir zurückgekehrt waren. Shara hat geweint und beteuerte ihre Unschuld. Es war ihr eigener Vorschlag, dass sie ein neues Bild malt, um Hilla zurückzuholen. Es ist das Gemälde von dem Mädchen am Brunnen, das ich persönlich in Elaras Kinderzimmer aufgehängt habe."

Tirú riss das Pergament an sich, als Roji aufhörte und starrte auf die Buchstaben. Das konnte doch nicht alles gewesen sein!

„Gibt es nicht mehr? Irgendetwas? Die Geschichte endet mittendrin!", rief er ungeduldig.

„Das ist alles", versicherte Roji. Er ging den Stapel mit den Gemäldebeschreibungen durch. „Mehr gibt es nicht, es tut mir leid. Nirgends wird Hillas Name erwähnt und das Mädchen am Brunnen taucht auch nicht auf."

„Hillas Geschichte gibt Rätsel auf", sagte Oorgh. „Die Amme starb durch ein Unglück, wird noch einmal zurückgeholt – offenbar wieder als junge Frau – stirbt noch ein weiteres Mal in der Zeit, als Tirús Eltern zwei volle Jahre der Heimat fernbleiben – und wird ein drittes Mal aus der Zeitlinie herausgeholt, nur diesmal als alte Frau … Das klingt alles sehr merkwürdig und regelrecht nach Besessenheit."

„Aber wer war hier der Besessene? Der Vater, der sich in die Amme verliebt hat und sie nicht aufgeben will? Die Mutter, die zwischen kranker Eifersucht und Schuldgefühlen gefangen ist?", fragte Agus.

„Vielleicht auch beide, die wissen, dass sie einer unschuldigen jungen Frau Unrecht angetan haben und es wieder gutmachen wollen, nur um mehrfach zu scheitern?", fügte Fjork hinzu.

„Beängstigend ist es, wie leichtherzig sie mit dem Tod der Frau umgegangen sind", sagte Roji. „Sie lassen sie einfach im Wald liegen und suchen einen Weg, um eine neue Zeitlinie zu erschaffen, statt zu trauern, sie wie einen umgestoßenen Becher Milch ersetzen wollen und nicht einmal richtig ausdiskutieren, was tatsächlich geschehen ist. Dein Vater hatte diese schrecklichen Gedanken über seine eigene Frau, die ihm kurz zuvor eine Tochter geschenkt hat, die ihn auch nicht weiter interessiert … Das alles ist so unmenschlich und grausam und traurig."

Tirú nickte langsam vor sich hin.

Jedes dieser Worte traf zu.

Es zerriss ihm das Herz, doch er musste zugeben, dass seine Eltern offenbar beide ihre Menschlichkeit verloren hatten, während sie ihren Forschungen nachgingen. Sein Vater glaubte blind an die Macht der Uhr und der magischen Portale, seine Mutter war süchtig nach der Schöpfungskraft, die beim Malen freigesetzt wurde. Er konnte sie sogar ein wenig verstehen, nachdem er beide Mächte kennengelernt hatte. Es war schon gewaltig, diese unendlichen Möglichkeiten. Trotzdem bejammernswert, wenn man sich davon derartig davonreißen ließ, dass man am Ende weder sich selbst noch die Menschen, die man zuvor geliebt hatte, noch wiederfinden konnte.

„Da Tirú frühestens morgen weitermalen sollte und Roji nichts mehr zu lesen hat, könnten wir den angebrochenen Abend mit einem kleinen Ausflug verbringen", sagte Zziddra. „Wie wäre es, wenn wir voll schattiert durch das Bild steigen und uns anschauen, was mit dem Mädchen am Brunnen geschieht?"

Sie blickten einander an.

„Ich weiß, dass es eine schlechte Idee ist", murmelte Tirú. „Leider sehe ich keine bessere Möglichkeit, der Wahrheit näherzukommen."

„Ich schattiere uns, noch bevor wir durch das Portal steigen. Wir tun nichts, um uns einzumischen. Ausschließlich beobachten und lauschen und sehen, was damals geschehen ist", sagte Zziddra eifrig. „Muss ja auch gar nicht jeder mitgehen. Einen der Gnome bräuchten wir zum Übersetzen."

„Wir gehen alle!", sagte Agus mit Nachdruck. „Teilen wir uns auf, gefährden wir uns nur, sollte ausgerechnet dann ein Angriff erfolgen."

„Vielleicht war der Grund, warum man euch drei von Hilla ferngehalten hat, ganz einfach die Tatsache, dass sie damals Sprachschwierigkeiten hatte?" Roji blickte fragend zu Agus hinüber. „Ihr hättet sicherlich nachgehakt, wenn ihr das bemerkt hättet, oder? Gewiss wollte man solcherlei Probleme vermeiden. Die alte Hilla hatte hingegen schon gelernt, auf zeitgemäße Art zu sprechen und darum wurde sie nicht mehr ins Kinderzimmer verbannt."

„Durchaus möglich, ja." Agus erhob sich. „Wollen wir los? Sind alle satt und einsatzbereit?"

Tirú stellte seufzend seine Essensschale auf den Tisch und stand ebenfalls auf. Er fühlte sich nicht bereit für das nächste Abenteuer. Erfahrungsgemäß verhielt es sich damit wie mit dem Essen: Der Appetit stellte sich unterwegs zuverlässig ein.

Und ja, sie mussten endlich Fortschritte machen und herausfinden, was damals geschehen war.

Gleichgültig, wohin sie das am Ende führen würde.

Kapitel 22

Die meiste Zeit über konnte Roji recht gut verdrängen, dass dieses Haus eine Gruft voller Leichen war. Als sie das Zimmer von Tirús ältester Schwester Elara betraten, geriet er allerdings kurz ins Wanken.
Es war der Raum eines jungen Mädchens, kein Kind mehr, aber auch noch nicht erwachsen genug, um zu heiraten und das Elternhaus zu verlassen. Fünfzehn Jahre alt war sie gewesen, als sie starb. Ein Kleid lag auf dem Bett. Der Stoff war porös, eine Berührung würde genügen, um ihn zu Staub zerfallen zu lassen. Das hatten sie bereits mit den Decken und Laken in Tirús Bett erlebt, genau wie mit allen anderen Kleidungsstücken, die sich im Haus befunden hatten, als der Dämonennebel eingedrungen war. Selbst die Matratze hatten sie austauschen müssen. Doch von der Tür aus sah das Kleid noch ganz gewöhnlich aus. Ein schöner, hellgelber Stoff, für ein schlankes, nicht allzu großes Mädchen geschnitten. Roji hatte eine mumifizierte Fratze mit dunklen Locken vor Augen, auf die diese Beschreibung perfekt zutraf – eher klein, sehr schmal. Elara war sicherlich hübsch gewesen. Viel mehr wusste er nicht von ihr, denn sie hatte im Leben ihres siebenjährigen Bruders keine Rolle gespielt. Ob Tirú sich auch gerade Gedanken machte, was für ein Mensch Elara überhaupt gewesen war? Womit hatte sie ihre Tage zugebracht? Was hatten ihre Eltern für sie geplant? Sollte sie bei den Forschungen helfen? Bei den Gemälden? Das Zimmer gab keinen Aufschluss darüber. Dort war ein kleines Regal, auf dem mehrere Puppen saßen. Ein Schreibpult mit Schriftrollen aus Papyrus, die sie gar nicht erst anzufassen brauchten, sie würden sofort zu Staub zerbröseln. Ansonsten gab es nicht viel, außer einem Bett und einem Schrank, der sicherlich weitere Kleidungsstücke enthielt.
Mehrere Gemälde waren hier aufgehängt. Das Bild mit dem Mädchen am Brunnen fanden sie ohne weitere Mühe.
„Sie hat sich immer die Locken aus dem Gesicht gestrichen", murmelte Tirú. Er blickte verloren auf das hübsche Kleid, suchte vermutlich nach dem Bild seiner Schwester, die eine Fremde für ihn geblieben war. „Wenn wir gemeinsam im Studierzimmer saßen. Da hat sie sich die Locken aus der Stirn gestrichen. Manchmal trug sie ein weißes Band, um die Haare besser zu bändigen. Sie konnte sehr schön singen. Und sie hat mich fortgejagt,

wenn ich ihr zu nahe kam, weil ich keine Ahnung habe und mit meinen ungeschickten Kleinkindpranken alles kaputtmache." Er strich sich traurig über das bärtige Kinn. „Fira, meine jüngere Schwester, hing unablässig mit ihr zusammen. Die beiden waren Verbündete, mein Bruder und ich die erklärten Feinde. Fira hat sich gerne bunte Holzperlen in die Haare geflochten. Mehr weiß ich nicht über sie." Tirú blickte zu Agus hinüber, doch der schüttelte den Kopf.

„Wir sollten gehen, Herr Tirú", sagte Agus sanft. „Manchmal ist es gut, wenn man jemanden gar nicht genug kannte, um ihn betrauern zu können."

„Es ist aber niemand mehr da, der um meine Schwestern trauert. Das kann nicht richtig sein, oder?"

„Ihr habt monatelang um jeden Bewohner dieses Hauses geweint", entgegnete Fjork. „Selbst um Dara, das Dienstmädchen, von dem Ihr in den ersten Monaten nicht einmal den Namen wusstet. Ein verschrecktes junges Ding, das Euer Vater aus dem Verwunschland mitbrachte, damit sie das Haus ohne Magie sauberhalten sollte. Eure Mutter hat darüber lediglich die Nase gerümpft und ist weiter malen gegangen."

„Bei all der Kälte und Gleichgültigkeit in diesem Haus ist es ein Wunder, dass du überhaupt noch weinen konntest, statt ein Freudenfest zu feiern, weil du sie endlich alle los warst!", rief Zziddra mit einem verächtlichen Schnaufen.

„Ich war sieben!"

„Die einzige Erklärung, die ich dafür gelten lassen will." Zziddra wies einladend auf das Gemälde. „Sollen wir? Dann kommt mal alle dicht heran, damit ich mit der Schattierung beginnen kann."

Es war ein einsamer Hof mitten im Wald. Das Haus war winzig, die umgebenden Gemüsebeete konnten allenfalls den Bedarf einer Kleinfamilie decken. Man sah, wie liebevoll und fleißig gearbeitet und jedes Pflänzchen gehegt wurde.

Wohin man blickte, war es sauber und ordentlich.

Tirú hatte den magischen Schutz gespürt, als sie das Gelände betreten hatten, geschützt von Zziddras Schattierungszauber, der sie vollkommen unsichtbar werden ließ. Vermutlich hielt die Magie feindlich gesonnene Kreaturen fern. Fünfhundert Jahre nach Erstbesiedlung mussten die

Menschen im Verwunschland bereits den Wandel spüren, die wachsenden Gefahren in der Wildnis, die geschaffene Tatsache, dass es Magie nicht umsonst gab.

Ob es dieser Preis war, der dem Toten in Hillas Armen zum Verhängnis geworden war?

Sie konnte kaum älter als Roji sein. Eine hochschwangere junge Frau, die am Boden saß, mit dem Rücken an die Ummauerung des Brunnens gelehnt. Sie trug das rote Kleid, das sie auch auf dem anderen Bild angezogen hatte, das lange braune Haar floss offen über ihre Schultern und lag locker über der Brust des Mannes, den sie hielt. Äußere Verletzungen waren nicht zu erkennen. Er war tot, aus welchem Grund, das spielte wohl kaum eine Rolle. Vom Alter her war er sicherlich der Vater des ungeborenen Kindes. Hilla starrte regungslos ins Nichts.

Man sah ihr an, dass sie Stunden mit Schreien und Weinen zugebracht haben musste. Nun fehlte ihr die Kraft und es war deutlich, dass sie nicht mehr weiterwusste. Von Mitleid für diese Frau und ihre Verzweiflung erfüllt umarmte Tirú Roji.

„Halte mich auf", wisperte er. „Ich will so gerne zu ihr laufen und ihr sagen, dass alles gut wird, solange sie nicht mit fremden Männern redet, die ihr ein Auskommen als Amme anbieten wollen ..."

„Wir setzen uns", sagte Agus und zerrte an Tirús und Rojis Hemden. „Hinsetzen! Wer sitzt, braucht diesen einen wichtigen Moment länger, bevor er Unsinn machen kann."

Tirú ließ zu, dass er auf die grob behauenen Steinplatten niedergedrückt wurde. Roji hielt ihn fest, die drei Gnome setzten sich vor sie, Zziddra wechselte auf Tirús Schultern.

Lange warten mussten sie nicht. Zwei Gestalten tauchten aus dem Nichts auf, genau an der Stelle, wo sie selbst aus dem Portal getreten waren. Tirús Eltern kamen gemeinsam.

Man sah seiner Mutter recht deutlich an, dass die Geburt ihres Kindes noch nicht lange zurückliegen konnte. Ihr Gesicht war weicher und fülliger, als Tirú es jemals bei ihr gesehen hatte, und Milch suppte durch ihre braunwollige Bluse. Der Ausdruck in ihren Augen war hingegen hart und kalt und sie hielt sich auffällig von ihrem Mann fern. Kaum vorstellbar, dass diese beiden anschließend noch drei weitere Kinder miteinander zeugen sollten ... Vielleicht hatten sie gute und schlechte Zeiten miteinander gehabt. Immerhin waren sie voneinander abhängig gewesen. Ohne die Gemäldeportale hätte Tirús Vater nicht forschen können, ohne seinen Forschungsdrang hätte die Mutter keinen Grund mehr gehabt, neue Gemälde zu erschaffen.

Sie gingen auf Hilla zu. Tirús Mutter setzte sich neben sie, als wären sie alte Freundinnen. Ohne sich mit umständlichen Höflichkeitsfloskeln aufzuhalten ergriff sie Hillas Hand. Sein Vater hockte sich auf der anderen Seite nieder.

„Hallo Hilla", sagte er leise. „Du kennst uns nicht. Wir jedoch kennen dich sehr gut."

„Und wie ist das möglich?", flüsterte sie tonlos. Ihre Worte waren schwer verständlich, was eher an ihrer Betonung lag. Agus übersetzte es zeitgleich, darum stellte das keine Schwierigkeit dar.

„Das alles ist sehr kompliziert, meine Liebe. Wir kommen aus einer anderen Zeit, die weit in der Zukunft liegt. Du wirst das Kind verlieren, das du unter deinem Herzen trägst. Danach willst du dir das Leben nehmen. Zu diesem Zeitpunkt bin ich zu dir gekommen, um dich fortzuholen. Meine Frau benötigt eine Amme für ihr Kind."

„Ich glaube euch kein Wort. Verschwindet und lasst mich allein!", fauchte Hilla, befreite ihre Hand und sprang auf. „Ihr seid verrückt! Vielleicht sogar irgendwelche Walddämonen, die mich verführen wollen?"

„Beruhig dich", befahl Tirús Mutter eisig, die sich ebenfalls erhob. „Sieh mich an. Wirke ich wie ein verführerischer Dämon auf dich?"

Hilla musterte sie von oben bis unten. „Nein", sagte sie widerwillig. „Dämonen sind netter als du."

„Sehr richtig. Um die Erklärung meines Mannes zu vervollständigen: Wir haben dich in unsere Zeit geholt. Dort bist du durch ein Unglück gestorben. Das wollen wir rückgängig machen beziehungsweise verhindern, darum müssen wir dich aus dieser früheren Zeitlinie abholen, in der du ihm noch nicht begegnet bist. Nun konnten wir nicht wissen, wie viel zu früh wir erscheinen würden. Natürlich benötigst du Zeit, um deinen Gefährten zu betrauern, ihn anständig zu bestatten und dein Kind zu verlieren."

„Ich hasse dich", erwiderte Hilla leidenschaftslos und spuckte Tirús Mutter vor die Füße. „Was ist mit dir geschehen, dass du derartig grausam geworden bist?"

„Sagen wir, dass ich in etwa doppelt so alt bin, wie ich aussehe. Den Rest der Zeit habe ich in magischen Portalen zugebracht. Dabei habe ich sehr viel Unschuld und zwei Kinder verloren, bevor ich dieses eine lebendig zur Welt bringen konnte."

„Immer noch kein Grund, euch zu glauben ... oder euch dienen zu wollen." Hilla wirkte bereits weicher und zugänglicher, doch ihr Blick irrte beständig zurück zu dem Toten auf dem Boden und ihre Hand lag schützend auf dem Bauch.

„Schau her", sagte Tirús Vater und zog seine Uhr hervor. „Dies ist ein magisches Artefakt, dazu erschaffen, um ohne Mühe und große Opfer zwischen dem Verwunschland und der anderen Seite hin und her wechseln zu können. Das können wir dir nicht überlassen, denn Shara und ich benötigen es, um nach Hause zurückzukehren. Bei dir zu warten, bis du bereit bist, uns zu vertrauen, verbietet sich leider auch. Wenn wir diese Zeit verlassen und erneut durch das magische Portal schreiten, landen wir wieder genau dort, wo und wann wir fortgegangen sind. Es gibt also nur eine Alternative." Er ging zum Waldrand und klaubte dort einen handgroßen Stein vom Boden. „Shara!", kommandierte er scharf, als Tirús Mutter nicht sofort reagierte. Widerwillig trat sie zu ihm und schloss ihre Hand gemeinsam mit seiner über den Stein.

„Ich führe die Magie", zischte er ihr zu. Sie rollte mit den Augen, ohne zu protestieren. Hilla beobachtete die beiden still. Tirú hingegen versuchte mit dem fertig zu werden, was seine Mutter da nachlässig erzählt hatte. Es gab so viel, was er nicht über sie wusste, über beide seiner Eltern. Mehr, als er jemals würde herausfinden können, weil es zu wenige Aufzeichnungen gab und niemanden, den er fragen konnte. Wenn nicht einmal die Gnome diese Dinge wussten, die noch recht nah dran gewesen waren ...

„Was im Namen der Weisheit treiben die zwei da?", fauchte Zziddra. „Ich kann nichts erkennen!"

„Sie sorgen für das Erdbeben, das den großen Graben im Mayuke-Tal bilden wird", murmelte Tirú. Er wusste, was seine Eltern taten. Man durfte sich einfach nicht mehr schockieren oder überraschen lassen, dann ergaben diese Handlungen durchaus einen Sinn ...

„Geschafft!", rief sein Vater triumphierend und stieß seine Mutter ein wenig zurück. Er hielt eine Silberuhr in der Hand, die exakt identisch wie die aussah, die mit einer Kette an seinem Gürtel befestigt war. „Eine weitere Uhr, mit der du in unsere Zeit springen kannst, Hilla. Die Magie ist darauf ausgelegt, dass du mit dem ersten Sprung unsere Gegenwart erreichst. Danach dient die Uhr genau wie meine ..."

„Unsere!", zischte Tirús Mutter, was wenig Eindruck hinterließ.

„... meine Uhr dazu, zwischen der Verwunschwelt und der anderen Seite zu pendeln. Wenn du bereit bist, uns als Amme zu dienen und dabei unsere

Zeitreisen und Magieforschungen zu unterstützen, dann benutze die Uhr. Du musst dafür die Hand auf das Eulensymbol pressen und dir wünschen, den Sprung zu wagen. Wenn nicht, dann zerstöre das Artefakt oder verwende es, wie du es für weise hältst. Lebe nun erst einmal wohl." Ohne weitere Erklärungen verschwanden Tirús Eltern. Hilla blieb zurück und starrte auf die Uhr. In diesem Moment begann das Erdbeben.

Roji war noch immer fassungslos, als sie dem grollenden Schaukeln und widerwärtigem Beben längst entkommen und zurück im Haus angekommen waren.

„ZWEI UHREN?", schrie er seit Minuten wieder und wieder. „Wie im Namen der ewigen Weisheit kann es sein, dass es zwei Uhren gibt? Und warum sind sie das Risiko eingegangen, dass es eben nicht das große Erdbeben war? Es hätte ein Unglück ausgelöst werden können, welches es zuvor noch nicht gegeben hat. Sie hätten Hilla töten oder selbst tot umfallen können. Wieso haben sie das getan?"

„Beruhige dich", schrie Tirú, was Rojis Wut nur noch weiter aufheizte. Diese Arroganz, diese Respektlosigkeit, was bildeten sich diese Leute eigentlich ein, bloß weil sie Magie beherrschen und die grundsätzliche Möglichkeit hatten, solche Dinge zu tun, durften sie noch lange nicht …

„Schluss jetzt!", knurrten Agus, Madrow und Fjork wie aus einem Mund und rangen sowohl Roji als auch Tirú nieder.

Erst jetzt wurde sich Roji bewusst, dass sie in Elaras Zimmer zurückgekehrt waren. Elara, die tot war. Genau wie alle anderen. Diese rücksichtslosen, regelrecht brutalen Menschen, die für Tirús Existenz verantwortlich waren, eingeschlossen.

„Dass es eine zweite Uhr gibt, deutet zumindest an, wie die Zeitlinie mit Nakim entstehen konnte, in der er überlebt und alt wird und das Verwunschland mit dem fehlgeleiteten Fluch erschafft", rief Oorgh, der aufgescheucht durch das Zimmer flatterte. „Das ist alles so interessant und bedeutsam!"

„Interessanter finde ich, was Tirús Eltern bereit waren zu riskieren, um eine einzelne Amme zu gewinnen. Ist ja nicht so, als hätten sie sich nicht später ohne jeden Skrupel Leute beschafft, die für sie als Diener gearbeitet haben", rief Agus.

„Was meinst du mit Skrupeln?", fragte Tirú in das Schweigen hinein, das auf diese Aussage hin plötzlich entstand.
Jeder blickte Agus verblüfft an, selbst Fjork und Madrow.
„Ich habe den Herrn und die Herrin manchmal belauscht. Nachts, wenn er heimkehrte und die beiden glaubten, sie könnten sich ungehemmt anschreien, weil niemand sie hört", sagte er verlegen. „Meine Brüder habe ich bei diesen Gelegenheiten unter Vorwänden fortgeschickt … Es gehört sich nicht und ich wollte sie nicht mit hineinziehen, für den Fall, dass ich erwischt worden wäre. Ich kenne keine genauen Details. Eure Mutter, Herr Tirú, war jedenfalls ziemlich wütend, weil Euer Vater Menschen aus dem Verwunschland entführt und herübergeschleppt hat, um ihr einen Gefallen zu tun.
Auf diese Weise stellte er es jedenfalls dar, denn die drei Diener sollten ihr behilflich sein, Haus und Garten zu pflegen und auf dem Bauernmarkt einzukaufen, ohne dass Magie genutzt werden musste. Was genau er getan hat, dass diese Leute niemals aufbegehrten und nicht ein einziges Mal darum bettelten, nach Hause gehen zu dürfen, das weiß ich nicht."
„Vermutlich ein Punkt, den wir auch nie erfahren werden", murmelte Tirú.
„Agus hat durchaus recht", sagte Zziddra. „Es ist interessant, wie wichtig es den beiden war, Hilla ins Haus zu holen. Es mag daran gelegen haben, dass die Magie des Gemäldes sie ursprünglich zu ihr geführt hat."
„Und die Schuld über den Unfalltod nicht zu vergessen", ergänzte Oorgh.
„Trotzdem gibt es Anhaltspunkte, dass auch die Hilla, die wir gerade eben beobachtet haben, sterben wird. Vermutlich ging etwas schief, als sie die Uhr benutzte.
Danach noch einmal auszuziehen und eine alternative Zeitlinie zu erschaffen, in der Hilla als ältere Frau zu ihnen kommt … Das ist schon merkwürdig." Zziddra schüttelte den Kopf, wobei sie unaufhörlich Rauchwölkchen ausstieß.
„Sei es, wie es sei." Tirú stand leise ächzend auf. „Ich lege mich jetzt schlafen. Es wird bald dunkel, glaube ich. Morgen will ich erst einmal kräftig frühstücken und dann weitermalen. Dieses verdammte Bild muss möglichst schnell fertigwerden. Danach sehen wir weiter. Ob diese Reisen in die Vergangenheit auf den Spuren meiner Familie irgendeinen Zweck erfüllt, das wissen die Himmelsmächte allein."
Man sah ihm an, dass er seine innere Grenzen längst überschritten hatte.
Tirú verlor die Kraft und den Willen, diesen Kampf durchzustehen.
Roji eilte ihm nach.

Er wollte ihn auf keinen Fall mit dem Gefühl davonziehen lassen, einsam und verloren zu sein.
Denn das war er nicht.
Wenn überhaupt, dann würden sie gemeinsam untergehen.

Kapitel 23

Tirú fiel auf die Knie.
Sofort war Roji bei ihm, schlang die Arme um ihn, flüsterte aufmunternde Worte. Auch die anderen Gefährten ließen nicht auf sich warten und scharten sich um ihn. Erschöpft legte er den Kopf an Rojis Schulter ab. Er hatte gemalt und sich in magischen Strömungen verloren, bis ihn das Brennen an seinem Handgelenk, dort, wo das magieverstärkende Armband saß, und die pure Erschöpfung zum Aufgeben gezwungen hatte.
„Fehlt noch viel?", stieß er wimmernd hervor. Der Gedanke, das noch einmal tun zu müssen, war entsetzlich verlockend. Losgelöst von der Welt zu sein, von Magie durchströmt zu werden, das war ein fantastisches Gefühl und er verstand nur zu gut, warum seine Mutter dieser Macht verfallen war. Das war seine große Angst. Süchtig zu werden und darüber die Menschlichkeit zu verlieren, die Roji ihm zurückgegeben hatte. Sich vollständig der Magie hinzugeben, ohne Sinn und Verstand, unfähig zum Mitgefühl, zur Liebe.
„Es ist überall Farbe", entgegnete Roji. Auch er klang schwach, die Magie hatte sich wie bereits gestern von ihnen allen genährt. „Ich kann keinen magischen Ankerpunkt erkennen. Ansonsten scheint das Bild fertig zu sein und es ist großartig geworden."
„Ich wollte keinen Ankerpunkt", sagte Tirú grimmig. „Dieses Bild wird ein einziges Mal benutzt und danach niemals wieder. Diesen Willen habe ich mit in die Farbe eingewoben, oder zumindest hoffe ich das. Wenn du und ich die Leinwand gleichzeitig berühren, wird sich das Portal für uns öffnen. Danach ist es nutzlos."
„Womöglich ist das der Grund, warum wir einen geringeren Preis zahlen mussten, als ich befürchtet hätte", ließ sich Oorgh vernehmen. „Ein Portal, das sich nur ein einziges Mal öffnet, ist etwas anderes als die Gemälde deiner Mutter, die im Prinzip allesamt unendliche Flüche darstellen. Immerhin funktionieren die Portale auch jetzt noch, nach ihrem Tod."
„Mehr hätten wir nicht leisten können. Nicht ohne anschließend ein halbes Dutzend Tage zur Erholung nötig zu haben", knurrte Agus.
„Erholung ist das richtige Stichwort", rief Zziddra. „Roji, schlepp deinen Herzensgeliebten in den Badezuber. Tunkt euch gründlich unter,

entspannt im heißen Nass. Anschließend wird gegessen, bis euch der Löffel aus dem Mund fällt, und geschlafen. Ich mag ja robust und widerstandsfähig sein, aber ich muss uns alle ausreichend schattieren, sodass drei magische Angriffswellen an uns vorbeiziehen werden. Bei Verstand sollten wir ebenfalls sein, um zu verstehen, was um uns herum geschieht. Tirú hat dafür gesorgt, dass wir dies nur ein einziges Mal tun können. Es muss darum sofort funktionieren. Also: Husch! Ab mit euch. Kuschelt, wenn ihr wollt und könnt. Wir halten ein halbes Ohr darauf, dass ihr nicht vor Müdigkeit ertrinkt."

Tirú begriff lediglich die Hälfte von dem, was Zziddra sagte. Sie sprach zu schnell, zu laut und viel zu viel auf einmal. Badezuber, Essen und Schlafen, das hatte er hingegen verstanden. Großartige Ideen. Er schloss die Augen. Er konnte ja schon einmal mit dem Schlafen beginnen ...

Sie standen vor dem Gemälde. Tirú hatte im Studierzimmer ein Bild ab- und dafür dieses aufgehängt.

Gestern waren sie allesamt zusammengebrochen. Kein Badezuber, kein großes Essen.

Stattdessen hatten sie sich gegenseitig bis zu Tirús Schlafraum antreiben und streckenweise über den Boden zerren müssen, damit keiner von ihnen liegenblieb, wo er gefallen war, und waren an Ort und Stelle eingeschlief. Zziddra, ihr robuster und widerstandsfähiger Drache, hatte bereits geschnarcht, dass die Wände wackelten, als Roji sich mit einem letzten Gewaltakt auf das Bett hochgezogen hatte und Oorgh hätte vermutlich nicht einmal eine Horde brüllender Zentauren wachrütteln können.

Sie hatten bis fast zur Mittagsstunde des neuen Tages geschlafen, sämtliche Vorräte niedergemacht, die sie an Lebensmitteln finden konnten, und sich um die natürlichen Bedürfnisse ihrer Körper gekümmert. Nun waren sie bereit für den nächsten Schritt. So bereit wie man sein konnte, wenn man wusste, dass man Tod und Drama und Leid beobachten und dabei vermeiden musste, sich selbst zu begegnen. Tirú und die Gnome hatten in dieser Hinsicht das größte Problem, denn unmittelbar bevor es zum Kampf mit dem Zytlor kam, würden sie sich dreimal in einem Raum befinden – die ursprüngliche Zeitlinie, als Tirú sieben Jahre alt war, die zweite Linie, in der sie den Zytlor töteten und nun noch ein drittes Mal –

und sie durften sich auf gar keinen Fall gegenseitig enttarnen, denn sonst würden sämtliche Zeitlinien kollabieren, mit Folgen, die sich nicht einmal Oorgh ausmalen wollte.

„Nun gilt es!", sagte Tirú grimmig und ergriff Rojis Hand. „Ein weiteres Mal zerreißen wir den Schleier der Zeit und werden Zeuge, wie meine Familie stirbt. Der zentrale Punkt, das alles entscheidende Ereignis meines Lebens."

„Und wie es scheint, auch der Dreh- und Angelpunkt sämtlicher Ereignisse und Lebenswege des Verwunschlands, denn immer wieder führt es uns dorthin zurück", entgegnete Oorgh.

Sie nahmen die gewohnte Aufstellung ein. Roji und Tirú hielten sich an den Händen, die Gnome verteilten sich so, dass jeder sie berühren konnte. Zziddra umschlang Rojis Schulter, Oorgh saß auf seinem Kopf.

Roji und Tirú hoben zugleich die jeweils freie Hand.

Sie blickten einander an.

„Jetzt!", kommandierte Tirú.

Sie berührten die Leinwand. Es gab einen fürchterlichen Ruck, hart genug, dass es Roji fast in der Mitte zerrissen hätte. Sein Rücken stand in Flammen. Dann wurden sie vorangeschleudert, in die Dunkelheit hinein.

Tirú stöhnte gequält. Irgendjemand zerrte an ihm herum.

Was war geschehen?

„Schön stillliegen, Herr Tirú", hörte er Madrows Stimme aus weiter Ferne. „Ihr und Roji habt den Preis für den Übergang gezahlt."

„Wir sind schattiert, es kann nichts geschehen", mischte sich Zziddra ein. „Wir sind in der richtigen Zeit angekommen. Deine Mutter liegt auf dem Gerüst und malt am Deckengemälde. Sie ist völlig weggetreten, genau wie du, als du am Bild gearbeitet hast.

Ach ja: Die Brandmale sind bei Roji und dir jetzt fertig. Ihr habt jeder eine vollständige Uhr auf dem Rücken eingebrannt, mit Ziffernblatt und Zeigern und was man sich wünschen kann."

„Zum Glück hab ich die Heilsalbe mitgenommen", murmelte Agus. „Bin auch gleich mit Roji fertig."

Tirú öffnete die Augen. Er fühlte sich, als wäre eine Horde durchgehender Oger über ihn hinweggetrampelt. So hatte er sich das weder vorgestellt noch gewünscht! Aber das war das Ding mit der Magie, die gab es nun einmal nicht umsonst. Dafür hatten seine Eltern gründlich gesorgt.

Allmählich wurde es besser. Er konnte klarer sehen, die Schmerzen ließen nach. Mit Fjorks Hilfe schaffte er es, sich hinzusetzen und Rojis Hand zu ergreifen, der noch gegen die Tränen anblinzelte und sich ansonsten tapfer hielt. Während Agus ihm die neuen Brandwunden am Rücken salbte, verfolgte Tirú, wie seine Mutter am Deckengemälde arbeitete.

Verrückt.

Zum ersten Mal überhaupt nahm er wahr, was seine Mutter dort oben malte – den Glaspalast der Königin, der teilweise eingestürzt war.

„Königin Niburas Krönung", sagte er leise. „Sie wollte ein Portal zu diesem Tag erschaffen."

„Die Mächte allein mögen wissen, was dein Vater dort angerichtet hätte", grollte Zziddra. „Möglicherweise war es ja seine Schuld, dass sie an diesem Tag beinahe erschlagen wurde."

„Er ist nicht gereist, er starb vorher. Das Unglück ist dennoch geschehen. Ich denke nicht, dass die Zeitschleifen-Paradoxie auf diese Weise funktionieren kann", entgegnete Tirú bedächtig.

Da war dieses überwältigende Verlangen nach einer Welt, in der es keine Zeitschleifen und -reisen und Paradoxa gab.

Gerne auch eine Welt mit wenig oder gar keiner Magie. Eine Welt, in der er zusammen mit Roji in einem hübschen kleinen Haus leben, Land bewirtschaften, Ziegen züchten konnte.

Eine Welt, in der ihre größte Sorge darin bestand, ob es ausreichend regnen würde, um die Ernte gelingen zu lassen. Eine solche Welt müsste von den Mächten gesegnet sein …

Unmittelbar vor ihnen zerriss die Luft. Für den Bruchteil eines Atemzugs wurde ein schwarzes Portal sichtbar, in dem sich zahllose winzige Gestalten bewegten. Yphas! Sie landeten auf dem Gerüst.

Das leichte Schwanken alarmierte Tirús Mutter. Sie fuhr aus der Trance hoch und erkannte sofort die tödliche Gefahr. Yphas waren nicht intelligenter als Steine, dafür fraßen sie alles, was ihnen vor die Kiefer geriet. Sie ließ den Pinsel fallen und hämmerte mit einem zornigen, regelrecht hasserfüllten Schrei die Faust auf das Gerüstbrett. Magiefunken sprühten. Die Yphas zerfielen zu Staub und Asche.

„Der erste Angriff", murmelte Zziddra. „Die Abwehr könnte den Phönix bereits getötet haben … Oder zumindest sehr geschwächt. Kein Wunder, dass ihr am Ende nicht genug für den Zytlor blieb."

Nach Atem ringend kauerte Tirús Mutter auf den Knien und starrte für einen Moment dorthin, wo sie einen Augenblick zuvor die Yphas vernichtet hatte. Dann griff sie in den Ausschnitt ihrer Bluse und holte eine Kette hervor, an der ein leuchtend roter Edelstein hing. Tirú erinnerte sich schwach, er kannte diesen Anhänger. Lange war es her.
Sie umklammerte den Edelstein, schloss die Augen und sprach eine Folge von Worten, die er nicht verstand. Es klang wie ein Ritual, wie ein Gebet an die Himmelsmächte. Während sie sprach, wurde sie beständig blasser. Schließlich verdrehte sie die Augen, stützte sich zittrig mit den Armen auf. Langsam sank sie auf das Brett nieder und blieb dann regungslos liegen.
Draußen hingegen wurden Schritte laut. Hilla kam hereingestürmt, die Diener folgten ihr dicht auf den Fersen.
„Angriff", stieß Tirús Mutter röchelnd hervor, ohne den Kopf zu heben. „Holt die Kinder. Beschützt sie … schützt sie …"
Tirús Vater war der Nächste, der hereingestürzt kam. Noch im Laufen steckte er eine Handvoll Pergamente in seine Westentasche.
„Sie hat ihn mit dem Amulett gerufen!", flüsterte Agus aufgeregt. „Der Stein war der Hilferuf, der ihren Gefährten durch das Portal zurückgeholt hat! Er ist im Arbeitszimmer gelandet und hat dort die Uhr achtlos auf das Schreibpult geworfen, weil er in Eile war …"
„Ich kenne diese Frau", platzte Roji dazwischen und zeigte auf Hilla, die den Dienern hektische Befehle gab, die Mädchen und Nakim aus dem Studierzimmer zu holen, woraufhin einer von ihnen losrannte. Dara, die Hausdienerin, wurde beauftragt, Tirú und die Gnome zu rufen.
„Das ist Hilla!", sagte Roji aufgeregt. „Jünger als ich sie kenne … In meinem Dorf lebt eine sonderbare, sehr alte Frau, die vor dreißig Jahren zugezogen ist. Ich schwöre, das ist Hilla!"
Tirú glotzte ihn an, unfähig zu reagieren. Was sollte er auch sagen? Unmöglich war es nicht.
Gar nichts mehr konnte unmöglich genannt werden!
Erneut öffnete sich der dunkle Tunnel; einen Moment später schwebten zwei Asharta im Raum.
Halbdurchsichtige Gestalten ohne erkennbare Gesichtszüge, deren gräulich-schwarze Körper beständig zu zerfließen schienen.
„Wandelgeister!", zischte Zziddra angewidert. „Zurück! Wir müssen an die Wand und uns zusätzlich schützen!"
Wandelgeister, auch Asharta genannt, waren verfluchte Ausgeburten der Niederhöllen. Dämonen, bei denen geringfügigste Berührungen

ausreichten, um ein Opfer zu lähmen, bevor sie sich darüber hermachten und jeden Lebensfunken aussaugten. Sie waren recht leicht zu vernichten, dafür wurde nicht einmal Magie benötigt. Allerdings neigten sie dazu, in Rudeln aufzutauchen und …

„Hilfe!" Dara rannte schreiend in den Saal, zwei weitere Asharta hingen ihr auf den Fersen. Darum war niemand gekommen, um die Gnome zur Verteidigung zu rufen – die Wandelgeister hatten es verhindert.

„Hinter mich!", kommandierte Tirús Vater. Er hielt mit einem Mal einen Ogerfänger in der Hand, eine magisch verstärkte Peitsche, deren Riemen in der Lage waren, selbst die sprichwörtlich dicke Haut eines Ogers zu verletzen. Die Asharta zischten bösartig und wichen vor den harten Schlägen zurück, mit denen Tirús Vater nach ihnen ausholte. Mehrere Treffer wären notwendig, doch es war möglich, die Wandelgeister auf diese Weise zu vernichten.

Die Tür flog erneut auf, der Diener kehrte zurück, mit Nakim in den Armen, Elara und Fira vor sich herscheuchend, zwei weitere Wandelgeister im Nacken.

„Runter!", brüllte Tirús Vater. Zu spät – einer der Geister warf sich auf den Diener, erwischte ihn und Nakim zugleich. Beide stürzten regungslos zu Boden. Tirús Vater holte wie wild mit der Peitsche aus und trieb den Asharta zurück. Doch es waren zu viele, um sie alle zu kontrollieren: Nacheinander erwischte es Elara, Fira und Dara, danach die Diener, bis nur noch Hilla und Tirús Vater aufrecht standen.

Hilla attackierte die Wandelgeister mit einem Dolch und eiskalter Kühnheit. Einen von ihnen konnte sie niederstechen, bis er sich auflöste. Zwei weitere zerschlug Tirús Vater mit der Peitsche, die er unablässig knallen ließ.

„Shara!", schrie er wieder und wieder. „Shara! Wir brauchen Magie!" Seine Kraft erlahmte. Die überlebenden Wandelgeister witterten seine Schwäche, teilten sich weiter auf, ließen sich mehr Zeit mit ihren Angriffen. Einer hielt Hilla beschäftigt, die mittlerweile von Tirús Vater getrennt war.

Tirú klammerte sich an Roji. Alles in ihm schrie danach, endlich aufzuspringen und in den Kampf einzugreifen. Einige entschlossene Attacken, dann wären diese grässlichen Bestien tot und es bliebe nichts weiter als der Zytlor, um sich Sorgen zu machen … Zuzusehen, wie verzweifelt sein Vater kämpfte, um die Familie zu schützen, ließ alles andere zu einem Nichts zerfallen. Jeglicher Zorn über die Fehler und sinnlosen Taten, jegliches Unverständnis für Handlungen und

Entscheidungen, jegliche Klage darüber, dass Tirú sich als Sohn ungeliebt und zurückgestellt hinter den Forschungen seines Vaters gefühlt hatte – nichts davon war noch von Bedeutung. Dieser Mann liebte seine Familie und er kämpfte wie ein Drachenweibchen um die bedrohten Kinder. Tirú wollte helfen! Genau wie Roji es wollte, denn auch er stand mit geballten Fäusten da und zuckte bei jedem Peitschenknall; man spürte, dass er sich hinterrücks auf die Wandelgeister stürzen wollte.

Auch die Gnome litten … Sie hielten sich gegenseitig zurück. Der Verstand siegte über die Wut und selbst den Hass auf diese dämonischen Kreaturen, die gekommen waren, um hilflose Menschen zu töten.

Sein Vater traf einen weiteren Asharta, der schrill brüllte, als er getroffen wurde – und sank gelähmt zu Boden, denn ein anderer Angreifer streckte sich und streifte ihn am Arm; die Peitsche fiel nutzlos herab. Zeitgleich traf es auch Hilla. Tirú ging heulend nieder. Er schrie ungehemmt, froh, dass er wenigstens das nicht zurückhalten musste. Es wäre unmöglich gewesen. Keinen Schritt von ihm entfernt stülpten sich die drei überlebenden Wandelgeister über Nakim, Elara und Fira und stahlen ihnen bei vollem Bewusstsein die Lebenskraft. Tirú hatte nicht gewusst, dass es so werden würde. Zu sicher war er gewesen, dass es der Zytlor war, der seine Familie einen nach dem anderen getötet hatte, jeden in Windeseile und schmerzlos.

„Ihr Mächte, nein, nein, nein!", schrie er und wehrte sich vergeblich gegen die Hände, die ihn davon abhielten, in das Geschehen einzugreifen.

Da erklang die Stimme seiner Mutter vom Gerüst.

„TOD!"

Ihr ausgestreckter Arm, die geballte Faust wiesen auf die Asharta. Sie lösten sich in Nichts auf. Tirús Mutter sank erneut zurück, zu erschöpft, um den Kopf aufrecht zu halten.

Sein Vater, Hilla und die Diener kamen auf die Beine. Die Kinder blieben liegen. Die Augen tot und leer. Puppengesichter. Tirú schluchzte vor Wut über seine eigene Hilflosigkeit. Er hatte gewusst, dass er sie nicht retten konnte. Er hatte es gewusst.

Auch sein Vater schrie und weinte, drückte seine Kinder an sich, rief unentwegt ihre Namen.

„Nakim lebt noch!", brüllte Hilla plötzlich. „Er ist noch nicht völlig fort."

Tirús Vater ließ von Elara und Fira ab und tastete über Nakims Brust. Mit einem Blick nach oben schätzte er offenbar ab, ob seine Frau mit ihren magischen Möglichkeiten helfen konnte; doch sie lag regungslos und hatte die Augen geschlossen.

„Ein Leben für ein Leben!", sagte Tirús Vater. Sein Gesicht wurde vollkommen ruhig, er lächelte sogar. „Mein Leben für Nakims Leben!" Er wollte die Hand nach seinem Sohn ausstrecken, doch Hilla hielt ihn auf.
„Die dritte Welle wird kommen!", rief sie. „Du musst die anderen verteidigen. Tirú schläft ... Shara ... Lass mich mit ihm fliehen."
Sie duellierten sich mit Blicken. Zwei, drei Herzschläge lang. Dann nickte er langsam.
„Dara!", rief er. „Hol mir ihren Anhänger!" Er wies nach oben auf das Gerüst. Die junge Dienerin duckte sich unter dem harschen Befehl. Zitternd und weinend, noch immer im Schock, kletterte sie die Leiter empor und kehrte nach wenigen Augenblicken mit Sharas Kette zurück.
„Er hat noch genügend Magie gespeichert, sehr gut ... Sie kann sich jederzeit einen neuen machen ..." Er legte den roten Edelstein auf Nakims Stirn. „Leg die Hand auf den Stein, Hilla!", befahl er. Er bedeckte ihre Hand mit seinen eigenen, schloss die Augen und konzentrierte sich. Der Stein zerfiel zu Staub. Hilla sank über dem Jungen zusammen – ihre Augen erstarrten, wurden zu toten, leeren Höhlen. Nebel stieg auf, zuerst von Nakim, dann auch von Hillas Leib. Zwei Körper formten sich aus den Seelen, die von der Magie gebannt gehalten wurden. Nakim war zu neuen Leben erwacht!
Und Hilla ... Eine junge Frau erhob sich, kaum Anfang Zwanzig. Sie war nackt, genau wie der Junge, doch sie störte sich nicht daran. Stattdessen klaubte sie die Uhr aus der Schürzentasche ihres toten älteren Ichs, hob den verstört weinenden Jungen auf ihre Arme, als wäre er nicht schwerer als ein Kätzchen, und erhob sich gemeinsam mit Tirús Vater.
„Ich werde ihn beschützen!", sagte sie und küsste ihn auf eine Weise, die keine Fragen offenließ. „Komm mit mir!"
„Ich kann nicht. Ich muss die dritte Angriffswelle niederschlagen. Tirú ist allein, ich weiß nicht, wo die Gnome sind, und sobald wir zurückkehren, ist der Feind noch immer vor Ort ... Geh! Geh sofort."
Noch während er sprach, sank die Temperatur im Raum schlagartig. Eis überzog die Tür, die Wände, den Boden. Hilla verschwand mit Nakim im Arm. Der Zytlor erschien.
Alle Überlebenden erstarrten. Ein Zytlor in voller Macht war in der Lage, den Willen einer jeden Kreatur zu bannen, die sich bei Bewusstsein befand. Das Einzige, was Tirú und seine Gefährten vor ihm schützte, war die Tatsache, dass er sie nicht wahrnehmen konnte. Hilflos musste er mit ansehen, wie der Eisdämon sich in völliger Ruhe und ohne jede Hast über

die Diener hermachte. Einer nach dem anderen starb und es blieb keine Hoffnung, nicht die geringste Hoffnung, dass noch irgendetwas Gutes geschehen könnte …

Bis sich der Zytlor über Tirús Vater beugte, als letzten Überlebenden, abgesehen von seiner Mutter.

In diesem Moment erklang ein zweites Mal ihre Stimme, noch schwächer diesmal, aber nicht weniger entschlossen:

„TOD!" Ihre geballte Faust, in der sie ihre magiefokussierende Haarnadel hielt, wies auf den Dämon. Dieser fuhr zurück, fauchend und zischend vor Wut. Die eisige Kälte im Raum ließ sofort nach. Verletzt krümmte sich der Zytlor, schwang sich schließlich hinauf unter die Decke, wo er sich tarnte.

„Ihre Kraft hat nicht mehr gereicht!", wisperte Roji, dem gefrorene Tränen an der Wange hingen. Seine Lippen waren blau, er zitterte vor Kälte, wie sie alle, mit Zziddra als Ausnahme.

Tirús Vater bewegte sich langsam. Er hob den Kopf, fand nichts als Tod um sich herum, war selbst geschwächt bis an den Rand des Untergangs.

„Mein Leben für ihre Leben!", flüsterte er. „Ich verfluche den- oder diejenigen, die dafür verantwortlich sind, dass das Gleichgewicht der Magie gestört wurde! Ich verfluche euch dafür, dass ihr unablässig versucht, das Verwunschland zu unterjochen! Mein Fluch soll euch folgen und vernichten, wer ihr seid, wo ihr auch seid. Für alle Zeiten und Ewigkeiten, euch wird keine Ruhe gewährt, eure Helfer werden nicht verschont bleiben, bis der Letzte von euch ausgerottet ist!"

Ein magischer Blitz entfuhr seinen Händen und schlug in das Deckengemälde ein. Er hinterließ keine Spur, hatte den Zytlor weit verfehlt. Die Eule, die zuvor um den Glaspalast der Königin geflogen war, verschwand mitsamt diesem Blitz.

Zurück blieb Stille.

Tirús Vater war tot.

Sein Fluch war der letzte große Fehler seines Lebens gewesen.

Kapitel 24

„Wir müssen raus hier!", zischte Zziddra und rüttelte solange an Tirús Arm, bis dieser aus seiner erstarrten Trance hochschreckte. „Bald kommen unsere jüngeren Ichs. Wir dürfen nicht aufeinandertreffen."

Roji musste sich ebenfalls mit viel Kraft dazu zwingen, wieder zu sich zu finden. Was da gerade geschehen war ... Es würde sich in seine Seele einbrennen. Angegriffen zu werden war bereits entsetzlich. Daneben zu stehen und regungslos mitansehen zu müssen, wie andere abgeschlachtet wurden ... Und noch immer versuchte er erfolglos zu begreifen, wie genau die Wiederauferstehung von Nakim und Hilla funktioniert hatte.

Da war Magie am Werk gewesen, für die ihm schlichtweg die Vorstellungskraft fehlte. Tirús Eltern hatten Brillanz besessen, das konnte ihnen niemand absprechen.

„Zziddra, wir müssen zur Leiche des Herrn", sagte Agus. „Er hatte Pergamente in der Hand, die müssen wir mitnehmen. Mit etwas Glück verraten sie uns etwas, was wir noch nicht wussten."

„Klug gedacht." Zziddra lenkte Roji mit energischen Gesten, während die Gnome dafür sorgten, dass Tirú zwar mithielt und nicht aus dem Schutzkreis herausfiel, aber dennoch seinem Vater nicht zu nah kommen musste. Agus bewegte sich blitzschnell und wandte sich dann Tirú zu.

„Benutze die Uhr. Wir müssen von hier verschwinden."

„Ein großer Teil von mir wird auf ewig in diesem Saal bleiben", murmelte Tirú. Einen Atemzug später standen sie im Studierzimmer.

Wärme schlug ihnen entgegen. Es tat so gut, endlich wieder Wärme zu spüren. Roji und Tirú wurden auf die Sitzbänke niedergedrückt. Die Gnome huschten umher, brachten Decken und einen Wasserkessel, den Zziddra mit einem wohldosierten Flammenstoß zum Kochen brachte, sodass sie Kräutertee aufschütten konnten. Nahrung gab es keine, doch Roji fühlte sich auch nicht, als würde er jemals wieder essen wollen.

Sie rückten alle eng zusammen.

Niemand sprach für lange Zeit und auch wenn die äußere Kälte nachließ, war Roji innerlich nach wie vor wie eingefroren.

„Er glaubte, es gibt einen Feind. Eine oder mehrere Personen, die ihm und seiner Familie gezielt den Tod wünschen", flüsterte Tirú schließlich. „Er glaubte, dass er sich rächen könne, indem er seine letzte Lebenskraft für einen unendlichen Fluch aufgibt."

„Wir müssen zur Königin!", rief Oorgh. „Aber zuvor sollst du uns die Aufzeichnungen vorlesen. Schaffst du das?" Er blickte Roji direkt an, indem er den Kopf auf den Rücken drehte. Roji nickte stumm. Lesen schmerzte nicht. Niemand würde sterben, bloß weil er etwas vorlas. Zumindest hoffte er inständig, dass dies der Wahrheit entsprach. Seine Hände bebten, als er die Schriftstücke von Agus entgegennahm. Zudem brannte sein Rücken mittlerweile wieder, was ihn allerdings kaum störte. Er war zu taub, um sich an solchen Kleinigkeiten wie Schmerz stören zu können und eigentlich war es ganz gut, dass er überhaupt noch etwas empfand, oder? Zudem bevorzugte er das feurige Brennen. Besser als die dämonische Kälte war es allemal. Noch einen letzten Schluck des Kräutertees, dann las er vor:

„Als Shara und ich mithilfe der Uhr zurückkehrten, war es bereits dunkel. Wir spürten, dass Hilla ihre Uhr benutzt hatte. Wir spürten es so deutlich, als hätten wir selbst den Sprung durch die Zeit getan. Aufgeregt wollte ich das Haus nach ihr durchsuchen, aber Shara hielt mich zurück.

„Sie ist nicht hier", sagte sie. „Ich weiß es. Sie ist nicht in diesem Haus und auch nicht auf dem Gelände." Es erwies sich, dass sie recht hatte. Wir aßen, Shara sah nach dem Kind. Ich stellte sie vor die Wahl, zurückzubleiben und für Elara zu sorgen, während ich nach Hilla suchen würde. Ihr Blick zeigte deutlich, dass sie mir nicht vertraute. Also blieb die Kleine in der Obhut der Gnome, während wir am folgenden Morgen aufbrachen. Wir glaubten, es würde nicht lange dauern. Gewiss hatte die Magie uns einen Streich gespielt und Hilla dort abgesetzt, wo ihr älteres Ich gestorben war. Ein mühseliges Spiel begann. Wir mussten beständig zwischen den Zeitebenen wechseln, also durch das schmiedeeiserne Tor ein- und austreten. Wieder und immer wieder. Dann der Suchzauber, ob sich Hilla in dieser Zeit befand. Es dauerte vier volle Tage und wir verbrauchten ein halbes Dutzend magisch aufgeladener Kristalle dafür, bis wir sie endlich fanden. Oder vielmehr die entsprechende Antwort erhielten, dass wir die richtige Zeitlinie gefunden hatten. In dieser Zeit verlor Shara ihre Milch unter Fieber und erheblichen Schmerzen, was sie weder kümmerte noch interessierte. Sie wollte Hilla finden, nichts anderes war von Bedeutung, nicht einmal ihre eigene Tochter.

Mit der Restenergie unseres Kristalls folgten wir der Spur, die uns nach Mühlenheim führte. Ein schönes kleines Dorf, zu Füßen der Festung des Landesfürsten gelegen und rund zehn Meilen von Glorbyn entfernt. Dort spürten wir Hilla auf – doch es war zu spät. Sie hatte sich in der Wildnis verirrt, als die Uhr sie hergeführt hatte. Händler entdeckten sie, halb verhungert und fiebrig, da sie in ihrem Zustand der Verzweiflung und Verwirrung und schockiert darüber, kaum Zugang zur Magie zu haben, krank und elend geworden war. Die Händler brachten sie nach Mühlenheim und übergaben sie der Obhut des fürstlichen Schreibers. Nantan und Hilla verliebten sich beinahe augenblicklich, sie heirateten, Hilla gebar ihm einen Sohn, den sie Roji nannte."

Das Pergament entglitt Rojis Fingern. Mit einem gequälten Aufschrei schlug er die Hände vor die Augen, um nichts mehr sehen zu müssen.

„Sag, dass das nicht wahr ist!", brüllte er. „Bitte! Tirú! Sag mir, dass das nicht wahr ist! Sag mir, dass ich vorhin nicht den Tod und die Auferstehung meiner eigenen Mutter ... Sag, dass das nicht wahr ist!"

Tirú nahm ihn in die Arme. Er schwieg. Natürlich schwieg er, denn Lügen wären sinnlos gewesen. Hilla war seine Mutter! Tirús Amme, die ihr eigenes Kind verloren hatte. Die gestorben war, sei es durch ein Unglück, sei es, weil Shara sie aus Eifersucht getötet hatte. Die zweimal auf brutale Weise aus ihrer eigenen Welt und Zeitlinie gerissen wurde. Für die eine zweite Zeitenspringer-Uhr erschaffen worden war. Die offenkundig zur Geliebten von Tirús Vater wurde und mit Nakim in eine zweite Zeitlinie trat, bevor der Zytlor sie beide töten konnte ... Diese Hilla war also seine Mutter?

Roji begann zu lachen.

Es war die einzige Möglichkeit, um nicht endgültig den Verstand zu verlieren. Er lachte, bis seine Bauchmuskeln zu krampfen begannen und Tränen über seine Wangen liefen und er nicht mehr wusste, wie er Luft holen sollte. Die anderen stimmten mit ein. Es war so viel Wahnsinn geschehen! Anders als mit Gelächter war das nicht zu ertragen.

Irgendwann hing er in Tirús Armen, zu müde, um noch länger lachen zu können; darum weinte er, diesmal still. Er weinte um die Mutter, an die er keine eigenen Erinnerungen besaß. Die er nicht erkannt hatte, nicht erkennen konnte, weil das Schicksal sie ihm zu früh gestohlen hatte – und die Erzählungen seines Vaters über die Familie, die angeblich zu Hilla gehört hatte, nicht zu dieser Niederschrift passen wollte. Jene Händlerfamilie aus dem Süden, die sich im Dorf niedergelassen hatte, die Schwiegereltern, die nach dem Tod der Tochter weitergezogen waren ...

Das passte alles nicht zusammen, was er den anderen auch zu erklären versuchte.

„Möglicherweise hat dein Vater die wahren Ereignisse so stark verdrängt, dass er sich falsche Erinnerungen zusammengesponnen hat?", sagte Oorgh. „Das Gedächtnis der Menschen ist ein sehr seltsames Ding, über das wir auf Großversammlungen schon häufiger diskutiert haben. Menschen erinnern sich selten an das, was wirklich war, sondern lassen dieses und jenes weg und erfinden neue Dinge hinzu, vermischen mehrere Erinnerungen miteinander, die gar nichts gemeinsam haben und lassen sich Lügen aufschwatzen, wenn man sie nur überzeugend genug erzählt."

„Das klingt plausibel", sagte Tirú. „Du meintest doch, dass dein Vater sich eigentlich gar nicht erinnern wollte, weil er deine Mutter so sehr liebte, dass er danach nie wieder eine Frau unter seinem Dach haben konnte."

Roji schüttelte den Kopf und griff erneut zu dem Pergament.

„Ich werde es niemals erfahren", murmelte er. „Wir haben schließlich keine magisch aufgeladenen Kristalle oder opferbereite Phönixe, mit deren Hilfe wir tagelang durch das Tor ein- und ausschreiten können, bis wir die Zeitlinie meines Vaters gefunden haben. Egal! Ich lese weiter." Er räusperte sich und suchte die Zeile, in der er abgebrochen hatte.

„Als wir Hilla fanden, war sie bereits mit dem nächsten Kind schwanger. Sie liebte ihren Mann und ihren Sohn und sie hatte Freude an dem einfachen Leben, in dem Magie keine Rolle spielte. Allerdings hatte sie auch stark zu kämpfen, denn alles in ihre sehnte sich zurück ins Verwunschland. So sehr, dass sie uns bat, nicht sofort zu gehen. Es tat ihr gut, auf die gewohnte Weise sprechen zu dürfen.

Ich vereinbarte mit ihr, dass Shara und ich für zwei, drei Tage im Dorf unterkommen würden. Wir freundeten uns mit ihrem Mann an und ich verbrachte den wundervollsten Abend meines Lebens, während er mir die Schrift seiner Zeit und seines Landstriches erklärte. Shara hingegen hatte Freude daran, sich einige einfache Arbeiten wie Spinnen und Weben und das Färben von Wolle zeigen zu lassen, weil sie das mit ihrer Malerei voranbringen würde.

Eine Woche verging, ich kann mir kaum erklären, wie das geschehen konnte … Nantan nahm mich mit zum Landesfürsten, dem ich allerlei Lügengeschichten über meine vorgebliche Herkunft im Süden auftischte, was zumindest meine deutlich abweichende Sprechweise erklärte, denn ich redete wie absichtlich Hilla. Ich versprach dem alten Narren, von dem ich wenig guten Eindruck gewann, dass ich gerne für Handelsbeziehungen sorgen wolle. Lächerlich! Nantan war verschwendet an ihn und er wusste es. Er wusste es und tat nichts dagegen.

Das Wetter wurde kalt und stürmisch. Selbstverständlich hätten wir uns mithilfe der Uhr jederzeit davonstehlen können, doch die Rückkehr wäre schwierig geworden. Also blieben wir. Es war eine seltsame, eine sehr intensive Zeit, die wir dort verbrachten. Fernab von meinen Forschungen, von sämtlichen Pflichten, dem unablässigen Druck, für Land und Königin bereit sein zu müssen schwebte ich dahin, erlernte die fremde Schrift und tausende Dinge, die Nantan mich lehrte. Shara vermisste ihr Kind und die Malerei und ich flehte sie mehrfach an, einfach zu gehen, ich würde Ausreden für sie finden. Doch sie blieb eisern, egal wie sehr sie litt. Denn auch wenn sie Elara vermisste, konnte sie nicht aus ihrer Schuld? oder Eifersucht heraus. Was immer der Name des Dämons war, der sie quälte und an ihrer Seele fraß.

Dann war Hillas Zeit gekommen. Sie kämpfte nachts darum, ihr Kind zu gebären. Frühlingsstürme tobten und Nantan wagte nicht, Hilfe zu holen, nachdem ein Baum in sein Gemüsebeet gestürzt war. Ich hätte sie retten können, stattdessen lag ich ahnungslos in meinem Bett in einer armseligen Hütte, die hunderte Schritte von Hillas entfernt war. Sie starb und ich war außer mir, genau wie Nantan und der arme kleine Roji, der nicht verstand, was geschah und warum jeder weinte und seine Mutter nicht wie sonst aufstand und sich um ihn kümmerte, sondern einfach still und kalt im Bett liegenblieb … Ich beschuldigte Shara. Ich beschuldigte sie, einen Todesfluch über Hilla verhängt zu haben. Sie leugnete es und hasste mich, weil ich sie zwang, mir etwas zu beweisen, das nicht zu beweisen ist.

Noch am selben Tag kehrten wir nach Hause zurück. Wieder bemerkten uns die Gnome nicht, denn zwei von ihnen waren nach Glorbyn gegangen, um dort Lebensmittel zu stehlen, und der dritte bewachte Elara.

Shara wollte ihre eigene Tochter nicht sehen. Stattdessen malte sie wie eine Besessene ein neues Bild von Hilla und zwang mich, ihr dabei zuzuschauen. Wir gingen durch das Portal auf die andere Seite und begegneten Hilla, als sie noch glücklich mit ihrem ersten Mann sein durfte. Wir gaben uns als neue Nachbarn aus und näherten uns ihr diesmal langsam und behutsam. Über eineinhalb Jahre lebten wir dort. Es war eine merkwürdige Zeit, in der Shara und ich einerseits wieder zueinander fanden und die erloschene Flamme unserer Liebe neu entfachen konnten. Andererseits waren wir beide auf Hilla fixiert. Wir erklärten ihr, wer wir wirklich waren, woher wir stammten, auf welche Weise wir nun schon zweimal in ihr Leben eingegriffen hatten. Den Tod ihres Gefährten konnten wir nicht verhindern, obwohl wir uns solche Mühe gaben – ja tatsächlich, das taten wir. Unsere jüngeren Ichs schickten wir fort, als sich die Zeitlinien zu überlappen begannen. Und auch ihr Kind entkam seinem Schicksal nicht. Wir gaben ihr die Uhr, die wir der toten Hilla vom Sterbelager abgenommen hatten, und kehrten in unsere Zeit zurück, um endlich wieder unserer Pflicht nachzukommen. Wie ich bereits an anderer Stelle in Kurzfassung schrieb, hatte Shara keinerlei Zugang mehr zu Elara. Was sie nicht davon abhielt, noch drei weitere Kinder auszutragen, die sie ebenfalls nicht lieben konnte …

Hilla kam zu uns. Sie kam als über Fünfzigjährige, nachdem sie lange gehadert und gezweifelt hatte, ob sie überhaupt kommen wollte. Und ich – ich bin zu ihr gegangen. Heimlich, wenn Shara derartig in ihre Malerei versunken war, dass nicht einmal der Angriff einer Drachenhorde sie hätte aufschrecken können. Jahrelang waren wir Geliebte. Ich war ein billiger Trost für den Kummer, den sie niemals überwinden konnte. Nicht an meiner Seite jedenfalls, während sie Nantan von Herzen geliebt hat. Und sie war ein billiger Trost für mich, weil mein Herz sich nach Shara verzehrte. Shara, wie sie früher war, bevor ich mit ihr durch die Portale schritt und letztendlich an die Sucht nach magischer Leinwand, Farbe und Pinsel verlor.

Meine Forschungen haben mir bereits jetzt über hundert zusätzliche Lebensjahre geschenkt, denn man altert zwar, wenn man durch die Portale reist, doch sobald man in seine eigene Gegenwart zurückkehrt, ist man äußerlich keinen Tag mehr geworden. Ich habe so vieles gesehen, getan und gelernt. Meinem Ziel, die Ursprünge des Feindes zu finden, bin ich hingegen nicht näher gekommen, denn er entzieht sich mir hartnäckig. Shara hat jedes Ziel verloren, das sie jemals hatte, sie lebt ausschließlich für ihre Gemälde. Und Glück war keinem von uns beschieden. Mir nicht. Shara nicht. Hilla am wenigsten von uns, auch wenn sie die Kinder von Herzen liebt.

So oft habe ich diese Geschichte nun schon aufgeschrieben und jedes Mal vernichte ich die Pergamente wieder. Ich will die richtigen Worte finden, um sie meinen Kindern zu hinterlassen, denn sie sollen meine Forschungen fortsetzen, bis der Feind aufgespürt und seine Wurzeln in der Vergangenheit vernichtet sind.

Shara wehrt sich dagegen, sie will die Jungen im Dunklen lassen, erzählt ihnen nicht einmal die Wahrheit über das Verwunschland. Eines Tages werde ich sie genau wie meine Töchter in diese Wahrheit einführen. Eines Tages …"

Roji hielt inne. „Hier endet der Text abrupt, mitten im Satz", sagte er. „Da muss ihn Sharas magischer Ruf erreicht haben."

„Es ist fast nicht nachvollziehbar, wie sich die Lebenswege deiner Eltern mit dem einer Frau verwebt haben, die sie durch einen magischen Suchzauber nach einer geeigneten Amme fanden", murmelte Oorgh fasziniert.

„Immer schwebt da der Zweifel mit, ob Shara vielleicht tatsächlich für Hillas Tode verantwortlich war", sagte Zziddra.

„Ich frage mich, ob Hilla noch einmal versuchte, deinen Vater zu finden, Roji", fügte sie hinzu. „Sie könnte daran gescheitert sein, dass sie die richtige Zeitebene nicht mehr aufspüren konnte."

„Ich weiß, dass sie ihn gefunden hat", entgegnete Roji langsam. „Jene Hilla, die mit Nakim fortging, sie hat ihn gefunden. Allerdings erst als alte Frau, sodass er sie nicht erkannte. Vor dreißig Jahren kam sie in mein Dorf und ließ sich dort nieder. Ich hatte häufiger das Gefühl, dass sie mich besonders mag, ohne mir etwas dabei zu denken. Schließlich war ich freundlich zu ihr, habe ihr Holz gehackt und Essen gebracht."

„Nakim muss sie in diese Zeit begleitet haben, bevor er in die Vergangenheit gereist ist", sagte Oorgh. „Denn er hatte die zweite Uhr bei sich. Vermutlich hat sie ihm die gesamte Wahrheit erzählt, und als er alt genug war, um ohne sie zu überleben, da hat er ihr diesen Gefallen getan."

„Glück war ihr damit trotzdem nicht gewährt." Zziddra seufzte. „Wir müssen aufbrechen, liebe Freunde. Die Fragen sind beantwortet, soweit es uns möglich war. Mehr könnten wir nur herausfinden, indem wir durch die Portale reisen und das ist nichts, was ich empfehlen kann. Außerdem hast du der Königin einen Bluteid geschworen, Tirú. Wir müssen zu ihr gehen und ihr zu Füßen legen, was wir erfahren haben. Danach bleibt es ihre Entscheidung, wie sie mit diesem Wissen umgehen wird."

„Ich sehe zwei Möglichkeiten, wie sie entscheiden könnte", murmelte Tirú. „Vor beiden fürchte ich mich."

Roji wandte sich zu ihm und lächelte ihn an. Er konnte nicht anders, nach all dem verzweifelten Lachen und Weinen musste er nun lächeln, auch wenn es sich anfühlte, als würde es ihm die Mundwinkel zerreißen.

„Ich freue mich auf das, was kommen wird", sagte er und schmiegte sich in Tirús Arme hinein. „Wir haben alles getan, was wir konnten. Nun bleibt für uns nichts mehr weiter. Gleichgültig, wie das Urteil der Königin lauten wird, es kann bloß besser sein als das, was wir hinter uns gelassen haben. Hauptsache wir kehren niemals wieder in die Vergangenheit zurück. Ich glaube, ich hasse es, durch die Gemäldeportale zu reisen. Es tut jedes Mal weh." Er redete Unsinn, wurde ihm bewusst. Sicherlich war das der Grund, warum Tirú ihm den Mund mit einem Kuss verschloss, der gar nicht mehr enden wollte. Das war Rojis größte Angst. Dass der Kuss enden würde und sie dadurch gezwungen waren, den letzten Weg zu gehen. Ein letztes Mal zum Glaspalast aufzubrechen. Ein letztes Mal vor die Königin zu treten. Ein letztes Mal.

Sie saßen auf dem waldigen Boden unter dem großen Baum im Thronsaal. Königin Nibura lehnte elegant mit dem Rücken gegen den Stamm. Zziddra hatte sich wie gewohnt um ihren Arm geschlungen – womit sie deutlich mehr Distanz zu ihrer Ziehmutter hielt, als sie es jemals bei Roji oder ihm getan hatte. Oorgh kauerte auf einem Zweig, umrahmt von zwei weiteren Eulen, die als Berater und Zeugen fungieren sollten. Die Gnome saßen wie ein schützendes Bollwerk hinter Roji und Tirú.
Sie hatten ihr alles erzählt, die Pergamente als Beweismittel übergeben, die Nachfragen beantwortet. Tirú fühlte sich seltsam leicht wie schon seit Tagen nicht mehr. Roji hatte recht gehabt. Sie hatten alles getan, was sie tun konnten. Mehr war ihnen nicht möglich.
„Ich fasse zusammen", sagte die Königin nach einer langen Schweigepause, in der sie intensiv nachgedacht haben musste. „Das Verwunschland konnte nur entstehen, weil ein Vater seinen sterbenden Sohn retten wollte und diesen mit seiner neu belebt und verjüngten Amme und einem unrechtmäßig geformten magischen Artefakt fortgeschickt hat. Die Magie, die dahintersteckt, die Seele eines Sterbenden einzufangen und einen neuen Körper für sie zu erschaffen, gehört übrigens zum Codex Daemonicus und ist somit unter Todesstrafe gebannt. Die Erschaffung des Verwunschlandes als solche war ein magischer Unfall, dem tausendfache Morde an wehrlosen Menschen und Tieren vorausgingen und hunderttausendfache Tode folgten. Das Land, das zuvor existierte, wurde zerrissen, die Magie auf eine Seite des unsichtbaren Vorhangs gebündelt, so dass es für die magieabhängigen Kreaturen und viele Menschen keine Alternative gab, als Portale zu erschaffen, um auf diese Seite zu gelangen.

Zurück blieben diejenigen, die nicht gehen wollten, sei es aus Angst vor dem Unbekannten, sei es aus Liebe zur Heimat. Die Magie verfiel und sie verloren den Zugang. Die Auswanderer hingegen stießen auf eine zauberhafte Welt, die ihnen wie ein Geschenk der Himmelsmächte erschien. Sie brachten einen magischen Kristall mit, um den Namen ihrer neuen Heimat als Urgesetz zu verwurzeln. Diese Tat allein beweist die Erzählungen unserer Vorfahren, dass die Magie damals nichts als Mühe und Lebenskraft kostete und keinen oft untragbaren Preis forderte. Tirús Eltern waren Zeuge des ersten Übertritts, sie verpassten allerdings den Einsatz des Kristalls und wussten nichts von seiner Existenz. In ihrer jugendlichen Freude legten sie all jene unabänderlichen Gesetze fest, unter denen wir heute zu leiden haben: Magie ist niemals kostenlos, sie findet einen Weg, und magische Attacken bestehen grundsätzlich aus drei Wellen, eine schlimmer als die andere."

„Mit Verlaub", unterbrach sie eine der Beratereulen. „Tirús Vater legte außerdem als Gesetz fest, dass alles, was Menschen magisch tun, von Bedeutung ist. Damit erschuf er diese leichte Diskrepanz zwischen dem magischen Wirken von Menschen und intelligenten Kreaturen. Drachen, Zentauren, Feen oder natürlich auch Eulen zahlen ebenfalls den Preis für die Magie, doch nie in gleicher Höhe und Härte wie es Menschen beschieden ist."

„Ich danke für die Ergänzung", erwiderte Königin Nibura. „In weiterer Folge haben wir gelernt, dass Tirús Vater etwa hundert zusätzliche Jahre in der Vergangenheit zugebracht und dort ohne Kümmernis alle Arten von Schäden angerichtet hat. Im Laufe seines Wirkens muss er den Glauben gewonnen haben, der uneingeschränkte Herrscher über die Zeit zu sein. Er ist verantwortlich für den Süd-West-Graben, aus einem Erdbeben entstanden, das das halbe Land zerriss und zahllose Tote forderte. Er erschuf ohne königlichen Auftrag ein zweites Zeitartefakt, das er seiner Geliebten zur freien Nutzung übergab. Gemeinsam mit seiner Frau verfolgte er eine Witwe, von der die beiden mehr als besessen waren. Sie ließen sich nicht einmal vom mehrfachen Tod dieser Frau davon abhalten, sie wieder und wieder zu verfolgen und ihr Leben zu kontrollieren. Er schickte seinen Sohn mit ihr und der Uhr in eine zweite Zeitlinie.

Was Hilla dem Jungen alles über den Feind erzählte, der seine Familie auslöschte, und über die Unbilden der Magie, können wir nicht einmal erahnen. Es muss genug gewesen, dass er zum tausendfachen Mörder wurde, nur um diesen Feind aufzuhalten und eine bessere, gerechtere Welt erschaffen zu wollen … was erst dazu führte, dass das Verwunschland entstand. Und am Ende erschuf sein Vater einen unendlichen Fluch, der unschärfer nicht hätte ausfallen können. Wo gerade er hätte wissen müssen, dass Flüche exakt begrenzt und so scharf wie möglich formuliert sein müssen …"

„Ich verfluche den- oder diejenigen, die dafür verantwortlich sind, dass das Gleichgewicht der Magie gestört wurde! Ich verfluche euch dafür, dass ihr unablässig versucht, das Verwunschland zu unterjochen! Mein Fluch soll euch folgen und vernichten, wer ihr seid, wo ihr auch seid. Für alle Zeiten und Ewigkeiten, euch wird keine Ruhe gewährt, eure Helfer werden nicht verschont bleiben, bis der Letzte von euch ausgerottet ist!"

Tirú flüsterte den exakten Wortlaut.

Jede einzelne Silbe von dem, was sein Vater angerichtet hatte, war unauslöschlich in sein Bewusstsein eingebrannt.

„Er begriff nicht, dass er selbst es war, der versuchte, das Verwunschland zu unterjochen. Er begriff nicht, dass er und Shara es waren, die das Gleichgewicht der Magie gestört haben. Dass es sein Sohn Nakim war, der den Anstoß dafür gab. Dass ich es war, als ich die Erlaubnis gab, das Uhrenartefakt zu erschaffen. Dass es Hilla war, die durch Land und Zeit irrte, auf der Suche nach Liebe und einer eigenen Familie, was ihr niemals gewährt wurde. Dass sein jüngster Sohn und dessen Gefährten es sein würden, im Versuch, die Fehler des Vaters zu begreifen. Dein Vater, Tirú, hat sich und seine gesamte Familie für alle Zeiten und Ewigkeiten verflucht. Und mich dazu, darum hat es jahrzehntelang die Angriffe gegeben, die letztendlich das gesamte Land überzogen und uns in einen kriegsartigen Zustand gezwungen haben, ohne dass der Feind zu erkennen war. Zusammengefasst ist deine Familie für praktisch jedes Unglück verantwortlich, das in den über dreitausend Jahren seit der Erstbesiedlung unserer Heimat geschehen ist – und noch weit darüber hinaus. Und ich …"

Sie senkte den Kopf. Ihr sonst so beherrschtes Gesicht zeigte Aufruhr, wie sie es sonst niemals offenbaren würde. „Ich war der Ausgangspunkt. Denn ich habe diese beiden brillanten jungen Menschen zusammengebracht. Die Künstlerin und den Forscher, die dafür brannten, ihrem Land zu dienen. Ich gestattete ihnen, das Uhrenartefakt zu erschaffen. Das Verwunschland ist ein Irrtum. Ein magischer Fehler, der durch Arroganz, Unwissen und Leichtsinn entstand. Fehler, die einer Königin nicht würdig sind. Fehler, die niemals hätten geschehen dürfen."

„Eure Majestät …" Die Beratereulen plusterten sich unruhig auf, vermutlich suchten sie nach Worten, um die Schuld der Königin irgendwie klein zu reden. Dass nicht einmal sie solche Worte fanden, bewies, wie ernst es wirklich war.

„Was wollt Ihr nun tun, jetzt, wo die Wahrheit ans Licht gerissen wurde?", fragte Tirú sanft.

„Welche Möglichkeiten habe ich?", entgegnete sie.

„Ich sehe zwei", sagte Tirú sofort. „Ihr könnt einen magischen Kristall erschaffen, wie einst die Königin, die das Land zum ersten Mal beschritt. Erschafft ein neues Gesetz, das die alten ablöst. Brecht den Fluch meines Vaters. Nehmt der Magie ihren fürchterlichen Preis. Macht das Verwunschland zu dem Ort des Friedens, der er damals war! Erschafft eine Welt, in der nicht nur die Starken überleben und die Geburt eines Kindes Grund zur Freude statt Trauer ist."

Königin Nibura lächelte. Eine einzelne Träne rann über ihre Wange und zeigte nachdrücklicher, dass sie ein Mensch war, als alles, was sie je zuvor in seiner Gegenwart getan hatte.

„Würde es genügen, mein eigenes Leben zu opfern, um einen solchen Gesetzeskristall zu erschaffen, würde ich es ohne zu zögern tun. Denn ich habe als Königin versagt und mein Land und meine Untertanen verraten, wie noch keine Herrscherin jemals zuvor. Doch mein Leben ist nicht ausreichend, meine Kraft zu gering.

Eulen, wie viele Leben würde es kosten?"

Die Vögel tuschelten miteinander. Schließlich hob Oorgh den Kopf und verkündete: „Dreihunderttausend Menschen, grob geschätzt, wenn jeder zumindest durchschnittliche magische Macht und Lebenskraft besitzt und unsere grobe Überschlagung der benötigten Energiemengen nicht zu niedrig angesetzt ist. Das ist fast das dreißigfache der verwunschländischen Menschenbevölkerung, wenn die letzten Schätzungen stimmig sind. Zehntausend Drachen und Einhörner könnten es im Verbund mit allen Phönixen und Ogern, Feen und Gnomen bewältigen."

„Mit anderen Worten, das Verwunschland wäre schlagartig entvölkert und es würde keine Rolle mehr spielen, welche magischen Gesetze hier herrschen", sagte die Königin. Eine weitere Träne löste sich, obwohl ihre Stimme vollkommen ruhig und beherrscht klang und es auch kein Anzeichen mehr gab, dass sie aufgewühlt oder bestürzt sein könnte.

„Diese Zahlen gelten, wenn Ihr den Kristall noch in der jetzigen Stunde erschaffen wollt, Majestät", sagte Oorgh. „Ihr könntet die einzigartige Natur der Phönixe nutzen und einen Kristall mit Magie nähren, so wie Tirús Eltern es getan haben. Und zweifellos sind die Herrscher von einst, die noch keinen Preis für die Magie zahlen mussten, ähnlich vorgegangen, um nicht an Erschöpfung zu sterben. In etwa zwanzig bis dreißig Jahren solltet Ihr einen Kristall erschaffen haben, ohne ein einziges Leben zu vergeuden, sofern vor allem die Drachen, aber auch alle anderen Euch getreuen Kreaturen regelmäßig spenden."

„Was ist mit dem Leben der Phönixe?", fragte sie. „Zwanzig Jahre, um nichts weiter zu tun als zu sterben, und immer und immer wieder zu sterben? Mit welchem Recht könnte ich ein solches Opfer von ihnen verlangen? In der neuen Welt, die ich mit ihrem Blut erschaffe, könnten sie nicht mehr mit Hoffnung und Freude leben, denn sie wären von innen heraus zerstört."

„Dem Recht einer Königin, Eure Majestät", entgegnete eine der Beratereulen indigniert. „Einige wenige opfern, um ein ganzes Land zu retten, darin ist kein Fehler zu sehen."

„Der Fehler ist zu glauben, dass etwas heil und gut werden kann, das aus dem größtmöglichen Unrecht erschaffen wurde." Sie ergriff Tirús Hand und drückte sie. „Du sprachst von zwei Möglichkeiten. Nenne die zweite!"

„Ihr wisst, welche ich meine", sagte er bebend.

Roji schlang die Arme um ihn, sei es, dass er Halt suchte, sei es, dass er ihm Halt geben wollte. „Vernichten wir die Uhr, kollabieren alle Zeitlinien. Alles, was mit ihrer Macht geschah, wird ungeschehen gemacht. Nichts von dem, was wir hier sagen und tun, wird dann noch Bestand haben. Die Zeit, das Schicksal, die Magie kehrt zurück zu ihrem Ausgangspunkt. Das Verwunschland wird niemals erschaffen werden. Die Welt wird nicht durch die Magie meines Bruders zerrissen und getrennt. Die Flucht der magischen Kreaturen wird unnötig sein."

„Niemand von uns wird geboren werden, mit Ausnahme vielleicht von den Gnomen", sagte Oorgh.

„Alles Leid wird ungeschehen gemacht. All die Toten erhalten die Chance, die ihnen von Natur aus zustand. Der Fluch erfüllt sich auf seine Weise, denn das Gleichgewicht der Magie bleibt unangetastet. Jeder kann seine eigenen Fehler begehen, die ihm sonst niemals möglich gewesen wären. Und es wird fortan das Leben und nicht die Magie sein, die einen Weg finden wird." Königin Nibura drückte Zziddra an sich, während sie sprach. Ihre Hände bebten leicht, als sie das Drachenmädchen streichelte, womöglich zum ersten Mal überhaupt.

„Majestät!", rief eine der Eulen entsetzt. „Wie könnt Ihr überhaupt darüber nachdenken? Wie könnt Ihr uns alle zum Tode verurteilen? Euer ganzes

Land vernichten wollen?"

„Ich vernichte nicht. Ich gebe dem Leben eine Chance, die ihm genommen worden ist. Und dennoch würde ich zögern, diese Entscheidung auch nur in Erwägung zu ziehen, wenn es nicht eine Sache gäbe, über die wir noch nicht gesprochen haben." Sie erhob sich und gab Tirú und Roji mit einer Geste zu verstehen, es ihr gleichzutun.

Sanft ergriff sie Rojis Hand, zog ihn zu sich heran und drehte ihn mit dem Rücken zu sich.

„Entferne dein Hemd", befahl sie knapp.

Rojis Blick flackerte zu Tirú. Er nickte ihm beruhigend zu, darum gehorchte sein Liebster und entblößte seinen Rücken.

„Seht das Mal, das die Magie in seine Haut gebrannt hat. Er und Tirú tragen es gleichermaßen, das Abbild einer Uhr. Es ist die Magie selbst, die zu mir fleht. Sie hat ihren Weg gesucht und gefunden. Wir müssen das Artefakt vernichten. Wir müssen die Zeit umkehren und darauf vertrauen, dass das Leben uns nicht vergisst."

„Es war also alles vorherbestimmt? Es war unausweichlich, dass wir an diesen Punkt gelangen?", fragte Roji und fuhr herum, das Hemd gegen seine Brust gedrückt.

„Nichts ist vorherbestimmt. Wenn dem so wäre, hätte es das Verwunschland niemals gegeben. Die Himmelsmächte lassen uns alle Freiheit, mit der Magie zu spielen, wie Kinder es eben tun, und Fehler zu begehen. Es war nicht eure Bestimmung, sondern eure freien Entscheidungen, die euch hierhergeführt haben. Ihr hättet sterben können, zu jedem Zeitpunkt. Dann hätte die Magie einen neuen Weg gesucht. Wer weiß, wie oft in den vergangenen dreitausend Jahren bereits Möglichkeiten geschaffen wurden, den einen großen Irrtum zu beseitigen: Die Erschaffung des Verwunschlandes. Und nun – kein weiteres Versagen. Keine Irrtürmer mehr. Gib mir die Uhr, Tirú! Ich werde sie vernichten."

Ohne zu zögern löste Tirú die Uhr von der Kette. Doch bevor er sie der Königin übergeben konnte, trat plötzlich Agus vor.

„Mit Verlaub, Eure Majestät", sagte er. „Ich bitte darum, die Uhr mir zu überlassen. Ich will sie vernichten."

„Warum?", fragte die Königin verblüfft.

„Weil ich deutlich spüre, dass dies meine Bestimmung ist. Der Grund, warum meine Brüder und ich uns damals mit einem Blutfluch an Tirús Familie gebunden haben. Die Erdmagie der Gnome besteht darin, zu erhalten, zu bewahren und neues Leben zu erschaffen.

Es ist mir möglich, die Uhr zu vernichten, Eure Majestät, auf eine Weise, die Euch verwehrt ist."

Sie blickte ihm für lange Zeit in die Augen, tief, ohne sich zu bewegen. Dann nickte sie, nahm die Uhr aus Tirús Hand und übergab sie feierlich Agus.

„Nimm Abschied, mein Freund", sagte sie und strich ihm segnend über den Kopf. „Wir alle müssen uns nun vom Leben verabschieden. Tirú, Roji: Euch bleibt genügend Zeit für einen letzten Zauber. Nutzt sie weise."

Tirú nickte. Er verstand, was sie ihm sagen wollte. Er umarmte nacheinander Agus, Fjork und Madrow.

„Ich danke euch für eure Treue, euren Mut, eure Weisheit. Ihr wart die besten Freunde, die ein Mann sich wünschen kann."

Er drückte Oorgh an sich.

„Ich danke dir für deine klugen Ratschläge und deine Einsicht in die Magie. Ohne dich wäre diese Reise nicht möglich gewesen."

Zziddra sprang ihm in die Arme, heftig Rauchwölkchen paffend.

„Ich habe Angst!", zischte sie.

„Wir alle haben Angst. Ich danke dir, dass du bei uns warst. Ohne dein Feuer und deine riesige Persönlichkeit wäre es so viel kälter und einsamer gewesen."

Tirú verneigte sich vor der Königin.

„Euch habe ich mein Leben gewidmet. Nicht ein Herzschlag davon war verlorene Zeit. Es war immer eine Ehre."

Sie starrte ihn an. Dann versank sie in einen tiefen Knicks. „Die Ehre war stets auf meiner Seite."

Dann fiel ihm Roji in die Arme. Agus war verschwunden. Was er tun wollte, konnte Tirú lediglich erahnen. Was er tun musste, lag klar und deutlich vor ihm. Er küsste Rojis Tränen fort.

„Ich will noch nicht sterben!", flüsterte Roji bebend. „Ich will leben, dich lieben, mit dir zusammen sein!"

„Sprich mir nach", befahl Tirú sanft und riss sich hastig sein Hemd vom Leib. „Dabei sollen deine Hände auf meinem Uhrenbrandmal liegen, und meine werden bei dir sein. Sprich mir Wort für Wort nach und am Ende folgt ein Kuss. Hast du mich verstanden?"

Roji nickte verblüfft und kam dem Befehl nach, indem er seine Hände auf Tirús Rücken platzierte.

„In dieser und in allen Welten …"

„In dieser und in allen Welten …"

„Werde ich auf dich warten …"
„Werde ich auf dich warten …"
„Wirst du meine einzige Liebe sein …"
„Wirst du meine einzige Liebe sein …"
„Und egal was geschieht …"
„Und egal was geschieht …"
„Nichts kann uns trennen …"
„Nichts kann uns trennen …"
„Und das Schicksal wird uns zusammenzuführen …"
„Und das Schicksal wird uns zusammenzuführen …"
„Denn die Magie und das Leben, sie finden den Weg …"
„Denn die Magie und das Leben, sie finden den Weg …"
„Und unseren Weg gehen wir gemeinsam."
„Und unseren Weg gehen wir gemeinsam."
Sie küssten einander, verbunden durch einen unendlichen Fluch, dessen Tragweite unmöglich zu erahnen war. Es kümmerte Tirú nicht mehr. Alles war gleichgültig, denn die Welt um sie herum löste sich auf. Er sah, wie der Baum starb und zu Staub zerbröselte. Die Blütenfeen zerstoben in goldenen Funken. Zziddra zerfiel zu Asche. Von Oorgh blieben nicht einmal Federn, von Madrow und Fjork Erde. Die Königin löste sich in Nebelschwaden auf.

Bis zuletzt spürte Tirú seinen Liebsten in seinen Armen. Er und Roji. Sie waren eins.

Dann wurde es still. Und dunkel. Und dann kam das Licht.

Kapitel 25

Agus wusste, wo und vor allem wann er gelandet war, noch bevor er die Augen öffnete. Die Uhr hatte ihn zurück ins Haus geführt. Schnell wie der Wind eilte er in das Zimmer mit dem Gegenwartsportal. Lange musste er nicht warten, bis er die eiligen Schritte hörte und er selbst mit seinen Brüdern hereingeplatzt kam – mit einem vor Entsetzen und Schock stillen Kind in den Armen. Tirú, gerade erst sieben Jahre alt, der Abschied von seiner Familie nehmen musste.
„Aus welcher Zeit?", fragte Agus' jüngeres Ich und musterte ihn ohne ein Zeichen echter Verwunderung.
„Dreißig Jahre in der Zukunft." Er streckte die Hand aus und zeigte die Uhr vor. „Gebt mir das Kind und geht durch das Portal."
„Dann werden die zukünftigen Zeitlinien zusammenbrechen und du wirst aufhören zu existieren", entgegnete Fjork.
„Die Uhr verhindert dies. Ich werde solange existieren, bis ich Tirú dorthin gebracht habe, wo er hingehört. Die Magie findet ihren Weg. Das ist ihre einzige Aufgabe. Die Magie findet ihren Weg."
Der jüngere Agus zögerte nicht länger, sondern schob ihm Tirú entgegen. Der starrte ihn lediglich an, betäubt und verloren, tränenüberströmt und in tiefem Schock. Agus wartete, bis die drei durch das Portal entschwunden waren. Dann legte er dem kleinen Jungen eine Hand auf die Stirn und lächelte beruhigend.
„Du wirst jetzt schlafen", sagte er und fing den Kleinen auf, als dieser bewusstlos zusammenbrach. So war es einfacher, ihn zu tragen.
Agus wartete im Schatten verborgen, bis die Gefährtengruppen aus den verschiedenen Zeitlinien aus dem Weg waren, die munter die Gänge durchstreiften.
Erst als er sicher war, niemandem mehr begegnen zu können, eilte er aus dem Haus, durch das Gelände, dem Torportal entgegen.
„Gib mir die richtige Zeit und wage es nicht, deine Spiele mit mir zu treiben!", rief er drohend. „Ich bin ein Gnom mit einer Aufgabe und du wirst mich nicht daran hindern!"

Das Tor schwang auf und ließ ihn hindurchtreten, hinaus in Regen und Sturm. Er spürte sofort, dass er dort war, wo er hinwollte. Wo er hingehen musste, um die einzig wichtige Mission seines Lebens erfüllen zu können: die Vernichtung der Uhr.

Es wurde dunkel, während er nach Mühlenheim lief, was es leichter für ihn machte, denn nun verfügte er über die volle Macht seiner Erdmagie, die ihm tagsüber zum größten Teil verwehrt blieb. In seiner Riesengestalt durcheilte er die sturmdurchtoste Nacht und den Wald und fand so mühelos zu seinem Ziel, als würde ihn ein Seil führen: Ein schönes kleines Haus, abseits vom Dorf gelegen, mit einem Brunnen, der sich etwas einsam und schmucklos vor dem Haus befand.

Er hörte die Schreie einer jungen Frau, die vergeblich versuchte, dem Kind in ihrem Leib zum Leben zu verhelfen. Das Flehen ihres Mannes, der ihr beizustehen wollte, keine Hilfe holen konnte, weil der Sturm hier draußen eine tödliche Gefahr bedeutete und er weder Frau noch den kleinen Sohn allein lassen durfte. Er hörte auch Roji, der gewiss in seinem Bett in einer Ecke kauerte und weinte, weil seine Mutter vor Schmerz und Angst schrie. Agus ging im Geist die Möglichkeiten durch, wie er den Schrecken für die Hausbewohner klein halten konnte. Da er keine fand und die Zeit drängte – oh, wie sehr sie drängte! – entschied er sich für den drastischen Weg und riss kurzerhand das Dach herab.

Drei Menschen schrien um ihr Leben, überzeugt davon, dass der Sturm ihr Haus zerstörte. Nantan beugte sich schützend über Hillas Kopf und brüllte nach seinem Sohn, als Sturmwinde und Regen in die Wohnstube peitschten und alles Licht auslöschten.

Agus beugte sich langsam zu ihnen herab. Er wusste, dass er auf sie wie ein umstürzender Baum wirken musste, darum ließ er sich Zeit.

„Ich bin gekommen, um euch zu helfen", sagte er leise.

„Ihr Mächte! Ihr … ihr Mächte …", stammelte Nantan, einer Ohnmacht nah. Hilla hingegen streckte ihm vertrauensvoll die Arme entgegen.

„Das ist ein Wurzelgnom", flüsterte sie. Agus sah, dass sie zu Tode erschöpft war und schon bald gemeinsam mit ihrem Kind sterben würde. Sie blutete wie ein Sturzbach, ohne Magie gäbe es keine Rettung für sie.

„Hab Vertrauen, Nantan", bat Agus, schob ihn sanft beiseite und berührte Hilla am Bauch.

Er heilte den Schaden in ihrem Leib, beruhigte das ungeborene Mädchen und schenkte ihm und seiner Mutter die Kraft, die sie brauchten, sodass es bei der nächsten Wehe seinen Weg nehmen konnte.

Minuten später hüllte Nantan seine Tochter in eine Decke und übergab das Kind Hilla, die nun vor Glück weinte.

Roji, gerade einmal zwei Jahre jung, drückte sich dazwischen. Niemand störte sich mehr daran, dass das Dach zerstört war und der Regen ihr Hab und Gut durchnässte.

„Was kann ich tun, o großer Baumgeist, um dir zu danken?", rief Nantan unter Tränen.

Agus beugte sich tiefer herab und zeigte ihnen Tirú, der schlafend in seiner Armbeuge lag.

„Kommt mit mir", bat er und hob die gesamte kleine Familie behutsam auf seine Hand.

Er trug sie ins Freie, zum Brunnen hinüber. Mit einer Hand schützte er sie, in der anderen hielt er sie und Tirú und erzeugte noch ein wenig Licht, damit sie den Jungen und ihre neugeborene Tochter besser sehen konnten.

„Sein Name ist Tirú. Er hat seine Eltern verloren. Die Geschichte dazu ist nicht von Bedeutung. Was ich von euch verlange, als Gegenleistung für das Leben von Hilla und dem Kind: Leistet einen Eid, dass ihr diesen Jungen wie euren eigenen Sohn aufziehen wollt."

„Einen unendlichen Eid?", fragte Hilla scharf.

„Kein anderer hätte noch einen Sinn", entgegnete Agus und zeigte ihr die Uhr. Sie begriff nicht. Sie konnte es nicht begreifen, denn ihr fehlte das notwendige Wissen. Doch sie ahnte zumindest, was er ihr mitteilen wollte.

„Wird die Magie reichen?", fragte sie knapp.

„Die Magie findet ihren Weg. Sprich die Worte und meine sie ernst. Mehr musst du nicht tun. Fürchte dich nicht vor dem Preis, den es zu zahlen gilt; den werde ich tragen, und ich allein."

„Ich schwöre, dass ich diesen Jungen mit dem Namen Tirú gemeinsam mit meinem Sohn Roji und meiner Tochter Nibura aufziehen werde, als wäre er meinem eigenen Schoß entsprungen. Ich schwöre, dass ich ihn lieben und beschützen werde, solange ich lebe." Sie legte eine Hand auf Tirús Gesicht und hielt mit der anderen Nantans Hand umklammert, während ihre Tochter an ihrer Brust lag und Roji sich an ihre Seite schmiegte.

Agus brummte zufrieden und verschlang die Uhr, um sie zu zerstören, und mit ihr all das Leid und den Schmerz und die zahllosen Opfer, die sie verursacht hatte.

„Magie findet ihren Weg!", sprach er laut. „Nichts wird mehr sein, wie es war, denn die Geschichte wird nun neu geschrieben. Doch Magie findet ihren Weg und die Magie der Gnome ist die Macht der Erde.

Ich werde bewahren, was gut und wahrhaftig ist … Denn ich bin bereit, den Preis zu zahlen."

Er lächelte, als er spürte, wie das Leben aus ihm herausfloss und in die Erde hinabströmte. Aus seinen Füßen bildeten sich Wurzeln, die tief, tief hinab wuchsen. Aus seinem Kopf wucherten Zweige und Blätter. Und die Zeit lief rückwärts, ihrem Ausgangspunkt entgegen.

Epilog

Der Baum betrachtete die Phönixfamilie, die singend mit den Wolken tanzte und sich vom Wind zerzausen ließ. In der Nähe hörte er die zarten Stimmchen von Blütenfeen, die einen Erddrachen zu ärgern versuchten, der das allerdings ziemlich verschlafen ignorierte.

„Bis heute Abend, Liebster!", rief Hilla. Sie winkte Nantan hinterher, dem Chronist von Königin Hareka, als dieser sein treues Einhorn namens Tajan zu sich bat.

„Wartet, Nantan!", rief Agus, der Wurzelgnom, der mit seinen Brüdern Fjork und Madrow als Wächter für Nantan bestimmt worden war. Es gab Unruhen im Reich. Die Zentauren wollten einen freien Staat gründen, statt sich noch länger von einer Menschenkönigin regieren zu lassen. Unter der Herrschaft ihrer königlichen Brüder, die Zwillingszentauren Nagi und Fallet, wollten sie ihr Volk in die Unabhängigkeit führen. Die Verhandlungen verliefen zäh, und man musste durchaus damit rechnen, dass auch ein harmloser Chronist entführt werden könnte, um Druck auf die Königin auszuüben. Der Baum war dennoch nicht allzu beunruhigt. Spannungen und Unruhen gehörten zum Leben dazu. Im Großen und Ganzen war es friedlich im Reich Alharman, die Magie befand sich im Gleichgewicht, und man musste nicht fürchten, dass die eigenen Kinder von Kriegsgräulen dahingerafft werden könnten.

„Treibt es nicht zu wild, ihr Rabauken!", rief Hilla, als drei Kinder durch die Haustür purzelten und in den Garten hinausströmten. Roji und Tirú begannen sofort einen Ringkampf, bei dem es darum ging, die holde Prinzessin Nibura, ihre kaum zwei Jahre alte Schwester, vor Unholden zu beschützen. Wer der Unhold war, schien im Spiel keine Bedeutung zu haben, denn die Jungen kämpften einfach wildvergnügt miteinander, wie es für einen Acht- und einen Fünfjährigen normal war. Dabei krachten sie laut scheppernd gegen den Zaun des Nachbargrundstücks. Eine unendlich schöne Nymphe tauchte auf. Elryke, die mit einem ebenso unendlich hässlichen Kobold namens Bránn verheiratet war. Sie hatten eine Tochter namens Naria, die zum Glück äußerlich nach der Mutter kam, den Verstand hingegen eher vom Vater geerbt hatte.

„Ihr Lieben, habt ihr schon Frühstück gehabt?", fragte sie zärtlich. Es war ihre Lebensbestimmung, alles und jeden füttern zu müssen.

„Neiiin!", krähte Roji sofort, den man mit Honiggebäck jederzeit in einen Ogerhort locken könnte.

„Doch!", fauchte Tirú und gab seinem Stiefbruder einen spielerischen Klapps auf die Hand. Er war in einer Sturmnacht auf der Türschwelle ausgesetzt worden, seine Eltern wurden nie gefunden. Der Baum spürte, dass sich die Liebe dieser beiden eines Tages wandeln würde. Noch waren sie Brüder, einander so unschuldig nah, wie Brüder es sein mussten. Eines Tages würde es eine neue Art von Liebe werden ... Der Baum war zufrieden mit dem, was er spürte.

Der Himmel verdunkelte sich plötzlich, als ein schwarzes Drachenweibchen zu ihnen herabstieß.

„Den Mächten zum Gruße, Menschenfrau", rief der Drache. Es war ein schönes junges Weibchen. Der Baum erkannte sofort, dass ein Ei in ihm reifte, sicherlich das Erste in ihrem Leben. „Ich bin auf dem Weg in die Berge, zu den Nisthöhlen. Darf ich mich an deinem Brunnen erfrischen?"

„Natürlich!", rief Hilla und eilte sofort los, um mehrere Eimer Wasser für sie zu schöpfen.

„Wie heißt du?", fragte Elryke das Drachenweibchen freundlich. „Hast du genug zu essen gehabt?"

„Mein Name ist Zziddra und ja, ich bin satt. Ich brauchte bloß einen Schluck Wasser, um die Kehle vom Ruß zu reinigen. Wenn man mehrere Tage kein Feuer spuckt, kann schon mal was verstopfen."

„Was für eine Aufruhr ist das denn hier?", dröhnte es schlecht gelaunt aus dem Nest im Stamm des Baumes. „Kann eine arme Eule nicht mal in Frieden schlafen?"

„Oorgh, alles ist gut", entgegnete Hilla mit einem Lachen. „Nichts weiter als eine freundliche werdende Drachenmutter."

„Haben wir nicht schon genug Drachen auf der Welt?"

Ein zerzauster Eulenkopf erschien, Oorgh blickte missbilligend auf Zziddra hinab.

Die hingegen ließ sich gerade von Nibura erobern, die lachend und quietschend auf dem Drachenkopf herumkletterte und Küsschen auf die schwarzen Schuppen drückte.

„Es kann gar nicht genug Drachen geben, verehrter Herr Federball", entgegnete Zziddra unbeeindruckt. „Schließlich ist meine Tochter noch nicht auf der Welt und das ist ein Fehler, der dringend behoben gehört."

Derweil hatte Tirú wie üblich den Ringkampf für sich entschieden und drückte triumphierend seinen Bruder zu Boden, der lachend zu ihm aufblickte.
Der Baum erschauderte zufrieden.
Die Welt war, wie sie sein sollte.

Printed in Poland
by Amazon Fulfillment
Poland Sp. z o.o., Wrocław